Ein illusionsloser Roman über den Versuch, ein Unternehmen vor dem Zugriff der Mafia zu retten: In 68 Erzählsequenzen zeigt Anton Hunger auf, wie die kalabrische Mafia, zuerst in der Gestalt eines Giovanni Rossi, nach dessen Ermordung in der Emilio Conconcellis, versucht, sich das Modeunternehmen *Luigi Ferra*, ein Familienbesitz, einzuverleiben, um schmutziges Geld zu waschen und ihre Waffengeschäfte zu verschleiern, und wie der frühere Reporter Tom Schwertfeger im Auftrag des Vorstandsvorsitzenden Sebastian Köpenick dies zu verhindern sucht und dabei um sein Leben fürchten muss.

In einem bewegenden Panorama unserer Zeit beschreibt der Autor die erpresserischen Methoden der Mafia, die von Einschüchterungsversuchen über die Anwendung von Gewalt bis zum Ritualmord reichen. Und das alles vor dem Hintergrund eines gewaltigen Wissens über die organisierte Kriminalität, aber auch über das weite politische und kulturelle Umfeld, in dem der Roman spielt. Selbst Abstecher in die Literatur fehlen dabei nicht.

Ein solches Buch, das historische Realität und literarische Fiktion nahtlos verbindet und auch noch spannend erzählt ist, hat es in der deutschen Literatur schon lange nicht mehr gegeben.

Prof. Dr. Mario Andreotti
Dozent für Neuere deutsche Literatur und Buchautor, St. Gallen

Mord á la Mode

ANTON HUNGER

Mord à la Mode

Kriminalroman

molino

Vorwort

»Mord à la Mode« ist ein Roman. Seine handelnden Personen, sein Sujet sind frei erfunden. Gelegentlich strapaziert die Handlung auch die Fakten. Jede Ähnlichkeit mit lebenden oder verstorbenen Personen ist rein zufällig und nicht beabsichtigt.

Aber es gilt auch, was mich Verleger Matthias Slunitschek nach der Lektüre fragte: »In Ihrem Roman steckt mehr Wahrheit, als ich mir vorzustellen vermag?« Zumindest verberge sich hinter der Handlung nicht nur ein gewöhnliches Krimikonstrukt, verriet ich und verwies auf Georg Christoph Lichtenberg: »Es ist schlimm genug, dass heutzutage die Wahrheit ihre Sache durch Fiktion, Romane und Fabeln führen lassen muss.«

Die reine Wahrheit ist eine Fiktion, der Mensch konstruiert sich die Sicht auf die Dinge, er ist süchtig nach einem Plot. Es geht in dem Roman deshalb auch darum, dem Gehirn beim Denken zuzuschauen.

1

»Sie müssen Ihren Arbeitgeber wechseln!«

Tom Schwertfeger irritierte der Kommandoton. Mit harschen Anweisungen tat er sich grundsätzlich schwer, für gewöhnlich reizten ihn Befehle zum Widerspruch. Aber die lange Bekanntschaft mit Silvio Matteo bremste Toms Gegenwehr. Ein bemühtes »Grüß Gott«, nicht mehr als eine Verlegenheit, sollte wenigstens den angespannten Gesichtszügen seines Gegenübers ein Lächeln entlocken. Vergeblich.

»Sie müssen Ihren Arbeitgeber wechseln«, wiederholte Matteo mit einer Schärfe, die Tom nicht gewohnt war.

»Wieso sollte ich?«

Matteo verzog keine Miene. Er griff nach Toms Arm und nahm den Gast zur Seite.

»Sie müssen zu uns kommen, wir brauchen Sie.«

Tom lachte schallend. Was sollte der Quatsch? Was hatte er, der für den *Süddeutschen Anzeiger* in Abgründen von Waffen- und Drogenschmuggel der Mafia recherchierte, bei einem mittelgroßen Modeunternehmen zu suchen?

»Hat Sie der *Pommery* benebelt, den Sie hier auf dem Messestand ausschenken?«, reagierte er schnippisch auf das Ansinnen des Mittvierzigers. »Ich bin Reporter, mit Mode habe ich nichts am Hut?«

»Kommen Sie, wir gehen in eine Besprechungskabine, da sind wir unbeobachtet. Mithören braucht auch keiner.«

Silvio Matteo, ein schlaksiger, eleganter Italiener, der fließend Deutsch sprach, öffnete die Türe zur Kabine und verwies drei aufreizend kostümierte Damen ziemlich unwirsch aus dem Raum. Bei der Kellnerin bestellte er Espresso, ohne Tom zu fragen, ob ihm die Wahl des Getränks recht sei. An den Wänden hingen großformatige Bilder ausgesucht schlanker

Frauen mit strengem, unterkühltem Gesichtsausdruck. Anmutung und Ausstrahlung verströmten kaum erotisches Flair. Keine Frauentypen, denen Tom schon mal begegnet wäre. Die zierlichen Damen auf den Fotos hatten offensichtlich mehrere Hungerkuren hinter sich.

Matteo saß aufrecht auf dem Stuhl, die Hände gefaltet im Schoß, geduldig wartend, bis die Kellnerin den Kaffee serviert hatte.

»Ich meine es ernst«, unterstrich er seine Forderung in strengem Ton.

Tom schüttelte den Kopf, blies vernehmbar die Luft durch die Lippen, entwickelte aber zunehmend Reiz an dem Spiel.

»Welche Rolle haben Sie mir denn zugedacht? Soll ich die Models unterhalten?«

»Ich bin nicht zu Scherzen aufgelegt, das merken Sie doch an meiner Stimme.«

»Dann legen Sie mal los.«

»Wir werden erpresst! Wer dahinter steckt, konnten wir nicht herausfinden. Noch nicht. Aber für das Unternehmen könnte es unangenehm werden. Sie sollen das recherchieren und abstellen.«

»Wenn es ein Erpresser ist, der es auf Geld Ihrer Firma abgesehen hat, müssen Sie die Polizei einschalten. Alles andere macht keinen Sinn.«

»Es geht nicht um eine simple Erpressung, es geht um mehr. Die Existenz der Firma steht auf dem Spiel. Wenn ich die Polizei einschalte, ist mein Leben keinen Pfifferling mehr wert.«

»Man trachtet Ihnen nach dem Leben?«

»Den Eindruck habe ich, sonst wäre ich nicht so angespannt. Es geht aber nicht nur um Geld, es geht um mehr. Kriegen Sie es heraus. Ihre privaten Geldsorgen können Sie dann vergessen.«

Tom erhob sich, blieb für einen Augenblick stehen und starrte Matteo an. Schweißtropfen perlten von der Stirn des

Managers, die Krawatte und den oberen Hemdknopf hatte er geöffnet. Tom versprach, sich wieder zu melden. Mehr könnte er nach diesem Überraschungsangriff nicht versprechen. Dass er der Redaktion einmal den Rücken kehren sollte, war in seiner Lebensplanung nicht vorgesehen.

2

Am Stand des Modeunternehmens *Luigi Ferra* ging es laut zu. Männer, die meisten mittleren Alters und in perfekt sitzenden Anzügen, parlierten freundlich, teils gestikulierend. Überwiegend auf Deutsch, aber auch auf Englisch, vereinzelt auf Italienisch. Die Stimmung war gut, die Atmosphäre inspirierend. Die Damen zeigten sich ebenfalls in guter Laune, Models waren nicht zu sehen. An einem Stehtisch neben dem Tresen stand ein großgewachsener Mann, drahtig, schwarzhaarig, in dunkelblauem Sakko, beiger Hose und – als einziger – mit Sonnenbrille. Er war allein.

Tom, der nur zufällig über den Stand von *Luigi Ferra* gestolpert war, besann sich auf seinen Auftrag, für den *Süddeutschen Anzeiger* über die angespannte Lage der Textilwirtschaft zu berichten. Die Kollegen aus dem Wirtschaftsressort hatten mit Jahresabschlüssen großer Dax-Konzerne zu tun. Und die Messe lag vor der Haustür, man konnte sie in der Berichterstattung nicht links liegen lassen. Chronistenpflicht! Hätte er nicht gelangweilt einen Film auf seinem Smartphone geschaut, wäre der Wirtschaftschef gar nicht erst auf ihn zugekommen. Aber Tom hatte tatsächlich nichts zu tun. Seine Recherchen im Mafia-Milieu hatte er zurückgefahren, nachdem er die wievielte Exklusivgeschichte abgeliefert hatte.

Der Reporter klapperte die Stände ab, konzentrierte sich auf bekannte Marken und inspizierte die Kollektionen. Ob die ausgestellten Muster geschäftliche Renner werden würden, konnte er nicht einschätzen. Sein Metier waren Umsätze, Geschäftserwartungen, Investitionen und Beschäftigtenzahlen. Diese waren niedriger als in den Vorjahren, ein untrügliches Zeichen für zunehmende Ausbeutung in Billiglohnländern. Über *Luigi Ferra* berichtete er nur, dass bei dem heimischen Modeunternehmen die Bäume auch nicht in den Himmel wüchsen. Vom stagnierenden Geschäft hatte er in einer Pressemitteilung der Firma gelesen. Die Information war dürftig. Erst beim Niederschreiben fiel ihm auf, dass er Matteo nicht nach den Gründen für den geschäftlichen Stillstand gefragt hatte, auch nicht, wie er diesen Zustand ändern wolle. Er war von Matteos Avancen benommen.

Tom ordnete seine Gedanken: Matteo hatte ein Problem und Tom sollte das Problem lösen. Aber er kannte das Problem nicht. Vielleicht war es ja noch nicht einmal ein wirkliches Problem? Matteo reagierte emotional auf einen schillernden Anruf, zeigte sich erschrocken! Über einen Scherz? Toms Gehirnwindungen glühten, Matteos forderndes Werben beschäftigte ihn.

Aus dem Netz lud er sich den Geschäftsbericht herunter und studierte die Zahlen. Nichts Aufregendes. Dass der Laden nicht brummte, war ihm bekannt. Die Firmenstruktur war ihm immerhin geläufig. *Luigi Ferra* ist eine Aktiengesellschaft, bei der die Nachfahren des Firmengründers Bruno Keck das alleinige Sagen haben. An der Börse notiert sind nur die Vorzugsaktien, die stimmrechtsfähigen Stammaktien liegen allesamt in den Händen der Familie. Vorzugsaktionäre haben nichts zu sagen, erhalten aber eine höhere Dividende als Stammaktionäre. Nicht gerade gängige Praxis, aber auch nicht außergewöhnlich. Vor zwei Jahren mussten die fünf Enkel des längst verstorbenen Patriarchen das Unternehmen verlassen, alle hatten Vorstandsposten der Aktiengesellschaft bekleidet. Einer wechselte zu einem Handelsunternehmen für Herren- und Damenbekleidung, ein anderer eröffnete ein Modedesignstudio, eine Enkeltochter heuerte bei einem Steuerberater an, der Rest privatisierte. Aber alle zogen in den Aufsichtsrat von *Luigi Ferra* ein. Berufen wurde fürs operative Geschäft erstmals ein familienfremder Manager: der Italiener Silvio Matteo. Er sollte die schwächelnde Firma retten und zu neuer Blüte führen. In der Branche hatte er sich als harter Sanierer und stilsicherer Fachmann für kreative, massentaugliche Kollektionen einen Namen gemacht.

In diesem Laden sollte er anheuern, um einem potenziellen Erpresser das Handwerk zu legen? In einem am Abgrund taumelnden Unternehmen?

3

»Der Artikel ist zu lang, wir können ihn morgen nicht bringen«, wies ihn Mark Overbeck, der Leiter des Wirtschaftsressorts, auf den Platzmangel hin. »Andererseits will ich ihn auch nicht eindampfen, er ist flott geschrieben, enthält interessante Informationen und messerscharfe Analysen. Wir stellen ihn für die Ausgabe übermorgen ins Blatt.«

Die Frage nach Toms Einverständnis war eher rhetorischer Natur. Er ärgerte sich über die Verschiebung, schließlich hatte er nicht nur nachrichtlich formuliert, sondern ein dramaturgisch spannendes Feature über die Wirrungen und Machenschaften der Branche abgeliefert: über weitere Produktionsverlagerungen, rückläufige Beschäftigtenzahlen und stagnierende

Umsätze. Er baute auch Elemente über miserable Arbeitsbedingungen bei Produzenten auf den Philippinen, in Bangladesch und Indonesien ein. Es wurde ein Sittenbild eines Wirtschaftszweigs, der seinen Niedergang spürte.

Tom hatte nicht anklagend formuliert, er zeigte Verständnis für die Zwänge der Branche, trotz des Missfallens über manche Entscheidungen ihrer Manager. Er war Realist genug, um nicht in idealistische Belehrungen abzudriften, wozu Journalisten gerne neigten. Die Wirkung seiner Sätze lag in der unaufdringlichen Genauigkeit seiner Recherchen. Manieriertes lag ihm ohnehin fern.

Als Tom seinen Schreibtisch verlassen wollte, stand der Chefredakteur plötzlich neben ihm und frotzelte:

»Na, ist Ihnen der Stoff ausgegangen? Ich habe schon lange nichts mehr von Ihnen gelesen, Exklusives schon seit ewigen Zeiten nicht mehr.«

»Ich habe gerade eine längere Geschichte über den Zustand der Textilwirtschaft bei Overbeck abgeliefert. Er will sie aber erst morgen ins Blatt heben.«

»Dann wird sie auch nicht prickelnd sein. Wen interessiert schon der Zustand der Textilwirtschaft?«

»Fragen Sie Herrn Overbeck«, reagierte Tom säuerlich auf Ralf Meyerhöfers Gehässigkeit und drehte sich auf dem Absatz um.

Meyerhöfer gehörte – bevor er Chefredakteur wurde – zum Feuilleton. Er galt als gefürchteter Theaterkritiker. Seine Dienstreisen absolvierte er in aller Regel in einem überschaubaren Radius, sie führten ihn ins benachbarte Staatstheater, zu Experimentierbühnen oder zu Premieren des Landestheaters. Auch für Aufführungen in München, Frankfurt, Hamburg und Berlin löste er hin und wieder Bahntickets. In verschiedensten Stilrichtungen des Theaters war er zu Hause. Regietheater versus Autorentheater, in dieser Diskussion machte ihm keiner etwas vor. Über Brechts episches Theater und Piscators politisches Theater konnte er stundenlang dozieren. Das Verlangen nach anspruchsvollem Genießen im Schauspielhaus nannte er einmal »Banausentum«. Als er außerhalb seiner Gewohnheiten zu einer spektakulär inszenierten äußerst umstrittenen Aufführung von Shakespeares *Macbeth* nach Wien wollte, strich ihm der Verleger die Dienstreise mit den Worten: »Warten Sie, bis das verkorkste Stück hier gespielt wird.«

Von Wirtschaft hatte Meyerhöfer keine Ahnung. Wenn er sich einmal auf dieses komplexe Terrain verirrte, ging's daneben. In der großen Redaktionskonferenz schwadronierte er, dass der »Overhead« der Zeitung zu groß sei, zu viele Redakteure machten es sich an Bord bequem. Nach Widerworten eines Wirtschaftsredakteurs, dass die Redaktion »Teil der Produktion« einer Zeitung sei und nicht des »Overhead«, wechselte er das Thema.

Mehr als vieles andere interessierten ihn Exklusivgeschichten über Verbrechen der organisierten Kriminalität, die Tom regelmäßig beisteuerte. Aber es war nicht so sehr die beschriebene Brutalität der Mafia, ihre Befehlsstrukturen, die Ritualmorde, die Drogen- und Waffengeschäfte und die Opfer. Was ihn reizte war vielmehr der Grad an Aufmerksamkeit, den diese Beiträge erzielten. Sie schmückten das Blatt und stabilisierten die Auflage. Im Glanz dieser Geschichten konnte er sich sonnen.

4

Jessie hatte gekocht, Linsen mit Spätzle und Saitenwürstle. Tom schnupperte an den Kochtöpfen, der Duft deftiger Speisen beflügelte seinen Appetit. Lara und Vincent, zwölf und neuneinhalb Jahre, trommelten mit ihrem Besteck auf den Tellern. Jessie bat Tom, die Getränke zu servieren. Für die Kinder Mineralwasser, für sie und ihn den Riesling aus dem Kühlschrank.

Das Schwabengericht war köstlich, genau das Richtige an einem kühlen Frühlingstag. Er machte Jessie sogar ein Kompliment, was er sonst nie tat. Linsen bissfest und geschmacklich verlockend zu kochen, ist nicht trivial, bei nicht wenigen Hobbyköchen gerät die Zubereitung der Hülsenfrucht zu appetitzügelnder Pampe. Aber Jessie beherrschte die Kunst, ließ die Linsen 40 Minuten in Hühnerbrühe köcheln und rührte noch gehackte Zwiebeln, Knoblauch und Sellerie hinein. Sie stießen mit dem Riesling an. Die vollen Teller ließen die Kinder verstummen.

Als sie danach zum Fernseher huschten, bat er Jessie, nicht gleich das Geschirr abzuräumen, sondern ein zweites Glas mit ihm zu trinken.

»Hast du wieder eine Hiobsbotschaft? In welcher Müllhalde willst du wieder stochern? Auf Sizilien etwa? Oder in Neapel?«

»Du bist auf dem falschen Dampfer. Ich habe keine Hiobsbotschaft und ich muss noch nicht einmal verreisen.«

»Das beruhigt mich doch sehr, bin gleichwohl gespannt.«

»Ich habe ein ernsthaftes Angebot von der Modefirma *Luigi Ferra*. Ein Detektivjob. Ich soll einen Erpresser des Unternehmens ausfindig machen und ihm das Handwerk legen.«

»Was soll das denn? Du bist Reporter und kein Detektiv. Das ist doch eine klare Sache für die Kriminalpolizei.«

»Silvio Matteo, der Chef der Firma, will die Polizei nicht einschalten. Er fürchtet um sein Leben.«

Jessie stutzte, das Opfer will die Polizei nicht einschalten? Bevor sie ihre Zweifel äußern konnte, legte Tom nach:

»Finanziell würde sich der Jobwechsel lohnen. Matteo versicherte mir, dass ich keine Geldsorgen mehr haben würde.«

Kurze Pause.

»Mehr Geld?«, Jessie fand plötzlich Gefallen an der Idee.

»Mehr Geld könnten wir echt gebrauchen. Alles wird teurer, große Sprünge können wir uns längst nicht mehr erlauben.«

Tom sagte nichts. Das Argument, endlich einmal den Euro nicht umdrehen zu müssen, hatte Jessie eingenommen. Es war aber nicht das, was er hören wollte. Sie stützte sich mit den Ellenbogen auf dem Tisch ab, legte ihr Gesicht in Falten und gab sich nachdenklich:

»Geld ist die eine Seite, aber ich glaube, das ist nichts für dich. Du kannst doch ohne deine Zeitung gar nicht leben. Du würdest nicht nur den Arbeitgeber wechseln, sondern den Job, deinen Beruf. Und was wäre hinterher, wenn du bei der Erpressersuche erfolgreich gewesen wärst? Kannst du zum *Anzeiger* zurück? Oder willst du dir die nächsten zwanzig Berufsjahre mit Models vertreiben?«

Tom widersprach nicht. Sollte er auf sie hören? Das Angebot hielt Jessie für vergiftet. Und am Ende, wenn seine Mission beendet wäre, stünde er ohne Job da. Immerhin wurde ihm unmissverständlich klar, dass er mit Matteo, sollte er überhaupt dem Gedanken nähertreten, Gesprächsbedarf hatte. Mit dem Rest in der Weinflasche schlich er in sein Arbeitszimmer im Dachgeschoss. Dort hatte er eine Schlafcouch aufgestellt, seit sie das gemeinsame Bett nicht mehr teilten.

Jessies Zucken beim Stichwort Geld entsprang keiner gierigen Augenblickslaune. Der kleine Buchverlag, für den sie arbeitete, bezahlte sie von Jahr zu Jahr schlechter. Alle Versuche, bei einem größeren Verlag halbtags oder auch ganztags unterzukommen, waren gescheitert. Lektoren waren zum Auslaufmodell geworden, die Verlage sparten. Einige pfiffen aus dem letzten Loch. Und dort, wo das Geschäft noch lief, saßen die Langgedienten fest im Sattel. Außerdem hatte sie inzwischen die 40 überschritten. Gut, sie sah noch ausgesprochen attraktiv aus, ein paar Pölsterchen an der Hüfte, ein paar graue Strähnen. Alles Dinge, die Tom nicht störten. Sie wirkte schlicht interessant. Wenn sie zum Theaterbesuch in ihr tief ausgeschnittenes Schwarzes schlüpfte, gefiel sie durch ihre Eleganz: lange Beine, fließendes Haar, betörendes Dekolleté. Anders als die Models von *Luigi Ferra* verkörperte sie Toms Schönheitsideal.

Mit den Jahren hatten sie sich auseinandergelebt. Die Notwendigkeit zu heiraten hatte sich ihnen nie erschlossen, auch nicht nach der Geburt der Kinder. Jessie hasste Toms Reporterleben, er war selten zu Hause. Und wenn er zu Hause war, verdrückte er sich in sein Arbeitszimmer. Von der Kindererziehung hatte er sich sang- und klanglos verabschiedet. Lange glaubte Jessie, dass sie mit ihrem Einser-Abschluss in Literaturwissenschaft und ihrer Erfahrung als Lektorin immer ein Auskommen haben werde. Inzwischen wusste sie es besser. Würden beide noch auf der gleichen Wellenlänge funken, dächte sie vielleicht doch ans Heiraten. Möglicherweise müsste sie diesen Schritt einfach unter Versorgungsgesichtspunkten tun. Der Gedanke ließ sie frösteln. Wie Tom über eine mögliche Heirat dachte, wusste sie noch nicht einmal. Geäußert hatte er diesen Wunsch nie. Gefragt hatte sie aber auch nie.

5

Kaum saß Tom wieder an seinem Schreibtisch in der Redaktion, klingelte das Telefon.

»Na, haben Sie sich mein Angebot durch den Kopf gehen lassen? Sie hatten ja eine ganze Nacht Zeit«, drängte Matteo.

»Selbstverständlich hat mich das beschäftigt, keine Frage. Aber je mehr ich mir Gedanken machte, umso mehr wurde mir bewusst, dass ich nichts weiß. Sie haben mir einen Köder hingeworfen, der meine Neugier geweckt hat, mich aber wegen seines penetranten Beigeschmacks am Zubeißen hindert.«

»Da kann man helfen, schnell sogar. Haben Sie Zeit für ein Mittagessen? Gleich bei Ihnen in der Nähe im *Adesso*. Ich bestelle einen Tisch.«

»Dann erklären Sie mir auch, warum ich in ein Piranhabecken springen soll, um als Futter für gefräßige Raubfische herzuhalten? Was hätten Sie denn davon?«

Tom war pünktlich um zwölf da, Matteo verspätete sich. Er entschuldigte sich mit dem dichten Verkehr, es werde ja immer schlimmer in der Stadt. Sie bestellten gegrillte Seezunge mit grünem Salat, vorweg eine kleine Portion Spaghetti mit Steinpilzen. Dazu Wasser und Wein, den leichten toskanischen Hauswein.

»Zunächst müssen wir uns auf ein Agreement einigen: Sie sitzen mir nicht als Journalist gegenüber. Sollte es mit uns nichts werden, schreiben Sie nichts.«

»Das kann ich nicht versprechen, komme Ihnen aber entgegen: Ich kann mit einer Veröffentlichung warten, bis der Spuk ausgestanden ist. Schließlich weiß ich mich in Ihre Lage zu versetzen und die Geschichte läuft mir nicht davon.«

»Das Einverständnis fällt mir leicht, Sie werden mein Angebot nicht ablehnen. Was verdienen Sie derzeit?«

»Etwas über fünftausend monatlich, brutto natürlich.«

»Das ist für einen Journalisten nicht ganz schlecht. Wenn Sie sich zum Wechsel entschließen sollten, zahle ich Ihnen das Doppelte.«

Tom schluckte. Das Doppelte! Jessie durfte er das nicht erzählen.

»Schildern Sie mir doch zunächst einmal den ganzen Sachverhalt. Mir kommt das Ganze wie eine schlecht inszenierte Räuberpistole vor.«

»Vergangene Woche erhielt ich einen Anruf, vermutlich aus Italien, die Nummer war unterdrückt. Der Anrufer stellte sich nicht vor, er sprach mich in seiner Landessprache an, wir unterhielten uns auf Italienisch.«

»Das ist noch nicht sehr verdächtig.«

»Das nicht, aber was dann kam schon eher. Er verlangt von den Eigentümern Stammaktien zum Kurs der Vorzugsaktien, die an der Börse gehandelt werden. Aktuell notieren die Aktien mit rund zehn Punkten, also zum Preis von zehn Euro. Der Kurs ist also verdammt niedrig, ein Einstieg würde sich lohnen.«

»Was ist daran so schlimm, wenn ein Käufer Interesse an *Luigi Ferra* zeigt?«

»Grundsätzlich nichts. Aber ich versuchte ihm klarzumachen, dass die Familie nicht verkaufen werde. Sie werde auch keiner Kapitalerhöhung zustimmen, um mit einem Familienfremden die Macht zu teilen.«

»Dann ist doch der Drops gelutscht, das Gespräch mit dem unbekannten Italiener beendet.«

»War es eben nicht. Er drohte für den Fall der Zurückweisung, die börsennotierte Vorzugsaktie in den Cent-Bereich zu drücken. Auf Penny-Stock-Niveau. Die Mittel dazu hätte er. Die Strategen seiner Finanzholding, die er nicht näher nannte, hätten bereits eine Vorlage ausgearbeitet. Er werde das Unternehmen dann eben für Peanuts übernehmen.«

Für Tom war ein solches Vorgehen nicht neu. Er kannte einen Fall, bei dem der Aktienkurs eines strauchelnden Unternehmens mit Gerüchten, gezielten Falschmeldungen, gekauften Analystenbewertungen und Wetten auf fallende Kurse in den Keller geschickt wurde.

»Was sagt die Familie zu diesen Aussichten?«

»Die wollen sich auf keinen Fall darauf einlassen, für sie ist der Anruf ein durchsichtiger Erpressungsversuch, den es abzuwehren gilt.«

»Das wäre doch ein klassischer Fall für die auf Finanzdelikte spezialisierte Kriminalpolizei.«

»Es ist, was Sie offensichtlich nicht wissen, keine Straftat, auf sinkende Kurse zu wetten und hinterher billig zu kaufen. Die Kriminalpolizei würde mich wieder wegschicken.«

»Verstehe. Aber Sie wurden doch, wie Sie sagten, mit dem Tod bedroht. Das ist doch ein Grund, die Polizei einzuschalten.«

»Normalerweise schon. Nicht aber, wenn man in Italien gelernt hat, Codewörter zu dechiffrieren. Da wurde mir klar, dass er nicht bluffte.«

»Kommen Sie auf den Punkt, was sagte er?«

»Nur zwei Worte: Sono stanco! Zu Deutsch: Ich bin müde.«

»Zugegeben, polizeilich verwertbar ist das nicht gerade. Aber Sie deuten diese zwei Worte als Drohung?«

»Das kann vieles heißen. In manchen Kreisen der Ehrenwerten Gesellschaft bedeutet es: Ich diskutiere nicht lange herum, ich schaffe Fakten. Nehmen Sie sich in Acht.«

»Mafia?«

»Ich bin mir fast sicher. Sie verstehen hoffentlich, warum ich nicht einfach zur Polizei gehen kann.«

Tom hatte der Fisch ausgezeichnet geschmeckt, Matteo stocherte an der Köstlichkeit herum und ließ die halbe Seezunge auf dem Teller liegen. Er bestellte noch Espresso und Grappa.

»Morgen muss ich Ihre Entscheidung wissen, die Zeit drängt.«

»Was wird aus mir, sollte ich meinen Job bei Ihnen beendet haben?«

»Sie bleiben im Unternehmen, werden zuständig für Sonderaufgaben. Wichtig ist mir nur, dass Sie kommen. Sie kennen sich in dem Milieu aus.«

6

Oberstaatsanwältin Giulia Galvani war sofort am Hörer. Tom hatte ihre private Handynummer, seit sie sich nach mehreren gemeinsamen Verabredungen zum Essen etwas nähergekommen waren. Es war mehr als eine rein geschäftliche Beziehung, sie duzten sich sogar inzwischen. Tom hatte ihr den entscheidenden Tipp gegeben, der zur Ergreifung des Mörders ihres Vaters führte. Der war als italienischer Gastarbeiter in den 60er-Jahren nach Deutschland gekommen und in Castrop-Rauxel hängengeblieben. Aber Nordrhein-Westfalen gab ihm nicht nur Arbeit, das Bundesland war auch, neben Baden-Württemberg, einer der wichtigsten Stützpunkte der kalabrischen Mafia-Organisation 'Ndrangheta nördlich der Alpen. Irgendwann ließ er sich nach wiederholten Anwerbeversuchen darauf ein, der kriminellen Organisation beizutreten und Schutzgelder zu erpressen. Das gelang nicht immer, weshalb ihm die Organisation unterstellte, erpresstes Geld in die eigene Tasche zu stecken. Eines Tages wurde er in einem entlegenen Waldstück gefunden. Gekreuzigt an einem Baum. Ein Ritualmord. Seitdem hatte sie sich dem Kampf gegen die Mafia verschrieben.

»Ich hätte Gesprächsbedarf, eine heikle Geschichte.«

»Dringend?«

»Sehr sogar.«

»Okay, komm' in mein Büro. Ich habe nicht viel Zeit.«

Tom nahm im Verlag mehrere Stufen auf einmal und rannte zum Parkplatz. Die Polizistin an der Pforte kontrollierte seinen Personalausweis, telefonierte mit Galvanis Sekretärin, die den avisierten Tom Schwertfeger abholen sollte. Frau Galvani orderte bei der Sekretärin Espresso.

»Na, wo hast du deine Spürnase wieder reingesteckt?«

»Ich kann erst reden, wenn du mir zusicherst, dass du nicht ermitteln wirst.«

»Bei Mord oder Totschlag muss ich ermitteln. Und wenn du davon weißt und nicht auspackst, kann ich dich in Beugehaft nehmen lassen.«

»Es geht nicht um Mord oder Totschlag, es geht um mich.«

»Das wird ja immer rätselhafter. Wieso brauchst du den Rat einer Staatsanwältin? Bist du etwa straffällig geworden?«

»Nichts von alledem. Es geht um die Unterwanderung eines Unternehmens, vermutlich durch die Mafia.«

»Wie kommst du darauf?«

»Der Firmenchef hat mir von einem erpresserischen Telefonat berichtet. Er kann nicht zur Polizei gehen, das Vorhaben sei zwar nur mit erheblicher krimineller Energie zu stemmen, juristisch aber nicht angreifbar. Auch die Drohung dem Firmenchef gegenüber sei nicht in justiziabler Form ausgesprochen worden, der Anrufer hätte Codeworte benutzt.«

»Was sagte der Erpresser zu dem Firmenchef?«

»Sono stanco.«

»Und das verstand der als Drohung?«

»Er ist Italiener und gestand mir, die Codes entschlüsseln zu können.«

»Er hat Recht, das ist eine Drohung. Der Erpresser könnte tatsächlich von der Mafia sein. Aber was hat das mit dir zu tun?«

»Ich soll den Erpresser ausfindig machen und ihm das Handwerk legen. Dazu will er mir eine gut dotierte Anstellung in seinem Unternehmen verschaffen.«

»Was hindert dich daran?«

»Ich bin Reporter und kein Privatdetektiv.«

»Wo ist der Unterschied?«

Tom spürte, dass er Giulia langweilte. Sie ließ ihn ins Leere laufen. Die Schilderung des Sachverhalts berührte sie kaum. Mit den Fingern klopfte sie auf die Schreibtischplatte.

»Erzähle mir die ganze Geschichte. Sollte tatsächlich kein mutmaßlicher Straftatbestand an deiner Story erkennbar sein, werde ich mich heraushalten.«

Es waren befreiende Sätze für Tom, der daraufhin loslegte. Er wusste nicht, ob es klug war, aber er tat es. Die befreundete

Staatsanwältin hörte aufmerksam zu, machte sich ein paar Notizen und sagte am Schluss nur: »Mach es.«

»Warum so hektisch, Herr Schwertfeger, haben Sie was ausgefressen? Oder mal wieder etwas ausgegraben?«, ging ihn Meyerhöfer an, als er in sein Büro stürmte.

»Ja, ein verdammt heißes Ding. Ich kann darüber jetzt nicht sprechen. Nur so viel: Für diese Recherche kann ich nicht bei der Zeitung angestellt sein, schlage Ihnen aber einen Deal vor: Wenn meine Mission beendet ist, stellen Sie mich wieder ein. Eine Bombengeschichte gibt's obendrauf.«

»Wieso müssen Sie dafür das Haus verlassen?«

»Ich kann unmöglich als Reporter in dieser heiklen Sache tätig werden. Es ginge nicht um journalistische Recherche, ich wäre Partei bei einem geplanten Anschlag auf ein Unternehmen, müsste die Interessen des bedrohten Objekts wahrnehmen. Mit unabhängigem Journalismus hat das nichts zu tun.«

»Wie lange soll Ihre Auszeit dauern?«

»Keine Ahnung, ich weiß wirklich nicht, wie lange.«

»Da muss ich mit dem Verleger reden, das geht nicht so ohne Weiteres.«

»Rufen Sie ihn an, ich brauche heute eine Entscheidung.«

»Ich hoffe ja, dass Sie bei Verstand sind. Dann ist Ihnen auch klar, dass Sie nach Ihrer Kündigung kein Gehalt mehr von uns bekommen.«

»Das ist mir bewusst. Aber wenn ich anklopfe, bin ich wieder in der Redaktion. Das ist meine Bedingung, sonst lasse ich die Finger von der heißen Kartoffel.«

»Aber anklopfen müssen Sie, bevor ich mich in den Ruhestand verabschiede. Für meinen Nachfolger kann ich nicht sprechen.«

Meyerhöfer wählte die Nummer des Verlegers. Das Gespräch dauerte nicht lange. Tom registrierte an der Reaktion des Chefredakteurs, dass der Verleger nicht amüsiert war, aber offensichtlich auch nicht abgeneigt. Vermutlich, weil er Toms Gehalt einsparen konnte. Als Meyerhöfer aufgelegt hatte, gab er Tom sein Okay.

7

Tom tippte die Nummer von Matteo in sein Smartphone, es klingelte mehrfach.

»Sorry, ich hatte gerade noch eine Kollektionsbesprechung mit den Designern. Sagen Sie jetzt bloß nicht, Sie hätten sich entschieden.«

»Ich habe mich entschieden. Ich komme zu Ihnen, das Risiko ist mir bewusst.«

»Da fällt mir ein Stein vom Herzen.«

»Wann soll ich antreten?«

»Am liebsten wäre es mir, Sie kämen schon morgen.«

»Hören Sie, ich muss noch die Formalien mit dem Verlag klären. Und eine Kündigungsfrist habe ich auch. Vielleicht kann ich sie abkürzen.«

»Kommen Sie, wann Sie wollen. Aber kommen Sie schnell.«

»Ich würde morgen meinen Arbeitsvertrag mit *Luigi Ferra* unterschreiben. Bereiten Sie die Papiere vor. Über das Gehalt haben wir ja schon Einigkeit erzielt. Wie lautet meine Jobbeschreibung?«

»Persönlicher Berater des Vorstandsvorsitzenden.«

»Gibt's auch eine Betriebsrente?«

»Erst nach zehn Jahren.«

»Existiert der Laden dann noch?«

»Das wird auch von Ihnen abhängen.«

Tom wusste, dass er Roulette spielte und alles auf eine Farbe setzte. Immerhin hatte er mit Meyerhöfer ein Hintertürchen vereinbart. Er tröstete sich, dass es schon nicht so schlimm werden würde. Aber das war Pfeifen im Wald.

Am nächsten Tag fuhr er um neun zu *Luigi Ferra*. Es passte alles: das Gehalt, die Jobbezeichnung, die Rentenzusage, eine Vertraulichkeitserklärung und zu seiner Überraschung ein Dienstwagen, ein schwarzes Mercedes-C-Klasse-Modell mit drei Liter Hubraum und einem über 300 PS starken Sechs-Zylinder-Motor. Spitzengeschwindigkeit 250 Stundenkilometer! »Damit Sie dem Erpresser und seinen Schergen entkommen können«, begründete Matteo die hohe Motorisierung, während er den Vertrag gegenzeichnete. Beruhigend wirkte diese Bemerkung nicht.

»Ich miete mich im *Hotel am Stadtgarten* ein; wenn ich zu Hause schlafe, gefährde ich Frau und Kinder.«

»Sie haben alle Freiheiten.«

8

Das *Hotel am Stadtgarten*, was waren das für glückliche Zeiten, als er sich dort in der Bar regelmäßig auf einen oder auch zwei Gin Tonic zum Tete-à-Tete mit Manu Bauer traf. Den Gin, den Manu wählte, den *Tanqueray Ten*! Dort konnte er mit ihr Vertrauliches austauschen, seine Recherchen, seine Reisepläne, seine Probleme, auch die privaten. Und er konnte ihr schöne Augen machen, sie bezirzen. Sie war mit 26 in die Redaktion gekommen, hatte bereits ein abgeschlossenes Medizinstudium hinter sich, wollte Wissenschaftsjournalistin werden, aber er holte sie ins Reportage-Team. Sie war klug, aufgeschlossen, lernwillig, auch etwas verwegen und der griechischen Sprache einigermaßen mächtig, was ihm bei seinen Recherchen in Athen zupasskam. Als sie auf Einladung eines Anwalts den griechischen Mafia-Boss Alexandros Papazypros im Athener Gefängnis Korydallos interviewten, explodierte eine Bombe. Der Anschlag sollte ihnen gelten. Sie hatten Glück, kamen mit dem Leben davon. Die Explosion verhalf Papazypros zur Flucht.

Es war in Athen, als sie ihm unzweideutig zu erkennen gab, dass er bei ihr schlafen könne. Er begehrte sie, aber bis zu dieser Einladung respektierte er ihre Zurückhaltung. Diese Haltung gefiel ihr, er spielte nicht den Draufgänger, zügelte seine Instinkte.

Aber Manu gab es nicht mehr in seinem Umfeld. Sie hatte sich in seinen Freund und Exkollegen Charly Neumeier verliebt. Die Trennung von ihr brachte Tom an den Rand der Verzweiflung. Sie war sein Egotrip, den er nicht mehr befriedigen durfte. Er suhlte sich in Selbstmitleid. Sie hatte sich von ihm getrennt, weil sie auf Dauer die Rolle der heimlichen Geliebten leid war.

Sollte er sie einladen? Ins Vertrauen ziehen? So wie früher? Kommen würde sie, da war er sich sicher. Den Gedanken verwarf er schnell wieder. Noch wusste er von seinem Auftrag zu wenig.

In der Redaktion kramte er seine Sachen zusammen und verstaute sie in einem Karton. Die Ordner mit seinen Recherchen sichtete er gründlich, vielleicht könnte er den einen oder anderen Hinweis auf einen ähnlichen Fall finden, mit dem er es künftig zu tun hatte. Geldwäsche, darüber hatte er brauchbares Material beieinander. Aus der Zeit, als der Georgier Utscha Dwalischwili, dem in der Stadt eine Lagerhalle und ein irisches Pub gehört hatten, mit seiner Geldwaschmaschine auffällig wurde. Giulia Galvani hatte ihn hinter Gitter gebracht. Die Unterlagen steckte er in eine Aktenmappe. Vielleicht könnten sie ihm bei *Luigi Ferra* noch hilfreich sein.

Aus der Schreibtischschublade griff er sich sein Adressbuch, er hatte es eigentlich nicht mehr benutzt, nachdem er die

Adressen und Telefonnummern in seinem Handy gespeichert hatte. Beim Durchblättern fiel ihm die Nummer seines Informanten beim BND ins Auge, sie durfte er nicht im Mobiltelefon ablegen. Reine Vorsichtsmaßnahme, das Gerät könnte sehr leicht gehackt werden.

Tom wählte die Nummer, sein Vertrauter vom Geheimdienst war sofort dran.

»Ich muss Sie treffen.«

»Was gibt's?«

»Ich habe einen speziellen Fall zu lösen. Die Mafia, nach Lage der Dinge eine italienische Organisation, will ein prominentes deutsches Unternehmen unterwandern. Völlig legal, aber mit erpresserischen Methoden.«

»Wie soll ich Ihnen dabei helfen?«

»Ich möchte die Vorgehensweise verstehen. Vielleicht kennen Sie ähnlich gelagerte Fälle?«

»Okay, heute um fünf auf dem *Aldi*-Parkplatz in der Innenstadt. Das Gespräch findet in meinem Fahrzeug statt.«

Tom fuhr sofort los, es war schon vier Uhr. Er quälte sich durch den Berufsverkehr. Die prompte Zusage machte ihm Hoffnung.

Er war für Tom schon einmal nützlich gewesen, als er ihm ein Mafia-Dossier übergab, das mit »VS Vertraulich – amtlich geheim halten« gestempelt war. Aus dem Papier durfte er nicht zitieren, lediglich Strukturen, Arbeitsweisen und Geschäftsfelder abbilden. Es war eine präzise Analyse der vier italienischen Top-Organisationen: der Cosa Nostra auf Sizilien, der Camorra in Neapel, der 'Ndrangheta in Kalabrien und der Sacra Corona Unita (SCU) in Apulien, deren Gesamtumsatz nach Angaben italienischer Regierungsstellen auf jährlich mehr als 100 Milliarden Euro beziffert wurde. Die 'Ndrangheta ist nicht die größte Organisation, aber die mächtigste und gefährlichste. Reich geworden ist sie mit Kokainhandel, den Stoff besorgte sie sich aus Kolumbien. Albanische Kuriere brachten ihn von den Häfen Rotterdam und Antwerpen nach Italien. Ihr Jahresumsatz wurde zuletzt auf über 50 Milliarden Euro taxiert, die Hälfte des »Geschäfts« aller italienischen Organisationen. Er lernte aus dem Papier aber auch die Bedeutung der familiären Bande, die »Blutsverwandtschaft« der Clans und die Metaebene, mit der die Mafiosi ihr »Handwerk« verklärten. Oder überhöhten. So erfolgte beispielsweise der Eintritt in die 'Ndrangheta durch eine »rituelle Taufe«, um dem Kandidaten das »Gefühl für den Beginn eines Ereignisses von besonderer Tragweite und Würde zu vermitteln.«

»Der Vorgang, den Sie mir schilderten, ist nichts anderes als eine moderne, noch wenig verbreitete Variante der Geldwäsche. Ich gebe Ihnen eine Studie unserer Analysten, vertraulich natürlich. Zeigen Sie sie niemandem, zitieren Sie auch nicht aus der Studie. Das Papier gibt's allerdings nicht umsonst.«

»Wie hoch ist der Preis?«

»Sie bezahlen mit den Erkenntnissen Ihrer Recherche.«

»Erfahre ich aus dem Papier auch, wie man den Börsenwert einer Aktie in den Penny-Stock-Bereich drückt, um auf diese Weise mit Kleingeld ein Unternehmen zu übernehmen?«

»Es sind verschiedene Varianten beschrieben, wie man unter Einsatz zweifelhafter Methoden in den Besitz von Unternehmen gelangen kann. Jedenfalls die gängigen. Die Waschmaschinenbetreiber sind kreativ. Investments in Unternehmen, noch dazu in Aktiengesellschaften, sind eine Seltenheit. Anfällig für Schwarzgeld sind Casinos, Juweliere, Autohändler, Restaurantbetreiber und der Immobiliensektor. Vor allem in Deutschland, dem Paradies für Geldwäscher in Europa.«

9

Obwohl er erst in einer Woche sein neues Büro beziehen konnte – der Verlag bestand darauf, solange er von ihm noch alimentiert wurde –, fiel ihm das Warten schwer. Warten war nie sein Ding. Warten war aus der Zeit gefallen. In Zeiten ständiger Erreichbarkeit durch elektronische Medien, Reizüberflutung im Netz und einer Nachrichtenlage in Echtzeit ist Warten ein Relikt der Vergangenheit – als man sich noch Briefe auf Papier schrieb und per Post verschickte und auf Antwort auf Papier warten musste.

Tom reflektierte seine eigene Lage und erinnerte sich an seine Studienzeit. Damals hatte er Warten als philosophisch-existenzielle Menschheitserfahrung in der Literatur kennengelernt, als er eine Seminararbeit über Franz Kafkas Parabel *Vor dem Gesetz* schreiben musste. Eine skurrile Geschichte von einem »Mann vom Lande«, der eines Tages beschloss, vor das Gesetz zu treten, und beim Türsteher um Einlass bat. Aber der Türsteher ließ ihn nicht zum Gesetz vor. Die Tür sei nicht verschlossen, ein Eintritt aber leider zurzeit nicht möglich. Er wies dem »Mann vom Lande« eine Sitzgelegenheit zu, auf der er Platz nahm und eine gefühlte Ewigkeit wartete. Der »Mann vom Lande« war irritiert, nach seinem Verständnis müssten doch viele Leute Zutritt zum Gesetz verlangen, er war aber allein. Als der »Mann vom Lande«, inzwischen alt geworden, sein irdisches Ende kommen sah, erklärte ihm der Türhüter, dass dieser Eingang nur für ihn bestimmt gewesen sei. Und um die Sinnlosigkeit des Wartens zu unterstreichen, sagte er: »Ich gehe jetzt und schließe ihn.«

Tom hasste Warten. Andererseits war ihm aber auch die Hatz nach Neuigkeiten lästig. Es war das Leben in der Redaktion, die Jagd nach Scoops, nach Exklusivgeschichten. Ein Leben als Sklave, getrieben von einem Antreiber, den es nur im übertragenen Sinne gab. Der Antreiber war das Jagdfieber, das ihn beherrschte. Irgendwann würde auch ein solches Leben langweilig, selbst wenn es mit Erfolgserlebnissen garniert war. Der Langeweile fehlte der Charme der Melancholie, das hatte er in einer Abhandlung über Gemütszustände gelesen. Er war ein melancholischer Typ, wusste allerdings nicht, ob Melancholie eine Krankheit war oder einfach ein Laster wie Rauchen, das man mit gutem Willen abstellen konnte. Aristoteles bezeichnete den Zustand als ein »Übel«, was ihm auch nicht weiterhalf. Trübsinnig passte eher zu ihm, aber war er das? Tom inspirierten Landschafts- und Meeresbilder von Caspar David Friedrich, die einfühlsam gemalte Tiefe seiner Motive. Und die Tangomusik mit ihrer schwermütigen Melodie. Oder der portugiesische Fado, in dem er sich verlieren konnte. In Molltönen von der Fadista besungenes Unheil und die Sehnsucht nach einer besseren Zeit. Im Süden Europas kannte man keine Hektik, die Beschaulichkeit am Mittelmeer gefiel ihm. Alte Männer mit braungegerbten Gesichtern überbrückten mit Rauchen und Weinschlürfen die Zeit bis zum Abendessen. Es waren nur Männer, keine Frauen, die sich da auf Plastikstühlen neben den Trottoirs unterhielten. Oder schwiegen. Sie erwarteten nichts mehr vom Leben, ruhten in sich. Nein, niedergeschlagen wollte Tom seinen Gemütszustand nicht bezeichnen. Aber dass sein Gefühlshaushalt öfter aus der Balance kippte, das registrierte er sehr wohl.

Mit Nichtstun konnte er nicht viel anfangen. Einmal im Jahr mit Jessie und den Kindern an die Adria zum Camping war das Höchste an Auszeit. Aber schon nach wenigen Tagen spürte er eine unerklärliche Angst. Vielleicht vor einer Leere, vielleicht auch davor, in dieser Welt überflüssig zu sein. Diese beklemmende Gefühlsregung musste er abstreifen, die Flucht in die Arbeit schien ihm als Ausweg. »Ich sterbe im Sattel« war sein Motto, das er wie eine Monstranz vor sich hertrug.

Das geheime BND-Papier über Geldwäsche hatte es in sich. Es enthielt präzise Beschreibungen, wie Transaktionen verschleiert werden, aber auch, wie sich Auffälligkeiten entdecken ließen, wie viele Mitspieler notwendig sind sowie Adressen von Banken, die schon mal ins Visier von Ermittlern geraten waren. Die Studie war mit Grafiken gespickt, die alle Varianten von Geldflüssen illustrierten: wie schmutziges Geld an einen Geldwäscher gelangt, wie dieser Rechnungen nach exotischen Orten wie Mauritius ausstellt, wie das Geld an Offshore-Gesellschaften verteilt wird – nach Zypern, auf die Bahamas, die Kaimaninseln, selbst nach Delaware in den USA oder Zug in der Schweiz. Tom lernte, wie Gelder aus diesen Gesellschaften in eine Sammelstelle einer europäischen Metropole fließen, die wiederum für einen Kredit bürgt, den eine Bank einer neuen Firma gewährt, die der Geldwäscher auf den Namen einer Person gegründet hatte, deren Pass gestohlen oder gefälscht war. Die neugegründete Firma tritt dann, völlig legal, als Investor auf und erwirbt schwächelnde Unternehmen. Das Papier, obwohl beamtentrocken formuliert, las sich wie ein Krimi.

Tom wählte die Nummer von Giulia, seine einzige Vertraute, nachdem ihn Manu verlassen hatte. Ob sie vielleicht Lust auf ein gepflegtes italienisches Abendessen hätte? Sie verabredeten sich für 19 Uhr im *La Franca*.

Giulia erschien in noblem Outfit: enger, schwarzer Rock, der die Knie bedeckte, weiße geschlossene Bluse, ein breiter Gürtel, der ihre Taille hervorhob, schwarze, halbhohe Schuhe und ein beiges, enganliegendes Jackett mit ausladendem Revers.

»Ich habe Lust auf Fisch, Nudeln und einen leichten Weißwein«, kam sie gleich zur Sache.

Der Kellner brachte die Speisekarten, stellte Wasser und den Brotkorb auf den Tisch. Die Wahl fiel ihnen, nach Giulias Vorfestlegung, nicht schwer: Je eine halbe Portion Farfalle mit

Trüffel, einen Branzino in Salzkruste und den leichten *Grillo* aus Sizilien.

Als der Wein eingeschenkt wurde, schweifte Giulia ab: Ob er von dem erneuten Bootsunglück im Mittelmeer gehört habe? 48 Flüchtlinge qualvoll ertrunken, niemand sei ihnen zu Hilfe gekommen. Wieder einmal versage Europa bei Migranten, die vor Tod, Folter und Elend flüchteten! Jedes Land koche sein eigenes Süppchen. Solidarität? Fehlanzeige! Auch gegenüber Italien – der Mittelmeeranrainer werde mit dem Flüchtlingsstrom allein gelassen. Wie Griechenland und Spanien. Giulia schluckte, das Schicksal der Menschen ließ sie nicht unberührt. Die Gleichgültigkeit Europas auch nicht.

Tom hörte aufmerksam zu, bestätigte, dass er die Meldung im Radio gehört hätte. Aber er verdrängte die Nachricht, es war nichts Neues. Beinahe wöchentlich lieferten sich Menschen geldgierigen Schleppern aus, riskierten die gefährliche Fahrt in Schlauchbooten oder seeuntauglichen Schiffen übers Mittelmeer. Er wollte das Gespräch über das Leid der Flüchtlinge nicht weiterverfolgen, ihm brannte sein Abenteuer bei *Luigi Ferra* unter den Nägeln.

»Du hast mir zugeraten, als ich dich fragte, ob ich den Job annehmen soll. ›Mach es‹, hast du gesagt. Ich folgte deinem Rat und bin jetzt an Bord. Allerdings schwimme ich total und kann meine Situation und die Gefährdungslage überhaupt nicht einschätzen.«

»Wenn ich nicht völlig daneben liege, hast du es mit einer neuen Spielart in dem Gewerbe zu tun. Die kaum verhüllte Drohung, *Luigi Ferra* an der Börse zu marginalisieren, die Codewörter und die Warnung, dass Matteo in der Schusslinie sei, sind eindeutige Hinweise auf organisierte Kriminalität. In deinem Fall auf Mafiosi, die sich auf Finanzgeschäfte spezialisiert haben.«

»Und weil ich durch meine Recherchen im Milieu inzwischen eine gewisse Erfahrung mit diesen Verbrechern habe, wurde ich von dem Textilladen angeworben.«

»Das Motiv für deine Anwerbung ist klar. Mit Geldwäsche hast du in deinem Reporterleben auch zu tun gehabt. Aber dieser Fall ist verzwickter, als wenn Erträge aus dem Kokainhandel in Immobilien gesteckt werden. Da bastelt ein Mafioso an seinem Meisterstück, will sich ein Unternehmen in Familienbesitz greifen, deren Besitzer nicht weichen wollen. Wenn die Drohungen nicht einfach so dahergeredet sind, ist der Erpresser ein Finanzexperte, der das Börsengeschehen gelernt hat, die Lücken im Gesetz kennt und offensichtlich genau weiß, wie man vorgehen muss. Unterschätze diese Leute nicht, sie haben oftmals an den besten Universitäten studiert und treten auf wie Investoren aus der Bankenszene, höflich, fein gekleidet und mit Manieren. Sie pflegen beste Kontakte in die Spitzen der Politik und der Justiz. Vermutlich handeln sie auch mit Kryptowährungen, die sich ideal für das Eintreiben von Lösegeld eignen. Die Ermittlungsbehörden beißen beim Kryptogeld noch immer auf Granit.«

Der Kellner brachte die Farfalle mit Trüffel. Schon der Duft der hauchdünnen, von der Knolle gehobelten Scheiben, versprach einen Feinschmeckerabend.

»Ich gebe dir ein paar Hinweise, die dir helfen können. Aber den gefährlichen Löwenanteil musst du alleine stemmen: ein Treffen mit dem Angreifer.«

»Wie soll ich vorgehen?«

»Wenn sich der Mafioso wieder bei Matteo meldet – und er wird sich melden – soll ihm dein Chef Gesprächsbereitschaft signalisieren und dich als Verhandlungsführer nennen. Sinnvollerweise wirst du bei dem Treffen einen Anwalt dabeihaben und sicherheitshalber einen Bodyguard. Er wird das Angebot nicht ablehnen und er wird dich akzeptieren. Du bist die Vertrauensperson von Matteo. Er wird auch nicht alleine kommen.«

»Das hört sich gefährlich an, dürfte aber machbar sein.«

»Allerdings musst du dich auf das Gespräch vorbereiten. Versuche bei einer Privatbank, am besten bei der international operierenden *Ahorn-Bank* in der Liechtensteinallee, die Meldungen im sogenannten Siron-AML-System einsehen zu dürfen. Das Siron-AML-System ist ein Monitoring, in dem auffällige Geldtransaktionen gemeldet werden. Ich kenne den Chef der *Ahorn-Bank* und kann dich avisieren. Leichten Herzens wird er nicht zustimmen, er mag so etwas nicht, aber er wird mich nicht abweisen.«

»Und wie hilft es mir weiter, wenn ich auffällige Geldtransaktionen entdecke?«

»Notiere dir die Akteure hinter den Transaktionen, vor allem die Institute. Du wirst sehen, es lohnt sich. Die *Danske Bank* wurde über dieses Monitoring überführt. Es waren russische Verbrechersyndikate, die die Lücken im Aufsichtssystem der dänischen Bank ausnutzten und über mehrere Jahre annähernd 240 Milliarden Euro über estnische Filialen der Bank wuschen. Auch die *Deutsche Bank* geriet ja bekanntlich in den Fokus der Strafverfolgungsbehörden, weil ihre Kontrollen gegenüber allzu auffälligen Kunden zu lasch waren. Ein Datenleck im US-Finanzministerium brachte ans Licht, dass Mafia-Gruppen riesige Millionenbeträge bei der *Deutschen Bank* wuschen. Die Sicherheitssysteme der Bank hatten nicht reagiert.«

»Okay, ich werde mir die Akteure der auffälligen Transaktionen notieren. Und dann?«

»Dann musst du bei deinen Verhandlungen mit dem Mafioso nur noch herausbekommen, ob sein Unternehmen unter den Hochrisikokunden im Monitoring genannt ist. Das wäre die halbe Miete.«

Der Kellner klopfte das steinharte Salz vom Branzino, filetierte den Fisch und reichte ihn den Gästen. Tom sagte nichts, er musste die Erkenntnisse sacken lassen. Giulia widmete sich, ganz Gourmet, dem zarten Fisch.

»Das Monitoring-System kannte ich nicht, das ist ein heißer Tipp.«

»Wenn du bei deinen Recherchen Straftaten entdeckst, bin ich im Spiel. Aber du musst genau hinschauen. Die auffälligen Finanztransaktionen werden juristisch erst dann zu Geldwäsche, wenn eine Straftat vorausging. Und nicht alles, was über Offshore-Firmen abgewickelt wird, ist automatisch Geldwäsche. Reiche Leute wollen auch einfach nur ihr Geld verstecken oder in Sicherheit bringen.«

10

Tom ärgerte sich. Er hatte das Büchlein *Der letzte Zeitungsleser* von Michael Angele, das ihm Giulia in provozierender Absicht geschenkt hatte, in der Straßenbahn liegen lassen. Er war mit der Lektüre fast durch, eine Ode auf die gedruckte Zeitung. Der Text gefiel ihm, einige Passagen las er laut und lauschte ihrem Rhythmus. Der Aufwand aber, nach dem Buch zu suchen, schien ihm zu hoch. Es war auch nicht der Verlust des Buches, der ihn ärgerte. Es war der Verlust eines Geschenks von Giulia. Schenken ist nicht allein ein Geben, es setzt Hingabe voraus und hat als Ziel, sich gegenseitig zu bereichern.

Es war ein blöder Verlust, das musste er sich eingestehen. Aber vielleicht war es ja für den Finder ein Gewinn, wenn er sich für Bücher interessierte. Selbst wenn es ein ehrlicher Finder wäre, könnte er das Buch nicht zurückgeben. Es enthielt keine Adresse, nur eine kurze Widmung von Giulia. Ohne Nachnamen!

Tom hatte schon viele Bücher verschenkt. Er verlieh auch Bücher und oft fand das eine und andere nicht wieder zu ihm zurück. Das störte ihn nicht sonderlich.

Aber *Der letzte Zeitungsleser* war etwas anderes. Giulia wollte ihm mit dem Geschenk zu verstehen geben, seinen Reporterberuf nicht allzu wichtig zu nehmen. Die Leute, die Zeitung läsen, stürben aus. Das ist zwar eine Tragödie, wie Tom einsehen musste, weil Zeitunglesen eine Kulturtechnik ist, deren Verschwinden die Welt ärmer machen würde. Aber die Auflagenentwicklungen der Zeitungen, auch die des *Süddeutschen Anzeigers*, stützten Giulias These.

Dass die Welt eines Tages ohne Zeitungen existieren sollte, diesem Gedanken wollte sich Tom nicht nähern. Die Menschen wollen informiert sein, Geschichten lesen, in Reportagen schmökern. Aber vieles von dem wird heute in digitalen Portalen angeboten. Bald wird es eine Generation geben, die nichts anderes mehr kennt. Für ihn eine trostlose Perspektive.

Es war zu früh, nach Hause zu gehen, weshalb er sich noch einen Espresso im Café *Arabica* gönnen wollte. Als er das Lokal betrat, entdeckte er an einem der hinteren Tische Jessie. Sie war nicht allein, ihr gegenüber saß ein Kerl, ein großgewachsener Mann. Sein Gesicht konnte er nicht sehen, weil er ihm den Rücken zuwandte. Aber beide unterhielten sich angeregt und lachten herzhaft. Jessie hatte Tom nicht bemerkt. Er verschwand unerkannt wieder aus dem Café und steuerte aufs *Grüne Eck* zu, seine Stammkneipe. Bei Wirtin Margit bestellte er ein Bier.

»Warum schaust du so mürrisch, ist dir mal wieder eine Laus über die Leber gelaufen?«, ging ihn Margit an, als sie ihm das frischgezapfte Pils reichte.

»Ich schau nicht mürrisch, und es ist mir auch keine Laus über die Leber gelaufen. Und wenn, dann schwemme ich sie mit dem Hopfengebräu weg.«

»Ich kenne dich, irgendetwas ist dir in die Quere gekommen. Kommst du mit deinen Recherchen in der Unterwelt nicht weiter?«

»Damit ist für eine Weile Schluss, ich nehme eine Auszeit.«

»Das hört sich ja interessant an. Und was wirst du in deiner Auszeit unternehmen?«

»Erzähle ich dir nach der Auszeit. Zapf mir noch ein Pils.«

Irritiert war er schon, als er Jessie vergnügt mit einem Mann im Café *Arabica* erblickte. Er wusste nicht, dass ihr Freundeskreis größer war als der, den er kannte. Zu Hause nörgelte sie meistens, ein herzhaftes Lachen war er von ihr nicht gewohnt. Sie schien mit sich im Reinen, da im Café. War es gar mehr als nur ein freundliches Geplauder? Gar eine Liebelei?

11

Am Montag stand er sehr früh auf, duschte und zog seinen dunkelgrauen, inzwischen zu engen Anzug an. Beim Blick in den Spiegel musste er sich eingestehen, dass er mit dem lang nicht getragenen Kleidungsstück keine gute Figur machte. Noch nicht einmal, wenn er die Knöpfe am Jackett öffnete. Pünktlich um neun stand er im Chefsekretariat von *Luigi Ferra*. Als er darum bat, den Chef zu sprechen, eröffnete ihm die Vorzimmerdame, dass Herr Matteo überraschend wegmusste. Tom stutzte. Am Freitag hatten sie noch miteinander telefoniert und Matteo hatte ihn für Montag gleich um neun zu sich beordert.

»Er sagte, Sie sollen in Ihr Büro gehen und auf seinen Anruf warten«, beschied ihm die Dame kühl.

»Darf ich mich wundern über seine Abwesenheit? Ich muss dringend mit ihm sprechen.«

»Auf Ihrem Schreibtisch liegt alles, was Sie brauchen. Der Autoschlüssel für Ihren Dienstwagen, ein Dokument von der Personalabteilung, das Sie noch unterschreiben müssen, und ein Aktenordner, in den Sie sich schon mal vertiefen sollen.« Sie war nicht sehr gesprächig.

Tom wusste nicht, wie ihm geschah. War alles nur ein Versehen? Warum rief ihn Matteo nicht selbst an, um ihm zu sagen, dass er kurzfristig verhindert sei? Die Situation kam ihm gespenstisch vor, er konnte sie nicht einordnen. Den Autoschlüssel wälzte er von der einen Hand in die andere, aber er interessierte ihn nicht mehr. Und die Lektüre im Ordner langweilte ihn: Länder, in die *Luigi Ferra* Kleider und Anzüge exportierte, Stofflieferanten, Währungsumrechnungstabellen, Lohnschneidereien, Geschäftszahlen.

Um 14 Uhr klingelte das Telefon.

»Hier Matteo … Wie soll ich es Ihnen sagen?«, stammelte er.

»Was ist geschehen, warum sind Sie nicht wie verabredet im Büro?«

»Ich bin am Wochenende gefeuert worden.«

»Um Gottes willen, wie das?«

»Das erkläre ich Ihnen ein anderes Mal, ich habe mir nichts zuschulden kommen lassen. Meine Entlassung hat ganz simple Motive.«

»Was wird jetzt aus mir?«

»Gehen Sie zu Sebastian Köpenick, er ist der älteste Sohn der Tochter des Firmengründers und seit heute Vorstandsvorsitzender von *Luigi Ferra*.«

»Da habe ich ja regelrecht ins Klo gegriffen.«

»Seien Sie nicht defätistisch, sehen Sie vielmehr Ihre Chance. Sorry, ich melde mich wieder.«

Tom brauchte ein paar Minuten, um sich wieder zu fassen. Es wurde ihm schmerzhaft bewusst, dass er eine grandiose Fehlentscheidung getroffen hatte, als er Matteos Werben nachgab. Die Gier, das Geld, was war es denn sonst? Er hätte heulen können. Schon morgen würde er bei Meyerhöfer seine Rückkehr in die Redaktion ankündigen.

Er griff zum Hörer und klingelte bei Matteos Sekretärin durch.

»Melden Sie mich bitte bei Herrn Köpenick an. Sagen Sie ihm, es sei dringend.«

»Er müsste jeden Augenblick hier sein. Ich rufe Sie.«

Tom starrte aus dem Fenster und fiel in seinen gewohnt melancholischen Zustand. Alles hatte er sich vorgestellt, nur das nicht. Er würde Köpenick sofort um Auflösung seines Vertrages bitten. Schließlich hätten sich die Bedingungen, unter denen er angetreten war, verändert. Er musste nur raus. Raus aus dem Modeladen. Es war eine Schnapsidee gewesen, den Job zu wechseln, gestand er sich zähneknirschend ein.

Im Netz suchte er nach Informationen über Sebastian Köpenick. Die *Luigi Ferra*-Website gab nicht groß Auskunft über die Eigentümerfamilie, lediglich über ihre Kollektionen und wo die Kleider zu kaufen waren. Bei einem Online-Nachschlagewerk wurde er fündig:

Gerda Keck, Tochter des Firmengründers, heiratete einen Marineoffizier namens Rüdiger Köpenick, mit dem sie drei Söhne hatte. Sie besuchten – anders als die Zöglinge ihres Bruders – Eliteschulen in der Schweiz. Der älteste von ihnen, Sebastian, lernte bei den besten Herren- und Damenschneidern in Italien, schrieb sich beim weltweit angesehenen *Istituto Marangani* in Mailand ein, absolvierte erfolgreich einen Meisterkurs im *Milan Fashion Campus* und schnupperte auch bei *Ferragamo* und *Armani* in den

Schnittmustern. Vor allem lernte er, dass Mode nicht nur eine Form der Kunst ist, sondern ein knallhartes Geschäft.

Die Sekretärin rief Tom ans Telefon. Er ließ sich Zeit, richtete auf der Toilette noch sein Haar und achtete darauf, dass der Anzug einigermaßen saß und das Hemd in der Hose steckte.

»Das ist wirklich ein unglücklicher Einstand für Sie, ich kann Ihre Gefühle nachempfinden«, platzte Köpenick heraus, ohne einen Gruß zu vorauszuschicken. Vorgestellt hatte er sich auch nicht.

»Was heißt hier unglücklicher Einstand, für mich ist das eine Katastrophe. Versetzen Sie sich doch in meine Lage. Ich fange bei Ihrer Firma an, weil mir Herr Matteo einen brisanten Auftrag angetragen hat. Wir hatten ein Vertrauensverhältnis. Bei meiner Zeitung habe ich gekündigt. Jetzt ist er weg. Und ich weiß noch nicht einmal, warum.«

»Beruhigen Sie sich. Sie erledigen Ihren Job genauso, als ob Herr Matteo Ihr Vorgesetzter wäre. Ich kenne den Sachverhalt, wir haben in der Familie darüber beraten und sind entschlossen, nicht zu verkaufen. Kriegen Sie heraus, wer oder was hinter dem Angriff auf unser Unternehmen steckt. Sie haben ja Erfahrung, wie man mir sagte.«

»Mir wäre es lieber, Sie würden mich aus dem Vertrag entlassen. Die Geschäftsgrundlage ist entfallen.«

»Aus dem Vertrag entlasse ich Sie nicht. Pacta sunt servanda. Sie sind für diese Aufgabe engagiert und Sie werden den Auftrag erfüllen.«

»So einfach geht das nicht. Ich weiß noch nicht einmal, ob Sie mit meiner Vorgehensweise einverstanden sind.«

»Was heißt das?«

»Ganz einfach, ich definiere die Spielregeln, niemand sonst.«

Köpenick stutzte, ließ sich ein paar Augenblicke Zeit. Der entschlossene Auftritt von Tom überraschte ihn. Aber offensichtlich hatte er kein vernünftiges Gegenargument parat.

»Einverstanden. Aber wenn ich den Eindruck habe, dass Sie mich reinlegen, sind Sie draußen. Fristlos! Ohne Abfindung.«

Tom reichte ihm die Hand.

Sebastian Köpenick strahlte Selbstbewusstsein aus. Den Schreibtischsessel hatte er nach hinten justiert, die Beine übereinandergeschlagen. Sein Anzug saß wie angegossen, ein blütenweißes Hemd blinkte unter seinem Jackett hervor, ein weißes Einstecktuch war die einzige Zierde. Keine Krawatte, keine Anstecknadel. Lediglich die Uhr am Handgelenk fiel etwas protzig aus.

»Warum wurde Matteo gefeuert?«, ließ Tom nicht locker.

»Ich war schon einmal im Vorstand von *Luigi Ferra*, zusammen mit meinen beiden Brüdern, meiner Cousine und meinem Cousin. Aber das ging nicht gut, weshalb wir alle die operative Führung abgeben mussten. Ich wechselte zu einem Modehändler, zu *Packer und Vanhouten*. Auf Dauer war das nichts für mich. Ich bin kreativ und will Mode machen, nicht nur verkaufen. Mode verleiht Frauen neue Silhouetten, Männern Stil. Mode ist eine einflussreiche Kunstgattung, macht die Welt schöner und lebenswerter. Und wenn man die Kunst beherrscht, kann man gutes Geld verdienen. Als ich meinen Eltern und meinem Onkel eröffnete, dass ich ein eigenes Modelabel kreieren und *Luigi Ferra* Konkurrenz machen werde, boten sie mir den Chefposten im familieneigenen Unternehmen an. Ich akzeptierte unter zwei Bedingungen: Erstens, keiner von der Verwandtschaft darf in den Vorstand nachrücken! Und zweitens, den Vorsitz übernehme ich sofort.«

»Sie haben also Herrn Matteo geschasst, damit Sie sich auf seinen Stuhl setzen können.«

»Herr Matteo pochte auf Vertragserfüllung, damit konnte ich nicht einverstanden sein, es musste schnell gehandelt werden. Seine Bilanz ist nicht gerade vorzeigbar. Er bekommt seinen Vertrag ausbezahlt und zusätzlich eine Abfindung. Darauf haben wir uns gestern geeinigt.«

»Und Sie wollen jetzt den Laden auf Vordermann bringen?«

»Ich habe Ideen und inzwischen eine Menge Erfahrung in dem Geschäft, das sich weitgehend auf der Gefühlsebene abspielt.«

»Und wenn der ominöse Finanzhai Ihren Aktienkurs in den Cent-Bereich drückt, was dann?«

»Das werden Sie verhindern, ich setze auf Sie.«

12

Tom schlich in sein Büro, seine Stimmung war im Keller. Zum Zeitunglesen fehlte ihm die innere Ruhe. Er saß auf seinem Schreibtischstuhl, die Ellenbogen hatte er auf den Tisch gestützt und mit den Händen das Gesicht verhüllt. Er hätte schreien können. Auf was hatte er sich da eingelassen? Mit Matteo surfte er einigermaßen auf Wellenlänge. Tom kannte ihn schon länger, lange bevor er ihm das aberwitzige Angebot gemacht hatte, auf das er hereingefallen war. Aber was war mit Köpenick? Er diente jetzt einem ihm unbekannten Typen, seinem Eindruck nach einem kaltschnäuzigen Karrieristen: Erpresst seine eigene Familie, opfert den Vorstandsvorsitzenden in einem Wochenendkommando und gibt sich selbstbewusst, das Unternehmen aus der Krise zu führen. Allein! Für Tom war er ein Hochstapler.

Plötzlich öffnete sich die Tür zum Chefbüro und Köpenick stand im Türrahmen.

»In zehn Minuten kommt der Schneider und nimmt Maß. Als mein persönlicher Berater können Sie nicht in abgewetzten Klamotten herumlaufen. Außerdem ist Ihnen der Anzug zu eng.« Er drehte sich um und verschwand hinter der Tür.

»Mein Gott, auch das noch«, stöhnte Tom. Nein, das war nicht seine Welt. Ein Modeladen – und er mittendrin. Er fühlte sich verloren in einem Kosmos, in dem sich alles nur um Schönheit, gutes Aussehen, Auffallen drehte. »Zu spät«, sagte er sich, »zieh das Ding jetzt durch.« Schon Herbert Achternbusch wusste: »Du hast keine Chance, aber nutze sie.«

Ein Klopfen an seiner Bürotür.

»Herein«, rief Tom bestimmt. Er wusste, wen er zu erwarten hatte.

Ein kleiner, älterer Herr mit Weste, offenem Hemd und Maßband um den Hals trat ein und stellte sich vor: »Theodorakis ist mein Name, nicht Mikis. Meine Eltern haben mich Kyriakos getauft.« Er lachte.

Tom spürte Witz und Humor des Alten. Er gefiel ihm, hatte keine Allüren und signalisierte mit tief Zufriedenheit ausstrahlender Mimik, dass er sich im Schneidersitz wohlfühlte.

»Mikis Theodorakis wären Sie wohl gerne, wenn ich Ihre Anmerkung richtig deute?«

»Ach, was wäre man nicht gerne! Immerhin reicht's bei mir noch zu ausgelassenem Sirtaki. Wollen wir?«

Theodorakis nahm Tom an die Hand, trällerte die Tanzmusik, schob erst das linke Bein, dann das rechte nach vorne und ermunterte ihn, es ihm gleichzutun. Tom konnte sich nicht dagegen wehren, spielte mit und spürte schnell die verbindende Kraft, die von der Melodie ausging.

»Sie können mich gerne öfters besuchen, vielleicht lerne ich Ihre Tänze noch.«

»Ich hatte früher in Griechenland eine Tanzschule, aber mein Schneiderhandwerk war einträglicher. Die Griechen tanzen zwar gerne, brauchen dafür aber keinen Unterricht. Wenn Sie Lust haben, besuchen Sie mich nach Feierabend zu Hause, dann haben Sie schnell den richtigen Schritt heraus.«

»Sie wissen hoffentlich, was Sie sagen? Ich werde kommen.«

»Gerne, bringen Sie genügend Zeit mit, meine Frau kocht ausgezeichnet.«

Tom war von dem tänzelnden Schneider angetan, er hegte Sympathie für den Alten. Was für ein unkomplizierter, unprätentiöser Typ. Der schiere Gegensatz zu Köpenick.

»Ziehen Sie bitte Ihr Jackett aus und stellen Sie sich kerzengerade hin«, forderte er Tom auf.

Akkurat maß Theodorakis Hosenbeine, Schritthöhe, Bauch- und Hüftumfang, Ärmellänge, Schulterbreite, Jackenlänge und notierte sich die Maße in einem schwarzen Büchlein.

»Kommen Sie mit, dann suchen wir im Lager den passenden Stoff aus. Ich habe schon eine Vorstellung, was zu Ihnen passen könnte. Etwas Modisch-Elegantes und etwas leicht Extravagantes. Teure Stoffe von einzigartiger Qualität. Ich soll Ihnen zwei Anzüge schneidern, meinte Herr Köpenick.«

»Aber bei den Stoffen rede ich mit. Ich glaube kaum, dass mir allzu Elegantes oder gar Extravagantes zusagt.«

»Keine Sorge. Ich zeige Ihnen eine Auswahl und Sie entscheiden. Wenn Sie erlauben, gebe ich meinen Kommentar dazu. In meiner Werkstatt steht ein Kaffeeautomat, dann gönnen wir uns vor dem Stofflager noch einen starken Espresso.«

»Ich wusste nicht, dass Griechen auch auf Espresso stehen?«

»Griechen trinken Mokka. Aber ich habe lange in Italien gelebt und mich an den Espresso gewöhnt.«

»Dann beherrschen Sie auch die italienische Sprache?«

»Selbstverständlich, ganz gut sogar.«

»Und sind Ihnen da auch Mafiosi über den Weg gelaufen?«

»Jede Menge, sie haben Sinn für exzellentes Aussehen, gute Stoffqualität und modische Kleidung. Sie hatten immer ein Bündel Geldscheine dabei, um die Rechnung zu begleichen. Man entwickelte mit der Zeit ein Gespür dafür, wer zur Ehrenwerten Gesellschaft gehört.«

»Interessant«, murmelte Tom.

Die passenden Stoffe für die beiden Anzüge waren schnell gefunden. Theodorakis präsentierte Tom nichts, was er für übertrieben gehalten hätte. Der dunkle Stoff, den er »Vulkan« nannte, hatte ein kaum sichtbares Streifenmuster, sah ziemlich businessmäßig aus. Der hellere Stoff »Ocker« passte eher für die Freizeit. Tom wählte »Ocker« für die Hose, für das dazu passende Jackett einen dunkelblauen Stoff. Aus dem Tuch »Vulkan« sollte der Anzug geschneidert werden. Die Farben hätte er selbst nicht gewählt, musste sich aber eingestehen, dass Theodorakis sein Handwerk verstand.

»Studieren Sie Modelabels, achten Sie auf die Schnitte, bei Damenkollektionen auf die Farben und die Kreativität der Ausführungen, vor allem auf die Linienführung. Nur wenige beherrschen die Kunst der perfekten Silhouette. Mode ist ein sehr spezielles Gebiet. Alle reden mit, die wenigsten haben Ahnung.«

»Wo soll ich Ihre Kunst studieren?«

»Hier haben Sie ein Fachbuch für Einsteiger, *Das Wesen der Mode*, in dem Sie alles finden. Es ist unsere Bibel, beschreibt die Philosophie der Mode, erklärt unser Handwerk in einfachen Worten und lebt von den Schnittmustern, den Fotos und den Erläuterungen zu den Kleidern. Und sollten Sie dereinst die Zeit finden, schauen Sie bei *Gucci, Armani, Ferragamo* oder *Louis Vuitton* vorbei, für Männer speziell bei *Tom Ford, Zegna* und *Brioni. Tom Ford* allein wegen der Sakkos. Ein kurzer Abstecher zu *Santoni* wäre auch nicht schlecht, der Gürtel und der Schuhe wegen. Die paar Dienstreisen dürften ja wohl noch drin sein.«

»Noch fehlt mir die Phantasie zum Experten.«

»Experte werden Sie wahrscheinlich nicht mehr. Aber mitreden müssen Sie können.«

»Warum kümmern Sie sich so fürsorglich um mich?«

»Wenn ich richtig informiert bin, sind Sie der persönliche Berater des Vorstandschefs. Da sollte man fachlich einigermaßen auf Augenhöhe sein. In der Autoindustrie können Sie ohne technische Grundkenntnisse auch nicht überleben.«

Tom nahm das Buch, bedankte sich und wollte gerade gehen, als ihm Theodorakis noch zurief: »Nehmen Sie mein Angebot an und besuchen Sie mich. Sirtaki lernt man leichter als die Feinheiten des Modegeschäfts.«

13

Zurück im Büro blätterte Tom in Theodorakis Bibel. Mit den Beiträgen konnte er nicht viel anfangen, sie waren von Schneidern und Modedesignern geschrieben, von Fachleuten. Einfache Erklärungen sicher, aber was sollte er damit? Auch die Schnittmuster, die zahlreichen Fotos mit männlichen und weiblichen Models in zumeist ansprechenden Kleidern, zuweilen auch ausgefallenen, ließen bei ihm den Funken nicht überspringen. Mode war nicht sein Metier.

Er erinnerte sich, als er einmal von einem *Baldessarini*-Manager zum Oktoberfest eingeladen worden war: ein langer Tisch voller Fashion-Experten und Models, die Damen im Dirndl, die Herren im Trachtenjanker und vor den Damen wie den Herren mächtige Bierkrüge. Sie redeten laut, kamen sich irgendwie wichtig vor und hatten dennoch nur ein Gesprächsthema: Mode! Kein Wort über Politik, nichts über Wirtschaft, noch nicht mal über schnelle Sportwagen, auch nicht über das Bier, an dem sie nippten wie an einem Weinglas. Sie steckten in ihrer Blase fest und selbst die laute Musik vom Bierzeltorchester heizte ihnen nicht ein oder brachte sie auf andere Gedanken. Tom fühlte sich deplatziert.

Die Gesprächsinhalte im Bierzelt waren exakt so, wie es Fabio Piras, der Direktor des Masterstudiengangs Mode am *Central Saint Martins* in London beschrieb: »In diesem Job gibt es keinen Platz für Verlogenheit, weil man damit das Spiel verfälscht. Wenn ich mit meinen Studierenden über ihre Kollektionen spreche, zählt nichts anderes auf der Welt.«

Wie in einer Sekte, schoss es Tom durch den Kopf. Wenn die Verbissenheit auf eine Sache keinen Gedanken an eine andere Sache mehr zulässt, ist es bis zum Zustand einer verschwörerischen Heilsgemeinschaft nicht mehr weit. Vermutlich der wahre Grund, weshalb das *Central Saint Martins* seit 30 Jahren erfolgreiche Modeheilsbringer in die Welt des Bekleidungs-Business entlässt. In Fabio Piras Kurs gehe es schließlich allein darum, »Individuen auszubilden«, die in der Lage seien, »die Modeindustrie in den entscheidenden Momenten auch zu verändern«. So weit, so gut. Aber dann der Satz, den Tom nicht verstand: »Denn einige von ihnen werden einmal sehr viel Macht haben.« Für Tom war es die Hybris einer sich selbst überschätzenden Zunft.

Aus seiner Tasche kramte er Friedrich Dürrenmatts dystopische Erzählung *Der Tunnel*. Das Büchlein hatte er sich eingesteckt, um lästige Wartezeiten zu überbrücken und um sich abzulenken. Es war Zufall, dass der fiktionale Inhalt mit seinem grausamem Ende gerade jetzt zu ihm passte. Er legte die gebundene Geschichte auf seinen Schreibtisch und las laut:

»Wie wir in diesen Tunnel geraten sind, weiß ich nicht, ich habe dafür keine Erklärung. Doch bitte ich Sie zu bedenken: Wir bewegen uns auf Schienen, der Tunnel muss also irgendwo hinführen. Wir fahren abwärts, sagte der Zugführer … Gott ließ uns fallen, und so stürzen wir denn auf ihn zu.«

Die Sätze trafen seine Gemütslage, schnitten wie eine Rasierklinge ins Fleisch. In Gedanken spürte er Blut an den

Händen. Selbstmitleid übermannte ihn: Gott lässt mich fallen! Er tröstete sich: Jeder Mensch hat ein Verfallsdatum, das der Schöpfer unsichtbar unter die Haut implantiert. Das Gefühl kannte er von Mafia-Recherchen, bei denen er dem Tod nur knapp entwischte.

Tom roch das Blut an seinen Händen, das nicht da war, aber das er spürte. Er fühlte plötzlich wie der Apokalyptiker Dürrenmatt. Seine zuweilen entfesselte und zügellose Sprache faszinierte Tom, sie traf seinen angeschlagenen Seelenzustand.

Am nächsten Tag bat er zunächst bei Köpenicks Sekretärin um Audienz beim Chef. Noch immer hatte er seinen abgewetzten, zu engen Anzug an, was ihm nach der Philippika von Köpenick peinlich war. Aber er hatte nichts Besseres.

»Der Chef ist da, Sie können eintreten.«

Tom klopfte und öffnete die Tür, bevor ihn Köpenick bitten konnte.

»Der Schneider war bei mir, hat Maß genommen und wir haben die Stoffe ausgesucht. Sie müssen noch einige Tage meine abgewetzte Kleidung ertragen.«

»Ich sage ihm, er soll sich beeilen. Ihre neuen Anzüge werden übermorgen geliefert, verlassen Sie sich drauf. Aber ich will etwas anderes mit Ihnen besprechen: Gestern Abend, schon zu mitternächtlicher Stunde, erreichte mich zu Hause ein Anruf des Erpressers. Das Gespräch war kurz, er wolle sich mit mir treffen. Ich antwortete, dass das Treffen stattfinden könne, aber dass ein Vertrauter von mir, ein Herr Schwertfeger, die Verhandlungen führen würde. Das hat ihm zwar nicht geschmeckt, aber er hat diese Pille geschluckt.«

»Wann und wo soll ich ihn treffen?«

»Dazu will er sich wieder melden.«

14

Waldemar Richter, Chef der *Ahorn-Bank*, bat Tom in sein holzgetäfeltes Refugium und ließ stilles Wasser servieren.

»Frau Galvani hat mich gebeten, Ihnen Einblick in unser Monitoring-System für auffällige Transaktionen zu geben. Abschlagen kann man ihr ja nichts, sie ist erfrischend, natürlich und irgendwie unwiderstehlich. Ich bin informiert, was Sie brauchen. Wir schauen uns die Protagonisten am Bildschirm an. Namen dürfen Sie notieren, merken könnten Sie sich die doch nicht.«

»Frau Galvani hat Sie offensichtlich in meine Recherchen eingeweiht?«

»Das musste sie tun, ich bin misstrauisch.«

»Darf ich fragen, woher Sie Frau Galvani kennen?«

»Fragen dürfen Sie, erwarten Sie aber keine Antwort. Ich bitte um Verständnis.«

Tom rang mit seiner Eifersucht. Sollte die Galvani etwa auch mit anderen Männern ein herzliches Verhältnis pflegen? Vielleicht sogar mehr? Vorstellen konnte es sich Tom bei seinem Gastgeber durchaus. Waldemar Richter durfte um die 50 sein, breitschultrige Erscheinung, gepflegtes Äußeres, eleganter Maßanzug, Seidenhemd, dezent gemusterte Krawatte.

»Dann wissen Sie auch, dass ich mich bei meiner Zeitung für unbestimmte Zeit ausgeklinkt habe und nun für ein Modeunternehmen arbeite?«

»Auch das ist mir bekannt.«

»Darf ich dann, rein interessehalber fragen, wo Sie schneidern lassen?«

Der Banker lachte und klopfte sich auf die Schenkel.

»Für gewöhnlich weise ich Gästen, die allzu Intimes wissen wollen, die Tür. Aber Sie genießen einen Vertrauensvorschuss. Bitte, ich lasse bei *Brioni* schneidern. Dafür reise ich einmal im

Jahr nach Italien, vielmehr fliege ich nach Pescara und fahre die 30 Kilometer mit dem Auto nach Penne. Der Ort beherbergt eine Bilderbuchaltstadt und glänzt mit wunderbaren Kaffeebars. Und in ihren Mauern logiert der beste Herrenschneider der Welt. Kommen Sie hinter meinen Schreibtisch, dann schauen wir, was das Programm an Informationen ausspuckt.«

Waldemar Richter knöpfte das Jackett auf, setzte sich in seinen wuchtigen Ledersessel und ließ das Siron-AML-System aufploppen. Tom stellte sich hinter ihn, leicht nach vorne gebeugt und starrte auf den Bildschirm. Er registrierte Transaktionen und Finanzinstitute, die die Überweisungen durchführten: 200.000 Dollar von *Capital Development* auf Jersey zur *Marabu Corporation* auf Zypern. »Auf den ersten Blick nichts Besonderes, alle erforderlichen Angaben wie Rechnungsnummer, Kundennummer, Lieferdatum und Zahlungsziel vorhanden«, kommentierte Richter die Bewegung, »die sind offensichtlich bei früheren Transaktionen auffällig geworden.« 500.000 Dollar von *Karenz Overseas* auf den britischen Jungferninseln zur *Santorin Corporation* nach Panama. »Dem Augenschein nach in Ordnung, um Auffälligkeiten zu entdecken, müsste man die Links öffnen.« Doch dann hielt Richter die Suchmaschine plötzlich an. »Sehen Sie, hier, da scheint etwas nicht in Ordnung zu sein: *Ottawa Overseas* in Costa Rica überweist 350.000 Dollar an *Ikarus Corporation* ohne nähere Angaben. Nur die Lieferadresse ist vermerkt: San José, Paseo Colón, Costa Rica. Die Ware ist mit dem nichtssagenden Begriff ›Investitionsgüter‹ angegeben, Absenderadresse *Ikarus Corporation* in Port Louis, Wellington Street, Mauritius. *Ottawa Overseas* überwies das Geld auf ein Konto bei der *Royal Bank of Canada*, Kontoinhaber ist die *Ikarus Corporation* mit Firmensitz in Amsterdam, mit Sicherheit die Muttergesellschaft der Firma auf Mauritius.«

»Das ist ja hochinteressant«, staunte Tom, »die arbeiten unterhalb der öffentlichen Wahrnehmungsschwelle und das auch noch weltumspannend.«

Richter klickte das Siron-AML-System weg und rief das Stammdatenregister auf. Und siehe da: Zugriffsberechtigter beim *Ikarus Corporation*-Konto in Toronto war ein Kolumbianer mit Namen José Fernandez.

»Ein glasklares Drogengeschäft. Und auch noch schlecht getarnt. Die Stammdatenkartei führt ihn mit dem Vermerk ›Hochrisikokunde‹.«

»Das zieht mir doch glatt die Socken aus«, entwischte es Tom.

Richter rief das Siron-AML-System wieder auf und Tom notierte sich die exotischen Namen der ausgewiesenen Finanzdienstleister und Briefkastenfirmen: *Capital Interest*, Delaware / USA, »eine Investmentgesellschaft mit dubiosen Geschäftsverbindungen in Steueroasen«, kommentierte Richter. *Marabu Corporation*, Zypern, »ein Geldwäscheinstitut für Russen«. *Arkeley Development Corporation*, Guernsey. »Die Kanalinseln sind der britischen Krone unterstellt und operieren außerhalb des britischen Rechts.«

Tom ungläubig: »Wie das?«

»Die Inseln gehören zwar zu Großbritannien, die Regierung in London hat dort aber nichts zu melden und Rechtsansprüche kann man nicht mit der britischen Justiz durchsetzen. Dort entscheidet allein die Krone.«

»Die Konstruktion ist doch hochgradig verdächtig und muss Steuerhinterzieher und Geldwäscher geradezu anlocken.«

»Sie sagen es.«

»Ich habe von einer ›Financial Intelligence Unit‹ gelesen, bei der alle Geldwäscheverdachtsmeldungen zusammenlaufen sollen. Die Behörde sei beim Zoll angesiedelt, also an prominenter Stelle.«

»Vergessen Sie die FIU, die ist überfordert. Sie hat keinen Zugriff auf Ermittlungsdaten, kann also die Relevanz von Verdachtsmeldungen überhaupt nicht nachprüfen.«

»Das verstehe ich nicht.«

»Die deutschen Finanzminister zeigen kein großes Engagement beim Kampf gegen die Geldwäsche. Für die Besteuerung ist es schließlich egal, ob das Geld legal oder illegal erwirtschaftet wurde. Der Staat kassiert in jedem Fall mit.«

Toms Liste enthielt am Ende 30 Namen, mit denen er nicht viel anzufangen wusste. Eine weitere Adresse machte ihn stutzig: *Exercise Interest* mit Sitz in Catanzaro. Tom zuckte! Catanzaro, die Provinzhauptstadt von Kalabrien! Die Heimat der 'Ndrangheta! *Exercise Interest* unterhielt Kontoverbindungen bei der *Banca Guiseppe Verdi* in Reggio di Calabria. Ein angesehenes Institut, jedenfalls nach Einschätzung der italienischen Behörden. Gut vernetzt mit den italienischen Großbanken und über diese Häuser mit den Banken weltweit.

»In der Regel sind Briefkastenfirmen in Steueroasen angesiedelt und dienen der Steuerhinterziehung. Viele renommierte Banken mischten mit, *Goldman Sachs, Deutsche Bank* und *Commerzbank*, vorwiegend mit ihren Töchtern in Luxemburg. Auch die *UBS* in der Schweiz war immer vorne mit dabei. Die Anwälte der Briefkastenfirmen unterbreiten den Banken Konstrukte, aus denen die Bank nicht erkennt, mit wem sie Geschäfte macht. Aufgrund der verschärften Compliance-Regeln für gesetzeskonforme Unternehmensführung fahren die Banken diese Geschäfte zunehmend zurück.«

»Und Sie und Ihre Bank, arbeiten Sie auch am Rande der Legalität?«

»Ob Sie es glauben oder nicht: Wir haben uns von erkennbar fragwürdigen Geschäften immer ferngehalten. Wir dienen vermögenden Privatkunden, die ihr Geld nicht verstecken müssen.

Sie können Frau Galvani fragen, sie kennt die Bank gut. Sie wäre mir als Staatsanwältin sonst kaum gewogen.«

»In meinem Fall geht es nicht um Steuerhinterziehung. Ein Interessent, vermutlich ein Mafioso, will die Stammaktien von *Luigi Ferra* billig erwerben. Er will sich das Unternehmen mit erpresserischen Mitteln einverleiben, aber die Familie will nicht verkaufen.«

»Eigentlich ist der Fall dann geklärt. Wenn die Familie nicht verkaufen will, hat er Pech gehabt. Ich sollte Ihnen ja lediglich die Risikokunden und ihre Bankverbindungen zeigen.«

»Der Erpresser droht damit, die an der Börse gehandelten Vorzugsaktien in den Penny-Stock-Bereich zu drücken.«

»Das funktioniert nur, wenn er jemanden kennt, der ein größeres *Luigi-Ferra*-Paket in seinem Portfolio hält und auf seinen Wink hin verkauft. Dann rauscht der Kurs in den Keller. Sehr hoch notieren die Aktien ja nicht, das könnte also klappen. Auch Leerverkäufer können an der Schraube drehen, wenn sie auf fallende Kurse wetten. Die Familie braucht einfach Nerven und Geduld. Nur wenn die Firma zusätzliches Geld von der Börse benötigen sollte, dürfte es eng werden.«

Tom registrierte die Erklärung, sie half ihm aber nicht weiter. Der Hinweis auf die kalabrische Adresse *Exercise Interest* sah in seinen Augen dagegen wie ein Treffer aus.

Als er Richter zum Abschied die Hand reichte, wollte er noch etwas loswerden, von dem er glaubte, dass er damit den Banker provozieren könnte.

»Sagen Sie, zurzeit wird gegen 900 Banker, Händler und Anwälte in der Cum-Ex-Affäre ermittelt. Sind Sie auch im Fokus der Staatsanwälte?«

»Na hören Sie, da wäre mir Frau Galvani längst auf den Schlips getreten!«

»Das ist nachvollziehbar.«

»Aus diesen Geschäften haben wir uns aus wohlüberlegten Gründen herausgehalten. Das konnte nicht gutgehen und das wussten wir schon, bevor der Bundesgerichtshof die Cum-Ex-Geschäfte als strafbare Handlung eingestuft hat.«

»Aber es ging bei den Cum-Ex-Geschäften doch nur um das konsequente Ausnutzen von Steuerschlupflöchern?«

»So mögen Winkeladvokaten denken. Aber auch ohne zweifelsfreie gesetzliche Vorgaben musste doch jedem Verantwortlichen in Banken und Kapitalanlagefonds klar sein, dass man sich bei Aktiengeschäften die einmal bezahlte Kapitalertragssteuer nicht mehrfach zurückerstatten lassen kann. Das sagt einem doch der gesunde Menschenverstand.«

»Der scheint bei vielen Vertretern Ihrer Zunft gründlich abhandengekommen zu sein.«

»Allein den deutschen Fiskus dürften diese steuergetriebenen Geschäfte zehn Milliarden Euro gekostet haben. In ganz Europa beläuft sich der Schaden auf 55 Milliarden Euro, weltweit gar auf 150 Milliarden.«

»Dagegen ist die Mafia eine kleine Nummer.«

»Die Geschäftsmethoden sind nicht so weit auseinander.«

15

Kyriakos Theodorakis klopfte und trat ein. Über dem linken Arm hingen die neuen Kleidungsstücke für Tom, mit der rechten Hand schob er einen mannsgroßen Spiegel ins Zimmer. Er hatte sich beeilt mit der Fertigung, es waren gerade zwei Tage vergangen, nachdem ihn Köpenick gedrängt hatte.

»Probieren Sie den Anzug und die Kombination an. Wenn etwas nicht passt, kann ich es gleich ändern.«

Tom schlüpfte in den vulkanfarbigen Anzug im eleganten Business-Look. Dann die ocker-blaue Kombination, modisch und akkurat geschneidert. Die Kleidung gefiel ihm, auch wenn er sich mit seinem ungewohnten Äußeren erst anfreunden musste.

»Die Kleidungsstücke stehen Ihnen ausgezeichnet. Farben und Schnitte treffen offensichtlich Ihren Geschmack und sind auf Ihre Persönlichkeit zugeschnitten. Die meisten Männer orientieren sich an dem, was Frauen mögen. Bei Ihnen ist das nicht der Fall, Sie sind emanzipiert!«

»Gefallen die Kleidungsstücke etwa Frauen nicht?«

»Schon, aber mein Eindruck ist, dass Sie sich nicht davon haben leiten lassen. Vermutlich verstehen Sie instinktiv etwas von Mode.«

Tom behielt die Kombination aus heller Hose und blauem Jackett an. In den dunklen Anzug würde er morgen schlüpfen.

Am Abend zu Hause, Tom war noch nicht ins *Hotel am Stadtgarten* geflüchtet, empfing ihn Jessie mit staunenden Augen und überraschte ihn mit einem Kompliment. Er zeigte ihr auch den dunklen Anzug, den er in einem *Luigi-Ferra*-Kleidersack über dem Arm trug.

»Wie kommst du mit deiner Detektivarbeit voran?«, wollte sie wissen.

»An sich ganz ordentlich. Ich habe allerdings viele Leerzeiten und muss jetzt abwarten, bis sich der Erpresser mit Ort und Zeit für ein Treffen wieder meldet. Ich habe bei einer Sicherheitsfirma einen Bodyguard gebucht. Außerdem wird mich Johannes Epping von der Kanzlei *Duvenbrock und Partner* begleiten. Ich bin vorbereitet.«

»Pass auf dich auf! Ich bin noch immer der Ansicht, dass das ein blöder Job ist, in den du dich verbissen hast. Überhaupt, wie ist dein neuer Chef?«

»Es geht schon, ich kann ihn nicht einschätzen. Er achtet sehr auf Äußeres.«

»Das ist nicht weiter verwunderlich, er arbeitet in der Modebranche. Komm', setz' dich, ich habe Gulasch und Kartoffeln gekocht. Aber zieh' die feinen Sachen aus.«

»Der Schneider meinte, ich verstünde etwas von Mode. Er zeigte sich sogar überzeugt, dass ich mich bei der Wahl der Farben und Stoffe nicht von dem habe leiten lassen, was Frauen an Männern gerne sehen wollen.«

Jessie lachte.

»Und wie will er das festgestellt haben?«

»Keine Ahnung, er tat so, als ob er es wüsste.«

Tom zog seine Jeans an und griff nach einer Flasche Rotwein, einem *Pinot Noir* aus dem Medoc. Kein billiger Tropfen, aber er stand griffbereit unter der Küchenzeile. Vor allem passte er ausgezeichnet zu der angenehmen Schärfe des Gulaschs.

Am nächsten Tag wählte er den Anzug, der ihm allerdings zu vornehm erschien. Er fühlte sich »overdressed«. Aber Köpenick war angetan: »So sehen Sie doch ganz manierlich aus. Passt wie angegossen und der Stoff ist vom Feinsten. Betrachten Sie die Kleidungsstücke als Bonusvorauszahlung. Wenn Sie Ihren Job erledigt haben, lege ich noch ein paar Anzüge drauf.«

Tom war von Köpenicks Großherzigkeit überrascht, sie bedeutete ihm aber nicht viel. Was sollte er mit den Anzügen? In der Redaktion würde er wie gewohnt Jeans tragen. Ein Stoff, den *Luigi Ferra* nicht einmal im Sortiment führte.

»Wie ich höre, gibt's Unruhe im Haus«, lenkte Tom den Chef auf ein anderes Thema.

»Da müssen die Leute durch. Wenn in der Firma Änderungen anstehen, werden die Mitarbeiter unruhig. Das ist verständlich.«

»Was wollen Sie denn ändern?«

»*Luigi Ferra* ist ein begehrtes Label. Die Herrenbekleidung ist im Businessbereich gut eingeführt, aber langweilig. An der Stelle bekommen wir Druck von mutigeren Wettbewerbern. Die Damenkollektionen sind bei jungen Käuferinnen beliebt, sie werden aber zunehmend von Produzenten kopiert, die in Asien arbeiten lassen und deshalb günstiger anbieten. Das ist insoweit ein Problem, da junge Kundinnen in der Regel nicht viel Geld für Kleider lockermachen können oder wollen. Deswegen ist die Firma ja auch in einer Schieflage und interessant für Übernahmen.«

»Und da wollen Sie mit einer anderen Strategie gegensteuern?«

»Mir bleibt gar keine andere Wahl, wenn der Laden nicht an die Wand fahren soll. Sehen Sie, die Modebranche ist im Umbruch, es ist nicht nur ein *Luigi-Ferra*-Thema. Das Einzige, was den Fashion-Managern einfällt, ist, die Produktion ins kostengünstigere Ausland zu verlagern, nach Malaysia oder Bangladesch. Aber die Billiglohnländer bleiben nicht billig, die Preise ziehen dort auch an. Und die Qualität ist schwer zu kontrollieren.«

»Auch die Arbeitsbedingungen sind in diesen Ländern katastrophal.«

»Das ist richtig, aber nicht mein Motiv, diese Länder zu meiden. Ich bin kein Philanthrop. Heute kommt es – neben einer Topqualität und einem kreativen Design – vor allem auf Schnelligkeit an. Wir lassen weitgehend in Portugal, der Türkei und in Griechenland produzieren. Da können sie auch kurz hinfliegen, die Herstellung kontrollieren und mit den Verantwortlichen Tacheles reden. Am nächsten Tag sitzen sie wieder am Schreibtisch. Außerdem sind Portugal und Griechenland im europäischen Binnenmarkt, es fallen also keine Zölle an. Und in der Türkei verliert die Währung täglich an Wert, was die Ware billiger macht.«

»Jetzt haben Sie mir noch nichts von Ihrer neuen Strategie verraten, die offensichtlich im Hause nicht überall auf Wohlwollen stößt?«

»Das Geheimnis des Erfolgs besteht darin, die Abläufe zu beschleunigen, die Prozesse zu stabilisieren und trotz der europäischen und türkischen Produktionsstätten mit den Kosten an die Billiglohnländer heranzukommen.«

»Wie soll das funktionieren?«

»Bisher haben wir im Herrenbereich bei drei Produzenten die Stoffe ausgesucht und für die ganze Kollektion im Voraus bestellt. Das ist bequem, aber kostspielig. In aller Regel bleiben größere Restposten übrig, mit denen man nichts mehr anfangen kann. Anderen Marken geht es ähnlich. Die Restposten sind nicht etwa nur ein paar Tuchmeter, sie umfassen vielmehr etliche Ballen Stoff, in der Regel mehrere Lkw-Ladungen, weil vorsorglich immer zu viel eingekauft wird. Ich habe mit einigen Herstellern vereinbart, dass ich ihre Restposten zu symbolischen Preisen kaufen werde. Das reicht für kleinere Kollektionen, aber nicht für den in der Branche üblichen Zyklus. Deshalb werden wir die Intervalle abkürzen, flexibler agieren, schneller auf die sich ändernden Kundenwünsche eingehen und den weitverbreiteten Irrsinn, Überangebote zu produzieren, nicht mehr mitmachen.«

»Das klingt doch ganz vernünftig.«

»Dieses Vorgehen verschafft uns eine völlig andere Kalkulationsbasis, Stoffe sind dann nur noch ein marginaler Kostenfaktor. Die Leute müssen sich mehr bewegen, was nicht jedem gefällt. Es ist ja auch einfach, zwei Mal im Jahr nach Bologna oder Mailand zu fliegen, den Kontrakt abzuschließen und die Provision einzustreichen. Jetzt müssen sie Restposten einsammeln.«

»Sehr clever, ich glaube, ich habe Sie unterschätzt.«

»Da sind Sie nicht der Erste. Aber die optimierten Prozesse sind nicht das Einzige, was wir ändern. Bei den Damenkollektionen werden wir zusätzlich im Hochpreissegment Unikate fertigen, tragbar zu besonderen Anlässen. Üblich ist es in der

Branche, Kleider zu entwerfen, von Schneidereien nähen zu lassen und Kundinnen anzudienen. Wir werden anders vorgehen und die Kleider am lebenden Objekt designen. Also so lange an der Kundin herum drapieren, anpassen, ändern, bis das Kleid ihrer Vorstellung entspricht. Für die Unikate werden wir Preise bis in den fünfstelligen Bereich hinein erzielen und richtig Geld verdienen.«

»Ich bin beeindruckt.«

»Danke für Ihr Kompliment. Aber vielleicht verstehen Sie jetzt, warum ich mich bei dieser Art der Herstellung nicht mit meinen Brüdern und den Verwandten abstimmen will. Die leben alle noch in der alten Welt, in einer Welt, die unausweichlich zu Pleiten führen wird. Vielleicht verstehen Sie auch, warum wir nicht verkaufen werden. Schon gar nicht an einen Erpresser.«

»Das leuchtet mir ein. Aber Ihre Eltern, Ihre Brüder und Ihre Neffen und Nichten sitzen als Miteigentümer im Aufsichtsrat. Die müssen doch Ihre Strategie absegnen.«

»Mein Konzept wurde einstimmig abgesegnet. Vereinzelt vorgebrachte Bedenken konnte ich zerstreuen. Auch für eine total revolutionäre Idee wurden mir Mittel zur Verfügung gestellt: die Verwendung von Textilien mit intelligentem Zusatznutzen. Diese Stoffe sind neu im Markt, werden bei Fasertapeten verwendet, um Raumtemperatur und Feuchtigkeit zu regeln. Oder bei Teppichen, die anzeigen, wenn jemand gestürzt ist. Die Stoffe enthalten sensorische Funktionen, die Steifigkeit, Größe und Farbe nach Umwelteinflüssen ändern können. Warum soll man sie nicht für Jacken verwenden, die an der Seite blinken, an der man als Radler abbiegen will?«

»Aber der Erpresser weiß doch gar nicht, was Sie vorhaben. Er will vermutlich nur ganz simpel Geld waschen?«

»Wissen wir, ob er es nicht schon weiß? Und handeln muss, bevor der Aktienkurs durch die Decke geht?«

»Woher sollte er es wissen?«

»Ich weiß es nicht. Vielleicht von Matteo. Kriegen Sie es heraus.«

16

Die Börse spielte schon seit Tagen verrückt: morgens satte Kursgewinne, die am Abend wie Schnee in der Sonne schmolzen. Die *Luigi Ferra*-Aktie dümpelte vor sich hin, oszillierte immer um die zehn Punkte herum. Nur gestern, da verlor sie grundlos knappe zehn Prozent. Die anderen Textilaktien verloren nur geringfügig. Es war also durchaus ein Trend, aber warum der Kurssturz bei *Luigi Ferra*? Sollte etwa der Angreifer schon im Markt sein? Je weiter der Kurs fiele, umso billiger würde er die nicht an der Börse notierten stimmberechtigten Aktien kaufen können, wenn die Familie tatsächlich verkaufen sollte. Oder müsste.

Köpenick öffnete die Tür zu Toms Büro.

»Jetzt wird es ernst, ich habe eine Nachricht erhalten.«

Der Chef sprach leise, sein nach Außen getragenes Selbstbewusstsein war einer Demutshaltung gewichen.

»Sie sollen in zehn Tagen nach Mailand kommen. Treffpunkt ist um zwölf Uhr die *Bottega Emilia* in der Nähe des Bahnhofs Garibaldi. Es ist eines der besten Restaurants in Mailand, ein Spitzenlokal der italienischen Küche. Ich kenne es aus meiner Lehrzeit. Sie können vom Flughafen mit dem Zug direkt zur Stazione Garibaldi fahren, dauert höchstens eine Dreiviertelstunde. Der Tisch ist in einer Nische des Restaurants auf den Namen Giovanni Rossi reserviert. Er bringt zwei weitere Herren mit, wie mir sein Adlatus am Telefon sagte.«

Tom wurde es heiß, auch er senkte seine Stimme.

»Kann Ihre Sekretärin das Ticket buchen? Morgens hin, abends zurück.«

»Selbstverständlich. Ich stelle Ihnen ein Dokument aus, das Sie als meinen Vertrauten ausweist. Für alle Fälle, man weiß ja nie. Sie hören bei dem Gespräch nur zu, zu mehr sind Sie nicht autorisiert.«

»Überlassen Sie die Strategie mir, irgendetwas muss ich schließlich sagen, wenn ich ernst genommen werden will. Mit Zuhören allein wird es nicht getan sein.«

»Aber einig sind wir uns darin, dass Sie weder etwas zusagen noch etwas ablehnen? Das unsittliche Ansinnen der Herren diskutieren wir hier gemeinsam.«

»Behandeln Sie mich nicht wie einen Anfänger. Es ist mir klar, dass ich an keiner Stelle des Gesprächs ins Obligo gehen werde. Aber den Eindruck, dass ich ernsthaft verhandeln will, muss ich schon hinterlassen.«

Es war der Augenblick, in dem er Köpenick eine Professionalität demonstrieren konnte, von der er selbst nicht wirklich überzeugt war. Kleinmut war auf keinen Fall angezeigt, wenn er nicht an Autorität verlieren sollte. Er hatte schon öfter bewiesen, dass er seine Unsicherheit verbergen konnte.

»Sorry, aber die Sache berührt mich, geht mir an die Knochen, verstehen Sie. Unter Umständen bringen Sie Ergebnisse mit, damit wir doch noch die Polizei einschalten könnten.«

»Dann wären sie Stümper.«

Tom war sofort klar, dass er ohne Giulia nicht weiterkam.

»Wir sollten uns treffen.«

»Kein Problem. Wann und wo bestellst du mich ein?«

»Mach keine Witze, es wird ernst. Am besten noch heute Abend.«

»Morgen wäre mir lieber, heute wird's knapp.«

Tom war erleichtert. Dass sie zusagen würde, daran hatte er keine Zweifel. Aber so schnell? Vermutlich war sie an dem Fall interessiert. Egal, er musste in die Trickkiste des Mafioso blicken, Stolperfallen erkennen und alle Eventualitäten des geplanten Deals abspulen.

Von seinem BND-Vertrauten hatte er auch einen Stick erhalten, er enthalte Filme von Treffen der Ehrenwerten Gesellschaft und sei von der italienischen Polizei im Zuge von Verhaftungen konfisziert worden. Den Stick steckte er in seinen PC. Brauchbares entdeckte er nicht, jedenfalls nichts, was ihm in seinem Job hätte helfen können: Geheime Aufnahmerituale, Erpressungsmethoden, Reviergrenzen, das alles konnte er deuten. Ein 'Ndranghetista stellte sich bei seinen Leuten vor, Tom war überzeugt, der Auftritt hätte etwas mit Folklore zu tun. »Tradizione« konnte er auch noch verstehen. Aber sonst?

Tom erinnerte sich an *Gomorrha*, den Enthüllungsroman über die Mafia von Roberto Saviano, der seit der Veröffentlichung des Buches vor einigen Jahren unter Polizeischutz stand. Die Selbsteinschätzung der Mafiosi zeige »elitäre Züge«, sie sähen sich nicht als Kriminelle. Sie schwafelten viel von Tradition oder von hehren Gründungsanlässen ihrer Organisationen. Von Schafhirten, die sich in der Vergangenheit mit Freimaurern zusammengefunden hätten und die Keimzellen ihrer Geheimbünde bildeten. Dass sie Macht über Leben und Tod ausübten, kaschierten sie, indem sie ihre Macht literarisch verbrämten. Es kam durchaus vor, dass Mafiosi zum Stift griffen und sich als verkappte Schriftsteller gerierten. Dabei ging es vornehmlich um Traditionen, Brauchtum, soziale Überhöhungen und Nachruhm. Oder einfach um ästhetische Rechtfertigungen wie beim einstigen Camorra-Oberhaupt Lovigino Giuliano mit seinen schwülstigen Gedichten. Tom hatte bei seinen Recherchen herausgefunden, dass der neapolitanische Mafia-Boss Raffaele

Cutolo sogar im Gefängnis dichtete und seine Ergüsse in italienischen Zeitungen veröffentlichte. Sein Anwalt argumentierte vor Gericht, ein Dichter könne kein Mörder sein. Angesichts von weit mehr als 1.000 Toten in Neapels Mafia-Krieg nahmen ihm die Richter die lächerliche Berufung auf höhere geistige Weihen nicht ab.

Interessant, dachte sich Tom, aber was bringt's? Historie, Gründungsmythen, absurde Selbsteinschätzungen. Mehr nicht. Sein Gegenspieler war ein Finanzgenie, der sein Meisterstück auf dem Börsenparkett abliefern wollte. So schätzte ihn jedenfalls Giulia ein.

Am nächsten Tag trafen sie sich pünktlich um sieben im *La Franca*. Küsschen links, Küsschen rechts. Bei der Bestellung taten sie sich nicht schwer, sie wussten, worauf sie Lust hatten: Nudeln und Fisch.

»Was hast Du mir mitzuteilen? Du hattest es eilig.« Giulia war offensichtlich neugierig.

»Ich habe einen Termin mit dem Erpresser: In neun Tagen um zwölf in Mailand in der *Bottega Emilia*. Der Tisch sei auf den Namen Giovanni Rossi reserviert.«

»Das klingt doch gut. Gleich danach treffen wir uns wieder, ich nehme mir die Zeit.«

»Der Fall scheint dich zu interessieren?«

»Tut er, du hast mein Interesse geweckt, sei jetzt aber nicht misstrauisch. Ich werde den Namen in der Verbrecherdatei suchen, dort finden sich auch Verdächtige.«

»Und wenn es, was ich stark vermute, ein Tarnname ist?«

»Ich kann nichts garantieren, aber ich gebe mir Mühe. Ich werde dich auf jeden Fall informieren, bevor du nach Mailand fliegst.«

Die Spaghetti wurden serviert.

»Darf ich mal indiskret werden?«, unterbrach Tom schamhaft die Prozedur des Nudeldrehens, die Giulia weit besser beherrschte als er.

»Meine Arbeit als Staatsanwältin ist diskret, alles andere darfst du mich fragen. Ob ich antworte oder nicht, musst du mir überlassen.«

»Bist du verheiratet, lebst du mit einem Mann zusammen?«

Giulia lachte herzhaft, verschluckte sich beinahe an den Nudeln.

»Warum willst du das wissen?«

»Ich hatte den Eindruck, Waldemar Richter hat ein Auge auf dich geworfen. Jedenfalls redete er nicht nur in geschäftsmäßigem Ton über dich.«

»Wie hat er denn über mich geredet?«

»Abschlagen könne man dir nichts, du seist so erfrischend, sehr natürlich und unwiderstehlich. So redet man ja nicht unter Geschäftspartnern.«

»Wir sind auch keine Geschäftspartner. Wenn ein Staatsanwalt bei einem Banker anklopft, ist nichts mehr auf Augenhöhe. Der eine hat Macht, der andere nicht mehr. Aber schön, dass er so freundlich über mich spricht. Dein Eindruck von seinen Schmeicheleien über mich ist allerdings falsch: Ein Auge wirft er schon längst nicht mehr auf mich. Wir waren vor längerer Zeit liiert, aber er hat mich verlassen.«

»Wegen der unterschiedlichen Arbeitsphilosophien? Als Staatsanwältin wirst du ihm auch privat immer auf die Finger geschaut haben. Juristen können gar nicht anders.«

»Die Motive sind simpler, seine Liebe fiel auf eine andere. Auf eine junge Frau aus seiner Bank. Und wo die Liebe hinfällt, schlägt das Herz schneller. Wir sind uns weiterhin freundschaftlich verbunden. Deswegen konnte er meinen Wunsch, dich zu empfangen, nicht abschlagen.«

»Wie kann man eine Frau wie dich verlassen? Schön, schlank, elegant und auch noch blitzgescheit. Attribute, die Männern den Verstand rauben.«

»Auch deinen?«

Sie stießen miteinander an. Ihre Mienen hellten sich auf.

»Herr Richter lässt bei *Brioni* schneidern, wie die James-Bond-Darsteller Pierce Brosnan und Daniel Craig. Auch Gerhard Schröder fand den Weg in die Provinz Pescara.«

»Ich weiß, ich habe Waldemar einmal nach Penne begleitet und ihm beim Maßnehmen zugeschaut. Das war noch vor der Zeit, als sich der französische Modekonzern *Pinault-Printemps-Redoute*, zu dem auch *Yves Saint Laurent* und *Puma* gehören, *Brioni* einverleibte. Damals habe ich die Gründer des noblen Unternehmens getroffen, die Herren Nazareno Fonticoli und Gaetano Salvini, die sich sehr freundlich vorgestellt haben. Echte Gentlemen! Und damit du richtig informiert bist: Daniel Craig lässt inzwischen bei *Tom Ford* schneidern.«

»Jetzt wird ein Schuh draus: Du bist in der Szene, in die ich gerade eintauche, bestens bewandert.«

»Ich sagte ja, du hast mein Interesse geweckt.«

Der Kellner brachte die Seezungen, ein Hilfskellner servierte die Salate.

»Nach meinem Besuch bei *Brioni* habe ich Waldemar geraten, die Marke zu wechseln. James Bond hat *Brioni* zwar weltberühmt gemacht, aber seither haftet der Marke auch etwas Draufgängerisches an, vielleicht sogar ein Hauch von Dekadenz. Gerhard Schröder hat auch nicht gerade zur Seriosität der Marke beigetragen, als er sich mit Zigarre im *Brioni*-Anzug fotografieren ließ.«

»Herr Richter hat sich nicht an deinen Rat gehalten, er trägt noch immer *Brioni*.«

»Waldemar besitzt einen seltsamen, manchmal unstillbaren Drang, etwas Besonderes sein zu wollen, herauszuragen aus der sterilen Bankerwelt. Deshalb die neue Frau, deshalb *Brioni*. Das schwappt bisweilen ins Lächerliche.«

»Ich trage neuerdings *Luigi Ferra*, die Klamotten wurden mir regelrecht aufgedrängt.«

»Kompliment, die Kombination sieht schick aus und steht dir gut. «

Sie bestellten noch Espresso, auf eine zweite Flasche Wein verzichteten sie.

17

Tom schlenderte durch die Stadt. Es war erst zehn, als er sich von Giulia verabschiedete, in einer halben Stunde wäre er zu Hause. Die kühle Nachtluft atmete er in tiefen Zügen ein. Es war nicht viel los, ein paar Männer hasteten an ihm vorbei, vermutlich Männer von der Nachtschicht. Lediglich die Kneipen, die man von außen einsehen konnte, waren voll, meist mit jungen Leuten. Bei Margit im *Grünen Eck* brannte auch noch Licht. Sollte er sich einen Absacker genehmigen? Nein, nicht mehr um diese Uhrzeit. Als er am Verlagsgebäude des *Süddeutschen Anzeigers* vorbeikam, spürte er einen Stich in der Herzgegend.

Um halb elf war er zu Hause. Jessie war noch nicht wieder zurück. Sie wollte sich mit dem Lektor eines großen Verlages treffen, glaubte noch immer an ihren Traumjob. Die Kinder schliefen, sie waren offensichtlich, wie es Jessie angeordnet hatte, rechtzeitig in den Federn. Morgen mussten sie wieder früh raus, die Schule beginnt um acht.

Tom griff sich ein Bier aus dem Kühlschrank und setzte sich an den Küchentisch. Die Zeitung lag noch unberührt da. Er blätterte, las den Aufmacher und die Kommentare, bis sein

Blick auf eine Mafia-Geschichte fiel. Verfasst von Alissa Didier. Ausgerechnet Alissa, die Krone der Ahnungslosigkeit! Sollte sie etwa inzwischen auf seinem Stuhl sitzen? Und in der Verbrecherszene recherchieren? Zeile für Zeile des Artikels zog er sich hastig rein und empfand nach der Lektüre tiefe Zufriedenheit, beinahe Hochnäsigkeit. Nichts Neues hatte sie ausgegraben, es war eine eher unglückliche Zusammenfassung von Altbekanntem zu einem nichtigen Anlass, den *dpa* vermeldet hatte: Die Festnahme eines Schutzgelderpressers in Düsseldorf.

Noch immer kannte er sich in der Szene gut aus, wusste, was die Ehrenwerte Gesellschaft zwischen Kaukasus und Afghanistan, zwischen Mexico und Kolumbien, zwischen Kalabrien und Sizilien trieb. Er könnte die Geschichten aus seinem Gedächtnis abrufen oder vom Speicher runterladen. Tom hatte sich unter den Kollegen des *Anzeigers* und der Konkurrenzblätter einen exzellenten Ruf erworben. Er galt als Institution für alles, was mit der Mafia zu tun hatte, wurde zu Talkshows eingeladen, in die *Tagesschau* zugeschaltet, zu öffentlichen Diskussionen gebeten. Sein größter Triumph war, seinen früheren Vorgesetzten Manfred Haffner bei einer Diskussionsrunde ins Leere laufen zu lassen. Haffner hatte ihn auf *Facebook* bezichtigt, seine Geschichten über die Mafia seien erfunden. Tom verteidigte sich nicht, er stellte Haffner bloß, weil er keine Beweise lieferte. War Sieger in der Runde. Gefeiert vom Publikum. Jetzt sollte er in einem Modeunternehmen einen Erpresser zu Fall bringen. Nicht zu vergleichen mit dem Terrain, in dem er Erfahrungen gesammelt hatte. Er war entschlossen, so schnell wie möglich an seinen Redaktionstisch zurückzukehren.

Es war Mitternacht, als er das Türschloss knacken hörte. Jessie trat ein, grüßte knapp und legte den Mantel ab. Sie hatte sich fein herausgeputzt, das lange Schwarze mit den Spaghettiträgern und ein rotes Jackett, das er an ihr noch nie gesehen hatte. Tom faltete die Zeitung zusammen. Sollte er sie fragen, wie der Abend mit dem geheimnisvollen Cheflektor war? Ob er ihr einen Job verschafft hat? Ob es der lange Kerl war, mit dem sie sich seinerzeit im Café *Arabica* vergnügt hatte? Er verkniff sich peinliche Fragen, sie sollte mit der Wahrheit selbst rausrücken.

»Im Kühlschrank ist noch Bier, soll ich dir eine Flasche holen?«

»Nein, lass' es. Ich gehe ins Bett.«

»Sehr gesprächig bist du nicht gerade.«

»Ich bin müde.«

»Tatsächlich müde? Oder ist das eine Drohung?«

»Was soll das denn? Hast du etwa zu tief ins Glas geschaut?«

»Ich bin müde heißt auf Italienisch ›sono stanco‹ und ist in Mafia-Kreisen ein Codewort. Dechiffriert bedeutet es: Nimm' dich in Acht.«

»Wer hat dir denn diesen Unsinn geflüstert?«

»Das ist kein Unsinn. Die Mafia muss ihre Ansagen chiffrieren, es ist die wirksamste Tarnung. Die Chiffre ›Kindersitze‹ bedeutet beispielsweise: Geld nur in Zwanzigerscheinen.«

»Das kannst du gerne mit unserem Literaturprofessor diskutieren. Aber nicht, dass er dir nachträglich deinen Master aberkennt.«

»War wenigstens das Essen fein?«

»Bist du etwa eifersüchtig? Diese Anwandlung kenne ich bei dir nicht. Aber ich kann dich beruhigen: Das Dinner war exzellent. Und damit du selig schlafen kannst: Es war ein Sternelokal. Gute Nacht.«

Tom tat sich mit seinem Rollenwechsel vom unabhängigen Reporter zum abhängigen Angestellten einer Modefirma nicht leicht. Die Routine war weg, das Gewohnte abgelegt wie ein Mantel an der Garderobe. Die Menschen waren anders als seine Kolleginnen und Kollegen in der Redaktion. Der Ton war zwar nicht weniger rau, auch nicht verbindlicher, wenn man von Kyriakos Theodorakis absah. Aber die Gesprächsinhalte waren ziemlich einfältig: nichts über Steuern, nichts über steigende Lebenshaltungskosten oder unbezahlbare Mieten. Bei den allermeisten ging es nur um Kollektionen, um Farben, Stoffe und Schnitte. Manchmal auch um Umsätze, Verkaufsunterstützungen, Rückeroberung verloren gegangener Märkte. Und um Profite, die zum Leidwesen Köpenicks nur in homöopathischen Dosen anfielen. Wenn überhaupt.

Kaum hatte Tom an seinem Schreibtisch Platz genommen, betrat Köpenick das Büro.

»Sie sind spät dran.«

»Habe ich Präsenzpflicht? Das wäre mir neu.«

»Natürlich nicht, es war nur eine Feststellung. Hier das Ticket nach Mailand. Der Flieger geht um zehn in München. In einer Stunde sind Sie in Malpensa, eine knappe Dreiviertelstunde später erreichen Sie die Stazione Garibaldi. Nach Lage der Dinge müssten Sie pünktlich um zwölf in der *Bottega Emilia* sein.«

»Das ist knapp, da darf nichts dazwischenkommen.«

»Der Adlatus von Giovanni Rossi weiß, dass es zeitlich eng werden könnte. Die Herrschaften sind auf eine Verspätung eingestellt, sie kennen die Flugverbindungen nach Deutschland. Ach ja, in Ihrem neuen Anzug machen Sie bella figura. Perfekt!«

Als Köpenick den Raum verlassen hatte, knurrte Tom: »Es geht hier nur um Äußerlichkeiten, um den schönen Schein! Es ist zum Schreien!«

Kurze Zeit später klopfte es, es war Köpenicks Sekretärin. Sie durfte um die 40 sein, vielleicht auch jünger und war eine elegante Erscheinung. Mit ihren halblang geschnittenen schwarzen Haaren, ihren schwarzen Augenbrauen, dem spitzen Busen und dem lieblichen Gesicht könnte sie glatt als Model durchgehen, hätte sie den Hüftbereich genauso diszipliniert behandelt wie ihren restlichen Körper. »Satteltäschchen« nennen Spötter in der Modebranche abschätzig den Hüftspeck. Immerhin, die Taille hatte Form. Die beiden oberen Knöpfe ihrer gelben Bluse waren offen, verdeckten dennoch das Dekolleté. Der schmale Ausschnitt ließ mehr nicht zu.

»Nur eine Frage, Herr Schwertfeger, trinken Sie Kaffee?«

»Ich bin leidenschaftlicher Kaffeetrinker.«

»Was bevorzugen Sie? Aufgebrüht, Cappuccino oder Espresso?«

»Wenn ich die Wahl habe, gerne einen doppelten Espresso.«

Die Sekretärin wollte gerade wieder gehen, als Tom sie zurückhielt.

»Ich weiß noch nicht mal Ihren Namen, eine Nachlässigkeit von mir.«

Zum ersten Mal lächelte sie.

»Ich heiße Angelika Kühnert und bin seit acht Jahren im Sekretariat des Vorstandsvorsitzenden.«

»Und die Kleider, die Sie tragen, sind von *Luigi Ferra*? Sie könnten jederzeit als Model arbeiten«, säuselte er.

»Allenfalls als Kurvenmodel. Verlangt wird beim Modeln Kleidergröße 34 bis 36, ich habe 42 und hoffe, dass es dabei bleibt. Und älter als 25 geht auch nicht. Es ist ein hartes Brot.«

18

Der Flieger nach Mailand war pünktlich, er hob kurz nach zehn von der Rollbahn ab. Neben Tom saßen der Anwalt Johannes Epping und der Bodyguard, dem Tom den Namen Marco

Steppenfeld verpasste. Von Giulia hatte er noch den Hinweis erhalten, dass mehrere Personen mit Namen Giovanni Rossi in der Verbrecherdatei registriert seien, sie hätte seinen Gesprächspartner nicht identifizieren können. Es sei möglich, dass er unter den Registrierten sei. Möglicherweise aber auch nicht. Sehr hilfreich war die Nachricht nicht.

Den Zug von Malpensa zur Stazione Garibaldi erreichten sie rechtzeitig. Von dort zur *Bottega Emilia* waren es zu Fuß zehn Minuten. Das Wetter war passend, die Sonne schien, die Temperatur angenehm. Tatsächlich erreichten sie kurz nach zwölf das Restaurant. Sie seien mit Signor Giovanni Rossi verabredet, erklärte Johannes Epping in italienischem Stakkato dem Kellner, der sie an einen Tisch im Erker des Lokals führte. Drei Männer erhoben sich. Tom zuckte, ließ sich seine Überraschung nicht anmerken. Der große, schlanke Typ, kein Zweifel, es war der Kerl vom *Luigi Ferra*-Messestand, der sich damals, als ihm Matteo das Angebot machte, allein an einem Bistrotisch langweilte. Er stellte sich mit Giovanni Rossi vor und zeigte auf den Herrn zu seiner Rechten, Francesco Matarella, Wirtschaftsanwalt. Der etwas Rundlichere zu seiner Linken hieß Ricardo de Luca, er sei sein »Consigliere«. Tom hatte bei seinen Recherchen herausgefunden, »Consigliere« sind Berater von Mafia-Paten.

Der Gast stellte sich als Vertrauter von Sebastian Köpenick vor, ohne nähere Jobbeschreibung. Zu seiner linken Johannes Epping, Anwalt für Gesellschaftsrecht, sowie den dritten im Bunde, Marco Steppenfeld, Börsenmakler.

Sie setzten sich. Der Kellner reichte die Speisekarten und unterhielt die Herrschaften mit Empfehlungen. Die Gäste wurden gebeten, zuerst zu wählen: Tom bevorzugte die Pappardelle mit Hasenragout, Epping Tintenfisch mit Gemüse und Steppenfeld nahm das Steak vom toskanischen Chianinarind. Bei den

Gastgebern entschied sich Giovanni Rossi für »Trippa alla fiorentina«, also Kutteln nach Florentiner Art, Matarella für eine Seezunge und der Consigliere lediglich für eine Minestrone. Wein, ein trockener *Librandi Ciro Bianco* aus dem äußersten Süden Kalabriens, den der Kellner empfahl. Gesprochen wurde, bis eingeschenkt war, lediglich über die Vielfalt italienischer Speisen. Giovanni Rossi parlierte auf Deutsch mit italienischem Akzent, Matarella ebenso, der Consigliere weniger gut, aber verständlich.

»Sie wissen, weshalb Sie hier sind«, kam Rossi nach der Menüwahl zur Sache. »Es geht um ein Geschäft. Wenn Sie einschlagen, wird es zu Ihrem Vorteil sein.«

»Das mag Ihre Einschätzung sein. Aber ein Geschäft kommt nur zustande, wenn beide Parteien zustimmen. Danach sieht es aktuell nicht aus.«

»Sie hätten eine starke Verhandlungsposition, wenn *Luigi Ferra* nicht aus dem letzten Loch pfeifen würde. So aber sind Sie in einer schwachen Position, in einer sehr schwachen.«

»Auch wenn es dem Unternehmen schlecht ginge, wie Sie unterstellen, muss die Familie nicht zwingend verkaufen.«

»Signor Matarella, das ist jetzt Ihr Part.«

Matarella klappte seine Dokumentenmappe auf und überreichte Tom ein Diagramm, das er zwischen sich und Epping legte.

»Das ist die Kursentwicklung von *Luigi Ferra* in den letzten beiden Jahren. Sie sehen, dass die Aktie kontinuierlich fällt. Von ihrem Allzeithoch von 93 Punkten auf heute achteinhalb Punkte. Die Entwicklung dürfte sich fortsetzen.«

»Das ist ja schön und gut. Aber wenn die Familie an die Firma glaubt, kann ihr der Börsenkurs gleichgültig sein. Die Vorzugsaktionäre haben nichts zu melden. Die Macht liegt in den Händen der Familie, sie halten die stimmrechtsfähigen Stammaktien.«

»Signor Rossi, darf ich den Herren unsere Strategie erläutern?«

»Ich bitte darum, Signor Matarella.«

»Sehen Sie, wir wissen, wie es um die Liquidität und das Finanzpolster der Firma steht. Sie leben seit einiger Zeit von der Substanz. Für dieses Jahr werden Sie keine Dividende ausschütten können. Sollte sich die Firma nicht erholen, was im derzeitigen Branchenumfeld naheliegend ist, werden Sie auch im nächsten Jahr auf eine Dividendenzahlung verzichten müssen. Das Gesetz sieht vor, dass bei zweimaligem Dividendenausfall die Vorzugsaktionäre Stimmrecht bekommen. Wir halten ein Paket *Luigi-Ferra*-Aktien. Mit Stimmrecht ausgestattet, holen wir uns die Mehrheit und beschicken den Aufsichtsrat mit unseren Leuten. Spätestens dann schaut die Familie in die Röhre.«

Epping ging dazwischen.

»Was ist, wenn die Firma wieder Tritt fasst, der Börsenkurs steigt und die Dividende nicht ausgesetzt werden muss? Dann ziehen Sie doch den Kürzeren?«

»Für diesen unwahrscheinlichen Fall kennen wir andere Mittel und Wege.«

Tom hatte Matarella aufmerksam zugehört, war aber entschlossen, zu kämpfen.

»Die anderen Mittel und Wege sind Drohungen, Gewaltanwendungen und – wenn's nicht anders geht – auch Mord. Die Ehrenwerte Gesellschaft schreckt bekanntlich vor nichts zurück.«

Rossi lief vor Wut rot an, seine Adern an Hals und Schläfen waren geschwollen.

»Was unterstellen Sie uns? Wir sind nicht die Mafia. Wir sind ordentliche Kaufleute und arbeiten mit Instrumenten, die in der Finanzwelt gängig sind.«

»Da müssen Sie schon konkreter werden«, legte Tom nach.

»Signor Rossi, kann ich eine Andeutung machen?«, versuchte Matarella die aufgeladene Stimmung zu entspannen.

»Nur eine Andeutung.«

»Der Aktienkurs ist beinflussbar. Muss ich mehr sagen?«

»Diese Drohung nehmen wir nicht ernst«, entgegnete Tom kühl.

Matarella blickte zu Rossi, ein Nicken signalisierte ihm, dass er mehr preisgeben könne.

»Unser Geld ist in Hedgefonds angelegt, die Renditen sind atemberaubend. Wir könnten einen Fonds veranlassen, bei *Luigi Ferra* einzusteigen. Dann hätten Sie nichts mehr zu lachen.«

Tom fühlte sich wieder überfordert, reagierte aber spontan aus dem Bauch heraus.

»Warum sollte ein Hedgefonds einsteigen? Mitbestimmen könnte er nicht und Dividenden gibt's, wie Sie selbst sagen, aktuell auch nicht.«

»Lassen Sie das«, Herr Schwertfeger. »Setzen Sie sich mit Analysten zusammen, dann wissen Sie, wie Hedgefonds arbeiten. Ein Vergnügen ist das nicht, wenn die Fondsvertreter auf Hauptversammlungen das Wort ergreifen und hinterher ihren Anwälten Weisungen erteilen.«

Sechs Kellner reichten die Gerichte. Rossi meinte, man solle jetzt zuerst die Köstlichkeiten der berühmten *Bottega-Emilia*-Küche genießen. Danach diskutiere man leichter. Er wünschte allen »Buon appetito«.

Rossi genoss seine Kutteln, sie seien »ein Gedicht«, unvergleichlich. Tom konnte die Schwärmerei nicht verstehen: Kutteln! Weichgekochte Rindermägen! Die Pappardelle waren ihm lieber, aber im Teller stocherte er nur herum. Die Umwandlung von Vorzugsaktien in Stammaktien bei zweimaligem Dividendenausfall war ihm nicht bekannt. Vielleicht hätte er ein paar Wochen bei den Kollegen im Finanz- und Börsenressort hospitieren sollen. Er folgte damals dem Rat einer Protagonistin in Tom Rachmans Roman *Die Unperfekten*: »Finanzberichterstattung funktioniert im Journalismus wie ein Ausguss. Am Anfang schwimmt man da so rum, bis man irgendwann widerwillig merkt, dass man gegen den Sog gar nicht mehr ankommt, aber da hat's einen auch längst den Abfluss runtergespült.«

»Warum ist *Luigi Ferra* für Sie interessant? Warum wollen Sie eine Firma besitzen, die nach Ihrer Einschätzung aus dem letzten Loch pfeift und längst von der Substanz lebt?«, nahm Tom noch während des Essens den Gesprächsfaden wieder auf.

»Das ist doch naheliegend«, übernahm Rossi die Antwort. »*Luigi Ferra* ist eine Top-Marke, aber wirtschaftlich am Boden. Eine gesunde, intakte Firma wäre zu teuer. Das Geheimnis des Erfolgs liegt im Kaufpreis. Deshalb machen wir Ihnen das Angebot, die Stammaktien zum Kurs der Vorzugsaktien erwerben zu wollen. Je schneller Sie einschlagen, umso besser für Sie. Der Kurs der Vorzugsaktien ist im freien Fall. Außerdem haben wir einen Sanierungsplan ausgearbeitet. Wir sind nicht unvorbereitet.«

»Wenn Sie Ihr Angebot verdoppeln würden, wäre der Kaufpreis immer noch sehr günstig. Vielleicht würde die Familie dann schwach.«

»Vergessen Sie das, wir sind keine Krämer.«

»Wissen Sie, mit welchen Methoden Herr Köpenick die Firma wieder auf Erfolgskurs trimmen will?«

»Wir haben Hinweise. Wenn Herr Köpenick die Kurve kriegt, kann er auf seinem Stuhl sitzen bleiben.«

»Haben Sie die Hinweise von Herrn Matteo, dem Vorgänger von Herrn Köpenick?«

»Wie kommen Sie denn darauf? Gehen Sie davon aus, dass wir ein gut geschmiertes Netzwerk unterhalten.«

Epping ging dazwischen.

»Signor de Luca, Ihr Consigliere, erwähnte gegenüber Herrn Köpenick, dass Sie mehrere Firmen besäßen. Was sind das für Unternehmen? Wie sind sie miteinander verflochten? Werden Sie von einer Dachgesellschaft aus gesteuert?«

»Wir halten Beteiligungen bei einer Handvoll sehr prominenter Modelabels, sind im Besitz von zwei kleineren Modefirmen in Italien und haben die Beteiligungen und die eigenen Firmen in einer Holding gebündelt, die auch unsere Geschäfte im Finanz- und Baugeschäft steuert.«

»Wie heißt die Holdinggesellschaft und wo hat sie ihren Sitz?«

»Die Dachgesellschaft ist eine reine Finanzholding, hat keine operativen Funktionen und kein eigenes Firmenlogo. Sie ist nicht groß bekannt. Wir müssen nur jährlich fürs ›Infocamere‹ einen Bericht erstellen, der veröffentlicht wird.«

»Um sie im ›Infocamere‹ zu finden, brauchen wir den Namen der Finanzholding.«

»Die Firma heißt *Exercise Interest* und hat ihren Sitz in Catanzaro. Das wird Ihnen nichts sagen. Im ›Infocamere‹ werden Sie allerdings nicht viel finden, wir sind keine Aktiengesellschaft, mithin auch nicht an der Börse gelistet und deshalb nur eingeschränkt publizitätspflichtig.«

Tom schluckte, ließ die Gabel auf den Teller fallen: *Exercise Interest*. Ein Volltreffer! Er ließ sich nichts anmerken, griff aber in den Dialog zwischen Epping und Rossi ein.

»Und Sie sind der Boss von *Exercise Interest*?«

»Der Principale, wenn Sie gestatten, erster unter vier Chefs. Über uns thront noch der Padrone, der Firmengründer, der sich nicht ins Geschäft einmischt.«

»Sie leben in Catanzaro?«

»Meine Geschäftstätigkeit erzwingt mehrere Wohnsitze.«

Tom wischte sich mit der Serviette den Mund ab und nahm noch einen Schluck aus dem Weinglas.

»Haben wir, was wir brauchen?« Er blickte zu Epping, der nickte.

»Danke für das Gespräch. Spätestens in vier Wochen hören Sie wieder von uns.«

»Vier Wochen sind sehr lang, je schneller Sie sind, umso besser. Nehmen Sie unsere Botschaft mit: Sie haben keine Wahl! Das nächste Treffen findet in Bari statt, die apulische Hauptstadt ist mit dem Flieger leicht zu erreichen.«

»Warum Bari?«

»Dort besitzt die Holding ein Hotel mit ausgezeichneter Küche. Wir werden feiern. Aber zuvor in der *Basilika San Nicola* für eine gute Zukunft von *Luigi Ferra* beten.«

»Das muss sich erst noch weisen, ob es einen Grund für ein Fest gibt.«

»Bringen Sie Herrn Köpenick mit. Herrn Steppenfeld können Sie zu Hause lassen, Sie brauchen keinen Bodyguard.«

»Herr Steppenfeld ist Börsenmakler, wie ich Ihnen sagte.«

»Dafür hat er auffallend wenig geredet, um nicht zu sagen nichts! Lassen Sie es, ich erkenne Bodyguards 100 Meilen gegen den Wind.«

Tom verschwand, freundlich grüßend, mit seinen beiden Begleitern in Richtung Stazione Garibaldi. Die Nummer mit dem Börsenmakler ging in die Hose, musste er sich zerknirscht eingestehen.

Im Flieger tauschte sich Tom mit Epping aus. Sie waren sich einig, dass sie es mit knallharten Verhandlern zu tun hatten, die sich ihrer Sache sicher waren und nicht den Hauch eines Zweifels zuließen. Rossi und Matarella zeigten sich auch kundig im Aktienrecht und auf dem Börsenparkett. Eine Gegenstrategie hatte Tom nicht. Vielleicht Köpenick, wenn sein Modeneustart aufgehen sollte. Schnell aufgehen! Was Matarella mit »anderen Wegen und Mitteln« meinte, konnte sich Tom lebhaft vorstellen: Gerüchte über die Firma, Falschmeldungen, gekaufte Analystenbewertungen. Irgendetwas bleibt immer hängen. Stoff für die Flurfunks an den Börsen. Das Handwerk der Hedgefonds musste er noch lernen. Diesbezüglich war er blank.

19

»Na, wie war's?« Seine Erlebnisse in Mailand interessierten Giulia brennend.

»Wollen wir nicht erst bestellen?«

»Wir wissen doch, was wir wollen. Oder soll es heute ein anderes Gericht sein?«

»Nudeln für mich nicht, ich hatte heute schon Pappardelle. Mit Hasenragout. Oder wie der Italiener sagt: Pappardelle sulla Lepre.«

»Aber beim Fisch bleiben wir.« Giulia bestand darauf.

»Und vorher ein Rinder-Carpaccio.«

Der Kellner stellte den Brotkorb, Wasser und eine Karaffe mit dem weißen Hauswein auf den Tisch. Tom füllte die Gläser und genoss es, Giulia zappeln zu lassen.

»Du siehst wundervoll aus, wenn ich dir das Kompliment machen darf«, steigerte er die Spannung.

»Darfst du, ›Schönheit ist die Blüte des Glücks‹, besagt eine japanische Volksweisheit. Aber jetzt komm' zur Sache. Ich sitze wie auf Kohlen.«

Tom berichtete haarklein, wie sich das Treffen in der *Bottega Emilia* abgespielt hatte, nannte die Figuren von der Gegenseite, beschrieb ihre Funktionen und spulte die Dialoge wie von einem Tonband ab. Er musste es nicht weiter betonen, sie wirkten entschlossen und siegessicher. Giulia war beeindruckt.

»Giovanni Rossi war tatsächlich mit am Tisch? Na ja, bei der Polizei weiß man, dass intelligente Täter mit offenen Karten lügen. Der Mafia-Promiwirt Mario Lavorato, bei dem auch Ex-EU-Kommissar Günther Oettinger aus und ein ging, brüstete sich sogar damit, dass Schutzgelder im Preis inbegriffen seien.«

»Rossi ist einer der vier Bosse von *Exercise Interest*, ein Firmenname, der in Richters Monitoring für auffällige

Transaktionen genannt ist. Ein Hochrisikokunde also. Die Firma sitzt in Catanzaro in Kalabrien.«

»Das ist ja der Hammer! Hat er den Firmennamen einfach so herausgerückt?«

»Wir mussten schon bohren. Aber der Hinweis half, dass wir nur Deals mit einer gemeldeten Firma machen können. Er kokettierte sogar damit, dass die Firma jährliche Abschlussberichte im *Infocamere*, also dem italienischen Bundesanzeiger, veröffentliche, wozu sie natürlich verpflichtet ist.«

»Der Hinweis ist wertvoll, über die Firma kann ich recherchieren.«

»Er sagte auch, dass *Exercise Interest* im Baugeschäft tätig sei.«

»Nicht zu glauben, dann greift er sich auch noch EU-Gelder für den Straßenbau in Süditalien ab. Die sind doch eindeutig Teil der 'Ndrangheta.«

»*Exercise Interest* sei eine reine Finanzholding, die ihre Beteiligungen an großen Mode-Labels sowie ihre Bauprojekte und die Finanzgeschäfte steuere.«

»Im Finanzbusiness tummelt er sich also auch noch. Vermutlich, wenn man die Attacke auf *Luigi Ferra* sieht, im Aktienhandel. Sie spekulieren an der Börse, waschen da ihr Geld. Ich sag dir, die drehen das ganz große Rad.«

Das Rinder-Carpaccio hatten sie noch nicht angerührt, so sehr waren sie ins Gespräch vertieft. Erst als der Kellner mahnte, der Branzino werde gleich serviert, verzehrten sie die rohen Fleischscheiben.

»Am liebsten würde ich Rossi vor den Kadi zerren«, zeigte Tom eine Gefühlsregung.

»Dafür braucht man Beweise, das weißt du. Sonst geht der als Sieger aus jeder Gerichtsverhandlung hervor. Nein, aber ihr könnt eine Gegenattacke fahren. Sage Rossi ganz schlicht, dass seine Firma bei Geschäftsbanken als Hochrisikokunde registriert sei. Ob es ihn beeindruckt, kann ich dir nicht sagen. Aber zumindest müsste er stutzig werden. Immerhin könntet ihr damit drohen, die Presse auf seinen Übernahmeangriff anzusetzen: Ein bei Banken als Hochrisikokunde geführter Italiener will eine angesehene Modefirma unterwandern.«

Giulia meinte, dass man jetzt eine Gesprächspause einlegen sollte, es wäre zu schade um den Fisch. Er sei nur dann ein Genuss, wenn man ihn dampfend zu sich nehme.

»Das nächste Treffen soll in vier Wochen in Bari stattfinden, in einem firmeneigenen Hotel. Rossi will dann den Deal feiern. Köpenick solle dabei sein.«

»Wenn die Firmeneigner trotz der Drohungen von Rossi nicht verkaufen wollen, dürfen sie nicht nach Bari reisen. Aber du solltest dir die Gelegenheit nicht entgehen lassen, weil du etwas über die nächsten Schritte der Gangster erfahren könntest. Ob es dann zu einem Fest reicht, lasse ich mal dahingestellt sein. Stelle dich eher auf einen kühlen Empfang ein. Den Anwalt kannst du zu Hause lassen, er ist dir offensichtlich keine große Hilfe. Und den Bodyguard brauchst du auch nicht mehr, nachdem er enttarnt ist. Ich stelle dir aber eine Polizistin zur Seite, eine junge, starke Frau, die es faustdick hinter den Ohren hat. Sie sieht nicht nach Bodyguard aus, kennt aber asiatische Kampftechniken. Stelle sie als deine Assistentin vor. Sie wird mit dir nach Bari fliegen, an den Gesprächen teilnehmen und in der Nobelherberge von Rossi übernachten. Aber ich warne dich: Lass' die Finger von der Frau.«

»Sonst?«

»Sonst bekommst du es mit mir zu tun. Das wäre dann nicht vergnügungssteuerpflichtig.«

Tom lächelte, spitzte seinen Mund für einen Kuss und hob das Glas. Giulia zog ihre Mundwinkel nach oben.

»Ich ahnte es, du liebst mich«, säuselte Tom.

»Vielleicht leidest du unter Wahnvorstellungen?«

»Noch ist mir das nicht bewusst. Komm', wir gehen ins *Stadtgarten-Hotel*. Der Gin Tonic wartet.«

»Okay, auf einen, ich hatte einen harten Tag. Deiner dürfte nicht weniger anstrengend gewesen sein.«

»Da stimme ich absolut zu. Ach ja, vielleicht ist es für dich von Interesse: Ab nächster Woche nächtige ich im *Stadtgarten-Hotel*.«

»Sollte das eine Einladung zu einem amourösen Abenteuer sein, vergiss es. Ich bin eine Frau mit Grundsätzen.«

20

Köpenick war von Toms Vortrag über das Treffen in Mailand aufgewühlt, auch sichtlich verunsichert.

»Sie sagten, Giovanni Rossi sei wild entschlossen, *Luigi Ferra* zu kapern?«

»Daran ließen weder er noch sein Anwalt Zweifel.«

»Wir werden eine Dividendenausschüttung dieses Jahr nicht stemmen können. Sollte es nächstes Jahr noch immer knapp aussehen, werden wir notgedrungen eine kleine Dividende aus der Substanz ausschütten müssen. Dann muss sich Rossi etwas anderes einfallen lassen.«

»Gehen Sie davon aus, dass diese Gangster noch einiges in Petto haben. Vielleicht etwas, das nicht vorteilhaft für das Image des Unternehmens ist: Gerüchte, Fake News, gekaufte Analysen. Die Aktentaschen dieser Herrschaften sind gefüllt mit Folterwerkzeugen.«

»Das wäre in der Tat bitter, dagegen kann man sich schlecht zur Wehr setzen.«

»Es gäbe eine Möglichkeit. Rossis Firma *Exercise Interest* wird in dem Monitoring für auffällige Transaktionen als

Hochrisikokunde geführt. Wir könnten ihm drohen, die Presse einzuschalten, falls er von seinem Vorhaben nicht ablässt: Ein bei Banken als Hochrisikokunde registrierter Unternehmer aus Kalabrien will sich *Luigi Ferra* unter den Nagel reißen. Das erweckt in der Öffentlichkeit und an der Börse Aufmerksamkeit, die ihm nicht gefallen dürfte.«

»Sehr clever, ich glaube, ich habe Sie auch unterschätzt.«

»Rossi behauptet übrigens zu wissen, was Sie mit dem Unternehmen vorhaben. Wenn Sie Erfolg hätten, dürften Sie Ihren Chefsessel behalten.«

»Woher will er das wissen? Das wissen nur die im Aufsichtsrat vertretenen Familienmitglieder. Und Matteo. Ihm habe ich bei den Abfindungsverhandlungen Andeutungen gemacht. Ich musste sachliche Gründe für sein Ausscheiden nennen.«

»Matteo? Er wollte sich nochmals bei mir melden, hat er bis heute nicht getan.«

»Wenn er der Maulwurf ist, wird er nicht mehr anrufen.«

»Kommen wir auf den Punkt: Ich muss für meine künftigen Gespräche mit Rossi Sicherheit haben: Sind Sie hundertprozentig überzeugt, sich auf keinen Deal einzulassen?«

»Hundertprozentig! Wir werden auf keinen Fall verkaufen. Das haben wir uns geschworen.«

»Dann reise ich in vier Wochen allein nach Bari. Rossi will dort im firmeneigenen Hotel den Deal feiern. Geplant hat er mit Ihnen.«

»Vielleicht sollten Sie besser hierbleiben, das Vorhaben scheint mir zu riskant.«

»Ich werde reisen, weil ich wissen muss, wie er weiter vorgehen will. Und machen Sie sich um mich keine Sorgen. Eine Polizistin in Zivil wird mich begleiten. Sie ist geübt in asiatischen Kampftechniken.«

»Wo haben Sie diese Dame aufgetan?«

»Das kann ich Ihnen beim besten Willen nicht verraten. Berufsgeheimnis!«

Die Idee mit der Presse hatte Tom von Giulia. Sein Problem war nur: Wie sollte er vorgehen, wenn er einen Gegenangriff starten müsste? Er fühlte sich dazu nicht in der Lage, jedenfalls nicht ohne Unterstützung. Vielleicht Adrian Hohenstein? Der hatte vor zwei Jahren bei der Zeitung gekündigt, um sich mit einer PR-Agentur selbstständig zu machen. Meyerhöfer nahm die Kündigung persönlich und frotzelte: Zu mehr reiche es wohl nicht. Er hätte jetzt sein wahres Niveau gefunden. PR war Meyerhöfer, dem einstigen Theaterkritiker, ein Graus. Die Burschen säßen tagtäglich mit dem Champagnerglas herum, umschwärmt von Frauen, und überlegten nur, wie man Journalisten über den Tisch ziehen könnte. Ein liederliches Gewerbe.

Den Namen der Agentur hatte er vergessen, eine Telefonnummer besaß er nicht. In seiner Not rief er Charly an, der ihm Manu ausgespannt hatte. Ob er in seinem persönlichen Telefonbuch nachsehen könnte, Adrian Hohenstein, die Nummer bräuchte er dringend. Charly hatte als Chef vom Dienst die privaten Telefonnummern von allen Kolleginnen und Kollegen, sie mussten für ihn immer erreichbar sein. Ohne Zögern nannte Charly die Zahlenkombination und lästerte, ob er jetzt auch ins PR-Geschäft einsteigen wolle?

Tom wählte die Nummer von Hohenstein.

»Was für eine Überraschung! Tom Schwertfeger, der größte Investigative der westlichen Hemisphäre, meldet sich bei einem PR-Fuzzy. Wie geht's denn so?«

»Mir geht's gut, kann nicht klagen. Ich würde dich gerne treffen, eher früher als später.«

»Die Buschtrommeln haben gemeldet, dass du neulich die Zeitung verlassen hast. Wo bist du gelandet?«

»Bei einem Modeunternehmen, bei *Luigi Ferra*.«

Adrian lachte am anderen Ende der Leitung, er hörte nicht mehr auf.

»Ich krieg' mich nicht mehr ein, der unerschrockene Mafia-Jäger in einem Modeladen, wohl ständig umringt von bildhübschen Models. Darfst du auch zu ihnen in die Umkleide? Ich beneide dich. Genial! Wie hast du das eingefädelt?«

»Erkläre ich dir später. Bist du an einem Date interessiert?«

»Selbstverständlich. Du kannst jederzeit bei mir in der Agentur vorbeischauen.«

»Wollen wir uns nicht lieber in einer Kneipe treffen?«

»Das können wir gerne nachholen. Aber im Moment hätte ich Luft. Wenn's bei dir geht, wäre es in der Agentur in der Preußenstraße am besten. Parken kannst du in der nahegelegenen Tiefgarage.«

»Ich komme sofort.«

Als Tom aufgelegt hatte, machte er vor Freude einen Luftsprung. Adrian, nur der könnte ihm helfen, wenn es zum Showdown mit Rossi kommen sollte. Er musste vorbereitet sein, auf Knopfdruck müsste der Angriff mit einem generalstabsmäßig geplanten Gegenangriff abgewehrt werden.

Tom hatte zu Hohenstein beim *Süddeutschen Anzeiger* keinen engen Kontakt. Der Kollege wechselte oft die Ressorts, einmal war er im Sport, dann wieder in der Wirtschaft, aushilfsweise auch im Lokalen. Er konnte sich an keinen Artikel von ihm erinnern, der irgendwie auffällig gewesen wäre. Adrian war ein Durchschnittsredakteur, wie die meisten anderen auch. Vielleicht suchte er mit Gründung seiner PR-Agentur eine andere Herausforderung. Für mutig hielt Tom diesen Schritt durchaus, was wäre, wenn Hohensteins Projekt schiefginge?

Nach einer Viertelstunde klingelte Tom bei *Hohenstein & Partner, Agentur für Public Relations*. Ein schlichtes Firmenschild. Als die Sekretärin die Haustür mit dem elektrischen Öffner entriegelte, stand Adrian bereits oben auf der Treppe.

»Komm rauf, ich freue mich über deinen Besuch.«

Oben angekommen, umarmte ihn Adrian.

»Schön, dass du Zeit für mich hast«, begrüßte ihn Tom.

»Ist doch keine Frage. Was trinkst du? Wein, Bier, Kaffee, Wasser? Champagner haben wir nicht.«

»Ein Espresso würde mir reichen.«

Adrian führte Tom in ein Besprechungszimmer mit zahlreichen Urkunden an den Wänden.

»Sind das alles Auszeichnungen, die du erhalten hast?«

»In unserem Gewerbe sind Preise wichtig, sie sollen die Kunden beeindrucken.«

»Alle Achtung, Respekt.«

Die Sekretärin stellte für Adrian ein Glas Wasser auf den Tisch, für Tom das starke Getränk aus der Espressomaschine.

»Jetzt sag, was führt dich zu mir?«

»Können wir vertraulich reden? Vielleicht springt ein Auftrag für dich heraus.«

»Vertraulichkeit ist unsere Währung, um was geht's?«

»Ich glaube dir einfach, habe auch keine Wahl. Aber ich muss dir nicht erzählen, dass Investigativ-Ressorts bei Zeitungen oftmals als Einfallstor für PR herhalten. ›Bring' das mal in deiner nächsten Ausgabe, dann wirst du in ein paar Wochen mit einem veritablen Scoop belohnt‹. Und dann werden vertrauliche Dinge von Kunden serviert, die sich nach Veröffentlichung wundern, woher die Zeitung das weiß.«

»Du kennst das Geschäft. Bist du in deinem Reporterleben auch solche Deals eingegangen?«

»Die Mafia beschäftigt keine PR-Leute, die Journalisten instrumentalisieren könnten.«

»Sorry, dumme Frage.«

»Schon gut. Aber gib mir einen Hinweis, dass ich dir vertrauen kann.«

»Ich überhöhe meinen Job nicht, PR-Leute haben von Legionären gelernt! Von Leuten also, die in Schlachten fremder Herren ziehen. Wir verstehen das Kriegsgeschäft und das Einzige was uns interessiert, ist die Kohle. Wer in der Branche anderes behauptet, hat ein Wahrnehmungsproblem. Es ist die ehrlichste Jobbeschreibung für unser Gewerbe.«

»Interessante Erklärung, vermutlich sehr realistisch! Wenn von dem, was ich dir anvertraue, vorab etwas in der Zeitung steht, bin ich geliefert.«

»Warum zweifelst du? Du lockst mit einem Auftrag! Ich hätte nichts gewonnen, wenn du gefeuert würdest.«

»Machst du auch in Werbung oder ausschließlich PR?«

»Ausschließlich PR, aber die Grenzen sind fließend. Wenn die Marketingleute nicht durch die Bank so strohdumm wären, könnte man mit denen auch etwas zusammen stemmen, das beiden Seiten helfen würde. Um ein Beispiel aus deinem neuen Gewerbe zu nehmen: Das Marketing lässt Models in hübschen Kleidern fotografieren, die dann als Markenbotschafter in der Werbung auftauchen, in Katalogen, auf Postern. Auf die Idee, das Fotoshooting so zu inszenieren, dass die Presse darüber berichtet, kommt von denen keiner. Sie geben nur das Geld aus, das ihnen in gigantischen Budgets zur Verfügung gestellt wird. Ich hätte da schon ein paar Ideen.«

»Wieso sollte die Presse über ein Fotoshooting mit Models schreiben?«

»Warum nicht, wenn es spektakulär aufgezogen wird? Als Teil eines neu inszenierten Musicals mit Tanzeinlagen der Models, oder Passagen eines Shakespeare-Stücks als theatralische Begleitung einer Modeschau. Oder eines Lesewettbewerbs mit Martin Suter und Vincent Klink, beide am Herd. Oder mit dem

Philosophen Jürgen Habermas, wie er auf dem Laufsteg den stolzierenden Models aus ›Freiheit, die wir meinen‹ vorliest? Den hatte neulich Katja Eichinger, die Frau des verstorbenen Filmproduzenten Bernd Eichinger, in einem Biergarten gesehen, ganz in Schwarz. Der Weltendeuter, der den Begriff ›Öffentlichkeit‹ geprägt hat, in Klamotten des amerikanischen Imperialismus, wie sie sagte. Da kann man Geschichten erzählen. Die Idee ist nicht neu, praktiziert hat sie der Modezar Thierry Mugler, der Modeschauen als erster in Happenings verwandelte. Jede Wette, keine Modezeitschrift der Welt würde das Spektakel links liegen lassen. Und wenn man es geschickt anstellt, könnte sogar das Fernsehen mit ein paar Kameraleuten und einem Life-Style-Reporter vorbeischauen. Mode ist stets ein bisschen frivol, immer auch expressionistisch. Aber die Deutschen haben eine unerklärliche Angst, etwas falsch zu machen.«

»Ich bin beeindruckt. Deine Phantasie nötigt mir Respekt ab.«

»Du machst doch nicht etwa PR bei *Luigi Ferra*?«

»Nein, ich habe einen Sonderauftrag. *Luigi Ferra* ist eine Aktiengesellschaft in Familienbesitz. Ein obskurer Unternehmer aus Kalabrien, der bei Banken als ›Hochrisikokunde‹ geführt wird, will die Firma übernehmen. Die Familie sträubt sich. Er kenne Mittel und Wege, behauptet der Angreifer, die Familie in die Knie zu zwingen. Sobald er seine Attacke startet, müsste ein Gegenangriff folgen: Undurchsichtiger Geschäftemacher aus dem von der 'Ndrangheta beherrschten Kalabrien will sich eine deutsche Edelmarke krallen. Presse und Fernsehen berichten, die Börse wäre elektrisiert. Dieser Gegenangriff wäre dann dein Job.«

»Spannend, und wie ist dein Sonderauftrag definiert?«

»Ich recherchiere im Umfeld des Angreifers, habe schon einiges beieinander. Auch mit dem undurchsichtigen Typ habe ich mich schon getroffen.«

»Mafia?«

»Sehr wahrscheinlich. Der Italiener, den ich sprach, versteht sich in der Kunst, sein wahres Gesicht zu verbergen.«

»Ich bin dabei, die Sache reizt mich.«

»Mach einen Plan, beim Gegenangriff darf nichts schiefgehen. Sobald der Typ angreift, musst du sofort reagieren können. Sollte er wider Erwarten seinen Angriff abblasen, hast du mit Zitronen gehandelt.«

»Wieviel Geld steht für diese Aktion zur Verfügung?«

»Ich habe kein Budget. Mach mir ein anständiges Angebot, damit sie mir nicht die Revision an den Hals jagen.«

Sie tauschten die Visitenkarten aus. »Persönlicher Berater des Vorstandsvorsitzenden«, staunte Adrian. »Was für ein respektabler Titel! Komm', die Nummer drehen wir. Auf einen Söldner wie mich kannst du dich verlassen.«

21

Als Tom sein Büro betrat, stutzte er: Die großformatigen Fotos der Models waren abgehängt. Dabei hatte er sich über den Wandschmuck nie beschwert, obwohl er die strengen Gesichtszüge der Damen als Harmoniekiller empfand. Warum lachten die jungen Gören nicht auf den Postern? Das hätte ihm besser gefallen. Aber von dem Gewerbe verstand er nichts. Kurzentschlossen ging er zu Angelika Kühnert in Köpenicks Sekretariat.

»Sie wollen sicher einen Espresso, Herr Schwertfeger?«, überfiel sie ihn, bevor er sein Anliegen vorbringen konnte.

»Gerne.«

Frau Kühnert erhob sich und schritt in die Ecke mit der Espressomaschine. Tom sah auf ihrem Schreibtisch Vorlagen, deren gezeichnete Gestaltungselemente ihn plötzlich interessierten.

»Darf ich fragen, woran Sie da arbeiten?«

»Das sind Entwürfe von Grafikern für ein neues Firmenlogo. Herr Köpenick will meine Meinung dazu wissen, ich werde mich wohl heute Abend zu Hause damit beschäftigen.«

»Können Sie das nicht im Büro erledigen?«

»Nein, dazu brauche ich Zeit und Muße. Sobald meine kleine Tochter im Bett ist, nehme ich mich der Entwürfe an.«

»Sie haben eine Tochter?«

»Ja, Nina, acht Jahre. Ich bin alleinerziehende Mutter. Meine Eltern betreuen tagsüber das Kind. Ein süßes Mädchen und in der Schule sehr fleißig. Mein ganzer Stolz!«

»Ich habe zwei Kinder, eine Tochter und einen Sohn. Es geht mir wie Ihnen, ich sehe sie auch nur abends. Und das noch nicht einmal jeden Tag.«

Frau Kühnert reichte ihm die Tasse.

»Zucker?«

»Nein, danke. Aber was ich fragen wollte, vielleicht wissen Sie Bescheid: Warum sind die Poster in meinem Büro abgehängt?«

»Herr Köpenick hatte den Eindruck, dass Sie sich in der Umgebung der Damen nicht wohlfühlen.«

»Ich hätte es ertragen, arbeite schließlich in einem Modeunternehmen.«

»Nein, ich meine auch, dass die Poster nicht zu Ihnen passen. Mode scheint ja nicht Ihre Welt zu sein.«

Tom fühlte sich ertappt. Die Einschätzung der Sekretärin wollte er nicht weiter hinterfragen.

»Sobald Sie das Büro verlassen haben, streicht ein Maler, und morgen begrüßt Sie ein Modigliani.«

»Etwa ein Akt, gar ein Original?«

»Die Nackte habe ich verhindert, es ist eine gut gekleidete Frau, die *Sitzende Marguerite*, sehr modern. Leider kein Original.«

»Wie kommen Sie oder Herr Köpenick auf Modigliani?«

»Die Familie liebt die Werke des Künstlers, sie haben ein Original in ihrem Haus hängen. Und etliche Kopien.«

»Und Sie kennen sich offensichtlich auch gut aus, wenn Sie mir schon Aktgemälde nicht zumuten wollen?«

»Akt ist in einem Arbeitszimmer zu intim, passt nicht zu Ihrem Job.«

Zuhause zog Tom seine Jeans an, die schnieken Klamotten waren nichts für die Freizeit. Außerdem hatte Jessie gekocht, Maultaschen mit Kartoffelsalat, auch eine ihrer Spezialitäten. Die Kinder waren scharf darauf, vor allem auf den Kartoffelsalat.

»Ab nächste Woche übernachte ich für unbestimmte Zeit im *Hotel am Stadtgarten*, das ist sicherer für euch.«

»Rede keinen Quatsch, wieso sind wir gefährdet, wenn du hier schläfst?«

»Wenn mir die Schergen des Erpressers nach dem Leben trachten ist es besser, ich bin nicht in eurer Nähe.«

»Ob du im *Stadtgarten-Hotel* schläfst oder zuhause, ist mir egal. Aber lass' dir glaubhaftere Gründe einfallen.«

Tom antwortete nicht. Er hasste es, sich verteidigen zu müssen. Jessie stellte die Schüsseln mit den Speisen auf den Tisch.

»Im Kühlschrank steht ein Riesling, du kannst ihn holen, wenn du magst. Oder lieber ein Bier, passt eh besser.«

Tom wählte das Bier.

»Du hast mir noch immer nicht erzählt, ob dir der Lektor, der dich zum Abendmahl in ein piekfeines Restaurant eingeladen hatte, einen Job besorgt hat?«

»Vergiss es, das wird nichts, habe ich mir gleich gedacht. Die Zeiten sind nicht danach.«

»Tut mir leid.«

»Aber ich habe meine Angel längst wieder ausgeworfen.«

»In welchen See?«

»Verrate ich dir, wenn der Fisch angebissen hat.«

Tom stocherte im Teller herum, holte sich ein zweites Bier, brachte Jessie auch eine Flasche mit, stellte ihr ein Glas hin und schenkte ein. Die Kinder waren bereits wieder im Wohnzimmer vorm Fernseher. Die Eltern schauten aneinander vorbei und sagten nichts. Bis Jessie mit ernstem Unterton loslegte.

»Wie soll das bloß mit uns weitergehen? Du kommst manchmal nach Hause, manchmal nicht. Du bist unterwegs und ich weiß nicht, wo du absteigst. Demnächst schläfst du im *Hotel am Stadtgarten*. Weiß der Himmel warum! Zum Vögeln natürlich, zu was denn sonst!«

»Ich kann dich nicht an deinen Phantasien hindern. Glaub', was du willst. Vielleicht bessert sich deine Stimmung, wenn übermorgen mein erstes Gehalt von *Luigi Ferra* auf dem Konto eingeht.«

Jessie hätte ihm am liebsten gesagt, dass er sich sein Geld irgendwo hinstecken könne. Aber sie verkniff es sich. Die Zündschnur glomm bereits, eine familiäre Detonation war ihr in der jetzigen Situation, in der das Geld knapp war, zu riskant.

22

Tom parkte seinen Dienst-Mercedes auf dem ihm zugewiesenen Platz neben dem doppeltürigen Eingang der *Luigi Ferra*-Hauptverwaltung, nickte dem Pförtner zu und stapfte nach oben. Es war früh, die Beschäftigten waren noch nicht an ihren Arbeitsplätzen. Er schlenderte über den Flur, der von der Treppe aus nach links führte und den er noch nie betreten hatte. Ein langer, schmaler Schlauch, dürftig beleuchtet, links und rechts offenstehende Türen zu den Büros und überall zwischen den Türen großformatige Fotos von Models in *Luigi*-

Ferra-Outfits. Phantasielos, dachte er sich, wie bei Autoherstellern. Da hingen auch an allen Wänden Fotos ihrer Preziosen.

Als er gerade in seinen Flur einbiegen wollte, stürmte Köpenick die Treppe herauf.

»Haben Sie Ihren neuen Wandschmuck schon gesehen, wie gefällt er Ihnen?«

»Ich war noch nicht in meinem Büro.«

»Kommen Sie, den schauen wir uns gemeinsam an.«

Köpenick ging mit flottem Schritt voraus und öffnete Toms Bürotür. Er blieb auf dem Flur stehen, strahlte übers ganze Gesicht und bat Tom mit einer ausladenden Armbewegung hinein.

»Na, was sagen Sie dazu? Der Modigliani passt doch besser zu Ihnen als die dürren Mädels.«

»Ich bin hingerissen, ein wunderschönes Gemälde. Ist das sehr wertvoll?«

»Das Original schon. Aber in Ihrem Büro hängt nur eine Kopie der *Sitzenden Marguerite*, kostete lediglich 50 Euro. Der Rahmen war teurer.«

Köpenick setzte sich auf den Besuchersessel und stellte seinen Aktenkoffer neben sich.

»Der Adlatus von Giovanni Rossi hat sich wieder gemeldet. Wie heißt der nochmal?«

»Ricardo de Luca, er ist der Consigliere von Rossi.«

»Was ist ein Consigliere?«

»Mafia-Paten nennen so ihre Berater.«

»Interessant!«

Toms Smartphone-Klingeln unterbrach den Dialog.

»Ich habe etwas zu *Exercise Interest* gefunden, nicht viel, aber es könnte dir helfen«, eröffnete ihm Giulia.

»Wann und wo können wir uns treffen?«

»Meine Abende sind verplant, komm' in mein Büro.«

»Jetzt ist es neun. Um elf, passt das?«

»Okay, um elf.«

Köpenick blieb während des Telefonats sitzen. Tom registrierte, dass er mithörte.

»Schon vormittags ein Date?«

»Es war ein Informant, ich konnte ihn nicht wegdrücken.«

»Es war eine Frauenstimme.«

»Ja, eine Informantin, eine sehr wichtige.«

Tom wunderte sich über die Neugierde. Aber Chefs sind immer neugierig, misstrauisch und wollen alles im Griff haben. Er knüpfte an das Gespräch vor dem Telefonat an.

»Was wollte de Luca von Ihnen?«

»Er fragte, ob wir uns endlich entschieden hätten. Der Erlös für die Familie würde sonst immer geringer.«

»Und was antworteten Sie ihm?«

»Ich war ungehalten und sagte, er solle sich zum Teufel scheren. Wir verkaufen nicht. Schluss der Debatte.«

»Und?«

»Dann bat er darum, dass Sie ihn zurückrufen. Hier ist seine Mobilnummer.«

»Sofort?«

»Lassen Sie ihn zappeln.«

Köpenick erweckte den Eindruck, dass er am längeren Hebel sitzt. Er schmunzelte sogar, eine Regung, die Tom bei ihm bisher vermisst hatte.

»Wie weit sind Sie mit der Neuausrichtung Ihres Unternehmens?«, wechselte Tom das Thema.

»Ich bin auf gutem Wege. Seit heute Früh läuft auf *Instagram* ein Video, wie wir an einer Kundin, am lebenden Objekt sozusagen, verschiedene Stoffe präsentieren, ein erstes Muster schneidern, den Schnitt ändern, wieder anprobieren und so weiter. Am Ende des Prozesses strahlt die Kundin in die Kamera. Die Klicks sind sensationell. Schauen Sie es sich an!«

»Und bei den Herren?«

»Da senden wir die erste Kollektion nächste Woche auf *Instagram*. Gleichzeitig kommunizieren wir, dass wir vom halbjährlichen Neuheitenmodus Abstand nehmen und künftig im Monatsrhythmus Herrenkollektionen vorstellen würden.«

»Wird das Konzept aufgehen?«

»Es muss, sonst sind wir geliefert. Ich bin zuversichtlich, dem Handel gefällt der Monatsrhythmus. Er muss jetzt zügig ordern, dann sind wir überm Berg. Im Übrigen: In ein paar Wochen starten die *Pret-à-porter*-Modeschauen in Paris, wo wir eine neue Damenkollektion vorstellen. Einen Hauch extravaganter als die aktuelle, auch aus Stoffen von Restposten und konkurrenzlos günstig. Da müssen Sie unbedingt hinkommen, damit Sie unsere Branche besser verstehen lernen. Die Moderedakteure werden jedenfalls Schlange stehen und Ihnen dürfte es für die Einschätzung unserer Firma helfen.«

Pret-à-porter interessierte Tom nicht. Er hatte keine Ahnung, wie er sich im Umfeld der Mode-Schickeria verhalten sollte.

»Sie werden also weiterhin Dividende zahlen?«

»Für dieses Jahr nicht, wir brauchen, wenn der Laden in Schwung kommt, ein Finanzpolster. Aber für nächstes Jahr zahlen wir wieder. Wie es aussieht, noch nicht einmal aus der Substanz.«

»Hoffentlich macht Ihnen Rossi keinen Strich durch die Rechnung.«

Inzwischen war es zehn, in einer halben Stunde würde er zu Giulia in die Staatsanwaltschaft fahren. Er baute sich vor der *Sitzenden Marguerite* auf und bewunderte das Gemälde. Sehr avantgardistisch, vermutlich expressionistisch. So genau kannte Tom den Malstil von Modigliani nicht. Aber das Bild gefiel ihm. Noch ein kurzer Blick in die Zeitung, wieder ein informationsfreier Bericht von Alissa Didier. Er hatte ihn nur überflogen und war überzeugt, dass Meyerhöfer irgendwann bei ihm wieder anklopfen würde. Der Alte war immer skeptisch, wenn Frauen als Reporter beschäftigt wurden. Sie waren ihm nicht hart genug, nicht draufgängerisch, zu »weiblich«, wie er herablassend schwadronierte. Aber was sollte er tun, er hatte keine große Wahl. In der Redaktion waren schon seit längerer Zeit die Frauen in der Überzahl. Die Männer hielten sich inzwischen mit Zoten zurück. Waren Frauen Zeugen ihrer schlüpfrigen Witzchen, ernteten sie allenfalls genervte Blicke.

Das Büro von Giulia war schlicht, aber sehr modern eingerichtet. Ein Schreibtisch mit Glasplatte, PC, Telefon und ein Stapel Akten. An der rechten Wand eine Radierung von Paul Klee mit dem ebenso beziehungsreichen wie süffisanten Titel *Zwei Männer, einander in höherer Stelle vermutend, begegnen sich.* Tom erinnerte sich an das Kunstwerk mit den nackten, gebeugten Körpern, das Original hängt in der Städtischen Galerie im Lenbachhaus in München. Dort stach es ihm bei einem Besuch wegen der detailgetreuen, reliefartigen Darstellung ins Auge, aber er konnte sich nicht dafür erwärmen. Er setzte sich auf den Besucherstuhl, sie thronte vor einer Bücherwand, die bis zur Decke reichte. Meterweise juristische Fachliteratur.

»Ich hab' was! Nicht das, wonach ich gesucht habe, aber auch delikat.«

»Mach's nicht so spannend.«

»Was ist deine Gegenleistung?«

»Eine Essenseinladung, du darfst das Restaurant aussuchen.«

»Lass' das, ich mach das gern für dich. Vielleicht wird es auch für mich interessant. Ich gebe die Hoffnung nie auf. Die Welt ist voller Verbrecher.«

»Ärzte sehen überall Kranke, Psychologen überall Irre und Staatsanwälte überall Verbrecher. Das scheint der Beruf mit sich zu bringen.«

»In deinem Fall könnte ich mit meiner Berufskrankheit Recht haben, *Exercise Interest* ist ein Verbrecherladen.«

»Rück' schon raus mit der Sprache.«

»Mit Drogen haben sie offensichtlich nichts am Hut, danach habe ich gesucht. Aber eine Anfrage bei meinen Kollegen in Rom brachte etwas anderes zutage: *Exercise Interest* verdient sein Geld nicht allein mit läppischen Beteiligungen an Modelabels und durch Abgreifen von EU-Geldern für den Straßenbau. Sie mischen auch im internationalen Waffenhandel mit. Offensichtlich an der Grenze zur Legalität, Beweise für illegale Waffengeschäfte hat die italienische Staatsanwaltschaft nicht.«

»Warum interessieren die sich für einen Laden wie *Luigi Ferra*?«

»Ihre Modebeteiligungen an Topmarken wie *Ferragamo* oder der französischen *Gucci*-Mutter *Kering* sind gering, etwa zwei Prozent. Sie haben sie an der Börse erworben und müssten sie nicht ausweisen. Tun es aber zur Tarnung. Ebenso das Baugeschäft, das allerdings sehr einträglich ist. Mit *Luigi Ferra* hätten sie eine Premiummarke in ihrem Portfolio und könnten sich überzeugend als Modekonzern präsentieren. Die beiden Klamottenunternehmen, die sie besitzen, kannst du vergessen. Es sind kleine, nur regional bekannte Firmen. Sie schneidern keine eigenen Kollektionen, sondern kaufen die Ware in Bangladesch und verhökern sie unter Phantasienamen.«

»Interessant, das könnte mir helfen. Ich habe nur noch keinen Hebel, wie ich diese Erkenntnisse so einsetzen kann, dass der Schuss ein Treffer wird.«

»Die brauchst du für deinen Gegenangriff: Hochrisikokunde und Kalabrien sind wichtige Stichworte zur Sensibilisierung der Öffentlichkeit. Ergänzt mit internationalem Waffenhandel sind die Angreifer erledigt. Als illegal darfst du die Waffengeschäfte nicht bezeichnen, dafür gibt's keine Belege.«

»Wie managen sie die Waffendeals? Welche Waffen sind es? Woher kommen sie und wo gehen sie hin?«

»Es sind, was man bei der italienischen Polizei weiß, vorwiegend Kleinkalibergewehre, die sie aus Deutschland und den USA beziehen. Harmlose Gerätschaften! Brisanter wird's mit halbautomatischen Waffen, mit denen sie auch handeln. Vollautomatische Waffen fallen unter das Kriegswaffenkontrollgesetz. Für eine Lieferung Maschinengewehre und Nachtsichtgeräte nach Saudi-Arabien hatten sie offiziell um Genehmigung nachgesucht. Die italienische Armee kaufte bei *Exercise Interest* Panzerfäuste, es war eine Bestellung des Verteidigungsministeriums. Die kurdische Peschmerga im Irak erhielt ebenfalls Panzerfäuste. Auffällig wurde die Firma, als russische Kalaschnikows über Italien nach Südamerika geliefert wurden. Dafür hatten sie aber offensichtlich eine Erklärung, die den Behörden reichte.«

»Wann gehen wir in das Lokal deiner Wahl?«

»Komm' in den nächsten zwei Wochen auf mich zu, im Moment habe ich keinen Überblick, es steht eine Menge an.«

»In zwei Wochen bin ich in Bari, wenn der Termin dann noch steht. Ein Fest wird das sicher nicht, die Familie bleibt hart.«

»Ach ja, Bari, hätte ich beinahe vergessen. Du musst alles daransetzen, dass das Treffen stattfindet. Nur dort kannst du erfahren, was sie vorhaben und wie sie vorgehen wollen. Die Polizistin, die ich dir für die Reise zur Seite stelle, heißt Annabell Seeger. Sie ist übrigens heute im Haus, ich lasse sie kommen.«

Giulia drückte auf die Taste der Gegensprechanlage und bat ihre Sekretärin, Frau Seeger zu rufen.

»Ich warne dich, die Frau kann handgreiflich werden.«

»Schon verstanden, keine Bange. Woher hast du eigentlich den Klee an der Wand?«

»Eine Kopie, noch nicht einmal eine sehr gute. Ich hatte das Bild zu Hause, es passt hier ganz prima.«

»Mir haben sie jetzt einen Modigliani ins Büro gehängt, die *Sitzende Marguerite*. Sehr hübsch.«

Die Sekretärin öffnete die Tür, Giulia bat Annabel Seeger herein: Eine schlanke, mittelgroße, gleichwohl zierliche Frau, trotz ihrer kantigen Gesichtszüge bildhübsch, selbst in Polizeiuniform wirkte sie anziehend, vermutlich noch keine 30. Tom stellte sich höflich mit »Schwertfeger« vor und reichte ihr zum Gruß die Rechte. Ein schwungvoller Griff, und er lag auf dem Rücken. Giulia lachte. Annabel Seeger entschuldigte sich: Frau Galvani hätte sie um diese Demonstration gebeten. Tom rappelte sich auf.

»Respekt, diese Kniffe vermutet man nicht hinter Ihrer Erscheinung.«

»Ich soll mit Ihnen nach Bari reisen, es könnte ein gefährlicher Trip werden.«

»Ein Risiko besteht, keine Frage. Vermutlich sogar ein großes. Es ist alles so unberechenbar. Sie wissen, um was es geht?«

»Ich bin informiert und weiß, worauf ich mich einlasse. Seien Sie unbesorgt.«

Annabell Seeger reichte Tom ihre Visitenkarte und verabschiedete sich. Er schaute ihr ehrfurchtsvoll hinterher.

»Mach' deinen Mund wieder zu. Sie wird auf dich aufpassen, ich vertraue ihr. Sie hat die asiatischen Kampfsportarten in China erlernt, ihr Vater war dort als Rechtsanwalt für eine deutsche Firma tätig.«

23

Unter Ralph Meyerhöfer hatte die Zeitung an Format gewonnen, jedenfalls in den Anfangsjahren seines Jobs. Dass es allein sein Verdienst war, wird von den Kollegen und Kolleginnen bezweifelt. Zugetraut hatten es ihm die wenigsten. Er scharte gute Leute um sich, die aber inzwischen die Redaktion wieder verlassen hatten. Darunter Charly Neumeier, Chef vom Dienst, gebildet und polyglott, Volontärausbilder und Mädchen für alles, vor allem für alltägliche Probleme junger Kollegen und Kolleginnen. Er war Garant, dass täglich eine respektable Zeitung erschien. Freiwillig war er in den vorzeitigen Altersruhestand gewechselt und lebte jetzt mit Manu, Toms einstiger Geliebten, zusammen. Ein Nachfolger für Neumeier war noch nicht gefunden.

Ein Verlust für das Haus war auch Adrian Hohenstein. Er war zwar kein herausragender Redakteur, aber immer vor Redaktionsschluss mit seinen Allerwelts- und Nutzwertartikeln fertig. Er hatte das Haus vor zwei Jahren verlassen. Für ihn wurde noch nicht einmal Ersatz gesucht.

Jetzt war auch Tom weg, niemand wusste wie lange und ob er überhaupt zurückkehren würde. Auch er nicht. Seine gründlich recherchierten Geschichten, vor allem im gefährlichen Umfeld organisierter Kriminalität, fehlten dem Blatt. Alissa Didier konnte ihn nicht ersetzen, sie war schlicht überfordert und in Minenfelder wagte sie sich nicht. Manu war mutiger, entschlossener. Für Tom war sie eine Stütze, hatte ihn sogar auf riskante Recherchetrips begleitet. Aber sie hatte das Haus auch verlassen und schrieb an ihrer Doktorarbeit über *Sekundärprävention bei koronaren Auffälligkeiten*. Meyerhöfer hätte sie behalten, wenngleich sie als alleinstehende und kinderlose Kollegin nach der letzten Entlassungswelle eigentlich durch den Rost hätte fallen müssen.

Obwohl die Printauflage zuletzt wieder leicht gestiegen war, der Anzeigeneinbruch die Talsohle erreicht hatte und die Zeitung nach mehreren Einsparungsrunden wieder einigermaßen Geld verdiente, tat sich Meyerhöfer schwer, journalistische

Kapazitäten an Bord zu holen. Reportagen musste er bei freien Journalisten kaufen. Aber brillante Reportagen hatten ihren Preis. Für Honorare und Spesen von gründlich recherchierten und exzellent geschriebenen Beiträgen aus Kriegsgebieten, über Finanzkriminalität oder über organisiertes Verbrechen hätte er eine Spitzenkraft einstellen können.

Die Zeitung hatte einmal einen guten Ruf in der Szene, diente journalistischem Nachwuchs auch als Sprungbrett. Aber das war Vergangenheit. Charly konnte ehrgeizigen Anfängern den richtigen Schliff verpassen. Er redigierte ihre Geschichten, reichte sie ihnen zur Überarbeitung wieder über den Tisch und redigierte abermals, bis die Texte rund waren. Aber niemand hatte nach Charlys Weggang diese mühevolle und uneitle Rolle übernommen.

Tom hatte das Haus erst vor ein paar Wochen verlassen, doch für Geschichten aus den Niederungen des organisierten Verbrechens konnte sich keiner aus der Redaktion erwärmen. Der Nimbus von Meyerhöfer war angekratzt und der Verleger wies ihn dezent darauf hin, dass Leser und Anzeigenkunden den Qualitätsverfall monierten.

Tom hatte sein erstes Gehalt von *Luigi Ferra* auf dem Konto. Von den 10.000 Euro blieben ihm nach Steuern und Sozialabgaben etwas mehr als 6.000. Eine Stange Geld, mehr als das Doppelte des Zeitungsgehalts. Zu Hause köpfte er die Flasche *Moet & Chandon*, die er sich noch vor Ladenschluss in einer Weinhandlung geleistet hatte, und stieß mit Jessie an. Sie sagte nicht viel, außer: »Mein Gott, das viele Geld!« Sollten die Zeiten, in denen sie jeden Euro umdrehen mussten, endgültig vorbei sein?

»Wir müssen von dem Gehalt jeden Monat etwas auf die Seite schaffen, ich weiß nicht, wie lange ich den Job habe.«

»Na ja, immerhin hast du eine Kündigungsfrist.«

»Nur drei Monate. Und ob sich Köpenick an das Versprechen von Matteo hält, weiß ich nicht. Vielleicht kann er mich nach Erledigung meines Jobs nicht mehr gebrauchen. Vielleicht kommt auch der Angreifer an sein Ziel und schnappt sich *Luigi Ferra*. Spätestens dann werde ich rausgeschmissen.«

»Halten wir's mit den Engländern: ›Let's play it by ear‹. Eine andere Wahl, als spontan zu handeln, haben wir nicht.«

Jessie sagte »wir«, obwohl nur er die Flipperkugel spielte, die andere durch die Handicaps jagten. Den Moment, in dem sie auf Start drücken würden, verrieten sie ihm nicht.

»Solange Meyerhöfer auf seinem Stuhl sitzt, werde ich in die Redaktion zurückkommen können. Sollte er bis dahin weg sein, sitze ich auf dem Trockenen.«

Tom schlich in sein Arbeitszimmer und legte sich auf die Schlafcouch. In Jeans und Hemd.

Am nächsten Morgen klingelte das Telefon, er lag noch immer angezogen im Bett und staunte, als er auf dem Display den Namen des Anrufers sah: Meyerhöfer!

»Was verschafft mir die Ehre? Zu so früher Stunde?«

»Es ist acht, ich hoffe, ich habe Sie nicht geweckt. Wir sollten uns treffen.«

»Sie wissen doch, dass ich zurzeit nicht in die Redaktion zurückkann?«

»Ich weiß das, ich will Sie auch nicht umstimmen. Ich brauche nur Planungssicherheit. Und einen Chef vom Dienst, von dem ich nicht weiß, wo ich ihn finden könnte.«

»Okay, heute um eins im Ratskeller.«

»Ich hatte eher an ein feines Abendessen gedacht.«

»Auch das geht natürlich, aber dann muss ich Sie zurückrufen. Es könnte dauern, vielleicht muss ich überraschend weg.«

»Also nachher im Ratskeller.«

Zu *Luigi Ferra* fuhr Tom am Vormittag nicht mehr. Er schlenderte durch die Stadt, blieb vor Schaufenstern angesehener Modegeschäfte stehen, was er früher nie getan hätte, genehmigte sich in einem Straßencafé einen Espresso und steuerte kurz vor eins den Ratskeller an. Wer weiß, wann er seine Rückkehr in die Redaktion ankündigen müsste. Das Treffen schien ihm nützlich.

Meyerhöfer war schon da, eine Cola vor ihm auf dem Tisch.

»Schön, Sie wieder zu treffen«, grüßte Tom.

»Das Vergnügen ist auf meiner Seite. Dass ich Sie in der Redaktion vermisse, hat sich ja herumgesprochen.«

»Was kann ich für Sie tun?«

»Nicht viel, ich habe eine Botschaft, die Sie interessieren könnte. Ein gepflegtes Abendessen bei einem Italiener wäre dafür passender gewesen. Hier gibt's Bratwürste, haben Sie Lust darauf?«

»Bratwürste sind okay und den Italiener holen wir nach. Im Moment fahre ich auf Sicht. Ich weiß oft nicht, was am nächsten Tag auf mich wartet. «

»Verstehe, kein Problem. Sie sollten nur wissen, dass ich Ende des Jahres in den Ruhestand gehe. Die Information ist vertraulich, in der Redaktion weiß es noch niemand. Wenn Sie also zurück wollen, geben Sie mir rechtzeitig ein Signal. Dann stünde Ihnen nichts im Wege.«

»Wer soll denn Ihr Nachfolger werden?«

»Schmidt-Hagenbauer vom *Abendblatt* war dafür vorgesehen. Er hat mir kurzfristig abgesagt, weil er von einer Schweizer Wochenzeitung ein besseres Angebot hatte: Sofort Chefredakteur, ein beneidenswert stolzes Gehalt und Bonuszahlungen bei steigender Auflage. Ich kann ihn verstehen.«

»Na ja, bei den Gehältern beim *Anzeiger* dürften Sie Ihren Verleger schon mal an eine angemessene Geste erinnern. Sollte ich zurückkommen, würde ich darauf bestehen.«

»Ich würde tun, was in meiner Macht steht.«

»Einen Nachfolger haben Sie also nicht, was eigentlich auch nicht Ihr Problem sein müsste. Chefredakteurssuche ist Sache des Verlags, nicht der Redaktion.«

»Schon, aber der Verleger kümmert sich nicht darum. Kurz vor Torschluss wird er einen Headhunter beauftragen, der ihm dann das Problem lösen soll. Was dabei herauskommt, kann man sich denken. Es braucht Zeit, gute Leute zu finden.«

»Deshalb suchen Sie jetzt Ihren Nachfolger?«

»Ich habe zwei, drei Kollegen im Visier. Einer dürfte sicher anbeißen, Chefredakteur ist schließlich ein attraktiver Job.«

»Dann ist doch alles geklärt.«

Nicht ganz, ich brauche dringend einen Chef vom Dienst. Das Geschäft mache ich grad' nebenher mit, was auf die Dauer nicht geht. Fünf Absagen habe ich mir inzwischen eingehandelt, es ist zum Verzweifeln.«

»Nehmen Sie doch einfach Christian Lehmann vom Lokalen. Er dürfte so um die 50 sein, ist umgänglich, ein Orthografiepedant und gleichzeitig ein Organisationstalent. Vielleicht sucht er ja für seine letzten 15 Jahre noch eine Herausforderung. Mit einer Gehaltserhöhung könnten Sie ihn sicher überzeugen.«

»Hervoragende Idee, warum bin ich da nicht selbst draufgekommen?«

»Das Gute liegt oftmals nah.«

»Wenn er anbeißt, schicke ich Ihnen eine Kiste *Brunello*. Und dann teilen Sie mir mit, wann es Ihnen für ein Dinner passt.«

Tom schlug ein, verabschiedete sich und genoss es, sich bei Meyerhöfer nützlich gemacht zu haben. Dass Lehmann das Angebot nicht ablehnen würde, war er sich sicher. Der weinte sich schon seit längerem bei ihm aus, dass ihn der »lokale Scheiß« zunehmend »ankotze«. Er sagte wirklich »ankotze«, obwohl er für lesernahe Themen im Lokalen ein Näschen hatte.

24

Zurück bei *Luigi Ferra* schaute er zunächst bei Frau Kühnert vorbei. Er fühlte sich nach dem Treffen mit Meyerhöfer in bester Laune, mit der er auch die Sekretärin anstecken wollte. Sie war aber nicht zu Scherzen aufgelegt.

»Sorry, Herr Schwertfeger, Herr Köpenick hat mich mit Arbeit zugeschüttet. Einen Espresso bereite ich Ihnen gerne zu, aber viel Zeit habe ich nicht.«

»Nein, lassen Sie das mit dem Espresso. Ich wollte Ihnen eigentlich nur einen guten Tag wünschen.«

Die Tür zu Köpenicks Büro stand offen, der Chef brütete über Zahlen und Tabellen, schaute dann aber kurz auf.

»Herr Schwertfeger, wie geht's Ihnen? Kommen Sie voran? Haben Sie den Rossi-Adlatus schon zurückgerufen? Wie nannten Sie den noch mal?«

»Consigliere! Ich habe mir Zeit gelassen, er sollte zappeln.«

»Pronto.«

»Spreche ich mit Signor de Luca? Mein Name ist Tom Schwertfeger, der persönliche Berater von Signor Köpenick. Sie wünschten meinen Anruf.«

»Sie rufen spät zurück, sehr spät.«

»Mag sein, aber ich habe zu tun, wie Sie sich denken können.«

»Ich glaube, es gibt für Sie derzeit nichts Wichtigeres, als mich zurückzurufen.«

»Was wünschen Sie? Haben Sie nach Ihrem Telefonat mit Herrn Köpenick noch Fragen?«

»Ich habe keine Fragen. Ich sage Ihnen nur, überzeugen Sie die Familie von unserem Friedensangebot.«

»Und wenn mir das nicht gelingt, dann schicken Sie die Kavallerie?«

»Wir haben effizientere Mittel, nehmen Sie die Sache nicht auf die leichte Schulter.«

»Geben Sie mir Zeit, so einfach ist das nicht.«

»Wie lange?«

»Findet das Treffen in Bari statt?«

»Ist das wichtig?«

»Wir sollten uns nochmals zusammensetzen, bevor ich Ihnen das Ergebnis meiner Bemühungen mitteilen kann.«

»Sie hören von mir.«

Tom freute sich diebisch über seinen Coup, de Luca in Hoffnung gewiegt zu haben. Köpenick wollte er über das kurze Gespräch nicht ins Bild setzen. Er brauchte nur die Einladung nach Bari oder sonst wohin, um herauszufinden, was die Ehrenwerte Gesellschaft vorhatte, wie sie ihren Griff auf *Luigi Ferra* zu organisieren gedachte.

Gerade als er die Nummer von Kyriakos Theodorakis wählen wollte, kam Frau Kühnert durch die Tür und stellte ihm einen Espresso auf den Tisch.

»Entschuldigen Sie, aber heute ist der Teufel los. Herr Köpenick ist völlig durch den Wind. Bei seiner Hausbank musste er ein Aktienpaket hinterlegen, sonst wäre ihm der Kredit gekündigt worden. Die Bank hat kein Vertrauen in seine Strategie. Aber das soll er Ihnen selber sagen.«

»Danke für den Hinweis. Wer ist seine Hausbank?«

»Die Sparkasse.«

»Mich wundert das nicht, Banker sind grundsätzlich misstrauisch. Ich kann warten, bis mich Köpenick in den Vorgang einweiht.«

Frau Kühnert antwortete nicht und verließ Toms Büro. Er sinnierte noch kurz über die rigide Vorsichtsmaßnahme der Sparkasse. Steht das Unternehmen schon auf so wackligen Beinen, dass die Bank die Notbremse ziehen musste?

»Ich hoffe, es geht Ihnen gut«, fragte Tom höflich den gewitzten Schneider Theodorakis am Telefon. »Morgen Abend, geht's da bei Ihnen und Ihrer Frau? Dann würde ich nämlich Ihr Angebot wahrnehmen.«

»Natürlich passt der Termin, wir freuen uns. Sagen wir um sechs.«

»Wo soll ich mich einfinden?«

»Arabellastraße 76 im Vorort Bolzenhausen. Parken können Sie vor dem Haus. Unsere Wohnung liegt im vierten Stock.«

Tom griff nach seinem Dürrenmatt in der Tasche, einige Tage schon hatte er nicht mehr darin gelesen. Bereits nach Lektüre von nur einer Seite, klingelte sein Handy.

»Mister Schwertfeger?« Ricardo de Luca machte einen auf weltmännisch.

»Ja, hier Schwertfeger.«

»Das Treffen findet statt, allerdings schon nächste Woche am Mittwoch, wir haben nicht viel Zeit. Kommen Sie mit dem *Air-Dolomiti*-Flieger nach Bari, er landet um 16 Uhr. Ich hole Sie ab. Ein Zimmer im Hotel *Apulia* ist reserviert. Kost und Logis gehen aufs Haus.«

»Ich brauche zwei Zimmer, ich bringe meine Assistentin mit. Sie heißt Annabel Seeger.«

»Okay, zwei Zimmer. Wir erwarten Sie und Ihre Partnerin.«

Tom studierte im Netz die Flugpläne der *Air Dolomiti*: 13 Uhr 50 Abflug in München, 16 Uhr Ankunft in Bari. Frau Kühnert müsste die Tickets buchen, am besten sofort, auch wenn sie nicht gut drauf war. Annabel Seeger wollte er selbst informieren. Nein, zunächst Giulia.

»Du schon wieder, gibt's was Neues?«

»Termin in Bari Mittwoch nächster Woche. Soll ich Frau Seeger informieren oder machst du das?«

»Ruf' du sie an, sie weiß ja Bescheid. Wir treffen uns dann tags darauf, am Donnerstag.«

Annabel Seegers Durchwahl stand auf ihrer Visitenkarte.

»Jetzt wird's ernst. Nächsten Mittwoch fliegen wir nach Bari. Kommen Sie selbst nach München oder soll ich Sie mitnehmen?«

»Wann fahren Sie los?«

»Ich denke, neun Uhr müsste passen. Da ist auch ein Stau einkalkuliert.«

»Okay, dann holen Sie mich um neun vorm Kommissariat ab. Ich werde am Haupteingang auf Sie warten. Auf der Fahrt können wir alles Notwendige besprechen.«

»Prima. Und beten Sie, dass wir aus der Nummer heil herauskommen.«

»Für Sie sorge ich und für mich bete ich.«

25

Einen Besuch bei der Sekretärin wegen der Tickets verschob er auf den nächsten Tag, auch die Info für Köpenick, dass er nächste Woche nach Bari reisen werde. Die Stimmung in der Schaltzentrale der Firma schien ihm nicht angebracht für triviale Flugbuchungen. Aber gut, dass ihm Frau Kühnert die Sache mit der Hinterlegung des Aktienpakets bei der Sparkasse gesteckt hatte. Köpenick hängt jetzt am Haken, die könnten ihm die Luft abdrehen. »Rien ne va plus.«

Am nächsten Morgen war Frau Kühnert farbenfroher gekleidet, die Stimmung heiter. Ungefragt erklärte sie ihm die Form der hochgezogenen Hose: »High Waist nennt man diesen Schnitt in unserem Gewerbe.« Sie lächelte, war sichtlich guter Laune.

»Sie sollten mir zwei Tickets buchen, kommenden Mittwoch mit *Air Dolomiti* 13 Uhr 50 von München nach Bari und am nächsten Tag zurück. Für mich und Frau Annabel Seeger.«

»Wer ist denn diese Dame?«

Bevor Tom antworten konnte, rief ihn Köpenick zu sich.

»Setzen Sie sich«, sagte er bestimmt, aber in freundlichem Ton. »Ich habe eine gute Nachricht und eine schlechte.«

»Die gute zuerst«, begehrte Tom.

»Der Einzelhandel ordert noch verhalten, aber täglich stärker, sowohl bei den Herren als auch bei den Damen. Wir liegen aktuell zehn Prozent über Matteo. Und die vermögenden Damen, die sich individuell die Kleider schneidern lassen, rennen uns die Bude ein. Ich will nicht übertreiben, aber inzwischen hat jeden dritten Tag eine Kundin angebissen. Ein Kleid aus feinster tibetischer Seide, sehr extravagant, musste wegen vieler Stoffüberlappungen aufwendig genäht werden. Wir kassierten 14.000 Euro. Die anderen Kleider lagen unter 10.000, zum Teil erheblich. Aber das Geschäft kommt langsam auf Drehzahl und ist lukrativ.«

»Und die schlechte Nachricht?«

Köpenick schluckte und ließ sich mit der Antwort Zeit.

»Die Bank traut meinem Geschäftsmodell nicht. Für einen größeren Betriebsmittelkredit musste ich Stammaktien hinterlegen. Wenn ich den Kredit getilgt habe, erhalte ich die Aktien wieder zurück. Aber das kann dauern.«

Gerade als er seinen letzten Satz beendet hatte, betrat eine ältere Dame das Sekretariat und schritt zielstrebig ins Chefbüro. Weiße Haare, dunkelgraue Rock-Jacke-Kombination, hochgeschlossene Bluse. Auffallend ihre schwere, aus Goldfäden geflochtene Halskette und eine brillantbesetzte Armbanduhr. Sie benutzte eine Gehhilfe. Irgendwie erinnerte sie Tom an die Queen.

»Mutter, was verschafft mir die Ehre?« Köpenick konnte seine Überraschung nicht verbergen. »Darf ich dir Herrn Schwertfeger vorstellen? Ich habe euch von ihm berichtet, er muss uns den Erpresser vom Hals halten.«

Tom reichte ihr die Hand, sie verzog keine Miene.

»Die Hinterlegung der Aktien bei der Sparkasse gefällt mir gar nicht. Die Sparkassenleute sind kleinkariert. Sobald es regnet, kassieren sie die Regenschirme ein, die sie bei Sonnenschein ausgegeben haben. Ich habe dir schon oft nahegelegt, die Bank zu wechseln. Wir brauchen eine mutige Geschäftsbank, keine Erbsenzähler.«

»Ich will dir nicht widersprechen, aber im Moment geht das nicht. Sobald wir wieder gutes Geld verdienen, kümmere ich mich um eine andere Bank.«

»Unbedingt, ich traue den miefigen Beamten von der Sparkasse nicht.«

»Aber allein, um mir das zu sagen, bist du doch nicht hergekommen?«

»Natürlich nicht. Gestern Abend rief mich jemand von der Erpresserbande an, mit Signor de Luca stellte er sich vor. Woher er meine Nummer hatte, verriet er mir nicht. Er sagte nicht viel, nur dass wir schon am Fliegenfänger klebten. Nächste Woche erwarte er von Herrn Schwertfeger eine positive Nachricht. Dann legte er auf.«

»Wir sind uns doch einig, dass wir die Verbrecher ins Leere laufen lassen?«

»Schon, aber der Anrufer klang sehr bedrohlich.«

Für Tom schien es der passende Moment, sich in das Gespräch einzuklinken.

»Am Mittwoch fliege ich nach Bari, dort werde ich diese Leute treffen. Es dürften dieselben Herrschaften sein wie damals in Mailand. Mein Ziel ist es zu erfahren, wie sie vorgehen wollen. Dann können wir eine Gegenstrategie entwickeln.«

»Das sollten wir besprechen«, beschied ihm die alte Dame in strengem Ton. »Haben Sie heute Abend schon etwas vor?«

Tom schoss es durch den Kopf, heute hatte er sich mit Theodorakis verabredet.

»Ich stehe zu jeder Zeit für ein Gespräch zur Verfügung.«

»Also dann um 19 Uhr bei mir zu Hause in der Dolenwaldstraße.«

»Eine strenge Persönlichkeit, Ihre Frau Mutter«, rutschte es Tom heraus.

»Nicht nur das, sie hat ein festes Weltbild, sieht sich als Leuchtturm. Uns Kinder schickte sie auf Eliteschulen in der Schweiz. Die Kinder ihres Bruders besuchten die Waldorfschule. Darüber mokiert sie sich bis heute: ›Stricken, flöten, kneten‹, lästerte sie. Berichten Sie mir nach Ihrem Besuch bei ihr.«

Zurück in seinem Büro rief er den Schneider an.

»Sorry, Herr Theodorakis, ich kann heute nicht. Das tut mir sehr leid, die Mutter von Herrn Köpenick will mich sprechen. Das verstehen Sie doch?«

»Selbstverständlich, melden Sie sich, wann Sie Zeit haben. Viel Vergnügen mit der alten Dame.«

»Ich habe noch eine Frage: Wo arbeiteten Sie seinerzeit in Italien?«

»In Mailand, es war eine große Lohnschneiderei, die viele Marken belieferte und manchmal auch gut betuchte Einzelkunden ausstattete.«

»Da hatten Sie es mit Mafiosi zu tun, wie Sie sagten.«

»Die Einzelkunden, die sich Anzüge schneidern ließen, waren durch die Bank Mafiosi. Ihr sicheres Auftreten, ihr Befehlston, ihre gebügelten Schnürsenkel an edlen, handgefertigten Schuhen und die Bündel Geldscheine, mit denen sie bezahlten, verrieten sie. Jedenfalls, wenn man ein Auge dafür hatte.«

»Gab es denn auch in Mailand Mafiosi? Ich dachte, die tummeln sich nur im Süden?«

»Die kamen von überall her, aus Sizilien, Kalabrien, Neapel, woher auch immer.«

»Machten diese Herrschaften auch Angebote, die man schwer ablehnen konnte?«

»Mir nicht, ich war ja nicht der Boss. Aber es hielt sich das Gerücht, dass eine Organisation an der Schneiderei beteiligt sei. Wie hoch, darüber gingen die Vermutungen auseinander. Aber der Einstieg dieser Investoren, wie sie sich nannten, soll nicht ganz unblutig über die Bühne gegangen sein. Der Bruder des Schneidereibesitzers wurde erschossen, der Fall nie aufgeklärt.«

»Danke, Herr Theodorakis, ich melde mich wieder. Und bitte haben Sie Verständnis für meine Absage.«

Tom kannte von seinen Recherchen das Muster, wie Mafiosi ihren Forderungen Nachdruck verliehen: Kaltblütige Morde, Ansägen von Bremsschläuchen an Fahrzeugen, Faustschläge und Fußtritte bis zur Bewusstlosigkeit, Abschneiden von Ohren und Abhacken von Fingern, vorzugsweise bei Schutzgelderpressungen, oder Drohungen gegenüber Familienmitgliedern: »Wir kennen den Schulweg Ihrer Kinder«.

Die Zeiten, in denen ein ungeschriebenes Mafia-Gesetz Frauen und Kinder schützte, waren vorbei. Spätestens seit sie mit Bombenanschlägen auf Autos keine Rücksicht auf unbeteiligte Insassen nahmen.

Für Tom war es nachvollziehbar, weshalb der Bruder des Schneidereibesitzers ins Gras beißen musste. Sein Tod war eine Drohung an den Firmeninhaber. Brutale Killer standen bei jeder Verbrecherorganisation auf den Gehaltslisten. Wenn sie professionell vorgingen, scheiterten die Ermittlungen der Justiz an fehlenden Beweisen oder Zeugen. Oder an eingeschüchterten Zeugen.

26

Alissa Didier hatte wieder einmal zur Feder gegriffen und dieses Mal tatsächlich etwas Neues ausgegraben. Vor zwei Tagen sei der langgesuchte Mafioso Stefano Cordi den Carabinieri entwischt, nachdem ein Insider sein Versteck nördlich von Locri verraten hätte. Das hochrangige 'Ndrangheta-Mitglied war ihnen buchstäblich von der Schippe gesprungen. 20 Mann in schusssicheren Westen und mit Maschinengewehren bewaffnet, hatten sich in Stellung gebracht. Das halbverfallene Haus war stockdunkel gewesen, als ob es nicht bewohnt wäre. Aber dann sahen die Beamten, wie hinter einem Fenster eine Zigarette angezündet wurde. Sie stürmten das Haus, doch Cordi sei verschwunden gewesen. Im Dielenboden entdeckten die Carabinieri einen Verschlag, der Cordis Fluchtweg preisgab: ein etwa fußballfeldlanger, unterirdischer Gang, der in einem Waldstück endete. Mit Scheinwerfern suchten sie die Umgebung ab, aber der Gesuchte war wie vom Erdboden verschluckt. Am gut getarnten Tunnelausgang mitten im Wald hatte er sich auch noch über seine Verfolger lustig gemacht – ein Schild mit der Aufschrift »Attenzione, pericolo di morte« war in den Moosboden gerammt: »Achtung, Lebensgefahr«. Eine Pressemeldung der Polizei über die misslungene Festnahme war nicht verschickt worden.

Tom konnte Alissa seinen Respekt zu der Geschichte nicht versagen. Es war unter all den drögen Pflichtstücken die Topmeldung des Tages, die sie noch dazu exklusiv hatte. Cordi, das listige Gehirn der kalabrischen Organisation, war entdeckt worden und den bewaffneten Carabinieri entwischt! Ein Meisterstück, Mafiosi waren für gewöhnlich cleverer als die Polizei. Cordis List galt als Beweis für seine Gefährlichkeit, demonstrierte aber auch die Stümperhaftigkeit der Polizei.

Tom ließ es keine Ruhe: Außerhalb von Locri hätte sich Cordi versteckt gehalten, nicht weit entfernt von Catanzaro, dem Sitz von *Exercise Interest*. Er rutschte auf seinem Schreibtischstuhl herum, es quälte ihn, dass die Kollegin möglicherweise Quellen aufgetan haben könnte, die er nicht kannte. In einer Gegend, die ihn wegen Giovanni Rossi brennend interessierte. Natürlich müsste sie ihm ihre Quellen nicht nennen. Aber probieren könnte er es.

»Hallo Alissa, ich habe grad deine Geschichte über den entwischten Mafioso gelesen. Dazu kann ich nur gratulieren.«

»Ein Kompliment aus deinem Mund, das kommt unerwartet.«

»Du musst es mir nicht sagen, ich weiß. Aber interessieren würde es mich brennend, wie du an die Infos gelangt bist.«

»Eine befreundete Kollegin in Italien, die für ihre Bücher in der Mafia-Szene recherchiert, steckt mir hin und wieder etwas. Die Pleite mit der Cordi-Festnahme war bisher das Brisanteste, das sie lieferte.«

»Das ist ein echter Treffer, halte sie dir warm. Den Namen der Kollegin verrätst du mir nicht?«

»Nein, das kann ich nicht. Du bist der Letzte, der das nicht versteht.«

»Klar! Mach weiter so, du bist auf einem guten Weg.«

»Danke, sehr lieb von dir. Sag' mal, wann kommst du wieder zurück in die Redaktion?«

»Das kann schnell gehen, kann aber auch dauern. Vielleicht komme ich auch nicht mehr.«

Tom ahnte nicht, dass sie sein endgültiger Rückzug beunruhigte. Eigentlich müsste sie daran interessiert sein, dass er wegbliebe.

Aber sie überraschte ihn: »Wir brauchen dich.«

Es war inzwischen halb sieben, Tom rief ein Taxi zur Dolenwaldstraße. Eine Villengegend mit zum Teil palastähnlichen Häusern, manche heruntergekommen, einige mit weitläufigen Vorgärten und schmiedeeisernen Gittertoren, gut eineinhalb Mann hoch. Er klingelte, ein Summton und die Torflügel öffneten sich. Auf der obersten Stufe zum Hauseingang stand ein Butler im Smoking, weißem Hemd mit Manschettenknöpfen und schwarzer Fliege. Er fragte eher rhetorisch: »Herr Schwertfeger?« Als Tom bejahte, bat er ihn herein.

Das Foyer in der Größe eines halben Tennisplatzes, fünf Meter hoch, Marmorboden in Schachbrettmuster, von einem ausladenden Perserteppich fast verschluckt, mit Intarsien verzierte Holzdecke, venezianische Deckenlampe aus tausenden Kristallteilchen. Sechs tiefe Ledersessel an den Wänden mit Beistelltischen. Links führte eine breite Treppe nach oben, rechts an der Wand hing ein Akt von Modigliani. Der Butler beschied ihm, hier zu warten und ließ ihn allein.

Tom schaute sich um, die Räumlichkeit erinnerte ihn an die Erhabenheit englischer Herrenhäuser. Frau Köpenick stieg die Treppe herunter.

»Schön, dass Sie sich Zeit nehmen. Setzen Sie sich.«

Sie rief den Butler, verlangte nach Champagner und rutschte bedächtig in das weiche Gestühl neben Tom. Zwischen ihnen der Beistelltisch, auf den der Butler die gefüllten Gläser stellte.

»Verzeihung, aber mit einem Dinner kann ich nicht aufwarten, der Koch hat letzte Woche gekündigt und mit meiner Zubereitungskunst steht's nicht zum Besten. Lassen Sie uns anstoßen.«

Sie erhoben die Gläser.

»Auf Ihr Wohl und das meine ich auch so«, sagte sie bestimmend. Tom entgegnete mit derselben Floskel.

»Sie wollen uns also den Kerl, der es auf unsere Firma abgesehen hat, vom Hals halten. Das dürfte nicht ganz einfach sein, wir sind angreifbar. Ich gehe davon aus, dass Sie Erfahrung haben, andernfalls wette ich keinen Cent auf Ihre Mission.«

»Ich muss Sie enttäuschen, ich habe keine Erfahrung mit dieser Art von Wirtschaftskrieg. Sichere Ihnen aber zu, mein Bestes zu geben.«

»Das kann ja heiter werden. Was befähigt Sie überhaupt für diesen Auftrag?«

Tom schluckte, die Frage empfand er als verletzend.

»Ich weiß nicht, ob Sie die Vorgeschichte kennen, ich habe mich nicht nach dem Job gedrängt. Herr Matteo vermutet hinter den Angreifern die italienische Mafia. Und weil ich mit den Methoden dieser Leute vertraut bin, hat er mir die Aufgabe übertragen. Eine Garantie, dass ich erfolgreich sein werde, kann ich Ihnen nicht geben.«

»Sie machen einen auf Understatement. Für gewöhnlich hauen Detektive doch ganz ordentlich auf den Putz?«

»Ich bin kein Detektiv, habe lediglich durch meine Arbeit detektivische Fähigkeiten entwickelt.«

»Wenn Sie kein Detektiv sind, was sind Sie dann?«

»Ich bin Reporter.«

»Und als solcher fühlen Sie sich wohl bei dieser Aufgabe?«

»Ein Wohlfühljob ist das nicht und ich hatte bisher auch nicht den Eindruck, dass es einer werden könnte.«

Zum Butler gewandt befahl sie: »Bringen Sie uns den Bordeaux, die Flasche ist schon geöffnet. Und richten Sie uns eine Käseplatte.«

Der Butler antwortete mit »Jawohl, Madame« und verschwand in die Küche. Sein Wortschatz war seiner Rolle angemessen. Für Unterhaltung hatte er nicht zu sorgen. Nach ein paar Minuten kam er zurück, stellte Weingläser und die Käseplatte auf den Beistelltisch und schenkte den tiefroten Bordeaux ein.

»Ach wissen Sie«, setzte Frau Köpenick das Gespräch fort, »am liebsten wäre ich die Firma los. Das Problem ist nur, in der jetzigen Situation steckt uns niemand großes Geld in die Tasche. Die Angreifer wissen das.«

»Sie wollen für die Stammaktien den Preis der Vorzugsaktien bezahlen. Und die börsennotierten Vorzugsaktien verlieren fast täglich an Wert.«

»Mein Sohn hat nur einen Schuss frei. Trifft er, sind wir gerettet. Wenn nicht, schnappt uns der Italiener.«

»Verstehe ich Sie richtig: Bei einem anständigen Angebot würden Sie verkaufen?«

Frau Köpenick wurde plötzlich nachdenklich.

»Ich weiß nicht. Bei einem anständigen Preis müssten wir tatsächlich überlegen.«

»Was wäre für Sie ein anständiger Preis?«

»Mindestens das Fünffache des Aktienkurses. Aktuell notiert er zu niedrig, um als einigermaßen objektive Wertaussage für das Unternehmen herzuhalten.«

»Auf den Zug wird der Angreifer nicht springen.«

Beide griffen nach den Käsestückchen.

»Wissen Sie, Herr Schwertfeger, das Geschäft ist nicht mehr das, was es einst war. Wer Kleider entwarf und schneiderte, galt einmal als überirdisch, war nicht einfach nur Handwerker, war Modeschöpfer, gottähnlich! Entsprechend verhielten sich die Couturiers und Designer, exzentrisch, getrieben von maßloser Eitelkeit. Schauen Sie sich nur die Gockel in der Branche an: Karl Lagerfeld, Jean Paul Gaultier, Yves Saint Laurent, Gianni Versace. Die Frauen waren zurückhaltender, Vivienne Westwood mit ihren coolen Entwürfen aus britischem Tweed beispielsweise. Oder Coco Chanel, die nach der Show nicht über den Laufsteg lustwandelte. Sie war zwar auch nicht bescheiden, vor allem was betuchte Liebhaber betraf, aber sie hat mit ihren Entwürfen und Kreationen die Frauen von lästigem Ballast befreit, ihnen ein natürliches Aussehen geschenkt. Inzwischen sind die extrovertierten Typen in der Zunft Geschichte, trotz ihrer Geltungssucht waren es Titanen. Später wurden aus Modeschöpfern Modemacher. Aber heute gibt's nur noch sogenannte ›Creative Directors‹, reine Businessmenschen. Mein Sohn ist auch so einer. Zwölf Kollektionen will er jetzt jährlich bei den Bekleidungshändlern abladen. Kreativität gedeiht selten im Einklang mit Masse.«

»Beschäftigten Sie früher auch Modeschöpfer? Also Modeschöpfer nach Ihrer Definition?«

»Keinen Gaultier oder Lagerfeld. Die spielten in einer anderen Liga. Angesehen waren unsere Kreativen trotzdem, zumindest in der Branche. Und bei den Modezeitschriften. Sie schätzten ihre Kunst.«

»Diesen Zeiten trauern Sie nach?«

»Ich trauere ihnen nicht nach, sie sind vorbei. Aber ich vermisse sie.«

27

Tom schlenderte über den Hölderlinplatz am Alten Schloss vorbei in Richtung Markthalle, vorn grüßten die Türme der Frauenkirche, die Sonne wärmte den frühlingshaften Vormittag. Übermorgen sollte es nach Bari gehen. Warum gerade Bari? Allein wegen des Rossi-Hotels in der apulischen Hafenstadt? Tom bezweifelte den Grund. Gelegenheit zu einer Stadtbesichtigung würde er nicht bekommen, was er bedauerte. Bari kannte er nur aus Fotobänden und von Reiseführern, ein pittoreskes Idyll. Die engen Gassen in der labyrinthischen, von hohen Mauern eingerahmten Altstadt, die auf einer felsigen Landzunge ins Meer ragte. Die romanischen Kirchen, das Schwabenschloss *Castello Svevo*, die von Studenten belebte *Piazza del Ferrarese* mit den riesigen Pflastersteinen oder die Flaniermeile *Corso Emanuele II*.

An der Markthalle setzte er sich auf einen der bereitstehenden Stühle. Rossi und seine Leute würden ihn in die Mangel nehmen, da war er sich sicher. Er brauchte eine Strategie, musste bluffen. Von ihrem Vorhaben würden sie zwar nicht ablassen, aber kampflos wollte er ihnen das Feld nicht überlassen. Munition hatte er. Ob er sie damit beeindrucken könnte, stand in den Sternen.

Gerade als er so in Gedanken war, tauchte überraschend Manu auf.

»Tom, na so was, hast du nichts zu tun?«

»Was für eine Freude, komm setz' dich. Wollen wir einen Kaffee trinken?«

»Gerne, am liebsten Cappuccino.«

Tom bestellte zwei Tassen.

»Charly berichtete mir, dass du jetzt bei *Luigi Ferra* arbeitest, tolle Klamotten haben die im Angebot. Muss ich mir auch mal zulegen. Aber sag', was machst du in einem Modeladen? Verbrecher jagen?«

»In der Tat, die haben hübsche Kleider, würden dir auch stehen.«

»Spiel' nicht auf mein Aussehen an, Jeans und Pulli trage ich, wenn ich arbeite oder einkaufen gehe. Dich haben sie fein herausgeputzt, schicke Hose, strammer Blazer. Du machst echt was her.«

»Ist für mich noch ungewohnt, aber der Chef bestand darauf.«

»Im Ernst, was hat dich eigentlich geritten, deinen Reporterjob an den Nagel zu hängen und ausgerechnet in einem Modeunternehmen anzuheuern? Das passt doch ganz und gar nicht zu dir.«

»So weit bin ich inzwischen auch, die Frage stelle ich mir öfter.«

»Und was machst du so den ganzen Tag?«

»Was du vermutet hast, Verbrecher jagen.«

Manu lachte herzhaft und verschüttete fast ihren Cappuccino, den sie gerade zum Mund führte.

»Du willst es mir nicht sagen, hast sicher deine Gründe. Ich will dich auch nicht drängen. Aber seltsam mutet deine Entscheidung schon an. Jedenfalls in meinen Augen, ich kenne dich zu gut.«

»Ich kann es dir jetzt nicht sagen. Wenn meine Mission beendet ist, erzähle ich dir alles. Bei einem feinen Abendessen.«

»Einverstanden. Aber Mission klingt gefährlich.«

»Damit dürftest du nicht ganz danebenliegen.«

»Dass du nicht wegen der heißen Models dorthin gewechselt bist, kann ich mir denken. Irgendwas Spannendes hat dich gereizt.«

»Du wirst es erfahren.«

Im Büro wählte er die Nummer von Theodorakis.

»Wie sieht's aus, bei mir ginge es heute Abend.«

»Bei uns geht's immer, seien Sie um sechs in Bolzenhausen. Dann tanzen wir in die Nacht hinein.«

Tom wollte sich auf einem Blatt Papier einen Schlachtplan gegen Rossi und seine Getreuen skizzieren, aber er war zu aufgeregt. Nur eines war ihm klar: Auf keinen Fall Schwäche zeigen, den Auftritt selbstbewusst inszenieren. Als ihm nichts Schlagendes einfiel, griff er nach dem *Anzeiger* und zog sich den Leitartikel des Feuilletonchefs über die ausufernden Kosten der Opernsanierung rein. Während der Lektüre klingelte das Telefon.

»Hier Meyerhöfer, wollte Ihnen nur berichten, dass Lehmann angebissen hat. Danke für den Tipp, der *Brunello* ist unterwegs. Und denken Sie an den Abendessentermin, den Sie versprochen haben.«

Um halb sechs stieg er in seinen Dienst-Mercedes und fuhr nach Bolzenhausen. Theodorakis öffnete, grüßte herzlich und stellte ihn seiner Frau vor, einer kräftigen, fröhlichen Mama.

Den *Vino Nobile*, den er als Gastgeschenk mitgebracht hatte, drückte er ihm in die Hand.

»Bis das Essen fertig ist, üben wir Sirtaki.«

Theodorakis hantierte an einem Knopf des Plattenspielers, die Vinylscheibe mit der Musik des Alexis-Sorbas-Films drehte knisternd ihre Runden und schmetterte das »Taram-Taram« des Sirtaki. Er griff sich eine Bouzouki vom Schrank, begleitete gekonnt die Melodie und nahm schließlich Tom an die Hand.

»Linkes Bein nach vorne, rechts schwenken, rechtes Bein nach vorne, links schwenken, tänzeln und wieder von vorne.«

So ging es eine ganze Weile, Theodorakis spielte auf der Bouzouki und sang dazu. Ein Hauch griechischer Tavernen lag in der Luft, Musik und Ausgelassenheit des Gastgebers steigerten die Stimmung. Tom fühlte sich wie im Urlaub am Mittelmeer.

»Das Essen ist gleich fertig«, rief Theodorakis' Frau aus der Küche. Sie deckte den Tisch, zog ihre Schürze aus und bat zur reich gedeckten Tafel, die der Herr des Hauses im Stil eines Gastro-Autors erklärte: »Fava«, ein gut gewürztes Erbsenpüree mit Kapern, Zwiebeln und Olivenöl, »Dakos«, gehackte Tomaten, Olivenöl und Feta auf Zwieback, »Tsatsiki«, Joghurt mit Knoblauch, Gurke und Olivenöl, Tomatensalat mit Schafskäse. Sowie *Xinomavro*, ein griechischer Rotwein von den Südhängen des Olymps.

Bevor Tom zugreifen konnte, holte Theodorakis eine Flasche *Ouzo* unter dem Tisch hervor und füllte die Gläser mit dem Anisschnaps.

»Auf Ihr Wohl! Danke, dass Sie uns beehren. Im Übrigen, ich bin Kyriakos, meine Frau heißt Eurydike. Griechisch essen heißt nicht, nur den Hunger zu stillen. Jede Mahlzeit dient der Geselligkeit, da sprechen sich alle mit dem Vornamen an.«

Die Vorspeisen schmeckten Tom ausgezeichnet, die Gewürze waren etwas pointierter dosiert als er es kannte, die

Speisen gleichwohl pikant abgestimmt. Tom machte Eurydike Komplimente und zeigte offen seine Anerkennung. Das Essen und der Wein, das »Blut der Erde«, waren lange Gegenstand der Gespräche. Als seine Frau Souvlaki servierte, wechselte Kyriakos das Thema.

»Na, wie war's bei der alten Dame Köpenick?«

»Interessant, zu essen gab's allerdings nur eine dürftige Käseplatte. Der Koch hätte gekündigt.«

Kyriakos lachte.

»Typisch deutsch. Wenn sich das Geld verflüchtigt, wird am Essen gespart. In Griechenland undenkbar! Ich sage dir, einen Koch beschäftigen die schon lange nicht mehr. Brauchen vermutlich auch keinen. So etwas wie kulinarischen Genuss kennen die Herrschaften nicht.«

»Mir kam's entgegen, das karge Mahl hat den Abend abgekürzt.«

»Und welche Botschaft hat sie dir mit auf den Weg gegeben? Oder darfst du darüber nicht sprechen?«

»Ich weiß nicht, was du weißt. Bist du informiert über die finanzielle Lage der Firma?«

»Köpenick Junior muss sich was einfallen lassen, sonst geht *Luigi Ferra* den Bach runter.«

»Er ist guten Mutes und glaubt, das Steuer herumreißen zu können.«

»Wenn es dafür nicht schon zu spät ist! *Luigi Ferra* ging's schon nicht gut, bevor Matteo an Bord geholt wurde. Die jungen Leute aus der Familie, die sich die Geschäftsführung teilten, waren überwiegend Dilettanten. Sebastian war der Einzige, der eine Lehre in der Modewelt gemacht hatte. Aber die Firma ist angreifbar geworden, du wirst sicher den Aktienkurs verfolgt haben. Wenn das so weitergeht, schnappt sich ein Investor *Luigi Ferra* für ein Butterbrot, setzt die Hälfte der Leute auf die

Straße, lässt in Asien fertigen und besetzt die Verwaltung mit Zahlenmenschen, die aus der abgespeckten Firma noch etwas Geld herausquetschen. Mich braucht man dann nicht mehr.«

»Weißt du etwas von einem möglichen Investor?«

»Ein prominenter Name steigt nicht ein. Nach meiner bescheidenen Einschätzung kommt nur jemand in Frage, der Schwarzgeld waschen muss. Der kann sich auch einige Zeit Verluste leisten.«

»Das wäre dann doch ein Fall für die Polizei?«

»In Italien wird eine Firma beschlagnahmt, wenn der Investor nicht nachweisen kann, dass er mit redlichen Mitteln an sein Geld gekommen ist. Deutschland dagegen geht nicht ernsthaft gegen Geldwäscher vor. Kommt ein Käufer aus Italien, weiß man woher der Wind weht.«

Eurydike mahnte, das Souvlaki zu essen, bevor es kalt würde. Tom griff beherzt zu und zollte Kyriakos Respekt:

»Du kennst dich offensichtlich gut aus?«

»Ich bin inzwischen 35 Jahre als Schneider in verschiedenen Unternehmen tätig. Einige gibt's nicht mehr, andere avancierten zu Weltmarken und der Rest ist oftmals von der Mafia unterwandert. Das Geldwäschevolumen wird weltweit auf über vier Billionen Dollar geschätzt. Es muss investiert werden, Modefirmen eignen sich dafür bestens. Sie haben in der Regel keine großen Finanzpolster.«

28

Kurz vor neun fuhr Tom am Kommissariat vor, Annabel Seeger im burschikosen schwarzen Hosenanzug wartete bereits. Ihre Reisetasche verstaute sie im Kofferraum und setzte sich auf den Beifahrersitz. Tom bummelte mit 50 über die Ausfallstraße in Richtung Autobahn.

»Schicker Wagen, den Sie fahren, cool auch die Kombination schwarz-schwarz von Sitzen und Karosserie. Ein Dienstwagen?«

»Klar, privat könnte ich mir das Geschoss nicht leisten. Über 300 PS, bringt in der Spitze 250.«

»Beeindruckend, die Dienstwagen der Polizei kennen Sie ja, alle buntbemalt und latent untermotorisiert. Da sind, wie in öffentlichen Verwaltungen üblich, im Einkauf nur Sparfüchse am Werk.«

Auf der Autobahn wechselte Tom auf die linke Spur und drückte das Gaspedal bis zum Anschlag. Frau Seeger sagte nichts, wirkte auch nicht beunruhigt. Offensichtlich genoss sie die Beschleunigung. Nach wenigen Sekunden musste Tom den Fuß vom Gas nehmen, der Verkehr war zu dicht.

»Was müssen Sie von mir noch wissen? Oder hat Ihnen Frau Galvani alles erzählt?«, nahm Tom den Gesprächsfaden wieder auf.

»Meine Aufgabe ist es, Sie zu beschützen. In Ihre Verhandlungen mische ich mich nicht ein, höre nur aufmerksam zu. Das ist Teil meiner Übung, ich kann zwischen den Zeilen lesen und Mimik deuten.«

»Hört sich spannend an.«

»Ich bin präpariert, keine Bange. Allerdings sollten Sie die Spielregeln kennen. Wir duzen uns, das ist glaubwürdiger. Meine Reisetasche muss ich aufgeben, darin ist meine Pistole, die ich im Flugzeug nicht bei mir tragen darf. Auch mein Halfter verstaue ich in der Tasche. Nach dem Auschecken reiche ich Ihnen unauffällig die Waffe, eine HK P2000. Im Fahrzeug unseres Abholers ginge das nicht, im Hotel auch nicht. Da sind wir unter ständiger Beobachtung.«

»Und was soll ich mit der Pistole? Ich hatte so ein Ding noch nie in der Hand.«

»Ihre Geschäftspartner gehen nicht davon aus, dass ich Ihre Assistentin bin, selbst mit einer Aktenmappe unterm Arm. Die haben einen Blick für Security-Leute und werden mich vor Beginn der Verhandlungen abtasten. Wenn Sie einen Hauch von Anstand besitzen, macht das eine Frau.«

»Wie kommen Sie dann wieder an Ihre Pistole?«

»Nach dem Abtasten verschwinden wir auf die Toilette. Sollten wir dort allein sein, ist alles kein Problem. Wenn nicht, nehme ich eine Kabine in der Herrentoilette und Sie reichen mir hinter der angelehnten Tür die Pistole.

»Hoffentlich klappt das Manöver!«

»Merken Sie sich den Ablauf, es darf nichts schiefgehen. Und ab sofort bin ich Annabel.«

»Ich heiße Tom. Möge das Glück auf unserer Seite sein.«

»Wenn nicht alle Spielregeln außer Kraft gesetzt sind, hast du nichts zu befürchten. Die wollen schließlich was von dir.«

Im Flieger, eine Turboprop-Maschine vom Typ ATR 72-500, verwies Annabel Tom an den Fensterplatz. Sie setzte sich neben ihn und schaute stur nach vorne. Geredet wurde nicht viel. Das Wetter zeigte sich von seiner besten Seite, der Flug verlief ohne Turbulenzen.

Pünktlich um 16 Uhr landete die Maschine auf dem *Aeroporte Internazionale di Bari Karel Wojtyla*, benannt nach dem Papst aus Polen. Am Band griffen sie sich ihre Reisetaschen und verschwanden hinter einer Werbestellwand. Annabel fischte blitzschnell die HK P2000 aus ihrem Gepäck und steckte sie Tom in die Gesäßtasche, griff nach seiner Schulter, drehte ihn und kontrollierte, ob die Jacke den ausgebeulten Hintern verdeckte. »Perfekt«, kommentierte sie. In der Ankunftshalle entdeckte Tom sofort Ricardo de Luca, der ihnen zuwinkte.

»Hatten Sie einen guten Flug?«

»Er hätte nicht besser sein können, sehr ruhig«, entgegnete Tom und stellte Annabel vor: »Meine Assistentin, Frau Seeger, wie avisiert.«

»Schön, Sie kennenzulernen«, schmalzte de Luca.

»Die Freude ist auf meiner Seite«, gab sie scheinheilig zurück.

»Wir fahren jetzt in die Innenstadt, das Hotel *Apulia* liegt am Corso Vittorio Veneto, dauert bei normalem Verkehr etwa eine halbe Stunde. Sie checken ein, können sich auch etwas frisch machen und um halb sechs fahren wir in unser Gästehaus. Es liegt nicht weit vom *Castel del Monte*, dem achteckigen Stauferbau aus dem 13. Jahrhundert. Die Autofahrt dauert eine knappe Stunde.«

Annabel schaute zu Tom und verdrehte ihre Augen.

»Das Treffen außerhalb des Hotels war nicht vereinbart«, zeigte sich Tom verwundert.

»Nein, aber wir wollen Ihnen etwas Gutes tun. Die Küche ist hervorragend, der Weinkeller gut sortiert. Leider haben Sie keinen Blick auf das Kastell, das Gästehaus liegt im Wald.«

Tom wollte noch sagen, dass ihn das nicht gerade beruhige, aber Annabel gab ihm ein Zeichen, still zu sein.

»Hoffentlich haben Sie auch brauchbare Toiletten in Ihrem Gästehaus? Oder müssen wir im Bedarfsfall in den Wald?«

»Keine Bange Signora, die Toiletten sind aus edlem Carrara-Marmor. Es wird Ihnen an nichts fehlen.«

Das Foyer des mondän anmutenden Hotels war menschenleer, die Damen an der Rezeption freundlich und bemüht. Ricardo de Luca übernahm das Procedere des Check-in. Die amtlichen Anmeldeformulare waren bereits ausgefüllt. Berufsbezeichnung bei Tom »Consulente«, bei Annabel »Assistente«.

»Ich warte im Foyer. Wenn Sie fertig sind, fahren wir.«

»Ist Signor Rossi nicht hier?«, wollte Tom noch wissen, bevor sie mit dem Aufzug nach oben fuhren.

»Signor Rossi, Signor Matarella und die Steuerberater erwarten Sie im Gästehaus.«

Im Aufzug flüsterte Tom: »Das gefällt mir gar nicht.«

Sie notierten sich die Zimmernummern, ihre Handydaten hatten sie schon vor der Landung ausgetauscht.

»Wie lange brauchst du?«, wollte Tom wissen.

»Zehn Minuten, kurze Katzenwäsche und frisches Rouge. Dann klopfe ich an deiner Tür, wir fahren gemeinsam runter. Und denk dran, in den Zimmern sind Kameras versteckt. Such nicht nach ihnen, sie sollen nicht mitbekommen, dass wir misstrauisch sind. Und noch etwas, im Fahrzeug sitze ich vorne. Ich muss mir die Strecke einprägen.«

Im Foyer erwartete sie Ricardo de Luca, der sie zum Fahrzeug vor dem Hotel führte, einem Range Rover. Der Fahrer stand neben dem Wagen und rauchte eine Zigarette, die er sofort mit dem Schuh ausdrückte, als er die Gäste sah. De Luca wollte gerade auf dem Beifahrersitz Platz nehmen, als ihn Annabel bat, ihr diesen Platz zu überlassen. Es werde ihr bei längeren Fahrten auf dem Rücksitz schlecht. De Luca hatte keine Wahl, wollte er nicht unhöflich sein.

Der Chauffeur setzte ein mobiles Blaulicht an der Fahrerseite aufs Autodach, um, wie de Luca erklärte, zügig aus Bari herauszukommen. Annabel war überzeugt, dass ihm dafür die polizeiliche Erlaubnis fehlte. Oder dass er die Polizei bestochen hatte.

»Wir fahren ungefähr 40 Minuten über die SP 231 und SP 234 in Richtung Westen und biegen bei L'Altro Villagio rechts ab in die Strada Statale. An der Kirche *Santa Maria del Monte* nehmen wir den Waldweg zum Gästehaus.«

Die Fahrt ging durch hügelige Landschaften, vorbei an Olivenplantagen, Weinbergen, Weizenfeldern und Erdbeeräckern. Als der Feldanbau weniger wurde, grasten auf Weiden

Schafe und Ziegen. Erst kurz vor dem Ziel standen die Bäume dichter.

Giovanni Rossi erwartete seine Besucher vor dem Gästehaus, das einen unscheinbaren Eindruck erweckte. Das Geweih eines Zwölfenders über dem Eingang deutete darauf hin, dass es ursprünglich als Jagdhaus für betuchte Italiener diente. Rossi war passend zur Umgebung gekleidet: schwarze Hose und tiefgrüne Smoking-Jacke. Ein seltenes Kleidungsstück, das aristokratische Exzentrik verströmt und von der Stange nicht zu haben ist. Er demonstrierte mit seinem Jagdsmoking Abstand zur gewöhnlichen Bekleidung der Gäste, huldigte gleichwohl dem Genius Loci.

»Sie haben hoffentlich gute Nachrichten im Gepäck«, überfiel er Tom, der darauf nicht antwortete, sondern ihm seine Assistentin vorstellte.

»Selbstverständlich ist auch Ihre Partnerin herzlich willkommen. Aber wofür brauchen Sie eine Assistentin? Ist das so kompliziert, was Sie uns berichten wollen, dass Sie es nicht alleine schaffen?«

»Warum sind Sie so kritisch? Ob ich mich für die Begleitung einer Assistentin entscheide, ist doch allein meine Angelegenheit.«

»Wetten, wenn wir ihr auf den Zahn fühlen, finden wir eine Pistole?«

Selbstbewusst trat Annabel auf Rossi zu, baute sich vor ihm auf, streckte ihre Arme nach oben und forderte ihn mit einem trotzigen »Bitteschön« auf, sie abzutasten. Tom wurde es heiß, er schwitzte, hoffentlich geriete er mit ihrer Pistole nicht auf das Radar der Gastgeber.

Rossi setzte ein breites, geiles Grinsen auf und zielte mit seinen ausgestreckten Armen auf Annabels Oberkörper. Sie rührte sich nicht. Seine Hände richtete er auf ihre Brüste, hielt aber wenige Zentimeter vor ihr inne und ließ die Arme fallen.

»Ich würde nie eine fremde Frau anfassen«, raunte er gequält und wandte sich von ihr ab. Annabel war erleichtert. Rossi winkte die Gäste und de Luca ins Haus. Beim Eintreten bat er scheinheilig um Nachsicht für sein Misstrauen: »Sie wissen ja, man muss immer auf der Hut sein.«

Der Eingangsbereich war mit hellen Holzpaneelen belegt, an den Wänden hingen ausgestopfte Tiere aus den Wäldern Apuliens, auch Hirschgeweihe und ein zähnefletschender Löwenkopf. Die Einrichtung war sparsam, als Sitzgelegenheiten dienten mit Leder überzogene Elefantenbeine. Eine Holztreppe führte nach oben.

»Bitte sehr«, bat Rossi freundlich und wies auf die Treppe.

»Kann ich vorher meine Hände waschen?«, suchte Annabel nach passender Gelegenheit für die Waffenübergabe.

»Selbstverständlich, hier links geht's zu den Toiletten.«

»Das sollte ich auch, bevor wir zu Tisch gehen«, sekundierte Tom und folgte Annabel.

Der Pistolenwechsel im Vorraum der geschniegelten Toiletten dauerte keine zehn Sekunden. Beide tauchten nacheinander wieder im Foyer auf, Rossi und de Luca standen an der Treppe und ließen ihnen den Vortritt.

Der mächtige Eichentisch im Esszimmer war gedeckt mit edlem Porzellan, Silberbesteck sowie geschliffenen Wasser- und Weingläsern. Der Holzboden knarrte. An der Wand hing ein ausladendes Heiligenbild, *Franz von Paola*, der Schutzpatron Kalabriens, wie Rossi mit getragener Stimme erklärte. Erst dann stellte er die Männer vor: »Signor Matarella, den Sie schon kennen, Signor Mastrosso und Signor Osso, unsere Steuerberater sowie Umberto Tenossi, unser ›Capocuoco‹, die Seele der Küche.«

Rossi wies den Gästen ihre Plätze zu. Der Capocuoco verließ den Raum, ein Kellner kam aus der Küche und füllte die Gläser mit Rotwein und Wasser. Nacheinander servierte er

Platten mit gedünstetem Gemüse, Meeresfrüchten, Carpaccio von Fisch und Rindfleisch, Salate, Oliven sowie Ciabatta. Tom war beeindruckt, er hatte Appetit.

»Greifen Sie zu, als ›primo piatto‹ gibt's hausgemachte Nudeln und als ›secondo piatto‹ geschmorte Cinghiale. Das Wild wurde letzte Woche erlegt.«

Rossi erhob das Glas: »Lassen Sie uns auf ein gutes Ergebnis anstoßen.«

Nach und nach füllten sich die Teller. Zwischendurch erklärte Rossi, was es mit den Speisen auf sich hatte, wie sie zubereitet und gewürzt wurden. Tom fand anerkennende Worte, lobte Küche und Wein und hätte allzu gerne auf den »amtlichen« Teil verzichtet, von dem er noch nicht wusste, wie er ihn überstehen sollte. Aber allein des »amtlichen« Teils wegen war er ja nach Bari gereist, potenzielle Niederlagen inbegriffen. Rossi ließ sich Zeit bis nach den Nudeln, die mit einer pikanten Soße aus Peperoni, Tomaten und Pesto serviert wurden.

»Sie haben eine gute Nachricht für uns, Signor Schwertfeger. Schießen Sie los.«

»Wenn wir uns über den Preis einigen, könnte es eine gute Nachricht werden.«

»Der Preis steht fest, die Stammaktien zum Kurs der Vorzugsaktien.«

»Wenn der Preis feststehen sollte, ist das ein Diktat. Üblicherweise wird die Preisgestaltung in Verhandlungen festgezurrt.«

»Heißt das, die Familie ist verkaufswillig?«

»Ich muss mit einem akzeptablen Angebot zurückkommen, das wäre der erste Schritt.«

»Ich sagte Ihnen schon in Mailand, wir sind Kaufleute, keine Krämer.«

»Wenn es Ihnen um mehr geht als um *Luigi Ferra*, sollten Sie besser die Krämerrolle einnehmen.«

»Sie sprechen in Rätseln, was meinen Sie?«

»Sie verstehen mich gut, ich habe nicht den Eindruck, dass Ihre Bemühungen allein darauf gerichtet sind, ein Modeunternehmen mit begehrten Kollektionen zu erwerben.«

Das Gespräch stockte, Rossi nahm einen Schluck Wasser und kaute auf einem Stück Ciabatta herum.

»Hören Sie, Signor Schwertfeger, vielleicht wissen Sie es noch nicht: Vergangene Woche musste Herr Köpenick den Großteil der Stammaktien bei seiner Bank hinterlegen, sonst hätte er den Kredit nicht verlängert bekommen. Beim ersten Zahlungsausfall hat Herr Köpenick keinen Zugriff mehr. Und die Bank wird das Paket schnell loswerden wollen. Der Laden ist am Arsch, Sie haben doch gar keine Verhandlungsoption.«

»Wie kann man nur so engstirnig sein, Signor Rossi. Glauben Sie im Ernst, dass die Bank Ihnen das Paket verkaufen würde? Noch dazu zu einem Preis, an dem die Bank nicht viel verdient?«

»Die Bank wird nicht viele Interessenten finden, sie wird betteln, dass wir ihr das Aktienpaket abnehmen.«

»Vielleicht hätten Sie bessere Spione losschicken sollen. Die Bank wird mit Ihnen niemals Geschäfte machen.«

Rossi lachte, nahm einen Schluck Wein und schaute mit ernster Miene in die Runde. Matarelli sprang ihm zur Seite:

»Wir sind bereits mit der Bank im Gespräch und konnten den Eindruck mitnehmen, dass wir als Käufer gern gesehen sind.«

»Signor Matarella, es dürfte Ihnen nicht entgangen sein, dass es sich bei der Bank um eine Sparkasse handelt, eine schlichte Cassa di Risparmio mit in aller Regel unzureichenden Informationen über ihre Kunden. Sollte sie tatsächlich beabsichtigen, Ihnen das Aktienpaket zu verkaufen, muss sie es den Aufsichtsbehörden melden. *Luigi Ferra* ist, wie Ihnen ja bekannt, an der Börse notiert. Ein Aktienpaket dieser Größenordnung schiebt man nicht so einfach über den Tresen. Dann können Sie unverrichteter Dinge wieder nach Kalabrien zurückreisen.«

Rossi schaltete sich wieder ein: »Darauf fallen wir nicht herein, lassen Sie sich etwas Glaubwürdigeres einfallen.«

»Das muss ich nicht, ich erwarte ein anständiges Angebot. Sie haben Ihre Karten offengelegt, und ich sage Ihnen, da ist kein Stich dabei.«

Rossi bat Tom und Annabel aus dem Esszimmer. Am Treppenaufgang meinte Annabel, dass sie von seiner Verhandlungsführung beeindruckt sei. Er hätte die Herrschaften regelrecht an die Wand gespielt: »So was von cool, Respekt!«

»Einen Schlag versetze ich ihnen noch, den Rest halte ich mir warm.«

»Übrigens, die beiden, die bisher nichts sagten, sind keine Steuerberater. Sie sitzen ziemlich teilnahmslos am Tisch und halten sich nur ans Essen.«

»Was könnten sie sein? Bodyguards?«

»Das sind Killer, schau in ihre eiskalten Augen. Wenn wir einem Mord zum Opfer fallen sollten, würde es die Botschaft an Köpenick sein, sich nicht weiter querzulegen. Für eine Mafia-Organisation wäre ein solches Vorgehen nicht ungewöhnlich! Schon deshalb: Sollte ich bei der Rückfahrt eine bedrohliche Situation wahrnehmen, werde ich laut. Mach' dann, was ich sage.«

Ricardo de Luca winkte die Gäste wieder herein und Rossi, friedlich gestimmt, meinte, dass man zunächst das Cinghiale genießen sollte. Er schob sich das erste Stück Fleisch auf die Gabel.

»Wunderbar, ein Gedicht. Umberto ist ein Kochgenie. Ich muss ihn entlassen, sonst gehe ich noch aus dem Leim.« Sagte es und führte weitere Fleischstücke zum Mund. Als er die Hälfte des Tellers geleert hatte, wandte er sich wieder Tom zu.

»Was stellt sich die Familie vor?«

»Mindestens das Zehnfache des Aktienkurses, Stand heute.«

»Sie sind doch verrückt, bleiben Sie auf dem Boden. Für einen heruntergewirtschafteten Laden? Hören Sie auf zu bluffen.«

»Wenn Sie warten, bis *Luigi Ferra* pleite ist, haben Sie sich verzockt. Dann liegt das Schicksal allein beim Insolvenzverwalter. Auch der wird mit Ihnen keine Geschäfte machen, so wenig wie die Sparkasse.«

»Dafür gibt es nicht den geringsten Grund.«

»Den Grund gibt's: *Exercise Interest* wird in Banken-Monitorings für auffällige Transaktionen als ›Hochrisikokunde‹ geführt.«

Stille im Raum, Rossi schaute zu Matarella, der mit den Schultern zuckte. Tom registrierte, dass der Hieb gesessen hatte.

»Signor Rossi, beenden Sie das Pokerspiel. Ihre Drohungen laufen ins Leere. Steigen Sie auf das Zehnfache ein. Sie haben doch andere Motive, als billig an ein Modeunternehmen zu kommen.«

»Was meinen Sie mit anderen Motiven?«

»Das wissen Sie besser als ich.«

»Raus mit der Sprache, aber subito.«

»Es gibt Wahrheiten, die man kennt, die aber nicht ausgesprochen werden sollten.«

»Ich glaube, wir sollten an dieser Stelle das Gespräch beenden. Sie hören wieder von uns. Consigliere, bringen Sie die Herrschaften zum Fahrzeug.«

Tom und Annabel neigten die Köpfe, einen Händedruck verweigerte Rossi. Der Abend verlief offensichtlich nicht so, wie er sich das vorgestellt hatte. Ricardo de Luca brachte die Gäste zum Range Rover. Annabel wieder auf dem Beifahrersitz, Tom direkt hinter ihr. Zur Überraschung der beiden setzte sich einer der Männer, die Rossi als Steuerberater vorstellte, im Fond neben Tom. Er sprach nur ein paar Brocken Deutsch und gar kein Englisch, wie Tom nach wenigen Versuchen feststellte.

29

Die Sicht war gut, moderne LED-Scheinwerfer sorgten für eine gute Ausleuchtung. Trotzdem wirkte die nächtliche Fahrt über den Waldweg surreal. Als sie in die SP 234 einbogen, drückte der Fahrer aufs Gas. An Tempolimits hielt er sich nicht, es war wenig Verkehr. Die Tachonadel zeigte 180. Tom quetschte seinen Kopf zwischen Fahrer- und Beifahrersitz, beugte sich zu Annabel und erkundigte sich, ob sie alles im Griff hätte? Ob sie gut sehe?

»Alles bestens«, antworte sie knapp.

Nach knapp 20 Minuten Fahrt, sie hatten etwa die Hälfte der Strecke zurückgelegt, meinte der Fahrer etwas umständlich, dass er einen kleinen Umweg nehmen müsse. Die Hauptstraße sei wegen eines »Incidente« gesperrt. Annabel drehte sich nach hinten und zog ihre Augenbrauen hoch. Tom verstand.

»Bei Ruvo di Puglia, wir werden fahren nach Palombaio und Bitonto. Dann auf Hauptstraße nach Bari.«

Annabel war mit der Auskunft nicht zufrieden.

»Woher wissen Sie von dem Unfall?«

»Von Radio. Signor de Luca hat gehört.«

»Und warum informieren Sie uns erst jetzt darüber?«

Der Fahrer antwortete nicht, er lenkte den Geländewagen auf eine Landstraße. Ein Hinweisschild zeigte die Richtung an: Palombaio.

Die Straße war in einem erbärmlichen Zustand, die Federung des schweren Fahrzeugs konnte die Widrigkeiten der Schlaglöcher kaum abfangen. Der Fahrer musste die Geschwindigkeit dem Straßenzustand anpassen. Links und rechts konnte man aufgrund der Dunkelheit nicht viel erkennen. Lediglich nach vorne war gute Sicht.

Nach kurzer Zeit schon erreichten sie Palombaio. Ein paar Straßenlaternen mit spärlichem Licht malten aus den dicht aneinander stehenden Häusern eine Westernkulisse, keine Menschenseele war zu sehen. Am Hinweisschild nach Bitonto bog der Fahrer ab. In holpriger Fahrt kletterte der Range Rover zunächst ein steilansteigendes Straßenstück empor, das genauso steil, allerdings in wilden Serpentinen, wieder nach unten führte.

Plötzlich sah Annabel einen riesigen Felsbrocken mitten auf der Straße. »Stopp!«, brüllte sie. Noch bevor der Fahrer aufs Bremspedal trat, schrie sie »raus«, riss ihre Tür auf und sprang in einen Abgrund. Tom hinterher. Die dornigen Hecken, in denen sie landeten, verhinderten den Sturz in die Tiefe. Es war nur ein weiterer Augenblick, bis das Fahrzeug in den Felsbrocken krachte. Fahrer und der Mitfahrer im Fond hatten keine Chance. Die Airbags öffneten sich, als sich der Vorderwagen des Range Rovers mit lautem Knall in Bruchteilen von Sekunden deformierte. Die Motorhaube knickte nach oben und formte sich zu einem Dreieck, die Frontscheibe wurde beim Aufprall in den Fahrgastraum gedrückt und das ausgelaufene heiße Öl des demolierten Motors rauchte. Bevor Tom den Abhang hinunterrutschte, nahm er zwei Männer am Straßenrand wahr, in der Dunkelheit fast nicht zu erkennen.

»Kopf runter und such' Schutz hinter einer Hecke, sie dürfen uns nicht finden. Ich observiere das Schlachtfeld«, raunte ihm Annabel zu.

Tom rutschte den Hang weiter nach unten, bis er in einem Graben Halt fand. Er konnte stehen und sein Gesicht hinter einem dichten Gebüsch verbergen. Annabel robbte zu ihm.

»Halte dich bedeckt und warte auf ein Zeichen von mir.«

Kaum hatte sie den Satz ausgesprochen, sah Tom, wie die beiden dunklen Gestalten, die er vor seinem Sprung ins Dorngebüsch wahrgenommen hatte, Fahrer und »Steuerberater« aus dem Geländewagen zerrten. Mehr konnten er und

Annabel zunächst nicht erkennen, die Aktion spielte sich auf der Fahrerseite des Geländewagens ab. Aber dann sahen sie, wie sie einen der Insassen hinter das Fahrzeug zogen. Es musste der Fahrer gewesen sein, der sich nicht rührte. Der andere torkelte und setzte sich neben den Liegenden. Eine der Gestalten telefonierte, Tom und Annabel verstanden nichts. Plötzlich rannten die Männer hinter den Felsbrocken und verschwanden in der Dunkelheit.

»Wir kriechen seitwärts durch die Büsche in die Richtung, aus der wir gekommen sind«, flüsterte Annabel. »Wenn wir weit genug sind, robben wir auf die Straße und versuchen, uns nach Palombaio durchzuschlagen.«

Es war mühsam, die Dornen rissen Löcher in ihre Kleider. Tom blutete am Hals und an der Stirn, Annabel an Wangen und Händen. Nach etwa zehn Minuten Dschungelkampf krochen sie an einer Straßenkurve aus dem Dickicht. Die Unfallstelle mit den Verletzten und dem schrottreifen Range Rover war nicht zu sehen. In flottem Tempo marschierten sie Richtung Palombaio.

Es war Mitternacht, als sie die menschenleeren Straßen der Ortschaft erreichten. Taxen, nach denen sie Ausschau hielten, waren nirgendwo zu sehen. Sie entschlossen sich, an einem Haus zu klingeln, das von einer Straßenlaterne angeleuchtet war. Ein Fenster öffnete sich und ein alter, schlaftrunkener Mann ließ einen unverständlichen Wortschwall auf sie niederprasseln. Tom zeigte ihm die zerrissenen Kleider, die blutende Stirn und bemühte seine spärlichen Italienischkenntnisse: »Incidente, Macchina rotta, trasporto Hotel *Apulia* Bari.«

»Momento«, räusperte sich der Alte, schloss das Fenster und trat nach kurzer Zeit im Nachthemd aus der Tür. »Cinque minuti« erbat er sich und verschwand wieder im Haus. Tatsächlich, nach fünf Minuten stand er angezogen vor ihnen, wieder ein zackiges

»Momento«. Nach weiteren fünf Minuten kam er in einer alten Lancia Aurelia zurück. Annabel setzte sich neben den Fahrer, Tom musste sich in die hinteren Sitze quetschen. Annabel bedankte sich, »molto grazie«. Dann drückte der Alte aufs Gas und fuhr nach Ruvo di Puglia auf die SP 231. Tom war von dem Oldtimer beeindruckt, er mochte die alten Lancias. »Bella Macchina«, beglückwünschte er den Alten zu dem Fahrzeug.

Die Fahrt bis zum Hotel dauerte etwa eine halbe Stunde. Tom wollte ihm einen 50-Euro-Schein in die Hand drücken, den er brüsk zurückwies. Sein Stolz ließ es nicht zu, für eine Hilfeleistung Geld zu nehmen.

Als sie das Hotelfoyer betraten, rieben sie sich die Augen: de Luca saß in einem Sessel. Er sprang sofort auf, als er die beiden erblickte.

»Sie hatten einen Unfall. Ich bin sofort losgefahren, aber Sie waren nicht mehr am Ort des Geschehens. Da habe ich beschlossen, im Hotel auf Sie zu warten.«

»Und wenn wir schwer verletzt im Dornengebüsch liegen würden?«

»Ich habe den Unfallort nach allen Richtungen abgesucht, Sie mussten sich auf den Weg gemacht haben.«

»Was ist mit dem Fahrer und dem sogenannten Steuerberater?«, legte Tom nach.

»Beide sind verletzt, der Fahrer mehr als der andere. Sie sind im Hospital. Eine furchtbare Geschichte. Gott sei Dank ist Ihnen nichts Schlimmes passiert. Es tut mir leid, schrecklich, solche Unannehmlichkeiten. Sind Sie bei dem Aufprall aus dem Wagen geschleudert worden?«

»Wie hätten wir sonst überlebt?«, zischte Tom.

»Ich hätte es nicht verkraftet, wenn Ihnen etwas Ernsthaftes zugestoßen wäre. Dem Allmächtigen sei Dank, er sandte gute Schutzengel.«

»Wir hatten verdammtes Glück. Wenn wir uns die Knochen gebrochen hätten, lägen wir noch verletzt im Gestrüpp, vielleicht sogar schwer verletzt, wie vermutlich der Fahrer und der Typ, den uns Signor Rossi als Steuerberater vorstellte.«

»Heilige Maria Mutter Gottes!«

»Warum haben Sie den Kerl zu uns ins Auto gesetzt?«

»Er musste ins Hotel und ein weiteres Fahrzeug hatten wir nicht zur Verfügung. Eigentlich eine Selbstverständlichkeit.«

»Wir werden uns morgen Vormittag neue Kleider besorgen, mit diesen zerschlissenen Outfits kommen wir am Flughafen kaum durch die Sicherheitskontrolle.«

»Neue Kleider hängen ab sechs vor Ihrer Zimmertür. Bleiben Sie im Hotel, Signor Rossi will Sie nochmals sprechen.«

»Ich dachte, der hat genug von uns?«

»Nein, ganz im Gegenteil. Warten Sie es ab.«

»Neue Klamotten wollen Sie uns bringen lassen. Kennen Sie etwa unsere Kleidergrößen?«

»Machen Sie sich keine Gedanken. Sollten die Anzüge nicht passen, rufen Sie die Rezeption an. Der Schneider wartet im Foyer.«

Es war halb zwei, die Tür zur Hotelbar stand noch offen. Keine Gäste, nur der Barkeeper trocknete frischgespülte Gläser hinter dem Tresen.

»Ich könnte jetzt einen doppelten Whisky vertragen«, stöhnte Tom. »Ich zwei«, überraschte ihn Annabel.

»Due *Glenmorangie* doppio«, verlangte Tom. Der Barkeeper, obwohl er sich anschickte zu schließen, setzte ein freundliches Gesicht auf und griff nach der Whiskyflasche im Regal hinter sich. Die randvoll eingeschenkten Gläser stellte er auf den Tresen.

»Das ist doch alles wie im schlechten Film, wie will er so schnell an passende Klamotten für uns kommen?«, zeigte sich Tom irritiert.

»Die haben ihre Sklaven, die müssen auch nachts schuften.«

»De Luca tat so, als ob es ein Unfall gewesen wäre.«

»Das war kein Unfall, das war ein Anschlag. Wir hätten draufgehen können. Möglicherweise sollten uns die beiden Typen, die die Verletzten aus dem Fahrzeug zogen, beiseiteschaffen.«

»Ich kann's noch immer nicht glauben, was passiert ist.«

»Der Fahrer hatte offensichtlich keine Ahnung von dem Felsbrocken auf der Straße, ihn haben sie bewusst ins Messer laufen lassen. Konfrontiere Rossi morgen damit, dass du an der Unfallversion zweifelst. Mal sehen, wie er reagiert.«

»Er wird es abstreiten, einen Anschlag kann er ja nicht zugeben.«

»Logisch, aber seine Reaktion wäre interessant. Er wollte uns ausschalten. Du hast ihn deklassiert, hast ihn vor den Augen von de Luca und Matarella nackt ausgezogen. Seinen Plan hat er nicht aufgegeben und wie wir gesehen haben, geht er über Leichen. Tot wären wir für Köpenick eine ernste Warnung. Vielleicht war das einkalkuliert.«

Tom erinnerte sich an die Aussage Matteos, dass sein Leben keinen Pfifferling mehr wert wäre, wenn er die Polizei einschalten würde. Matteo konnte die Codewörter der Mafia deuten. Dass »sono stanco« nicht nur »ich bin müde« heißt, sondern in Mafia-Kreisen »ich habe keine Geduld mehr«, hatte er korrekt übersetzt, wie es ihm Giulia bestätigt hatte.

Sie genehmigten sich eine weitere Runde des Malts aus den Mooren Schottlands, verabschiedeten sich vom Barkeeper und bezogen ihre Zimmer.

30

Um sieben Uhr schaute Tom vor die Tür: Hose, Jackett und Hemd hingen in einer Klarsichtfolie an der Klinke. Bei Annabel war nichts. Er tippte ihre Nummer.

»Haben sie dich vergessen?«

»Nein, ich habe ein Geräusch an der Tür gehört und mir gleich den Hosenanzug gegriffen. Ich ruf' den Schneider, er muss an den Hüften links und rechts zwei Zentimeter heraustrennen und die Hosenbeine kürzen.«

»Prima, ich probier' meine Sachen auch gleich an. Mal sehen, ob sie die Größe einigermaßen getroffen haben.«

Der Schneider klopfte an Annabels Tür, sie bat ihn herein und zeigte ihm die Stellen, die er ändern sollte. Er wollte sie ins Bad lotsen, damit sie sich nicht in Unterwäsche im Zimmer aufhalten müsste, während er arbeitete. Aber sie bestand darauf, zu bleiben, in der Reisetasche hatte sie ihre Pistole versteckt. Der Schneider, ein etwa 40-Jähriger, untersetzter Kerl, verstand vermutlich nicht. Nur mit der neuen Bluse und knappem Schlüpfer bekleidet, beobachtete sie ihn aus gebotener Distanz. Die Schnitte erledigte er flink, mit einer elektrischen Handnähmaschine fügte er die Hosenteile wieder zusammen. Die zu langen Hosenbeine stülpte er nach innen und befestigte die Umschläge mit Klebstoff. Sie schlüpfte in Hose und Jacke und zeigte sich mit dem Ergebnis zufrieden.

Tom meldete sich nach seiner Anprobe: »Bei mir passt alles, wenigstens so, dass ich damit unter Menschen kann. Wie weit bist du?«

»Ich bin fertig, wir könnten zum Frühstück gehen.«

»Ich muss noch duschen.«

»Ich gebe dir zehn Minuten, dann klopfe ich an deiner Tür. Bin hungrig.«

»Einverstanden«, stöhnte er ins Handy und langte sich an den Kopf: »Jetzt jagt die mich auch noch.«

Im Frühstücksraum waren nur wenige Plätze belegt. Sie wählten einen Tisch mit Blick zum Meer, die Glastüren zur Terrasse standen offen. Die Luft war frisch, durchsetzt mit dem Salzgeruch der spiegelglatten Adria vor der Promenade. Fischer brachten ihren Fang in Fischhallen, schrubbten ihre Boote, reinigten Gerätschaften und entwirrten Netze. Frauen holten sich die Ernte des Meeres fürs Mittagessen. Ein buntes Treiben vor einer Postkartenkulisse. Die Kellner hatten die Markisen herausgefahren, um die Gäste vor der sengenden Sonne zu schützen. Die Umgebung, das gleißende Licht, alles wirkte wie ein Ferienparadies.

Ihre Bestellung fiel üppig aus: frisch gepresster Orangensaft, Cappuccino, Ciabatta, Wurst, Käse, Tomaten und Spiegeleier. Sie ließen es sich gut gehen, wenngleich ihnen der Schreck der Nacht noch in den Gliedern saß.

Tom sah Annabel gern an. Sie war hübsch und ihr tänzelnder Gang hatte etwas Erotisches. Reizen könnte sie ihn. Aber er blieb geschäftlich, merken sollte sie seine Gefühle nicht.

»Was machen wir nach dem Rossi-Gespräch? Wir haben viel Zeit, bis der Flieger geht«, fragte Tom.

»Wenn du einverstanden bist, schauen wir uns im Hafen um.«

»Werden wir uns beim Lustwandeln näher kennenlernen?«

»Nur soweit es mein Dienstverständnis zulässt.«

»So meinte ich es auch«, stotterte er verlegen.

Sie hatten das Frühstück beendet, bestellten noch Espresso und genossen entspannt die phantastische Sicht auf das türkisblaue Meer, als Rossi und de Luca den Frühstücksraum betraten und unerwartet höflich fragten, ob sie Platz nehmen dürften. Ein Kellner räumte hastig das Geschirr ab und Rossi orderte, ohne viel zu fragen, vier Glas Prosecco.

»Es tut mir furchtbar leid, dass Sie heute Nacht so einen schrecklichen Unfall hatten. Aber ich bin glücklich, dass Ihnen nichts Ernsthaftes zugestoßen ist.«

»Ich habe Zweifel, ob das ein Unfall war«, ging ihn Tom harsch an.

»Wie kommen Sie darauf?«

»Der Felsblock war nicht nur riesig, sondern sah aus, als ob er bearbeitet gewesen sei. So etwas fällt nicht vom Himmel.«

»Dann steht die Frage im Raum, wer den Stein dort abgeladen hat?«, spielte Rossi den Unwissenden.

»Diese Frage beschäftigt mich auch. Haben Sie eine Antwort?«

»Wir werden das herauskriegen.«

Rossi und de Luca erhoben die Gläser, Tom und Annabel taten es ihnen gleich, wenn auch widerwillig.

»Sie wollten uns heute nochmal sprechen«, insistierte Tom. »Gestern Abend hatten Sie keine große Lust mehr dazu.«

»Okay, wenn es der Familie bei ihrer Entscheidungsfindung hilft: Ich biete das Zehnfache des Aktienkurses.«

Tom schluckte, darauf war er nicht vorbereitet. Woher plötzlich der Sinneswandel? Und warum? Nach wenigen Sekunden hatte er sich wieder gefasst.

»Das wäre noch immer günstig bei dem aktuellen Kurs.«

»Es ist mein letztes Wort.«

Rossi schaute Tom mit ernster Miene und stechenden Augen an, ein paar Sekunden nur. Seine Faust versteckte er geballt in der Hosentasche. Dann wandte er sich von ihm ab und gab de Luca ein Zeichen. Gleichzeitig schoben beide ihre Stühle nach hinten, erhoben sich, grüßten und wollten gerade weggehen, als sich de Luca umdrehte:

»Wann müssen Sie zum Flughafen? Ich bringe Sie hin.«

»15 Uhr.«

»Ihre Taschen können Sie so lange im Zimmer lassen«, schob der Consigliere nach und verschwand mit Rossi aus dem Blickfeld.

»Eines ist dir hoffentlich klar: Zu de Luca steigen wir nicht ins Auto. Wir nehmen ein Taxi«, mahnte Annabel.

An der Rezeption versicherten sie sich, ob sie ihr Gepäck im Zimmer lassen konnten. Über die Terrasse stiegen sie die Treppenstufen nach unten zum Hafen. Die Fischer hatten ihre Arbeit inzwischen getan und die buntbemalten Boote an Land gezogen. Langgezogene Furchen von den alten Holzkähnen formten im Sand gegenstandslose Kunstwerke. In den Fischhallen war noch reges Leben. Es stank und ging laut zu, die Verkäufer schrien und priesen wild gestikulierend ihre verderbliche Ware an.

Hinter dem Fischereihafen lag der Fährhafen, von dem aus täglich Schiffe nach Dubrovnik, Durres und Korfu aufbrachen. In der Ferne hatte ein Kreuzfahrtschiff festgemacht. Sie erreichten die Promenade, am Strand lagen ein paar Sonnenanbeter. Schweigend flanierten sie über das geflieste Trottoir und ließen die Atmosphäre der maritimen Umgebung auf sich wirken. Tom erinnerte diese Art des Gehens an den schwäbischen Stadtspaziergänger Joe Bauer, der das Flanieren zur literarischen Kunstform erhob. Oder an Franz Hessel, den Berliner Flaneur des frühen 20. Jahrhunderts, für den Spazierengehen ein Vergnügen war: »Man wird überspielt von der Eile der anderen, es ist ein Bad in der Brandung.« Die anderen, das waren die Hafenarbeiter, die Kellner auf den Terrassen der Trattorien, die Fischverkäufer und die Hausfrauen. Sie hatten es eilig. Später kehrte Beschaulichkeit zurück, als sich viele der Siesta hingaben und Fischer dösend im Schatten der Bootshäuser lagen.

Es war warm, vielleicht um die 25 Grad. Tom zog seine Jacke aus. Annabel zuckte mit den Schultern.

»Darf ich fragen, wie alt du bist?«, fing er eine Unterhaltung an.

»Wieso interessiert dich das?«

»Nur so, ich bin neugierig.«

»31. Und du?«

»47.«

»Verheiratet?«

»Nein, ich lebe mit meiner Lebensgefährtin zusammen, der Mutter meiner beiden Kinder.«

»Und, ganz indiskret, liebt ihr euch?«

»Schon lange nicht mehr.«

»Das kannst du nicht verbergen, man merkt es.«

Tom schaute sie ungläubig an. »Woran willst du das erkennen?«

»An Kleinigkeiten! Du logierst im *Hotel am Stadtgarten*, bezirzt die Galvani und fixierst meinen Hintern. Die Verhaltensmuster sind leicht zu deuten.«

Er fühlte sich ertappt: »Du nötigst mir Respekt ab.«

»Danke für den Respekt! Falls dich meine Einschätzung der Ereignisse interessiert: Rossi zögert nicht mit einem weiteren Versuch, dich bei nächster Gelegenheit auszuschalten. Er will *Luigi Ferra* auf Teufel komm' raus, hatte einen Plan, den er jetzt in die Tonne treten kann. Vielleicht muss er seinem Oberboss etwas beweisen und den Skalp auf einem Servierteller präsentieren. Allein deshalb dürfte er beim Zehnfachen des Kaufpreises eingeschlagen haben. Das war schon eine echte Überraschung, ich hätte das nicht gedacht. Er steckt in einer misslichen Situation. Aber merke dir: Er empfindet das als Niederlage.«

»Das heißt?«

»Du stehst auf der Liste.«

Sie steuerten auf eine Trattoria zu, die direkt an der Promenade lag und wählten einen schattigen Platz auf der Terrasse. Seezunge mit Weißbrot und Tomatensalat. Trockener, weißer *Maniero di Federico* aus der Gegend. Tom schwärmte.

»Schade, dass wir schon wieder zurück müssen, ich könnte es hier länger aushalten.«

»Werde nicht übermütig, die Luft hier ist bleihaltig. Hinter dem verblassten Container im Sand versteckt sich der angebliche Steuerberater, der nicht mit uns zurückgefahren ist. Ein Killer, wie ich dir sagte. Er beobachtet uns.«

»Und was sieht er? Wie wir essen?«

»Nimm's nicht auf die leichte Schulter. Ohne Grund verfolgt der uns nicht.«

»Was schlägst du vor?«

»Den Espresso trinken wir drinnen, dann präsentieren wir uns nicht auf der Terrasse.«

Sie betraten das leere Restaurant. Annabel setzte sich mit dem Rücken zur Wand, damit sie Vorplatz und Eingang im Blick hatte. Und tatsächlich, der »Steuerberater« schlich über die Promenade auf die Trattoria zu. Ein Kellner baute sich vor ihnen auf und wollte die Bestellung aufnehmen. »Runter«, schrie sie zu Tom, sprang auf, legte den Kellner mit einem ihrer Kunstgriffe auf den Rücken und richtete ihre Pistole auf den Verfolger, der erschrocken wegrannte. Annabel hinterher, sie war schneller, stellte ihm im Lauf ein Bein. Ihr Knie drückte sie ihm in den Rücken, hielt ihm ihre HK P2000 an die Schläfe – und entwand ihm seine Pistole: eine Beretta mit Schalldämpfer.

»Schnell«, rief sie Tom zu, »wir müssen weg.«

»Wir haben noch nicht bezahlt.«

»Spinnst du? Nix wie weg hier.«

Im Hotel holten sie ihre Reisetaschen, die sie auf den Zimmern vorsichtshalber nach versteckten Drogen durchsuchten. An der Rezeption bestellten sie für 15 Uhr ein Taxi und warteten auf Ricardo de Luca, der schon kurz darauf seinen Alfa vor dem Hoteleingang scharf abbremste und das Foyer betrat.

»Die Anzüge stehen Ihnen hervorragend«, musterte der Consigliere seine Gäste, die das Urteil bestätigten.

»Noch Espresso gefällig, bevor wir fahren?«, fragte er und schob hinterher: »Es ist nicht viel Verkehr, wir werden rechtzeitig am Flughafen sein.«

Als der Kellner drei Espressi auf dem Couchtisch abgestellt hatte, holte Annabel die Beretta aus ihrer Gesäßtasche und legte sie auf das mosaikverzierte Möbel.

»Kennen Sie die Pistole?«

»Sie überraschen mich, wieso sollte ich sie kennen?«

»Sie gehört einem Ihrer Leute, den Sie zum Steuerberater befördert haben. Wir haben sie ihm abgenommen, als er uns verfolgte.«

»So ein Idiot«, reagierte de Luca sichtlich verärgert. »Er hat auf eigene Faust gehandelt«, versuchte er sich zu entschuldigen. Seine Verlegenheit konnte er nicht verbergen. Hastig griff er nach der Pistole und steckte sie in seine Brusttasche. Sein Gesicht lief vor Zorn rot an.

»Kommen Sie, wir fahren.«

»Lassen Sie das, Signor de Luca, wir nehmen ein Taxi. Nach allem, was vorgefallen ist, bleibt uns keine andere Wahl«, sagte Tom, der ihm damit eine spontan zugefallene Überlegenheit demonstrieren konnte.

»Ich kann Sie nicht daran hindern, aber Ihre Vorsicht ist übertrieben. Was sollte Ihnen in meinem Wagen zustoßen? Ich gebe Ihnen nur eines mit auf den Weg: Melden Sie sich schnell! Bei Signor Rossi ist die Geduld am Ende.«

»Ein paar Tage müssen Sie mir schon geben.«

»Heute ist Donnerstag. Spätestens am Montag rufen Sie mich an. Und machen Sie keine Sperenzchen. Sie haben ihm eine Niederlage zugefügt, es steht eins zu null für Sie. Nach dem Spiel wird es zwei zu eins stehen. Für uns! Das Ergebnis steht fest.«

Noch vor dem Abflug klingelte Tom bei Giulia durch.

»Ging alles glatt?«

»Ja, dank Frau Seeger.«

»Dann treffen wir uns morgen Abend. Komm' zu mir nach Hause, ich koche für dich. Sieben Uhr, Hindelangstraße 149, Penthouse.«

Tom blieb beim geschäftsmäßigen Ton, tat so, also ob sie das Selbstverständlichste der Welt ausgesprochen hätte. Aber er fühlte sich überwältigt: Giulia lud ihn in ihre Wohnung ein! Erotische Phantasien wischte er schnell wieder vom Schirm. Die Frau war liebenswert, aber standhaft. Und hatte Grundsätze.

31

Im *Stadtgarten-Hotel* überlegte er kurz: noch in die Bar oder gleich aufs Zimmer? Eigentlich keine Frage. Er war ziemlich müde, aber Zeit für einen Drink sollte sein. Die Uhr zeigte erst halb elf.

Die Bar war voll. Nach dem Abendessen genehmigten sich taffe Businesstypen mit gegelten Haaren und Businessdamen in dunkelblauen Hosenanzügen oder grauen Röcken einen Absacker. Die meisten Männer stehend mit Bier oder einem Destillat, die Damen überwiegend mit Prosecco oder Champagner. Das hatte er schon registriert, als er mit Manu die Bar öfter mal aufgesucht hatte.

Er erwischte noch einen Barhocker am Tresen und bestellte einen Gin Tonic, den *Tanqueray Ten*. Eine Reminiszenz an Manu. Die Barkeeper waren nicht gut drauf, waren zu sehr damit beschäftigt, Bier zu zapfen, einzuschenken und Schälchen mit Nüssen und Knabberzeugs zu füllen. Tom kannte noch Zeiten, als die Geschäfte nicht so gut liefen. Da hatten ihm Barkeeper hinterher Espresso serviert, »aufs Haus«. Eine noble Geste. Plötzlich sprach ihn einer der Barbesucher an, silberfarbener Anzug im Slim-Fit-Schnitt mit Einstecktuch, weißes Hemd, zwei Knöpfe am Hals offen, Sneakers ohne Socken.

»Sind wir uns schon mal begegnet?«

Tom verspürte keine Lust auf eine belanglose Konversation. Er wollte nur seinen Gin Tonic trinken und ins Bett.

»Ich kann mich nicht erinnern«, gab er zurück, ohne vom Glas aufzuschauen.

»Sie nächtigen hier im *Hotel am Stadtgarten*?«

»Entschuldigung, aber das geht Sie gar nichts an. Was wollen Sie von mir?«

»Ich will nichts von Ihnen, um Gottes willen, nein. Ich habe Sie nur einmal auf dem Messestand von *Luigi Ferra* gesehen, damals, als Herr Matteo mit Ihnen in einer Besprechungskabine verschwand.«

Tom drehte sich irritiert zu dem geschniegelten Typen, blieb aber schmallippig.

»Und?«

»Ich bin mit Herrn Matteo befreundet und deshalb weiß ich auch, was Sie bei *Luigi Ferra* tun.«

»Auch das noch«, sprühte es aus Tom heraus. »Wo ist Herr Matteo? Warum meldet er sich nicht bei mir? Er hat mir doch die Suppe eingebrockt.«

»Herr Matteo ist wieder in Italien, weiterhin im Modebusiness. Wir sind Partner.«

»Etwa bei *Armani*?«

»Nicht ganz, eine Ebene drunter. Auf dem Level von *Luigi Ferra*.«

Tom hatte sich inzwischen neben seinen Barhocker gestellt, um mit ihm auf Augenhöhe zu sein. Es interessierte ihn plötzlich, was der Fremde zu erzählen hatte.

»Und wie heißt die Firma? Also das Modelabel, um mit Ihren Begriffen zu reden?«

»*Avantguide*.«

»Der Name als Programm«, reagierte er missmutig.

»Wir peilen dieselbe Zielgruppe an wie *Luigi Ferra*, allerdings nur bei Damen. Eine Herrenkollektion haben wir verworfen.«

»Respekt, in dem Geschäft kennt sich Matteo aus.«

»Wir werden neue Wege gehen, die Modeindustrie hat sich in der bisherigen Form überlebt, das sieht man auch bei *Luigi Ferra*. Wir bündeln Kreativität mit anderen Herstellern, schaffen dadurch neue, richtungsweisende Geschmacksmuster. Die vorherrschende Selbstfixiertheit der Zunft, diese peinliche Nabelschau, ist passé. Wir müssen wegkommen von der Vorstellung, dass Modemacher das Maß aller Dinge sind.«

»Was sollen sie dann sein?«

»Es geht schlicht um neue geschäftliche Möglichkeiten, abseits dessen, in der es sich die Branche bequem eingerichtet hat.«

»Das überfordert mich. Grüßen Sie Herrn Matteo und richten Sie ihm aus, dass ich mich über einen Anruf freuen würde. Hier haben Sie meine Visitenkarte. Könnte ich auch Ihre haben?«

Tom las: »Francesco Alfonso, Chief Financial Officer, Avantguide S.r.l., Milano.«

»Ein Familienunternehmen?"

»Eine Neugründung eines Mischkonzerns, ein Tochterunternehmen.«

»Verraten Sie mir den Namen des Konzerns?«

»Der Name wird Ihnen nichts sagen, die Firma heißt *Exercise Interest*.«

Tom verabschiedete sich: »Es war mir ein Vergnügen.«

32

Um neun war Tom mit Köpenick verabredet, um über seine Reise nach Bari zu berichten: die Verlegung des Treffens vom Hotel *Apulia* in ein firmeneigenes Gästehaus in der Nähe des *Castel del Monte*, die Gespräche mit Rossi, Matarella und de Luca, die Rückfahrt ins Hotel mit dem inszenierten Unfall auf der Ausweichstrecke, die Verfolgung durch einen Rossi-Killer im Hafen von Bari und die Szene, wie Annabel ihm die Pistole abnahm. Köpenick lauschte aufmerksam und murmelte »Kaum zu glauben, was Sie alles durchgemacht haben, wie im Kino.« Tom spannte ihn durch seine ausschweifende Schilderung auf die Folter.

»Um zum Punkt zu kommen und damit zu den Ergebnissen meiner Verhandlungen: Erstens, Rossi ist bereit, das Zehnfache des Aktienkurses zu zahlen. Eine Antwort erwartet er bis kommenden Montag.«

»Im Ernst? Wie haben Sie das geschafft?«

»Rossi weiß von dem Aktienpaket, das Sie bei der Sparkasse für den Betriebsmittelkredit hinterlegen mussten. Sein Anwalt Matarella stünde bereits in Verhandlungen mit den Sparkassenleuten, sagte er. Die seien geneigt, das Aktienpaket an *Exercise Interest* sofort zu verkaufen, wenn Sie auch nur mit einer Rate in Rückstand geraten sollten.«

»Das ist doch nicht zu fassen, diese Verbrecher«, entrüstete sich Köpenick. »Wieso will uns Rossi dann das Zehnfache über den Tresen schieben?«

»Ich gab ihm überzeugend zu verstehen, dass die Sparkasse nicht an ihn verkaufen werde.«

»Wie das?«

Tom legte eine Verschnaufpause ein.

»Ganz einfach. Ich erklärte ihm, dass Banken vor einem größeren Aktiendeal börsennotierter Gesellschaften die Aufsichtsbehörden informieren müssten. Und die würden schon deshalb nicht zustimmen, weil *Exercise Interest* in den Monitorings für auffällige Transaktionen als Hochrisikokunde geführt werde. Das hat gesessen!«

Köpenick sprang auf, nahm Haltung an, stellte sich neben seinen Schreibtisch und langte sich an den Kopf.

»Ich fass' es nicht, Respekt für Ihre Verhandlungsführung. Und dann das sensationelle Ergebnis: das Zehnfache! Wissen Sie, was das bedeutet? Er akzeptiert fast den Höchstkurs, den die Aktie je erzielt hatte. Warum will er zu einem solchen Preis zuschlagen? Das macht doch für ihn gar keinen Sinn.«

»Mit dem Argument ›Hochrisikokunde‹ konnte er alle seine Pläne vergessen. Er wusste, dass er am Ende immer an den Aufsichtsbehörden scheitern würde.«

»Warum lässt er dann nicht einfach die Finger von *Luigi Ferra*?«

»Mein Eindruck ist, dass er unter Druck steht. Vermutlich muss er seinem Oberboss, den wir nicht kennen und über den wir nichts wissen, *Luigi Ferra* auf dem Tablett präsentieren. Er steckt in einer Zwickmühle. Und ich bin in der Schusslinie.«

»Was hat das mit Ihnen zu tun? Sie sind doch nur der Verhandlungspartner, der Mittelsmann.«

»De Luca sagte mir zum Abschied, dass Rossi den Deal mit dem Zehnfachen als Niederlage empfinde.«

»Was wollen Sie jetzt tun?«

»Keine Ahnung, ich muss umsichtiger werden. Wenn's Spitz auf Knopf kommt, werde ich wohl einen Bodyguard engagieren müssen.«

»Sie haben freie Hand.«

»Noch etwas, Sie müssen Ihre geschätzte Mutter über das Angebot informieren. Sie wäre mit dem Fünffachen zufrieden.«

»Das hat Zeit, ich werde jedenfalls nicht verkaufen. Und wenn einer von der Familie gegen den Verkauf ist, kommt der Deal nicht zustande. Bei uns herrscht Einstimmigkeitsprinzip, jedenfalls bei Fragen grundsätzlicher Natur.«

Köpenick ging ans Fenster, drehte ihm aber umgehend wieder das Gesicht zu.

»Sagten Sie nicht, Sie hätten zwei Botschaften?«

»Silvio Matteo arbeitet für *Exercise Interest*.«

Jessie hatte den Koffer für ihren Berlintrip an der Wohnungstür abgestellt. Sie war elegant gekleidet, rotes Kostüm, weiße Bluse und halbhohe Stöckelschuhe. Ihren Sommermantel überm Arm.

»Du kannst den Kindern bei den Hausaufgaben über die Schulter schauen. Mittaggegessen haben sie schon. Wenn du Hunger hast, mach' dir die Fleischküchle warm, die auf dem

Herd stehen. Morgen könnt ihr Spaghetti Bolognese zubereiten, das Hackfleisch ist im Kühlschrank.«

»Wann wirst du wieder zurück sein?«

»Ich lande am Sonntag um zwei Uhr nachmittags, dürfte dann gegen drei hier sein.«

»Ist für die Kinder ein spezielles Programm vorgesehen?«

»Nein, aber wenn du mit ihnen ins Kino gingest, wären sie nicht abgeneigt.«

»Und was du in Berlin treibst, willst du mir nicht sagen?«

»Wenn ich erfolgreich bin, wirst du es erfahren.«

Lara und Vincent zeigten sich irritiert, als sich Tom zu ihnen setzte. Sie könnten die Hausaufgaben auch ohne ihn erledigen, demonstrierten sie Selbstbewusstsein. Gespielt oder echt, das konnte er nicht ausmachen. »Aber wenn ihr fertig seid, zeigt ihr mir die Arbeit. Eure Mutter hat mich mit der Aufsicht beauftragt.«

Lara, die Zwölfjährige, verdrehte die Augen und antwortete nur: »Mal sehen, ob du bei den Matheaufgaben durchsteigst.«

Tom verzichtete darauf, das Misstrauen aus der Welt zu schaffen. Vielleicht konnte er es auch nicht.

»Hinterher machen wir einen kleinen Ausflug und gehen in ein Café. Auf was habt ihr Lust?«

»Cola und Eis!«, riefen sie im Chor.

Tom schlug die Zeitung auf, die auf dem Küchentisch lag. Die Lektüre langweilte ihn. Es war ein schöner Tag, der Himmel wolkenlos, die Sonne wärmte, Kastanien im Hinterhof grünten und ließen den Sommer ahnen. Eine Brise streifte über die Wipfel. Kinder lärmten und lachten im Hof, die Kleinen buddelten im Sandkasten. Am liebsten hätte er einen Spaziergang gemacht, nicht einmal ein Jackett hätte er gebraucht. Bis zum Dinner mit Giulia waren es noch vier Stunden. Eine Ewigkeit!

Im Wohnzimmer stellte er sich vor die Bücherwand. Er empfand plötzlich Ehrfurcht vor dem, was er und Jessie im Laufe der Zeit angesammelt und größtenteils gelesen hatten. Ein Buch nach dem anderen nahm er aus dem Regal und überflog die Klappentexte: Fachliteratur ihres Literaturprofessors Mario Andreotti, bei dem sie beide studiert hatten. Die Klassiker Max Frisch, Heinrich Böll, Theodor Fontane, Günter Grass, Patrick Süskind. *Homo Faber* nahm er aus dem Regal und blätterte. Diesen »Bericht«, wie Frisch sein Werk nannte, liebte er. Es war die Geschichte von einem Schweizer Ingenieur, der nicht an Zufälle glaubte: »Ich bin Techniker und gewohnt, die Dinge zu sehen, wie sie sind. Ich sehe den Mond über der Wüste von Tamaulipas – klarer als je, mag sein, aber eine errechenbare Masse, die um unseren Planeten kreist, eine Sache der Gravitation, interessant, aber wieso ein Erlebnis?« Auf einer Schiffsreise widerlegt der Zufall seinen naturwissenschaftlichen Hochmut, als er an Bord eine junge Frau kennenlernt, in die er sich verliebt, ohne zu ahnen, dass sie seine Tochter ist. Das Verhältnis mit dieser Sabeth, Kind einer lang zurückliegenden Jugendliebe, endet tragisch und stellt die Welt des vernunftgläubigen Homo Faber auf den Kopf.

In Frischs »Bericht« fand er einen Zettel mit dem Zitat des Literatur- und Theaterkritikers Joachim Kaiser: »Alles Misslingen hat seine Gründe, aber alles Gelingen sein Geheimnis.« Tom erinnerte sich, dass er diesen Papierfetzen als Lesezeichen benutzt hatte. Er steckte ihn in die Brusttasche seines Hemdes, der Aphorismus war wie auf ihn gemünzt.

Lara kam ins Wohnzimmer und zeigte ihm ihre Aufgaben: Division negativer Zahlen, Berechnen der Flächen von Dreiecken, Parallelogrammen und Trapezen. Er musste sich tatsächlich in die Aufgaben hineindenken, schaffte es aber einigermaßen. Vincent musste Aufgaben über Bruchrechnen lösen.

»Wie steht ihr bei den Noten«, kitzelte er die beiden.

Lara stolz: »Ich habe einen Zweierschnitt.«

»Hervorragend! Und du Vincent?«

»Wenn die Lehrer nicht so blöd wären, stünde ich auch bei einer Zwei.«

Tom lachte. Die Rolle des strengen Erziehers war nie sein Ding gewesen.

Nach dem Cola-Eis-Trip brachte er die Kinder wieder nach Hause. Vincent war von der Power seines Mercedes begeistert und wünschte sich einen Trip, auf dem der Vater mal voll auf die Tube drücken würde. Tom versprach es, belegte die geschmierten Butterbrote noch mit Wurstscheiben und stellte eine Flasche Wasser auf den Tisch.

»Ich muss auf einen Termin. Ihr könnt nach dem Abendbrot gerne fernsehen, aber spätestens um neun seid ihr im Bett. Ich denke, dass ich vor Mitternacht zu Hause bin.«

Pünktlich um sieben drückte er das Klingelschild »G.G.« in der Hindelangstraße 149.

»Hallo.«

»Hier Tom.«

»Den obersten Stock muss ich freischalten, damit du mit dem Aufzug hochkommen kannst. Sonst endet die Fahrt ein Stockwerk darunter.«

Tom fuhr nach oben, es war das siebte Stockwerk. Giulia erwartete ihn am Aufzug.

»Reine Sicherheitsmaßnahme.«

»Verstehe, du bist eine gefährdete Person.«

»Ich habe eine Livorneser Fischsuppe gekocht, eine Cacciucco«, regte sie seinen Appetit an. Vom Duft angelockt, folgte er ihr in die Küche.

»Darf ich?«, fragte er so nebenbei, nachdem er bereits den Topfdeckel gehoben hatte.

»Klar, du kannst kosten, aber verbrenn' dir nicht die Zunge.«

Giulia reichte ihm einen Löffel.

»Köstlich. Was ist denn alles drin in dieser kulinarischen Verlockung?«

»Barben, Seezunge, Krebse und Muscheln. Gekocht mit Tomatensoße, Weißwein, Knoblauch und Olivenöl.«

»Ein verführerisches Gericht.«

»Dazu einen frischen *Lis Neris Pinot Grigio* aus dem Friaul, der dich in Stimmung bringen wird. Du kannst dich etwas umschauen, ich bin gleich fertig.«

Das Wohnzimmer war stilvoll eingerichtet: Zwei anthrazitfarbene Ledersofas und ein kniehoher Couchtisch mit Keramikplatte. Fenster bis zum Boden mit Panoramablick über die Stadt. An der Wand ein Klee, *Revolution des Viadukts*, das Motiv kannte er. Daneben eine morbide Grafik von Horst Janssen, der der Künstler den Namen *Chianti Classico* verpasst hatte. Zwei weitere Gemälde sagten ihm nichts, aber sie gefielen ihm. Auf der gegenüberliegenden Seite ein raumhohes Buchregal. Tom studierte die Titel auf den Buchrücken: Mehrere Bände Macchiavelli, Dantes *Göttliche Komödie*, Umberto Ecos *Der Name der Rose*, ein Bildband über Pier Paolo Pasolini, deutsche Klassiker von Goethe über Schiller bis Böll. Max Frischs *Homo Faber* entdeckte er nicht.

Den Wohnbereich trennte eine weiße, faltbare Leporellowand vom Esszimmer. Ein großer gedeckter Glastisch, rote perforierte Kunststoffstühle, antike Vitrinen, auf denen gerahmte Fotos aufgereiht waren.

Giulia tischte die Suppenterrine auf und huschte wieder in die Küche. Sie hatte sich umgezogen. Statt schwarzer Hose und rotem Pullover, trug sie jetzt einen grünen Plisseerock mit weißer Leinenbluse, an den Nähten mit Muschelsymbolen bestickt. Das Haar, anders als bei ihren bisherigen Treffen, ließ sie offen. Mit angewärmter Pizza Pane und dem Wein betrat sie das Esszimmer.

»Der Mann da«, zeigte sie auf das von Altersflecken gezeichnete Schwarz-Weiß-Foto, »ist mein Vater. Er wurde von der 'Ndrangheta hingerichtet, gekreuzigt wie Jesus. Ich habe dir davon erzählt.«

Sie setzten sich einander gegenüber an den Tisch, Giulia füllte die Teller mit der Fischsuppe und schenkte Wein ein.

»Du musst mir erzählen, was du in Bari erlebt hast. Aber erst nach dem Essen, sonst wird die Suppe kalt.«

Tom genoss es, während des Essens nicht viel reden zu müssen. Sie löffelten und tauschten sich gelegentlich über die Vielfalt der italienischen Küche aus, die Lebensart der Italiener und ihre Kultur. Ein sparsamer Dialog, bei dem sie mitunter auch lachen mussten, wenn Giulia Kuriositäten aus ihrem Berufsleben preisgab. Wie beispielsweise von einem Prozess, als sie der Richter bei ihrem Plädoyer unterbrach, weil er auf die Toilette musste.

Tom wollte dann doch noch wissen, ob sie auch gelesen hätte, dass die spektakulär eingestürzte Autobahnbrücke *Ponte Morandi* bei Genua wieder aufgebaut worden sei?

»Ein Skandal« sei der Einsturz, kommentierte sie das schreckliche Unglück. Der Betreiber und die Behörden hätten die bekannten Mängel schlicht ignoriert und dadurch den Tod von 43 Menschen billigend in Kauf genommen. Das werde ein Nachspiel haben, die Verantwortlichen kämen nicht ungeschoren davon. Es sprach die Staatsanwältin!

Giulia schöpfte abermals aus der Schüssel, die großen Fischstücke hätten allein für ein Hauptgericht gereicht. Im Sud schmeckten sie hinreißend, das zarte Fischfleisch zerging auf der Zunge. Tom lobte ihre Kochkunst und verschwendete keinen Gedanken an Jessie und die Kinder.

Nach dem Essen bat ihn Giulia ins Wohnzimmer und wies ihm das kleinere Sofa zu. Sie setzte sich auf die »Chaiselongue«, wie sie ihre Liege nannte, zog ihre Schuhe aus und schob ihre angewinkelten Beine aufs Polster. Die Weingläser hatten sie mitgenommen.

Tom quälte sich mit dem Gedanken, ob er ihr irgendwann am Abend näherkommen sollte. Besser nicht! Es könnte ihr nicht recht sein. Wenn mehr drin sein sollte als die Einladung zum Abendessen und seine Erzählung über die Bari-Reise, müsste es von ihr ausgehen.

»Schieß' los«, platzte sie in Toms Träumereien, der dieselbe Arie abspulte, wie bei Köpenick. Sie unterbrach ihn nicht. Am Schluss schilderte er, wie er Rossi an die Wand gespielt hatte. Das Schlüsselwort sei »Hochrisikokunde« gewesen, das er durch ihre Verbindung zu Waldemar Richter bei der *Ahorn-Bank* gelernt hatte. Aus dem Bauch heraus hätte er einfach das Zehnfache gefordert, obgleich Köpenicks Mutter schon beim Fünffachen schwach werden wollte. Er hätte Rossi eine »Niederlage« beigebracht, wie ihm de Luca vor seinem Rückflug sagte. Nach dem Abpfiff werde es zwei zu eins für Rossi stehen, es wäre dann Toms Niederlage. Aus dem Deal werde aber nichts, Köpenick wolle nicht verkaufen. Er glaubt offensichtlich an seinen künftigen Erfolg. Am Montag würde er de Luca davon in Kenntnis setzen müssen.

Giulia, die während seines Berichts mehrfach am Wein genippt hatte, schaute ihn plötzlich durchdringend an.

»Du bist in Gefahr. Eigentlich darfst du nicht mehr nach Italien! Ich sage dir, die sind nicht zimperlich.«

»Soweit war ich auch schon. Aber ich kann doch nicht aus Angst vor Rossis Killern aus dem Fenster springen.«

»Natürlich nicht, aber du musst in die Offensive, du musst ihnen die Spielregeln diktieren.«

»Und wie könnte ich das anstellen?«

»Wenn du am Montag de Luca anrufst, erkläre ihm, dass du nur mit Rossi sprechen könntest, der solle dich zurückrufen. De

Luca wird sauer sein, aber Rossi wird sich melden. Sie müssen spüren, dass sie das Heft des Handelns nicht allein in der Hand haben. Rossi, der davon ausgeht, dass mit seinem Rückruf der Deal in trockenen Tüchern ist, erklärst du dann in ruhigem Ton, dass die Familie auch beim Zehnfachen nicht daran denkt, zu verkaufen. Mehr nicht, dann legst du auf. Es steht dann zwei zu null für dich.«

»Dann bin ich doch erst recht im Fadenkreuz, die brauchen nur noch abzudrücken.«

»Spiel mit ihnen, tritt immer wieder aus dem Fadenkreuz heraus. Rossi wird sich ein zweites Mal melden, dir und der Familie Köpenick drohen, mit was auch immer. Du hörst dir das in aller Ruhe an. Dann steckst du ihm deine Kenntnis über seine Waffengeschäfte: Hochrisikokunde und internationaler Waffenhändler, da brauche er sich in Deutschland bei keinem Unternehmen und erst recht nicht mehr bei Banken blicken lassen.«

»Wie wird er darauf reagieren?«

»Er wird sich mit Matarella und de Luca beraten und einen weiteren Rückruf ankündigen. Du hast sie am Wickel, sie müssen sich melden, nicht du.«

»Wie wird Rossi nach den Beratungen reagieren?«

»Er wird dich nach Italien einladen, vermutlich wieder nach Bari, um Wege aus der für ihn verfahrenen Situation zu diskutieren. Der Grund ist nur ein Vorwand.«

»Die Einladung werde ich natürlich nicht annehmen.«

»Du wirst aber auch nicht einfach ablehnen. Sag, du würdest es dir überlegen. Zuerst müsstest du noch wissen, was es mit dem Plutonium aus Russland auf sich hätte. Ja, du hast richtig gehört: Plutonium 239, das Material der Atombomben, die über Hiroshima und Nagasaki fielen. Da dürfte er schon hochgradig unruhig werden und den Tag verwünschen, an dem er dich kennen gelernt hatte.«

»Woher hast du diese brisante Information?«

»Erzähl ich dir später. Nach einer Pause, die zwangsläufig folgen wird, legst du nach und fragst, warum das Plutonium nicht in einem Bunker für Nuklearwaffen gelagert wird? Spätestens dann steht's drei zu null für dich.«

Giulia lachte und füllte die Gläser. Tom konnte es nicht fassen, sie lieferte ihm nicht nur Argumente, sondern auch den Masterplan, wie er Rossi kaltstellen könnte.

»Er wird kontern, die Mutter Gottes bemühen und schwören, dass das Geschäft legal sei. Aber das muss dich nicht interessieren. Lass' nicht locker, du wüsstest in welcher Anlage das Plutonium gelagert sei und würdest gerne mehr wissen wollen, ob der Direktor dieser Anlage mit ihm unter einer Decke stecke?

»Kann ich einfach behaupten, dass ich das Versteck kenne? Er könnte mich ausfragen, um die Glaubwürdigkeit meiner Behauptung zu testen.«

»Natürlich kannst du das einfach behaupten, er wird dir das Gegenteil nicht beweisen. Aber du bist noch nicht am Ende. Wenn er nichts darauf antwortet, was durchaus möglich sein könnte, fragst du ihn, ob der Direktor der Anlage die Sicherheit des Plutoniums garantieren könne. Solche Zwischenlager für Brennstäbe ausgedienter Kernkraftwerke seien weit weniger gesichert als Bunker für Nuklearwaffen. Sollte der tödliche Stoff in Händen von Terroristen für Erpressungen oder gar Anschläge genutzt werden, würde der Deal zu diplomatischen Verwicklungen führen und die italienische Regierung massiv unter Druck setzen. Das berichtest du alles in einem süffisanten Ton. Ach ja, vergiss nicht, ihn daran zu erinnern, dass die Mafia noch immer illegal Atommüll im Mittelmeer versenkt. Neuerdings mischt sie auch bei der illegalen Abfallentsorgung mit und bei der Unterbringung von

Migranten. Du musst kompetent wirken, den Eindruck erwecken, dass man dir bei diesem brisanten Thema nichts mehr beibringen muss. «

»Warum sollte das meine Gefährdungslage mindern?«

»Weil du ihm am Schluss den gutgemeinten Rat gibst, die Finger von *Luigi Ferra* zu lassen, das mache jetzt keinen Sinn mehr. Und er solle die Gewehrläufe nicht weiter auf dich richten. Alles, womit du ihn schockiert hättest, wäre bei einem Notar in Deutschland hinterlegt. Sobald dir etwas zustoßen sollte, werde der Notar reagieren. Dann sei er erledigt, dann könne er, wie die meisten anderen Mafia-Bosse, nur noch in den Untergrund. Du wirst sehen, das verfehlt seine Wirkung nicht. Bei der Mafia geht's immer um Macht und Status, Rossis exponierte Stellung in der Organisation musst du ins Wanken bringen.«

»Das ist ja alles unglaublich. Aber sag, wie belastbar ist die Plutoniumgeschichte?«

»Wovon wir sicher wissen, ist die Plutoniumlieferung aus Russland. Was wir nicht wissen, ist, ob die italienische Regierung davon Kenntnis hatte. Vermutlich steckt der italienische Auslandsnachrichtendienst *AISE* dahinter, die *Agenzia Informazioni e Sicurezza Esterna. AISE* agiert oftmals eigenmächtig und hat möglicherweise Rossi sogar mit dem Auftrag betraut. Ohne Beteiligung eines Geheimdienstes könnte es kaum zu einer solchen Lieferung kommen.«

»Und die Lagerung in einer nicht näher definierten Anlage?«

»Da sind wir mit unseren Recherchen nicht weit gekommen. In Italien wurden nach dem Reaktorunfall von Tschernobyl 1986 alle Kernkraftwerke abgeschaltet, geforscht wird nur noch im Verbund mit CERN, der europäischen Organisation für Nuklearforschung, in einem Tal des Gran-Sasso-Massivs in den Abruzzen. Aber dort können sie das Plutonium nicht versteckt haben. Wenn *AISE* seine Finger im Spiel hat, könnte es sich um ein Zwischenlager in einem stillgelegten Kernkraftwerk handeln. Euratom und die internationale Atomenergieorganisation wissen nichts von der Lieferung aus Russland, da haben wir nachgefragt. Die Variante jedenfalls, dass der Direktor im Dienst der Mafia stehen könnte, ist unwahrscheinlich. Die brauchst du nur, um Drohpotenzial bei Rossi aufzubauen.«

»Was könnten sie mit dem gefährlichen Zeugs anfangen?«

»Vielleicht hat *AISE* Verwendung oder einen Auftrag. Wenn nicht, werden sie es schnell außer Landes bringen. Für spaltbares Material gibt es einen gut geschmierten internationalen Schwarzmarkt. Da ist viel Geld im Spiel.«

»Ich könnte dich umarmen.«

»Was hindert dich daran?«

Toms Puls raste, Giulia kannte das Bedrohungsmuster der Mafia, als hätte sie das Drehbuch geschrieben. Und wie sie den Stoff erzählte! Präzise, detailliert bis ins Kleinste, wie zugeschnitten für einen Schutzbefohlenen. Sie schien verliebt in sein Gelingen. Und dann ihre sonore Stimme, sie machte ihn wahnsinnig. Er setzte sich neben sie.

»Du bist umwerfend«, schnurrte er, drückte sich an sie und küsste sie mit Hingabe. Sie spielte eine Weile mit. Tom hatte den Eindruck, dass es ihr gefiel. Aber dann schob sie ihn abrupt von sich.

»Wir müssen aufhören, sonst habe ich mich nicht mehr unter Kontrolle.«

»Wäre das schlimm?«

»Entschuldige, ich war leichtsinnig. Vielleicht ist es besser, du gehst jetzt.«

33

Jessie war von ihrem Berlintrip wieder zurück, sie fragte nur, wie er zurechtgekommen sei. Bevor er antworten konnte, übernahmen die Kinder die Regie: Einen tollen Film hätten sie gesehen, berichtete Lara: *Atlantis – Das Geheimnis der verlorenen Stadt*. Für Vincent war die Aussicht, mit Toms Mercedes über die Autobahn zu düsen, das Größte. Jessie musste schmunzeln und nahm den Jungen in die Arme. Lara ergänzte noch, dass Papa die Hausaufgaben geprüft hätte: »Er kann auch Mathe.«

»War dein Ausflug erfolgreich?«, wollte Tom dann doch wissen.

»Das weiß ich noch nicht, ich erfahre es nächste Woche. Aber wenn's was wird, wirst du wieder zu Hause wohnen müssen.«

»Warum das?«

»Ich werde dann vier Tage in der Woche in Berlin sein, den Kindern solltest du das Frühstück und die Schulbrote zubereiten. Und nicht schlecht wäre es, wenn du am Abend noch die Hausaufgaben kontrollieren könntest.«

Tom zeigte sich konsterniert. Einerseits würde er es begrüßen, wenn sie wieder einen festen Job hätte. Andererseits diktierte sie ihm von nun an den Alltag und schränkte seinen Aktionsradius ein. Erheblich sogar!

Am Montag war er um neun in der Firma und schaute bei Köpenick rein, weil er sich vor seinem Telefonat mit de Luca rückversichern wollte.

»Bleibt's dabei? Sie lehnen das Angebot von Rossi ab.«

»Sagen Sie den Herrschaften, sie könnten sich ihr Angebot in den Allerwertesten stecken. Wir verkaufen nicht, definitiv. Die Familie saß gestern beisammen, sie bleibt bei der Ablehnung.«

»Okay, dann weiß ich Bescheid. Ich melde mich, sobald ich die Reaktion von Rossi und Co. kenne.«

»Also gleich nach Ihrem Anruf.«

»Nicht gleich, die Herrschaften werden mehrmals zurückrufen müssen.«

»Das verstehe ich nicht.«

»Ich werde es Ihnen erklären. Hinterher.«

Halb zehn. Tom saß an seinem Schreibtisch und ließ sich die Dramaturgie der Auseinandersetzung mit den Italienern nochmals durch den Kopf gehen. Dann wählte er die Nummer von de Luca.

»Was ich zu berichten habe, kann ich nur Signor Rossi persönlich sagen.«

»Was soll der Quatsch, Herr Köpenick ruft doch auch nicht selbst an, sondern schickt Sie vor.«

»Ich erwarte einen Rückruf von Signor Rossi, unverzüglich.«

»Signor Rossi ist nicht im Haus.«

Tom legte auf und schenkte seiner *Sitzenden Marguerite* ein Lächeln. Lesen konnte er nicht, etwas anderes zum Zeitvertreib fiel ihm auch nicht ein. Es waren nur vier Sätze, das Gespräch hatte allenfalls eine halbe Minute gedauert. Er war nervös, die Zeit verging quälend langsam. Immer wieder schaute er auf die Uhr. Eine halbe Stunde war um, seit er mit de Luca telefoniert hatte. Dann klingelte sein Smartphone.

»Hier Rossi, Sie wollten mich persönlich sprechen.« Seine Stimme klang ernst, aber freundlich.

»Die Familie wird auch beim Zehnfachen des Aktienkurses nicht verkaufen. Sorry, ich war auch irritiert, als man mir das mitteilte.«

Kaum war Tom die Botschaft los, legte er auf. Rossi musste sich nach der schnöden Zurückweisung wieder melden. Er war unter Druck, würde liefern müssen, das jedenfalls war Toms Eindruck nach dem letzten Gespräch in Bari.

Zehn Minuten dauerte es, dann klingelte sein Telefon abermals.

»Wenn die Familie glaubt, dass ich bei meinem generösen Angebot noch etwas drauflege, täuscht sie sich. Sie pokert. In Wahrheit will sie die Firma loswerden.«

»Die Familie wird auch nicht verkaufen, wenn Sie noch etwas drauflegen. Der Entschluss steht fest. Wir haben delikate Informationen über die Geschäfte von *Exercise Interest*.«

Rossi lachte ins Telefon. »Da bin ich aber gespannt.«

»Sie machen nicht nur Geschäfte mit Mode und im Straßenbau, sie unterhalten auch einen blühenden Waffenhandel.«

»Na und? Alles legal und amtlich abgesegnet.«

»Mag sein. Aber als Hochrisikokunde, der international mit Waffen handelt, sind Sie als Käufer nicht tragbar.«

Wieder legte Tom auf. Das Spiel gefiel ihm zunehmend. Er spürte, dass Rossi auf verlorenem Posten stand. Nur fünf Minuten später klingelte das Handy wieder.

»Hören Sie gut zu, Herr Schwertfeger. Vielleicht habe ich Sie unterschätzt. Aber unsere Waffengeschäfte sind von den italienischen Behörden genehmigt. Das können wir belegen. Ihr Einwand bringt Ihnen nichts.«

»Entscheidend ist die Wirkung Ihres Geschäftsmodells auf die Banken. Und die würden dann sicher auch wissen wollen, was es mit der Lieferung von Plutonium 239 aus Russland auf sich hat. Sie wissen schon, das hundertausendfach mörderische Material der Hiroshimabombe!«

Als Rossi nach fünf Sekunden noch nichts sagte, legte Tom nach.

»Und dann sollten Sie uns auch erklären, warum das spaltbare Material nicht in einem Bunker für Nuklearwaffen lagert, sondern in einem schlecht bewachten Zwischenlager eines stillgelegten Atomkraftwerks. Vermutlich haben Sie den Direktor der Anlage bestochen, mit Billigung der italienischen Regierung klappt diese windige Form der Lagerung nicht.«

Wieder legte Tom sofort auf, nachdem er den letzten Satz gesprochen hatte. Er rieb sich die Hände und starrte auf sein Smartphone. Wieder dauerte es nur ein paar Minuten, bis sich Rossi meldete.

»Herr Schwertfeger, lassen Sie uns gemeinsam überlegen, wie wir den Deal zu unser aller Nutzen über die Bühne bringen könnten. Kommen Sie nach Bari, dann verhandeln wir ein tragfähiges Konzept.«

»Geben Sie auf Signor Rossi, das Spiel ist aus. Man muss auch verlieren können. Erst in der Niederlage zeigt sich der wahre Charakter. Die Not dürfte für Sie nicht so groß sein, dass Sie Ihre Würde verlieren müssten.«

»Seien Sie auf der Hut! Sie haben Ihre Figuren auf dem Schachbrett klug gesetzt. Aber das Spiel ist deshalb noch lange nicht aus.«

»Lassen Sie es gut sein, Signor Rossi. Womit ich Sie konfrontiert habe, ist bei einem deutschen Notar schriftlich hinterlegt. Sollte mir etwas zustoßen, wird er das brisante Material der Staatsanwaltschaft übergeben. Dann ist Schluss mit lustig, dann können Sie Ihre Besuche in der *Bottega Emilia* vergessen. Es würde Ihnen nur der Untergrund bleiben. Das Schicksal Ihrer Glaubensbrüder.«

Tom hatte, ohne auf eine Antwort zu warten, wieder aufgelegt. Ob Rossi sich noch einmal meldet? Er wartete noch eine Stunde, nichts tat sich. Dann suchte er Köpenick auf.

»Ich glaube, Rossi hat seine endgültige Niederlage eingesehen. Er wird die Finger von *Luigi Ferra* lassen.«

»Wie haben Sie das hingekriegt? Ein Mafioso gibt nicht so einfach auf.«

»*Exercise Interest* braucht *Luigi Ferra*, um schmutziges Geld zu waschen und ihre Waffengeschäfte zu verschleiern. Die Geschäfte, beteuerte Rossi, seien legal. Aber ich konnte ihm klarmachen, dass er sich bei Banken und in der Modewelt nicht mehr zu sehen lassen braucht, wenn bekannt wird, dass er als Hochrisikokunde im Waffenhandel tätig ist.«

»Sie sind mutig, vermutlich ab heute hochgradig gefährdet.«

»Ich habe alles so eingetütet, dass ich nicht gefährdet bin. Rossi wird seine Schergen nicht auf mich hetzen.«

»Seien Sie nicht naiv, er hat seine Killer bereits in Stellung gebracht. Er wird Sie ausschalten müssen, weil er jetzt weiß, was Sie wissen. In deren Umfeld ist das ein Todesurteil.«

»Das dürfte er sich gut überlegen. Ich sagte ihm, dass die Ergebnisse meiner Recherchen bei einem Notar hinterlegt seien. Sollte mir tatsächlich etwas zustoßen, bliebe ihm nur das Abtauchen in den Untergrund.«

»Sie überraschen mich immer wieder. Das hätte ich Ihnen nicht zugetraut.«

Tom lächelte. Sein Coup versetzte Köpenick in Staunen, der einen weiteren Knopf an seinem Hemd öffnete und sich mit dem Taschentuch über die Stirn wischte.

»Ich habe geliefert. Wie sieht's mit Ihnen aus? Ist *Luigi Ferra* inzwischen in der Erfolgsspur?«

»Das wäre übertrieben, aber es läuft besser als früher. Unser Geschäftsmodell funktioniert und die Botschaft, die wir damit aussenden, kommt bei den Kunden sehr gut an. Im Gegensatz zur gängigen ›Fast-Fashion‹-Praxis‹ fällt bei unserer Herstellung weniger Abfall an. Wir bedienen den Handel schneller, vernachlässigen dabei nicht die Qualität und sind preislich total wettbewerbsfähig. Der Bereich wächst, vor allem über unseren Onlinevertrieb. Bei den Herrenkollektionen hat sich der monatliche Rhythmus auch durchgesetzt, weil der Handel jetzt laufend mit neuer Ware werben kann. Für dieses Jahr werden wir, wie ich schon angedeutet habe, keine Dividende ausschütten. Wenn uns kein unerwarteter Konjunktureinbruch dazwischen grätscht, müssten wir im nächsten Jahr aus dem Gröbsten heraus sein. Sehr gut kommt auch die Idee an, Damenkleider individuell am lebenden Objekt anzufertigen. Das ist ›Haute Couture‹ vom Feinsten. Na ja fast, weil wir nach den Wünschen der Kundinnen schneidern. Für eigene Entwürfe bräuchten wir einen Top-Designer, eine Art Modeschöpfer. So weit sind wir noch lange nicht. Hier, schauen Sie, in der *Vogue* ein exzellenter Artikel mit brillanten Fotos über unsere Definition von ›Haute Couture‹. Das hilft uns, weil wir mit solchen Geschichten auch die leidigen Gerüchte über *Luigi Ferra* aus der Welt schaffen können. Nehmen Sie das Heft mit, ein Interview mit mir ist auch abgedruckt. Wenn Sie es gelesen haben, wissen Sie Bescheid.«

»Das freut mich für Sie. Aber wie geht's mit mir weiter? Meine Mission ist erledigt.«

»Wollen Sie uns etwa verlassen?«

»Nicht unbedingt. Ich sollte nur wissen, was ich für Sie noch tun könnte? Oder anders gefragt: Was Sie mit mir noch vorhaben?«

»Zunächst bleiben Sie an Bord. Ob Rossi tatsächlich die Finger von uns lässt, muss sich erst noch weisen.«

34

Tom trug schon seit einiger Zeit wieder Jeans, allerdings die modischere Variante von *Joop*. Er hatte sie im Schaufenster einer Boutique entdeckt. Jeans mochte er, sie waren seit den 68-ern ein Statement: unkonventionell, aufmüpfig, rebellisch. Davon war aus seiner Sicht nicht mehr viel übriggeblieben, für ihn spiegelten Jeans längst die Phantasielosigkeit der

Konsumenten wider. Sie begegneten ihm überall, waren jederzeit erhältlich und bedienten damit nicht nur den Massengeschmack, sondern auch die Ungeduld der Käufer. Und sie spiegelten die Illusion, klassenlos zu sein.

Obwohl Protesthaltung über Äußerlichkeiten im strengen Sinne durchaus Modebewusstsein verriet, fiel es ihm schwer, die Begriffe der Zunft zu deuten. Was sollte feministische Mode sein? Der Schlabberlook seiner Kolleginnen in der Redaktion? Tom fand ihn hässlich. Er verstand zwar, dass sie mit ihren formlosen, kackbraunen Klamotten die sexistischen Blicke der Männer abweisen wollten, aber ginge das nicht anders? Etwas kleidsamer, selbstbewusster, stilvoller? Und was, bitte, sollte »Casual Businesswear« sein? Polohemd und Fleeceweste? Mit Gürtel fürs Handyetui? Wie wirken Männer in Anzug, Hemd und Krawatte auf Frauen? Maskulin oder einfach nur uniform? Oder sollte die eigene Unsicherheit und Verletzlichkeit unterdrückt werden? Hatten die Anzugträger der Wall Street überhaupt eine Wirkung? Oder waren das nicht längst die T-Shirt-Typen aus dem Silicon Valley? Wer schreibt vor, welche Modeerscheinung welchem gesellschaftlichen oder politischen Standort zuzuordnen ist?

Je mehr sich Tom diesen Fragen stellte, umso bewusster wurde ihm, dass er diese Welt nicht begreifen würde. Nur eines war ihm bei *Luigi Ferra* klar geworden: Mode war ein weltumspannend gigantisches Geschäft, wenn auch ein leicht verderbliches. Real, aber mit Sehnsüchten. Wer die Träume der Kunden nicht schnell genug aufsog, war schneller weg vom Markt, als er sich das vorstellen konnte. *Luigi Ferra* bot dafür die ideale Projektionsfläche.

Mode war aber auch etwas, mit dem man sich Ansehen kaufen konnte. Es ist das Geschäftsmodell der Branche: Kleider machen Leute! Modemacher haben Macht, wie er es von Fabio Piras, dem Chef des Modestudiengangs am Londoner

Central Saint Martins, gelernt hatte. Sie kleiden nicht nur Menschen, sie diktieren ihnen auch, welche Botschaften sie mit ihrer Kleidung aussenden. Sie sagen, wer sie sind! Und wer sie gerne wären!

Das könnte auch das Motiv sein, weshalb sich Giovanni Rossi in *Luigi Ferra* verbissen hatte. Er war nicht dichterisch unterwegs, wie Camorra-Boss Raffaele Cutolo oder der neapolitanische Untergrundkönig Lovigino Giuliano, von dem das Zitat stammen soll: »Macht lässt sich vor allem ästhetisch rechtfertigen.« Tom hatte es im Studium anders gelernt, damals als Karl Jaspers auf dem Lehrplan stand: »Macht hat Legitimität nur im Dienst der Vernunft. Allein von hier bezieht sie ihren Sinn.« Aber Jaspers war nichts für »ästhetisch sich rechtfertigende« Mafiosi wie Giovanni Rossi. Mit *Luigi Ferra*, einer Institution für Ästhetik, hätte *Exercise Interest* ein Narrativ, mit dem das Unternehmen ihre Macht verbrämen könnte. Aber Rossi hatte aufgeben, zumindest dem Anschein nach.

Es regnete und Tom hatte keinen Schirm dabei. Als der Regen stärker wurde, huschte er ins nächstbeste Café, bestellte sich einen doppelten Espresso und einen Cognac. Dann wählte er die Nummer von Meyerhöfer.

»Wie sieht's aus? Ich bin inzwischen zeitlich flexibel.«

»Haben Sie Ihre Mission beendet?«

»Das weiß ich noch nicht, aber ich bin nicht mehr so eingespannt wie in den vergangenen Monaten.«

»Morgen Abend, geht das bei Ihnen?«

»Selbstverständlich.«

»Also dann um sieben in der Trattoria *Val de Lobo*. Ich bestelle einen Tisch.«

Als der Regen nachgelassen hatte, ging er ins *Hotel am Stadtgarten*, packte seinen Koffer und checkte aus. Mit seinem

Rollkoffer, den er hinter sich herzog, spazierte er nach Hause. Die Luft war nach dem Regen klar und die Sonne schickte wärmende Strahlen. Um halb vier stand er in der Wohnung. Jessie zeigte sich überrascht.

»Nichts mehr mit Hotel? Hat es sich ausgespielt mit dem Fremdlogieren?«

»Lass' deine Anspielungen, ich bin wieder hier und das müsste dir doch recht sein.«

»Hast du *Luigi Ferra* aus den Fängen des Erpressers befreit?«

»Das muss sich erst noch erweisen, fürs Erste bin ich zuversichtlich. Ich muss jedenfalls nicht mehr täglich in die Firma.«

»Dann pack' deinen Koffer aus, du kannst mir in der Küche helfen. Heute Abend gibt's Kalbsschnitzel, du könntest den Salat zubereiten.«

»Mach' ich. Aber sag', ist der Job in Berlin jetzt in trockenen Tüchern?«

»Warum ist dir das wichtig?«

»Na ja, da käme eine völlig neue Aufgabe auf mich zu, ich müsste mich um die Kinder kümmern. So gesehen wüsste ich schon gerne über deine Pläne Bescheid.«

»Am 1. Juli fange ich bei *Hauser* an, ein kleiner literarischer Verlag, der einem Geldmagnaten aus Graz in der Steiermark gehört. Der Verlag ist sein Hobby, wirtschaftet aber profitabel. Die zwei SPD-Bundestagsabgeordneten Petra Baum und Eva Weizenmüller nehmen mich gegen Zahlung eines kleinen Obolus in ihre WG auf, es sind lediglich zweihundert Euro im Monat. Montags fahre ich in der Früh mit dem Zug hin und Donnerstagabend werde ich wieder zurück sein.«

»Und was zahlen sie dir monatlich?«

»Du kennst das Geschäft, es ist nicht viel, aber mehr als bei meinem jetzigen Geizkragenverlag, bei dem ich noch immer auf eine Festanstellung warte: 2.500 brutto, netto lediglich etwas mehr als die Hälfte, weil wir bei der Besteuerung nicht in den Genuss des Ehegattensplittings kommen.«

»Sollten wir deshalb heiraten?«

»Bestimmt nicht, du lehnst ja jede Form von Gefangenschaft ab. Nur künftig musst du auch für die Kinder da sein. Die Erziehung hast du bisher ausschließlich mir überlassen.«

»Aktuell geht das gut, weil ich nicht in die Firma muss und *Luigi Ferra* mein Gehalt weiterzahlt. Aber was ist, wenn ich wieder im Vollzeitjob bin? Vielleicht wieder beim *Süddeutschen Anzeiger*?«

»Da wird dir etwas einfallen. In die Redaktion musst du erst, wenn die Kinder in der Schule sind. Und abends wirst du es so einrichten müssen, dass du die beiden noch versorgen kannst, bevor sie ins Bett müssen. Schwer dürfte das nicht sein.«

»Und wenn ich auf einer längeren Auslandsrecherche bin?«

»Dann kann ich von zu Hause arbeiten, das habe ich ausgehandelt.«

»Du denkst an alles. Und mir gehen die Argumente aus.«

Tom hatte seinen Koffer noch immer neben sich stehen. Er setzte sich an den Küchentisch und grübelte, ob das Experiment gut gehen könnte. Eingespannt in die häusliche Pflicht, das passte ihm nicht, ging ihm gegen den Strich. Jessie setzte sich neben ihn.

»Sorry, du musst das akzeptieren. Es geht um mich und um meine Zukunft. Ich kann so nicht weitermachen: volles Lektoratsprogramm bei ständigen Gehaltskürzungen. Inzwischen bringe ich nicht einmal mehr einen Tausender pro Monat auf die Waagschale, netto die Hälfte. In die Rentenversicherung zahlen sie auch nichts ein. Mein Plan ist, maximal drei Jahre in Berlin zu bleiben, festangestellt, dann bin ich noch keine 50. Bis dahin muss ich einen Verlag hier in der Nähe finden.«

»Und wenn du keinen findest?«

»Das ist keine Alternative und so dürfen wir auch nicht denken. Was passiert mit dir, wenn du bei *Luigi Ferra* draußen bist und beim *Anzeiger* nicht mehr unterkommst?«

»Wir können einander verstehen, aber deuten kann jeder nur sich selbst.«

»Muss ich den Schöpfer dieser Worte kennen?«

»Wir haben ihn gemeinsam im Bett gelesen, in St. Gallen in meiner Studentenbude: Hermann Hesse, *Demian*.«

35

Die Begrüßung im *Val de Lobo* war herzlich. Tom spürte, dass Meyerhöfer ihn vermisst hatte, trotz der Wunden, die sie sich im Redaktionsalltag gegenseitig zugefügt hatten. Aber das Zeitungsgeschäft war nicht leichter geworden, im Gegenteil. Tom erinnerte sich noch, wie der Verlag den Kindern von Redakteuren zur Einsegnung Konfirmandenanzug oder Festkleid spendiert hatte. Oder wie Kolleginnen an Weihnachten Tüten mit Plätzchen beschenkt wurden mit der Begründung, sie hätten schließlich keine Zeit, selbst zu backen. Tempi passati.

Sie bestellten die feinsten Leckereien, die die Küche zu bieten hatte. Noch bevor ein Schälchen mit Oliven und ein Korb warmer Pizzabrötchen serviert wurden, fiel Mayerhöfer mit der Tür ins Haus.

»Haben Sie Ihren Job erledigt?«

»Das weiß ich nicht, den ersten Akt hab' ich hinter mir. Aber der Vorhang ist noch nicht gefallen.«

»Sie sprechen in Rätseln. Wollen Sie mir nicht erklären, was Sie die ganze Zeit getrieben haben?«

»Später, ich musste eine Vertraulichkeitserklärung unterschreiben, die noch rechtskräftig ist.«

»Wird's etwas mit der Geschichte, die Sie in Aussicht gestellt haben?«

»Weiß der Himmel.«

»Sie sind wortkarg, fehlt Ihnen was?«

»Verstehen Sie mich nicht falsch, mir sind die Hände gebunden.«

Die Kellner brachten das Carpaccio mit sparsam dosierten Spargelstückchen und schabten Trüffelscheibchen drüber.

»Haben Sie inzwischen einen Nachfolger?«, drehte Tom den Dialog in eine andere Richtung.

»Ja, den Namen kann ich Ihnen nicht nennen. Er hat seinen Verlag noch nicht informiert. Theoretisch könnte es noch schiefgehen.«

Es war der Moment, in dem Tom seine Botschaft loswerden konnte.

»Noch kann ich nichts zusagen, die aktuelle Lage ist zu unübersichtlich. Aber Sie sollten wissen, dass ich gerne wieder an meinen alten Schreibtisch in der Redaktion zurückkehren würde. Was ich in den letzten Monaten gemacht habe war spannend, lehrreich und führte mich in eine neue Welt. Zuweilen blickte ich in Abgründe, schaute dem Tod in die Augen. Aber ich habe eine mir bisher unbekannte Variante der Mafia kennengelernt: Geldwäsche über Finanzgeschäfte. Oder konkreter: Wie man mit Schwarzgeld auf dem Börsenparkett ein Unternehmen kapert.«

»Das ist doch eine spannende Geschichte, darüber habe ich noch nie etwas gelesen.«

»In der Tat, die Geschichte wäre der Hammer, für den *Anzeiger* sogar eine echte Exklusivstory. Ich weiß nur nicht, ob ich nach meinem Ausscheiden aus der Firma darüber schreiben darf.«

»Aber die Geschichte war eine Bedingung für Ihre Auszeit von der Redaktion.«

»Ich weiß, aber vertragsbrüchig kann ich nicht werden. Sonst zerren die mich vor den Kadi. Haben Sie Geduld.«

»Also egal, ob Sie die Geschichte schreiben können oder nicht, wir brauchen Sie. Mit Ihrem Weggang ist die Zeitung langweilig geworden. Die Kollegen haben nichts Exklusives beigetragen, nichts Überraschendes, nichts was die Leser faszinieren könnte. Zitiert werden wir von anderen Medien auch nicht mehr. Kommen Sie, ich will meinem Nachfolger ein gemachtes Bett hinterlassen. Mit dem Verleger bin ich einig.«

»Sie hören von mir.«

Meyerhöfer bestellte noch Espresso. Beim Abschied umarmte er ihn und raunte ihm zu: »Ich setze auf Sie.«

Auf der Heimfahrt ließ Tom den Abend nochmal an sich vorüberziehen. Nein, zu viel hatte er nicht preisgegeben, er hatte Meyerhöfer nur erlaubt, ein paar Rosinen zu picken. Sie sollten ihm den Mund wässrig machen. Er wusste nicht, wie es bei *Luigi Ferra* weiterging, er brauchte ein Hintertürchen.

Am nächsten Morgen bereitete er das Frühstück vor, kochte Eier für Jessie und sich und schmierte den Kindern die Schulbrote. Gerne hätte er ihnen auch Eier serviert, aber sie waren in Eile.

»Wie war dein Abend mit Meyerhöfer?«, interessierte sich Jessie.

»Ich muss ihm nur rechtzeitig Bescheid geben, dann wäre ich wieder dabei.«

»Das ist doch immerhin eine Perspektive.«

»Mein Problem ist *Luigi Ferra*. Solange Köpenick den Eindruck hat, dass der Italiener weiter an seinem Laden kratzt, wird er mich nicht aus dem Vertrag entlassen.«

»Diese Unsicherheit kann ja nicht ewig anhalten. Irgendwann ist das Kapitel abgeschlossen. Und was willst du bei

Luigi Ferra machen, wenn Meyerhöfer weg ist und du bei der Zeitung nicht mehr unterkommst?«

»Ich habe keinen Plan.«

Toms Handy klingelte, die Nummer sagte ihm nichts.

»Hier Matteo, wie geht's Ihnen Herr Schwertfeger?«

»Das ist vielleicht eine Überraschung. Sie trauen sich was, nachdem Sie mir die Suppe mit *Luigi Ferra* eingebrockt haben.«

»Ist doch alles gut gegangen. Wie ich hörte, haben Sie Ihren Job perfekt erledigt, die Suppe zur Zufriedenheit von Köpenick ausgelöffelt. Wo ist Ihr Problem?«

»Ich habe kein Problem, aber ich bin kein Freund von unangenehmen Überraschungen. Und dass Sie mich an meinem ersten Arbeitstag im Stich gelassen haben, war alles andere als blutdrucksenkend.«

»Ich konnte nicht anders, Köpenick wird es Ihnen haarklein erzählt haben.«

»Hat er, erbaulich war meine Situation trotzdem nicht.«

»Ich bin inzwischen bei *Avantguide* in Mailand, mein Kollege hat es Ihnen in der Bar vom *Stadtgarten-Hotel* erzählt. Er sagte mir auch, dass ich mich bei Ihnen melden sollte.«

»Allein deshalb rufen Sie an?«

»Nicht nur. Ich will Sie vielmehr nach Mailand einladen. Dann zeige ich Ihnen meine neue Firma und hinterher genießen wir italienische Spezialitäten.«

»In der *Bottega Emilia*?«

»Kennen Sie das Lokal?«

Tom hätte sich beinahe verraten, das Treffen mit Rossi konnte er gerade noch unterdrücken.

»Herr Köpenick kennt es. Als er in Mailand studierte, war er öfter dort. Er erzählte mir von der exzellenten Küche dieses Restaurants.«

»Also wie sieht's aus? Kommen Sie?«

»Ich gebe Ihnen morgen Bescheid, habe meinen Terminkalender im Büro.«

Tom spürte bereits das Messer in seinem Rücken. Nach Mailand in die *Bottega Emilia*, Einladung von Matteo, der bei einer Tochtergesellschaft von *Exercise Interest* angeheuert hatte. Er war sich sicher, dass Rossi den einst geschätzten Matteo auf ihn angesetzt hatte.

36

Auf der Fahrt ins Büro meldete sich Alissa Didier.

»Meine Informantin in Italien berichtete mir gerade, dass in Kalabrien wieder ein Mafioso ermordet worden sei, Ricardo de Luca heiße er. Kannst du mit dem Namen etwas anfangen?«

Tom schluckte, das konnte nicht wahr sein, de Luca ermordet! Von einer rivalisierenden Bande? Von der eigenen Organisation? Vielleicht war es ein Irrtum.

»Nein, mit dem Namen kann ich nichts anfangen. Aber sag', woher hat deine Informantin diese Information?«

»Aus dem Radio, sie weiß auch nicht, welcher Organisation er angehörte und wie er hierarchisch angesiedelt war. Inzwischen läuft die Meldung auch auf *Spiegel online*, allerdings ohne Hintergründe und wer dieser de Luca war.«

»Was machst du mit dieser Nachricht?«

»Im Moment nichts, vielleicht kriegt sie noch etwas heraus. Wenn es ein hohes Tier in der Ehrenwerten Gesellschaft war, werde ich in die Tasten greifen müssen.«

»Ich wäre dir dankbar, wenn du mich auf dem Laufenden halten würdest«, insistierte Tom.

»Offensichtlich interessiert dich der Mord?«

»Kann sein, wenn du mehr rauskriegst.«

Tom fuhr auf das Firmengelände zu seinem reservierten Parkplatz, stürmte die Treppen nach oben und schaute zunächst im Sekretariat vorbei.

»Sie machen einen verstörten Eindruck«, konfrontierte ihn die Kühnert.

»Sorry, rufen Sie mich, wenn Herr Köpenick zurück ist. Ich bin in meinem Büro und muss einige Telefonate erledigen.«

Zunächst Giulia.

»Ich habe etwas, das mich hochgradig irritiert: Ricardo de Luca soll ermordet worden sein.«

»Woher weißt du das?«

»Eine Kollegin vom *Anzeiger* rief mich an, sie hat die Nachricht von einer Buchautorin aus Italien, die über die Mafia schreibt. Die Meldung wird inzwischen auch von *Spiegel online* verbreitet.«

»Der Mord hat ein Muster, de Luca musste für ein Vergehen büßen.«

»Kannst du darüber etwas herauskriegen? Von deinen Kollegen in Italien?«

»Ich gebe mir Mühe und ruf' dich wieder an. Übrigens, was ich dir noch sagen wollte, es war ein schöner Abend, als du bei mir warst. Entschuldige nochmals, dass ich dich so brüsk zurückgewiesen habe.«

»Schon gut. Irgendwann werden wir unsere Bestimmung finden.«

Tom quälte sich, wer ihm Gewissheit verschaffen könnte. Was könnte dahinterstecken? Oder wer? Einen Reim konnte er sich darauf nicht machen. De Luca war der Consigliere, der absolute Vertraute von Rossi. Sein Alter Ego. Dessen Schergen auch nach Toms Leben getrachtet hatten. Er rief Alissa zurück.

»Ich erinnere mich dunkel, den Namen habe ich schon mal gehört, weiß aber nicht, wo und wie ich ihn einordnen kann. Deine

Kollegin soll doch die Polizeistationen abtelefonieren, vielleicht erfährt sie etwas Neues. Möglicherweise etwas über die Motive und die Hintermänner. Ich bleibe an dem Fall auch dran. Und wenn meine Recherchen etwas hergeben, steche ich dir die Infos durch.«

Tom packte plötzlich wieder das Enthüllungsfieber, aber es ging ihm alles zu langsam. Der Fall war für ihn ein Rätsel, hatte keine Logik. Passte allerdings wie eine Schablone auf die Klischees, die in Erzählungen als Mafia-Romantik verklärt wurden. Mord gehörte dazu, war das Ass im Gesellschaftsspiel der Ehrenwerten Zunft. Der Tod von de Luca beschäftigte ihn mehr, als er sich eingestehen wollte. Wer könnte ihm helfen? Rossi? Sollte er? Kurzerhand wählte er seine Nummer.

»Herr Schwertfeger, haben Sie ein neues Angebot?«

»Das wissen Sie doch, ein neues Angebot wird's nicht geben. Mich würde etwas anderes interessieren: Ricardo de Luca, Ihr Consigliere, soll ermordet worden sein?«

»Das ist wirklich eine tragische Geschichte, ich bin untröstlich«, zeigte sich Rossi bestürzt. »Er wurde heute am frühen Morgen im Straßengraben einer Ausfallstraße von Catanzaro gefunden, durchsiebt von den Kugeln eines Maschinengewehrs. Schrecklich, ich werde ihn vermissen. Sobald ich weiß, wann die Beerdigung ist, rufe ich Sie an. Vielleicht wollen Sie Abschied von ihm nehmen. Sie kannten ihn ja gut.«

»Haben Sie eine Ahnung, wer dahinterstecken könnte?«

»Wir tappen im Dunkeln, aber gehen Sie davon aus, dass wir den Mörder finden werden. Gnade ihm Gott.«

»Hatte de Luca Feinde?«

»Wenn ja, wären sie mir bekannt. Vorstellen kann ich mir das nicht, er war ein herzensguter Mensch, hat keiner Fliege etwas zuleide getan.«

»Diese Einschätzung kann ich nicht teilen, ich habe andere Erfahrungen mit ihm gemacht.«

»Dann zählen Sie automatisch zum Kreis der Verdächtigen.«

Rossi verstand sein Handwerk. Sein Speicher war gespickt mit allen Varianten widerlichster Unterstellungen.

»Wenn Sie mir schon die Hintergründe für den Mord an de Luca nicht verraten wollen, berichten Sie mir wenigstens, was es mit dem vermeintlichen Unfall auf der Rückfahrt von Ihrem Gästehaus ins Hotel auf sich hatte. Sie wollten sich darum kümmern?«

»Den Felsbrocken hatte ein Lastwagen verloren, es war ein Unfall. Ihre Verschwörungstheorie läuft ins Leere.«

»Das soll glauben, wer will. Ich nehme Ihnen die Unfallversion nicht ab.«

»Kommen Sie zur Beerdigung und erweisen Sie Ricardo de Luca die letzte Ehre. Hinterher geht's zum Leichenschmaus, zum ›Cena funeris‹, wie die alten Römer sagten.«

»Geben Sie mir Ort, Tag und Uhrzeit der Bestattung durch. Ich überlege es mir.«

»Herr Köpenick ist da, Sie können kommen«, schnurrte die Sekretärin ins Telefon.

»Was haben Sie auf der Pfanne? Gibt Rossi keine Ruhe?«

»So richtig kann ich mir kein Bild machen. Aber zwei Nachrichten, die mich heute Vormittag erreichten, irritieren mich.«

»Die gute zuerst.«

»Es gibt keine guten Nachrichten, nur seltsame. Heute rief mich Matteo an, er will mich nach Mailand in seine Modefirma *Avantguide* und zum Essen in die *Bottega Emilia* einladen. Er sagte, dass ich meinen Job zur Zufriedenheit von Köpenick erledigt hätte. Das kann er nur von Rossi wissen.«

»Oder von de Luca?«

»Durchaus möglich, aber de Luca lebt nicht mehr. Er wurde heute Früh im Straßengraben einer Ausfallstraße von Catanzaro gefunden. Erschossen.«

»Das ist ja schrecklich. Obwohl, die Kerle sind alle Banditen.«

»Na ja, die größten Banditen leben und laufen noch frei herum.«

»Hat der Mord Konsequenzen für *Luigi Ferra*?«

»Zunächst bedeutet es, dass sie ihr Zielfernrohr auf mich gerichtet haben. Matteo lädt mich nach Mailand ein und Rossi zur Bestattungsfeier nach Catanzaro. Offensichtlich ist ihm eine Leiche nicht genug.«

»Da werden Sie wohl nicht hinreisen?«

»Dazu habe ich auch wenig Lust. Aber was ist, wenn Rossi nicht aufgegeben hat?«

»Sie dürfen denen nicht ins Messer laufen, machen Sie keinen Unsinn.«

»Noch bin nur ich gefährdet. Möglich ist aber auch, dass Sie ins Visier geraten. Schließlich geht es um Ihre Firma.«

»Dann werde ich doch zur Polizei gehen müssen.«

»Das können Sie vergessen, dann wären Sie erst recht gefährdet.«

»Was schlagen Sie vor?«

»Ich werde ihnen auf der Spur bleiben. Soweit möglich, ihre Aktionen verfolgen und versuchen, sie ins Leere laufen zu lassen. Es scheint, dass alles vor dem Hintergrund der Niederlage geschieht, die ich Rossi zugefügt habe.«

»Ich bewundere Ihren Mut und Ihren Scharfsinn. Muss aber zugeben, dass ich Angst um Sie habe.«

»Geben Sie mir einen Vertrag, aus dem hervorgeht, dass mein Gehalt mindestens ein Jahr an meine Lebenspartnerin weiterbezahlt wird, wenn mir etwas zustoßen sollte. Sie ist die Mutter meiner beiden Kinder.«

»Einverstanden. Aber ich will Sie lebend an meiner Seite haben. Nicht nur, weil ich Sie als professionellen Akteur und gewitzten Analytiker für schwierige Operationen schätzen gelernt habe, sondern auch als Mensch. Wenn Sie tot sind …«

»Dann?«

»Lassen wir das. Es darf Ihnen einfach nichts zustoßen.«

37

Auf der Heimfahrt dudelte das Autoradio *Bella Ciao*, das antifaschistische Partisanenlied der Italiener. Es war eine Originalaufnahme aus der Zeit nach dem Krieg, eine starke, dominante Frauenstimme, unterlegt mit dem hymnisch klingenden Chor der Straßen-Carusos und dem rhythmischen Klatschen der Massen. Für Tom ein Gänsehautmoment. Er mochte den Text und die eingängige Melodie, die ihm nicht mehr aus dem Ohr ging, seit er die Version des französischen Chansonniers Yves Montand einmal im Radio gehört hatte, die das Lied populär machte: »Una mattina mi son svegliato, bella ciao, bella ciao, bella ciao, ciao, ciao.« Tom kannte nur die erste Zeile auf Italienisch, die deutsche Übersetzung war ihm geläufiger. Er sang die Strophen laut mit: »Partisanen, denn ich fühle, der Tod ist nah.« Es rührte seine Seele.

Ausgerechnet jetzt wurde das Stück ausgestrahlt, jetzt nachdem er vom Tod de Lucas erfahren hatte und Matteo, dem er einmal vertraut hatte, ihn ans Messer liefern wollte. Rossi hatte bereits zum Leichenschmaus geladen. Die Gegner waren dabei, sich erneut zu munitionieren.

Er bog in die Straße seiner Wohnung ein, als Giulias Nummer im Display auftauchte.

»Ich hab' was. Aber setz' dich.«

»Bin im Auto.«

»Es gibt Zeugen, die bereit seien auszusagen. Demnach sei de Luca von zwei Männern auf der Straße gestoppt, aus dem

Auto gezerrt und mit den Gewehrkolben gewaltsam in den Straßengraben gestoßen worden. Dann hätten sie auf das wehrlose Opfer gefeuert. Die Obduktionsbeamten hätten mehr als 20 Einschüsse gezählt.«

»Das klingt ja furchtbar, es müssen kaltblütige Killer gewesen sein. Weiß man schon, wer dahinterstecken könnte?«

»Ein Zeuge meinte, die Mörder hätten es auf den Alfa von de Luca abgesehen, weil sie mit seinem Fahrzeug davongefahren seien. Der andere scheint sich sicher zu sein, dass das Opfer ausgeschaltet werden sollte. Es ist die wahrscheinlichere Version, wofür auch spricht, dass sich die Generalstaatsanwaltschaft in Rom des Falls angenommen hat.«

»Wie interpretierst du den Fall?«

»Raubmord ist unwahrscheinlich. Wenn sie es nur auf das Auto abgesehen hätten, wäre de Luca mit einem gezielten Schuss erledigt gewesen. Die Leiche hätten sie mitgenommen und irgendwo in einem schwer zu durchdringenden Waldstück verscharrt. De Luca ließen sie aber nach der Exekution im Straßengraben liegen. Wenn du mich fragst, war es eine Warnung! Nach meiner Einschätzung kommen dafür nur Rossis Leute in Frage.«

»Kannst du dir vorstellen, wen sie warnen wollten?«

»Ritualmorde sind in aller Regel Botschaften an die eigene Organisation oder an Leute, die mit der Organisation geschäftlich zu tun haben. Du fällst zweifellos unter die zweite Kategorie. Aber sie könnten auch Köpenick im Visier haben.«

»Wenn ich ihm dieses Szenario aufs Auge drücke, dreht er durch.«

»Lass' das, noch weiß ich nichts Genaues. Aber du solltest Köpenick warnen, er muss auf der Hut sein. Wenn sich die Gefährdungslage zuspitzen sollte, gebe ich dir Bescheid. Dann braucht er einen Leibwächter. Außerdem muss er in der Firma ein Sicherheitssystem installieren, damit Besucher nur nach Anmeldung zu ihm kommen.«

»Mein Gott, das darf alles nicht wahr sein.«

»Pass' auf dich auf, ich meine das ernst.«

Zu Hause in seinem Arbeitszimmer blätterte Tom den *Anzeiger* durch, an einer Rezension über die zweite Staffel von *Bad Banks* blieb er hängen. Eindrucksvoll besetzt sei die Serie mit Schauspielern wie Tobias Moretti und Désirée Nosbusch. Bei der Lektüre fragte er sich, ob sich in Großbanken tatsächlich die Manager ständig in den Haaren lägen, sich mit Verbalinjurien demütigten und gegenseitig verprügelten. Die Worte von Gabriel Fenger, der männlichen Hauptfigur, elektrisierten ihn: »Vertraue niemals deinen Freunden und vernichte deine Feinde.«

38

Margit, die Wirtin des *Grünen Ecks*, war pleite. Tom hatte es von einem Kollegen der Zeitung erfahren, es war seine Stammkneipe. Margit hatte immer ein offenes Ohr und ein weiches Herz. Bei ihr fühlte er sich gut aufgehoben, wenn er sich mal wieder in Selbstmitleid suhlte. Damals, als ihn Manu verließ, seine heimliche Geliebte. Oder als er seine Auszeit beim *Anzeiger* genommen hatte. Er hatte mit sich gekämpft, ob die Entscheidung klug gewesen war.

Im *Grünen Eck* stiegen auch die Kollegen vom *Anzeiger*, vom *Abendblatt* und vom Rundfunk ab, seltener die Kolleginnen. Informanten konnte er im *Grünen Eck* nicht treffen, es wäre Futter für die kleinkarierte Meute gewesen. Wenn Tom nicht in der Kneipe war, lästerten sie über ihn und seine Mafia-Geschichten. Margit erzählte ihm regelmäßig davon, vergaß aber nicht hinzuzufügen, dass gute Wirte eigentlich verschwiegen seien. Eigentlich!

Gegen elf fuhr Tom ins *Grüne Eck*. Die Kneipe war offen und Margit stand, wie er es kannte, hinter dem Tresen. Ihre Augen waren nass, ihr Gesichtsausdruck traurig.

»Was habe ich gehört, du bist pleite?«, platzte er völlig undiplomatisch herein.

»Ja, ich bin pleite. Und wenn der Kneipenbesitzer keinen neuen Pächter findet, wird der Laden dichtgemacht.«

»Wie kann ein Wirtshaus wie das *Grüne Eck* pleitegehen? Die Hütte war doch immer voll. Und gesoffen haben die Gäste alle.«

»Vor Kurzem ist ein Investor eingestiegen, der frühere Besitzer hatte die Immobilie verkauft. Als erstes erhöhte der Neue die Pacht um die Hälfte, das war schon ein Schock. Um die hohe Pacht zu erwirtschaften, verlangte er, das *Grüne Eck* anspruchsvoller, oder wie er sagte, ›angesagter‹ zu führen. Deswegen steht hinter mir im Regal jetzt eine ganze Batterie harter Drogen: Whisky, Cognac, Calvados, Akvavit, Gin, Cynar, Grappa, Grand Marnier. Das hätte ich noch ausgehalten. Aber dann bestand er darauf, den ganzen Tag bis in die Nacht hinein das Publikum mit Dudelmusik zu beschallen, mit den ›geilsten Hits‹, wie er sich ausdrückte. Dann werde das Haus immer brechendvoll sein. Die Rechnung ging nicht auf, meine Stammgäste blieben weg. Und jetzt bin ich pleite.«

»Mensch, das *Grüne Eck* und du, ihr seid doch eine Institution.«

»Das hat der Klugscheißer nicht begriffen. Er war mir sowieso suspekt: Höchstens 40, nach hinten gekämmtes Haar und Goldkettchen um Hals und Arme. Weiß der Himmel, woher er das Geld für die Immobilie hat. Ganz sauber kann es nicht sein.«

»Was willst du jetzt machen?«

»Ich werde mir ein anderes Lokal suchen, viele Wirte geben auf. Da finde ich schnell etwas Passendes. Ich muss weiter Wirtin spielen, habe nichts Anderes gelernt.«

Tom drückte Margit fest an sich. Sie weinte in seinen Armen.

Bei *Luigi Ferra* setzte er sich an seinen Schreibtisch, es gab nichts Dringendes zu erledigen. Frau Kühnert brachte Espresso, sie zeigte sich mit besorgtem Gesichtsausdruck.

»Herr Köpenick ist heute nicht im Haus, er muss eine Messe organisieren. Bis zum Branchenevent im Herbst dauert es ihm zu lange.«

»Kein Problem, ich habe im Moment nichts auf dem Zettel.«

»Er hat ganz schön aufgedreht, die Entwicklung echt beschleunigt. Hoffentlich macht er keine Fehler.«

»Was meinen Sie?«

»Kaum sind die Kleider entworfen und geschneidert, sind sie auch schon auf dem Markt. Zeit, um die Akzeptanz der Kunden zu testen, hat er nicht.«

»Aber er lernt dabei, wie er sagt.«

»Schon, aber es darf nichts schiefgehen. Setzt er eine Kollektion in den Sand, reißt das sofort ein Loch in die Kasse.«

»Das Risiko existiert doch in Ihrer Branche permanent. Wie kaum ein anderer Wirtschaftszweig müssen Sie auf wechselnde Geschmacksempfindungen reagieren.«

»Hoffentlich haben Sie Recht. Vielleicht habe ich nur eine übertriebene Angst, den Job zu verlieren.«

»Die scheint nach meinem Eindruck nicht gerechtfertigt zu sein. Aber etwas anderes: Wie war denn die Zusammenarbeit mit Matteo? Oder anders gefragt: Wie war Matteo?«

»Die Zusammenarbeit war okay, er behandelte mich anständig. Er war nur gereizt, wenn die Zahlen nicht stimmten oder wenn er bei der Familie mit seinen Vorschlägen nicht durchdrang.«

»Was hatte er für Ideen, die bei der Familie durch den Rost fielen?«

»Ich weiß nur von dem Versuch, die Produktion von Griechenland und der Türkei nach Fernost zu verlegen. Da stieß er auf Granit. Vor allem bei Herrn Köpenick.«

»Damit fiel er in Ungnade?«

»Deswegen nicht. Sein Problem war, dass es dem Unternehmen zunehmend schlechter ging und er keine Lösung hatte.«

»Wissen Sie, was Matteo heute macht?«

»Nein, keine Ahnung. Er hat sich seit seinem Weggang nicht mehr gemeldet.«

»Er ist Chef der Modefirma *Avantguide* in Mailand und zielt auf die gleiche Kundschaft wie *Luigi Ferra*.«

»Matteo arbeitet gegen uns?«

»Nicht nur das. *Avantguide* gehört dem Verbrecher, der Köpenick erpresst, um sich *Luigi Ferra* anzueignen.«

»Haben Sie das dem Chef erzählt?«

»Selbstverständlich.«

Das mobile Festnetztelefon, das sie umklammerte, klingelte. Sie huschte zu ihrem Schreibtisch und schlug die Tür hinter sich zu.

Matteo müsste er anrufen, er erwartete seinen Rückruf. Aber was sollte er ihm sagen? Dass er seine Einladung ausschlage?

»Herr Schwertfeger, auf Sie kann man sich verlassen. Kommen Sie nach Mailand?«, begrüßte ihn Matteo aufgewühlt, aber in verbindlichem Ton.

»Zunächst hätte ich ein paar Fragen.«

»Ich hoffe, sie beantworten zu können.«

»Sie wissen, wem Ihr Unternehmen gehört?«

»Ist das von Bedeutung?«

»Es ist der *Luigi Ferra*-Erpresser. Um den abzuwehren, haben Sie mich in die Firma gelockt. Können Sie Ihren Sinneswandel erklären?«

»Gerne, wenn Sie nach Mailand kommen.«

»Könnten Sie nicht über die Alpen fliegen und zu mir kommen? Hier gibt's, wie Sie selber wissen, auch gute Restaurants.«

»Aktuell bin ich unter Zeitdruck, ich kann nicht weg.«

»Kennen Sie Giovanni Rossi?«

»Inzwischen ja, aber ich wusste anfangs nicht, dass er es war, der *Luigi Ferra* attackierte.«

»Wie sind Sie an ihn geraten?«

»Ich war auf Jobsuche und da bin ich auf *Avantguide* gestoßen.«

»Hat Sie Rossi persönlich eingestellt?«

»Nein, ein Signor Matarella. Er hatte sich als Bevollmächtigter von *Exercise Interest* ausgewiesen, der Firma, die *Avantguide* gegründet hatte.«

»Dass Rossi hinter *Exercise Interest* steckt, war Ihnen nicht bekannt?«

»Damals nicht, nein.«

Tom registrierte, dass Matteo zunehmend unsicher wirkte.

»Soll ich Ihnen das glauben?«

Pause.

»Wissen Sie, dass Rossis Consigliere Ricardo de Luca ermordet wurde?«

»Das hat sich schnell zu uns herumgesprochen. Furchtbar, mit ihm konnte ich gut.«

»Es war eine Warnung.«

»Wer sollte gewarnt werden?«

»Die eigenen Leute, also Leute wie Sie. Und Geschäftspartner von *Exercise Interest*. Dazu zählen Köpenick und ich.«

Alissa war bei ihrer Informantin nicht weiter fündig geworden, sie konnte nicht einschätzen, ob de Luca ein »hohes Tier« bei einer Mafia-Organisation war. Sie wollte erst schreiben, wenn sie Gewissheit hatte.

»Ich kann dir helfen, er war Berater eines ›hohen Tiers‹, wie du die Spitze in der Hierarchie nennst.«

»Wer ist das ›hohe Tier‹, kennst du den Namen?«

»Nein, aber de Luca arbeitete für eine Firma namens *Exercise Interest*, die in Catanzaro ihren Sitz hat. Aus dem Infocamere, also der Einrichtung, die unserem Bundesanzeiger entspricht, geht hervor, dass *Exercise Interest* eine Holdinggesellschaft ist, die Mode- und Baufirmen bündelt. Was nicht daraus hervorgeht ist, dass sie auch international mit Waffen handelt. Das habe ich recherchiert, eine zweite Quelle hat es mir bestätigt. Du kannst das schreiben, ich verbürge mich.«

39

Am nächsten Morgen blätterte Tom als Erstes den Anzeiger durch. Es interessierte ihn brennend, wie Alissa seine Informationen verarbeitet hatte.

Hochrangiges Mafia-Mitglied in Kalabrien ermordet
Die Killer konnten entkommen / Polizei tappt im Dunkeln.

Wie der italienische Radiosender Rai und später auch die Nachrichtenagenturen meldeten, ist im südlichen Kalabrien der hochrangige Mafioso Ricardo de Luca auf brutale Weise ermordet worden. Der ›Süddeutsche Anzeiger‹ hatte erfahren, dass ihn am frühen Morgen zwei Männer aus seinem Fahrzeug gezerrt und mit einem Maschinengewehr auf ihn geschossen hatten. Blutüberströmt lag er im Straßengraben. De Luca war nach Recherchen des Anzeigers direkt unterhalb der Führungsriege der kalabrischen Organisation angesiedelt und als Berater für »Exercise Interest« tätig gewesen, ein

Unternehmen, das offiziell im Mode- und Baugeschäft aktiv ist, inoffiziell aber auch mit Waffen handelt. Über die möglichen Täter und die Hintergründe für die Bluttat konnte die Polizei noch keine Angaben machen. Vielleicht wollte sie auch nicht, um einen möglichen Fahndungserfolg nicht zu gefährden.

Geschickt ergänzte Alissa den kurzen Text mit Fakten über die 'Ndrangheta, die sie aus dem Archiv gefischt hatte. Es reichte für 40 Zeilen.

»Haben Sie Neuigkeiten, Herr Schwertfeger?«, fragte Köpenick, ohne einen Gruß vorauszuschicken.

Tom legte den *Anzeiger* auf den Tisch und zeigte mit dem Finger auf die Nachricht über de Lucas Ermordung.

»Diesen Beitrag sollten Sie Ihrem Banker schicken, am besten gleich per E-Mail. Rossis Leute dürften dann verheizt sein.«

Genüsslich las Köpenick den Zeitungsbericht, seine Genugtuung konnte er nicht verbergen. Dann griff er in seine Schreibtischschublade und holte ein Kuvert heraus.

»Hier meine schriftliche Zusage, dass Ihr Gehalt ein Jahr weitergezahlt wird, sollte Ihnen tatsächlich etwas zustoßen. Die Lohnbuchhaltung ist informiert. Aber wie gesagt, in senkrechter Haltung sind Sie mir lieber. Geben Sie auf sich Acht, Leuten wie Rossi darf man nicht über den Weg trauen. Der Tod von de Luca sollte Ihnen zu denken geben.«

Tom schlenderte zurück in sein Büro, Frau Kühnert brachte den Espresso, den er zuvor noch ausgeschlagen hatte. Natürlich gab ihm der Tod von de Luca zu denken, der Mord beschäftigte ihn. Es könnte auch eine Warnung für ihn gewesen sein.

Plötzlich war Rossi in der Leitung und unterbrach sein Grübeln.

»Die Beerdigung von Signor de Luca ist am Dienstag nächster Woche in Catanzaro, 14 Uhr auf dem Cimitero

Comunale. Ich erwarte Sie. Ein Fahrer holt Sie am Flughafen Lamezia Terme ab.«

Auch das noch! Sollte er tatsächlich nach Kalabrien reisen? Er litt nicht gerade an Selbstüberschätzung, glaubte er jedenfalls. Oder vielleicht doch? Und verdrängte es lediglich? Positive Selbstüberschätzung soll für den Erfolg hilfreich sein, redete er sich ein. Die Dreistigkeit, mit der Rossi in Bari sein Leben aufs Spiel setzte, ließ ihn nicht los. Bei seinen Drohungen nannte er sogar einmal Toms Kinder, die gefährdet seien. Er hatte plötzlich das Gefühl, reisen zu müssen.

»Hast du die Meldung über den ermordeten Mafioso im *Anzeiger* gelesen?« überfiel er Giulia am Telefon.

»Klar, ich wollte dich schon anrufen. Aber bei mir geht's drunter und drüber. Ich muss mich in Wirtschaftsstrafsachen einarbeiten, eine verdammt komplizierte Materie.«

»Du schaffst das schon, ich kenne dich. Wenn du etwas willst, beißt du dich rein. Wie sieht's aus? Wollen wir nicht mal wieder italienisch essen?«

»Gerne, aber diese Woche ist's schlecht. Oder ist es dringend?«

»Eigentlich schon.«

»Was treibt dich um?«

»Die Beerdigung von de Luca ist am Dienstag nächster Woche in Catanzaro. Rossi erwartet mich.«

»Okay, heute Abend im *La Franca*, sagen wir um acht. Vorher komme ich hier nicht weg.«

Tom blätterte in Theodorakis Bibel *Das Wesen der Mode*, aber die Lektüre langweilte ihn, obwohl das Buch nüchtern geschrieben war, ohne den Marketing-Schnickschnack von »Wir machen Träume wahr« oder »Ausgefallene Mode unterstreicht die individuelle Note.« Immerhin entnahm er dem opulenten Schneiderfachbuch, dass *Zara* an einem Tag mit 40 Teams und 40 verschiedenen Models gleichzeitig Fotos produziere, bei *Zalando* seien es 10 Teams. Ein hartes Brot, dachte sich Tom. Jedes Model müsse am Tag mit über 50 Artikeln fotografiert werden. Er würde Theodorakis fragen, wie es bei *Luigi Ferra* sei. Köpenick wird sich diesen Aufwand nicht leisten können.

Er kramte seinen Dürrenmatt hervor und beschloss, das Gruselstück endlich zu Ende zu lesen.

»Leer, sagte er zum Zugführer, der nun auch hereinkam, der Führerstand ist leer. Sie betraten den Raum, schwankend durch die ungeheure Geschwindigkeit, mit der die Maschine, den Zug mit sich reißend, immer weiter in den Tunnel hineinraste.«

Eine ähnlich böse Ahnung beherrschte auch Tom bei dem Gedanken, nach Catanzaro zu reisen. Er fühlte sich in einer vergleichbaren Lage, erwog sogar einen Moment, Trost in einer Kirche zu suchen. Bei aller Distanz zum Überirdischen, die sich bei ihm über die Jahre aufgebaut hat, die georgisch-orthodoxe Apostelkirche in Tiflis mit ihren großartigen Ikonen hatte es ihm angetan. Er war damals sogar so weitgegangen, sich mit dem abgestandenen Weihwasser zu besprühen. Eine katholische Kirche läge in der Nähe. Vielleicht hülfe ein Gebet, die richtige Entscheidung zu treffen. Vielleicht würde der Allmächtige auch Ungläubige erhören. Bis Viertel vor acht musste er die Zeit im Büro absitzen. Und ein Fernseher hing nur in Köpenicks Büro an der Wand.

Sie erschienen fast gleichzeitig zur vereinbarten Uhrzeit im *La Franca* und bestellten sofort das Übliche: Carpaccio, Fisch, Wein. Tom reichte ihr das Büchlein *Der letzte Zeitungsleser* und bat sie um eine Widmung. Es täte ihm leid, der Verlust sei eine unverzeihliche Nachlässigkeit. Sie holte ihren *Mont Blanc* aus der Tasche und schrieb: »Für Tom, with love, Giulia.« Es schmeichelte ihm.

»Also, zur Beerdigung von de Luca bist du eingeladen. Du weißt, dass die Killer der Mafia auch beim letzten Gang eines Menschen wenig Ehrfurcht zeigen. Auf Sizilien haben sie einmal einen Rivalen vor der ausgehobenen Grube von hinten erstochen, ihn solange gestützt, bis der Priester und die Trauernden nach dem Ritual weg waren, die Leiche ins offene Grab gestoßen und den Sargträgern einen Hinweis gegeben, zu ihren Schaufeln zu greifen.«

»Wenn ich nicht wüsste, wer du bist, würde ich dir eine blühende Phantasie unterstellen.«

»Die Wirklichkeit ist grausamer als jede Phantasie. Ich spreche aus Erfahrung. Das Leben spielt sich auf dünnem Eis ab und unter dem Eis ist es kalt, wusste Ferdinand von Schirach. Ein ehemaliger Strafverteidiger, der heute mit Krimis große Erfolge feiert.«

»Ich habe eigentlich nicht die Absicht, Rossis Schergen ins Messer zu laufen, obwohl ich ihm gerne ein Bein stellen würde. Am liebsten vor dem offenen Grab.«

»Erfahrungsgemäß sind bei Bestattungen von Mafiosi viele Leute auf dem Friedhof, obwohl sie wissen, dass sie von der Polizei observiert werden. Selbst zum Leichenschmaus schleicht sich der eine und andere Kommissar inkognito an die gefüllten Teller. Die meisten Trauergäste erkennen die Zivilfahnder nicht, wohl aber die Bosse. Aber sie lassen sich nichts anmerken.«

»Ich habe verstanden, bin alles andere als lebensmüde.«

»Solltest du entgegen meinem Rat doch reisen, stelle ich dir Annabel wieder zur Seite. Sie ist zwar keine Überlebensgarantie, aber oft lebensrettend. Das hat sie dir bei deinem letzten Trip bewiesen.«

»Wie darf ich diese Paradoxie verstehen: Du rätst mir ab, stellst mir aber, wenn ich deinem Rat nicht folge, eine gefühlte, vielleicht sogar reale Sicherheit zur Seite?«

»Was ist daran paradox? Ich kann keine Empfehlung aussprechen. Das Einzige, was ich weiß, ist simpel: Wer auf der Suche nach der Wahrheit ist, lebt gefährlich. Das gilt, ob du reist oder nicht.«

40

Tom quälte sich. Einerseits würde es ihn reizen, nach Catanzaro zu reisen, andererseits war er sich der Gefahr bewusst. Was hätte er von dem Trip? Welche Erkenntnisse könnte er mitbringen? Rossi lechzte nach Rache, ein anderes Motiv kannte er nicht für die Einladung nach Catanzaro. *Luigi Ferra* konnte er sich abschminken, das Spiel hatte er verloren. Selbst die Nummer mit der Manipulation des Aktienkurses dürfte inzwischen Makulatur sein: Der Kurs der *Luigi-Ferra*-Aktie drehte zwischenzeitlich nach oben. Gestern stand er bei 15 Punkten, das Doppelte gegenüber dem Tiefststand. Köpenicks Strategie schien aufzugehen. Die Geschäfte liefen besser, die Börse honorierte die Zahlen, seine Entschlossenheit und den Mut, neue Wege einzuschlagen. Bei ihm stimmte inzwischen, was im Modegeschäft schlachtentscheidend ist: Produkt und Verpackung! Preis und Design! Die gute Konjunktur tat ein Übriges, sie trieb die Kunden scharenweise in Modehäuser. Modekonsum ähnelt dem Zappen beim Fernsehen. Nach ungefähr 15 Versuchen trifft man auf ein Programm, an dem man hängenbleibt.

Warum sich also in einen engbestuhlten Flieger zwängen und nach Süditalien reisen? Todessehnsucht hatte in seinem Gefühlshaushalt keinen Platz. Aber Rossi nochmal überlisten, ihn alt aussehen lassen, das reizte ihn. Nur wie? Matteo würde der Bestattung von de Luca sicher beiwohnen, ihm würde er gerne nochmals auf den Zahn fühlen. Tom ertappte sich dabei, dass alle Gründe, die er für die Reise beschwor, nichts mit der Sache zu tun hatten. Sie dienten allein der Befriedigung seines Egos.

Im Netz lud er sich die Website von *Avantguide* herunter, eine breite Auswahl ansprechender Damenkleider, preislich knapp über den Modellen von *Luigi Ferra*. Ein Hinweis ließ ihn aufhorchen, *Avantguide* kokettierte mit einer Neuerwerbung: »Mit dem bekannten Label *Bella Schmieder* erweitern wir unser Angebot und stellen das Geschäft auf eine breitere Grundlage.« Sitz der Modefirma war Bayreuth.

Tom suchte nach Meldungen über *Bella Schmieder*, die jüngsten waren nur ein paar Wochen alt: *Bella Schmieder* war pleite. Der Insolvenzverwalter zeige sich zuversichtlich, schon bald einen Käufer zu finden. Mit verschiedenen Investoren sei er im Gespräch, auch mit interessierten Modehäusern.

Für Tom rundete sich das Bild: Rossi schien entschlossen, einen veritablen Modekonzern zu schmieden. Insolvente Unternehmen waren günstig zu haben, sie mussten nur wieder auf die Beine gestellt werden. Matteo hatte sich einen Namen als Sanierer gemacht. Er dürfte die Produktion nach Bangladesch oder auf die Philippinen verlegen, um schnell schwarze Zahlen schreiben zu können. Ein primitives Rezept, aber erfolgversprechend. Bei *Luigi Ferra* war er mit diesem Versuch an Köpenick gescheitert.

Giovanni Rossi kooperierte mit der ’Ndrangheta, das hatte ihm Giulia gesteckt, die mit den Untiefen der Organisation vertraut war und einen Draht zur Staatsanwaltschaft in Rom hatte. Dass er selbst Mafioso war, hielt er geschickt verborgen – es war jedenfalls nicht zu beweisen. Er hatte in Mailand, Hamburg und Cambridge Betriebswirtschaft und Jura studiert, gab sich als ehrbarer Kaufmann aus und wurde in Politik, Wirtschaft und Verbänden hofiert. Ohne Unterstützung der 'Ndrangheta könnte er im Korruptionssumpf Kalabriens keine Straßen mit EU-Mitteln bauen. Das Geld für Infrastrukturprojekte besorgte die italienische Regierung in Brüssel, einen Teil davon würde er an die Verbrecherorganisation abführen müssen. Auch sein einträglicher Waffenhandel gedieh unter den Augen der Regierung, Innen- und Verteidigungsministerium beauftragten ihn sogar mit der einen und anderen Lieferung für Polizei und Militär. Rossi musste sich nicht verstecken, er hatte Kontakte bis in höchste Regierungsstellen und er verstieß, zumindest formal, nicht gegen Gesetze.

Auch Ricardo de Luca soll Mitglied der 'Ndrangheta gewesen sein. Wie weit diese Information stimmte, konnte er nicht verifizieren, auch Giulia nicht. Aber der Ritualmord spricht für diese These. Nur, wodurch ist er in Ungnade gefallen?

Je mehr Tom die Szenen durchspielte, umso klarer schälte sich eine Antwort heraus: de Lucas Tod könnte eine Warnung an Rossi gewesen sein. Vielleicht sollte er mehr Geld an die 'Ndrangheta abführen? Vielleicht hatte er Anweisungen von ganz oben in der Organisation ignoriert? Vielleicht war der unsichtbare Padrone von *Exercise Interest*, von dem Rossi in Mailand gesprochen hatte, einer der Bosse der 'Ndrangheta, dem er *Luigi Ferra* nicht liefern konnte? Alles offene Fragen, die die These von der Warnung stützen würden, wenn mindestens eine mit Ja beantwortet werden könnte. Sollte Toms Szenario stimmen, wäre Rossi in Gefahr. Die Entscheidung, ob er deshalb gefahrlos nach Catanzaro reisen könnte, fiel ihm trotzdem nicht leicht.

Im Netz studierte Tom die Flugverbindungen. *Lufthansa* flog nonstop von München nach Lamezia Terme. Abflug 8 Uhr 40, Ankunft 10 Uhr 35. Von Lamezia Terme nach Catanzaro wären es mit dem Auto 30 Minuten. Rückflug um 18 Uhr 40 mit *Eurowings*. Ein Tagesausflug.

41

Tom hatte es im *Anzeiger* gelesen, linke Parteien wollen Großverdiener und Vermögende stärker besteuern. So weit, so gut, die Schere zwischen Reich und Arm spreizte sich ständig. Aber ist die Forderung nicht einfältig? Erfasst würden doch nur die, die ohnehin Steuern zahlten. Den Ehrlichen, die sich an Recht und Gesetz hielten, also mehr wegnehmen, die Verbrecher aber laufen lassen? Warum wollten Politiker nicht stattdessen Steuerschlupflöcher stopfen? Warum gingen sie Geldwäschern nicht ans Portemonnaie, wo sehr viel mehr zu holen wäre? Typen wie Rossi tummelten sich nicht nur in Italien, von dieser Sorte trieben sich auch viele in Deutschland herum.

Im Internet stieß Tom auf den Report eines britischen Instituts, dass sich die Steuerhinterziehung in der EU auf 825 Milliarden Euro summiert. Geld, das dem Gemeinwesen abging: für Straßen, Schienen, Schulen, Universitäten, Pflegeheime und Krankenhäuser. Zum Teil stamme das Geld aus schmutzigen Geschäften, aus Prostitution, Drogen- und Waffenhandel. Es werde in Spielhöllen, Onlinekasinos, Immobilien und Firmen gewaschen.

Tom war entsetzt von der Naivität der politischen Diskussion. Man könnte doch alle Vermögen, bei denen die Herkunft nicht zweifelsfrei geklärt ist, beschlagnahmen. Oder Bankkonten von Strohmännern krimineller Organisationen einfrieren. Zumindest solange, bis belegt wäre, woher das Geld stammte und wo es versteuert wurde. Bei seinen Recherchen über die Mafia hatte er gelernt, dass die italienische Justiz das Werkzeug der Beweislastumkehr nutzt. Ausgerechnet Italien! Wo blieb Deutschland? Die Europäische Union hatte Richtlinien für die Bekämpfung der Geldwäsche erlassen, aber die Moral der Mitgliedsstaaten sei schlecht, hieß es aus Brüssel. Und

Deutschland verhalte sich nicht gerade vorbildlich. Wenn er wieder zurück in der Redaktion wäre, würde er sich des Themas annehmen. Bei Geldwäsche kannte er sich inzwischen aus.

Am nächsten Tag rief er als Erstes Giulia an.

»Ich fahre zur Beerdigung nach Catanzaro und brauche Annabel Seeger an meiner Seite. In fünf Tagen ist es so weit.«

»Ich hoffe, du hast dir das gut überlegt?«

»Es wird lediglich ein Tagesausflug, ich habe mir einen Plan ausgedacht.«

»Werde nicht übermütig, manchmal gibt's den Rückflug nur noch im Zinksarg.«

»Ich rufe dich an, wenn ich den Trip überleben sollte«, mimte er spöttisch eine Überheblichkeit, die ihm nicht zustand.

Im Chefsekretariat bat er Angelika Kühnert um einen Termin bei Köpenick. Sie werde ihn rufen, versprach sie. Das Internet klapperte er nach populärer Fachliteratur über Steuern und wie man sie vermeidet ab, er wollte sich in die komplizierte Materie einarbeiten, musste die Tricks der Steuerhinterzieher verstehen. Vielleicht sollte er Waldemar Richter von der *Ahorn-Bank* nochmal aufsuchen, er hatte ihm schon mal gezeigt, in welche Steueroasen das Geld floss, wie es gewaschen wurde und als sauberes Geld wieder auftauchte.

Gerade als ihn Frau Kühnert rief, meldete sich Annabel.

»Okay, ich bin wieder dabei, gib' mir die Daten«, sagte sie in geschäftsmäßigem Ton.

»Super, ich rufe dich gleich zurück, ich muss zum Chef.«

Köpenick stand an seinem Schreibtisch, er wirkte gehetzt.

»Was gibt's? Ich muss gleich weg.«

»Ich reise nach Catanzaro zur Beerdigung von de Luca. Wollte Sie nur darüber informieren.«

Köpenick wurde bleich, er musste sich setzen.

»Was wollen Sie noch herauskriegen? Das Spiel ist doch abgepfiffen, oder?«

»Vielleicht gibt's eine Nachspielzeit. *Avantguide*, Rossis Neugründung in Mailand, bei der Matteo angeheuert hat, ist auf Einkaufstour. Vor ein paar Tagen haben sie einen Modeladen namens *Bella Schmieder* gekauft.«

»Ist der Laden nicht pleite? Ich meine, das gelesen zu haben.«

»*Bella Schmieder* ist pleite, das ist richtig. Der Insolvenzverwalter hat *Avantguide* den Zuschlag gegeben. Er hat vermutlich keine Ahnung, wer hinter dem Namen steckt. Matteo wird den Pleiteladen sanieren müssen.«

»Der wird die Produktion nach Südostasien verlagern, was anderes fällt dem nicht ein.«

»Egal was sein wird. Ich gehe davon aus, dass ich nach der Reise mehr weiß.«

»Wird uns das weiterhelfen?«

»Was Rossi vorhat, sollte Ihnen nicht gleichgültig sein. *Avantguide* zielt auf dieselbe Kundschaft wie Ihre Firma. Und *Luigi Ferra* dürfte er vermutlich noch nicht abgeschrieben haben.«

»Kommen Sie unbeschadet zurück, ich bete für Sie.«

Dann rief er Annabel zurück, gab die Details der Reise durch, die Flugzeiten und dass er sie am Dienstag um halb sechs vor dem Kommissariat abholen werde.

Aus dem Netz lud sich Tom eine Abhandlung des Wissenschaftlichen Dienstes des Deutschen Bundestages über *Steuervermeidung in Abgrenzung zur Steuerhinterziehung* herunter, eine präzise Ausarbeitung, was legal ist und was strafbar. Geldwäsche, das hatte ihm bereits Giulia eingeimpft, setze immer eine Straftat voraus. Was aber, wenn die Straftat nicht nachzuweisen war? Wo fing der Geldfluss an, in illegale Kanäle zu versickern?

Tom hatte einen Verdacht, den er sich aber von Waldemar Richter bestätigen lassen wollte. Das Problem, auf das er bei seinen Recherchen stieß, war, dass Geldwäscher international agierten, Politik und Ermittlungsbehörden an nationalen Grenzen scheiterten. Wenn also Rossi mit Waffenlieferungen gegen ein Embargo verstieße, das in Deutschland gälte, aber nicht in Italien, käme er in seiner Heimat ungeschoren davon. Verklappte er deutschen Giftmüll gegen jede Abmachung im Mittelmeer und würde dieses illegale Vorgehen von italienischen Behörden toleriert, stießen Rechtshilfegesuche aus Deutschland ins Leere. Ein zermürbender Job für Ermittler. Und Rossi kannte vermutlich alle Tricks, weshalb er geradezu besessen auf die angebliche Legalität seiner Waffengeschäfte verwies.

Ohne Köpenick zu informieren, stattete er der Sparkasse einen Besuch ab und verlangte den Chef, der nur widerwillig bereit war, ihm zu Diensten zu sein. Aber Tom pochte darauf und wies auf die Bedeutung seiner Recherchen für das Geldhaus hin. In einem Besprechungszimmer sprach ihn Tom auf den Zeitungsartikel an, den ihm Köpenick geschickt hatte, und erzählte, wer hinter *Exercise Interest* steckt: nicht etwa nur ein schillerndes Modeunternehmen, es sei vielmehr die Waffenkammer der 'Ndrangheta, die sich nicht scheue, sogar mit Plutonium zu handeln.

»Warum erzählen Sie mir diese Geschichte?«, insistierte der Banker.

»Ich will Ihnen nur klarmachen, dass es Ihre Aufsichtsbehörden nicht zulassen werden, wenn Sie *Exercise* Interest das *Luigi Ferra*-Paket verkaufen wollen.«

»Wo liegt das Problem? *Luigi Ferra* begleicht pünktlich jeden Monat Zins und Tilgung des Kredits. Außerdem soll es der Firma wieder besser gehen.«

»Ich will, dass Sie das Aktienpaket nur mit Zustimmung von Herrn Köpenick anrühren, wenn *Luigi Ferra* einmal in Verzug geraten sollte.«

»Er hat sich vertraglich verpflichtet, bei Unterbrechung der Zahlungen der Sparkasse freie Hand zu lassen.«

»Dann schreiben Sie ihm, dass dieser Passus des Vertrages gestrichen sei.«

»Wie käme ich dazu?«

»Wenn nicht, informiere ich die Aufsichtsbehörden, dass Sie *Exercise Interest* bereits eine Zusage gegeben hätten. Signor Matarella hat es mir bestätigt. Dann dürften Sie Ihren Job schneller los sein, als Ihnen lieb wäre.«

Der Banker rutschte unruhig auf seinem Stuhl hin und her: »Sie haben mit Herrn Matarella gesprochen?«

»Selbstverständlich, das Gespräch fand in Bari statt. Ich hoffe, ich muss nicht mehr dazu sagen. Es würde Sie nur verunsichern.«

42

An seiner Bürotür klopfte es.

Ein knappes »Herein« und Kyriakos erschien im Türrahmen.

»Was für eine Überraschung«, grüßte Tom höflich. Kyriakos stellte ihm eine Schale auf den Schreibtisch: »Das sind gefüllte Tomaten mit Schafskäse und würzige Fetacreme-Taschen, solltest du zwischendurch Hunger verspüren.«

»Du machst mich verlegen. Warum diese Fürsorge?«

»Ich wollte mich einfach in Erinnerung bringen, du hast seit deinem Besuch nichts mehr von dir hören lassen.«

»Das tut mir leid, aber ich war ständig unter Strom.«

»Das habe ich mir schon gedacht. Übrigens, Herr Köpenick hat mich als Chef in das Team geholt, das die teuren Kleider schneidert, du weißt schon, die exklusiven Einzelanfertigungen.«

»Da kann ich nur gratulieren. Wie läuft denn das Geschäft mit den Unikaten für die extrovertierten Damen der Bohème?«

»Pro Woche klopft mindestens eine Kundin an, manchmal sogar zwei. Die Preise liegen inzwischen für ein Modell bei mehr als 10.000 Euro. Es scheint sich, wenn noch mehr Damen Lust an Unikaten verspüren sollten, zu einer Gelddruckmaschine zu entwickeln.«

»Bist du jetzt Köpnicks Modeschöpfer?«

»Modeschöpfer entwerfen neue Kleider und müssen Kunden mit ihrem Entwurf überzeugen. Wir schneidern nach Kundenwunsch. In der Regel zeigen uns die Kundinnen Fotos von Entwürfen prominenter Couturière, an die wir uns anlehnen. Um nicht in den Verdacht zu geraten, zu kopieren, ändern wir die Entwürfe an ein paar wenigen, aber entscheidenden Stellen. Ein sensibles Vorgehen, man braucht dazu diffizile Designkenntnisse.«

Gerade als Kyriakos seine Ausführungen beendet hatte, zeigte sich Köpenicks Kopf in der Tür.

»Herr Theodorakis, Sie hier? Was haben Sie mit Herrn Schwertfeger vor?«

»Nichts Aufregendes, wir haben nur gemeinsame Interessen, Sirtaki und griechisches Essen.«

Ungläubig schaute Köpenick zu Tom.

»Mit meiner Familie reise ich im nächsten Sommerurlaub nach Kreta, Herr Theodorakis weist mich in Land und Leute ein.«

»Schneidern Sie ihm lieber noch zwei Anzüge, Herr Schwertfeger läuft sonst ständig mit seinen Jeans herum.«

Theodorakis ging zur Tür und drehte sich vor dem Verlassen des Raumes nochmal um.

»Komm in mein Atelier. Wir suchen die Stoffe aus, solange die Kundin mit Anprobieren beschäftigt ist.«

»Wenn es Ihnen recht ist, gleich nachher.«

Köpenick zeigte sich zufrieden und gab Tom zu verstehen, dass seine Mutter wieder einen Besuch wünsche. Wann es ihm passen würde? Sie hätte inzwischen bessere Laune.

»Nach meiner Stippvisite in Italien, sehr bald dann.«

Theodorakis' Atelier verströmte Handwerksflair, eine geräumige und lichte Werkstatt mit Schnittmustern an den Wänden. Ballen farbiger Stoffe auf dem Schneidetisch. Scheren in allen Größen, Maßbänder, Lineale und Garne in verschiedenen Farben und Stärken. An einer Nähmaschine säumte eine Frau mit rasender Nadel einen Stoff aus »Marocain-Seide«, wie Kyriakos mit Expertenmiene erklärte: »Marokkanischer Krepp mit feinrippiger Oberflächenstruktur.« Mitten im Raum stand eine halbnackte Kundin, die hastig ihre Arme vor dem Busen kreuzte, um sich vor Toms Blicken zu schützen. Der schaute verschämt zur Seite, hatte aber genug gesehen: schlank, lange Beine, gelocktes Haar, liebliches Gesicht, freundliche Augen. Sie durfte etwa um die 50 sein.

»Frau Thoma, solange an Ihrem Kleid genäht wird, zeige ich meinem Kollegen ein paar Muster. Lassen Sie sich nicht irritieren.«

Theodorakis ging ans Regal und griff zielsicher Stoffe heraus, die Tom gefallen könnten, legte sie auf den Schneidetisch und blätterte die Stapel durch. Seine Empfehlungen trafen Toms Geschmack: hellgrau klassisch für den Anzug, Glencheck für eine Jacke, kombinierbar mit burgunderroter, schwarzbrauner oder marineblauer Hose. Beim Glencheck zeigte sich Tom unschlüssig, aber da mischte sich zu seiner Überraschung die Kundin ein. Glencheck sei »en vogue«, würde ihm gut stehen.

»Meinen Sie?«, entgegnete Tom, ohne aufzuschauen.

»Ich mache dir dazu passend eine rote und eine dunkelblaue Hose aus Baumwollstoff mit Seide, das kannst du zu jeder Tages- und Abendzeit tragen«, forcierte Kyriakos die Entscheidungsfindung. »Den hellgrauen Anzug nähen wir aus knitterfreier Baumwoll-Viskose-Mischung. Die Anzugjacke kannst du auch mit der roten Hose kombinieren.«

Tom widersprach nicht, die Näherin hatte inzwischen das fertige Kleid zu Frau Thoma gebracht, die es hinter einem Sichtschutz überzog. »Phantastisch«, jubelte sie und stellte sich wie ein Model zur Schau. Theodorakis umkreiste sie und prüfte jedes Detail.

»Da, schau'«, wandte er sich zu Tom, ging in die Knie und zog das Kleid vom Saum an hoch und ließ es fallen. »Siehst du, wie rund und weich der Stoff fällt? Daran erkennt man seine Qualität.« Tom tat interessiert, worauf ihn Frau Thoma aufforderte, ebenfalls die Stoffqualität zu testen.

»Tun Sie sich keinen Zwang an«.

Tom fasste sich ein Herz, gleich dreimal griff er nach dem Stoff. Tester und Objekt schauten sich in die Augen. Wie Giulia sah sie aus.

»Nächste Woche sind Anzug, Hosen und Jacke fertig. Soll ich sie dir ins Büro bringen?«

»Ja, obwohl ich gerne in deinem Atelier vorbeischaue.

43

Kurz vor halb sechs war Tom am Kommissariat, Annabel wartete bereits. Die Größe ihrer Reisetasche war dem Tagesausflug angepasst.

»Zur Beerdigung von de Luca fahren wir, macht das Sinn?«, rätselte sie.

»Das kann ich erst hinterher beantworten, bin mir noch nicht einmal sicher, ob es eine gute Entscheidung ist. Ich beobachte die Szene und die Trauergäste, vielleicht entdecke ich den einen und anderen, den ich kenne, und kann mir ein Puzzle zusammenstecken. Ich muss herausfinden, was Rossi im Schilde führt. Weiß natürlich, dass der Trip gefährlich werden kann.«

»Verstehe, interessant könnte es für dich schon sein, wer sich auf dem Friedhof herumtreibt. Die meisten wirst du allerdings kaum kennen, de Lucas Verwandte sowieso nicht. Aber Gespräche mit dem einen oder anderen könnten dir was bringen. Killer kann ich identifizieren, die Typen fallen alle durch dieselbe Haltung, ihre Mimik und ihren Gang auf.«

»Rossi will uns auf dem Flughafen Lamezia Terme abholen lassen. Sollen wir uns darauf einlassen?«

»Besser nicht.«

»Da bin ich bei dir, ich habe gelernt. Wo sind wir auf dem Friedhof sicher?«

»Ob wir auf dem Friedhof gefährdet sind, kann ich nicht abschätzen. Eher vor oder nach der Beerdigung. Auf den Friedhof gehen wir erst kurz vor zwei, damit wir nicht wie Unbeteiligte herumstehen und dadurch auffallen. Die Zeit bis dahin überbrücken wir in einem Restaurant.«

Die Fahrt zum Münchner Flughafen war staufrei, kurz nach acht parkten sie den Mercedes und checkten ein. Annabel gab ihre Reisetasche auf, Tom klemmte sich drei Zeitungen unter den Arm. Die Maschine hob mit leichter Verspätung ab. Sie war nicht voll. Das dürftige Frühstück vom *Lufthansa*-Caterer half, die gefühlte Flugzeit abzukürzen. Tom fragte Annabel, ob sie Lust auf einen Prosecco hätte. Sie lehnte ab. Um elf landete die Maschine in Lamezia Terme.

In der Ankunftshalle sahen sie einen Mann mit einem kartonierten DIN-A-4-Blatt und der Aufschrift »Schwertfeger«. Achtlos gingen sie an ihm vorbei, aber der Unbekannte holte sie ein und rief »Signor Schwertfeger, ich bin der Fahrer von Signor Rossi, mein Name ist Guiseppe Rinaldo. Kommen Sie.«

Tom schaute ihn ungläubig an und meinte lakonisch: »Scusi, ich kenne Sie nicht. Wir nehmen ein Taxi.«

Der Fremde ließ nicht nach: »No, no, kein Taxi. Sie fahren mit mir, Auftrag von Signor Rossi.«

»Sagen Sie Signor Rossi, dass wir alleine zurechtkommen und sein großzügiges Angebot ablehnen. Sie können ihm Bescheid geben, dass wir uns während der Beerdigung in seiner Nähe aufhalten werden.«

Rossis Fahrer wirkte verunsichert, auf die entschiedene Ablehnung war er nicht gefasst. Sie marschierten direkt zum Taxistand, er folgte ihnen und redete weiter auf sie ein. Als sie ins Taxi stiegen, sahen sie noch, wie er telefonierte. Annabel nannte dem Taxichauffeur das Ziel: »Catanzaro, Ristorante near by Cimitero Comunale.« »Near by« übersetzte er mit »vicino«, was Annabel in der Annahme, dass es korrekt sein könnte, bestätigte.

Die Fahrt dauerte eine halbe Stunde. In Catanzaro zeigte der Fahrer während der Vorbeifahrt auf die haushohen Mauern des Cimitero und setzte sie kurz darauf im Ristorante *Le Querce Degli Elfi* in der Via Madonna dei Cieli ab. Zu Fuß, so schätzten sie, waren es höchstens zehn Minuten bis zum Friedhof. Es war jetzt Mittag, spätestens Viertel vor zwei müssten sie das Restaurant verlassen.

Das Ambiente des Restaurants war originell, wenn auch gewöhnungsbedürftig. Alle Wände waren mit Märchenmotiven bemalt, ebenso die kleinen Glasscheiben an den Türen und die Hausfront. Tom kannte das eine und andere Motiv aus Clemens Brentanos *Italienische Märchen*, die Geschichten hatte er seinen Kindern schon mal vorgelesen. Mit dem Smartphone schoss er ein paar Fotos vom *Hahnenstein – La preta delo Gallo* und vom *Heidelbeerzweig – La Mortella*. Die anderen Motive sagten ihm nichts, verwandelten gleichwohl das ganze

Haus in einen Märchenwald. Die Kellner nahmen die Bestellung zügig auf: hausgemachte Pappardelle al Cinghiale, gegrillte Tintenfische mit einem Hauch Knoblauch, dazu *Pellegrino* und einen granatroten *Primitivo*. Tom ließ die angenehme Atmosphäre des skurrilen Lokals auf sich wirken.

»Da schau mal«, stupste er Annabel beim Blick aus dem Fenster an, »draußen auf der Mauer sitzt der Fahrer, der uns vom Flughafen abholen sollte.«

»Tatsächlich, was will der noch? Und woher weiß er, dass wir hier sind? Er muss uns gefolgt sein.«

Tom trat vor die Tür und überquerte die Straße.

»Warum beschatten Sie uns?«

»Ich soll Sie zum Cimitero bringen, Befehl von Signor Rossi.«

»Sagen Sie ihm, wir finden den Weg alleine.«

»Ich warte und begleite Sie zum Grab.«

»Das ist nicht nötig, Sie verschwenden Ihre Zeit. «

»Auf dem Friedhof werden Sie merken, dass ich für Sie nützlich bin.«

Tom rätselte, was das sollte. Er gab auf, betrat das Lokal, setzte sich an den Tisch und berichtete von seinem erfolglosen Versuch, den Kerl loszuwerden. Ein Kellner brachte die Teller mit den Nudeln und dem Wildschweinragout. Annabel meinte, dass ihr das Verhalten des penetranten Aufpassers nicht gefalle.

Die Gerichte schmeckten vorzüglich, der Taxifahrer hatte sie offensichtlich in ein Feinschmeckerlokal gelotst, das noch dazu in der Nähe ihres Ziels lag. 20 Minuten vor zwei verließen sie das Lokal und marschierten flotten Schrittes zum Cimitero. Der Aufpasser folgte ihnen. »Wie eine Klette«, echauffierte sich Tom.

Nach zehn Minuten erreichten sie den monumentalen Eingang zur Endstation alles Irdischen mit fünf haushohen Rundbögen und schmiedeeisernen Toren, sie folgten den Trauergästen.

Geschätzt 100 Menschen hatten sich zwischen den Gräbern und Mausoleen eingefunden, die von meterdicken Mauern mit eingelassenen Urnengräbern umrahmt waren. Guiseppe Rinaldo, der Aufpasser, winkte ihnen und führte sie an dichtgedrängten, andächtig dreinschauenden Trauergästen vorbei zum Ort der feierlichen Bestattung. Wie auf Kommando traten die Friedhofsbesucher plötzlich zur Seite. Sechs Männer in schwarzen Talaren schoben sich mit dem Sarg ins Blickfeld, dahinter der Priester mit vier Ministranten, unverständliche Trauerlitaneien singend. Ihnen folgte eine ältere Dame in schwarz, die ihr Gesicht mit einem Hutschleier verhüllte. Ihr zur Seite zwei junge Frauen, eher Mädchen, von Kopf bis Fuß in modisch gestylten anthrazitfarbigen Kleidern. »Witwe und Töchter von Ricardo de Luca«, flüsterte ihnen der Aufpasser von hinten zu.

Tom stieg auf eine Grabumrandung, um den Einzug der Sargträger und Hinterbliebenen besser sehen zu können. Hinter der Witwe erkannte er Rossi und zwei Handvoll Trauernder, vermutlich Verwandte des Verstorbenen. In der entgegengesetzten Ecke des Friedhofs sah er zu seiner Überraschung, wie vier Männer in Schwarz einen Sarg auf einer Lafette Richtung Ausgang rollten.

Toms Plan, sich mit Annabel neben Rossi ans Grab zu stellen, ging nicht auf. »Wir stellen uns hinter die Frauen«, meinte Annabel und gab Rinaldo ein Zeichen, sie in die Nähe der Witwe und ihrer Töchter zu lotsen. Rossi bemerkte die beiden, drehte sich um und schüttelte ihnen die Hände. »Schön, dass Sie Signor de Luca die letzte Ehre erweisen«, flüsterte er. »Ihre Leibwächterin hätten Sie zu Hause lassen können«, trat er trotzig nach.

Hinter der Grube neben einem provisorischen Holzkreuz stellte sich der Priester auf ein Podest, das Gesicht zur Trauergemeinde gewandt und stimmte ein Gebet an, das die Anwesenden mitmurmelten. Eine kurze Andacht, Psalm 23, Vers 1: »Salmo di

Davide. L'Eterno è il mio pastore, nulla mi mancherà«, der Vers mit dem »Herrn als Hirten«. Anschließend eine Würdigung auf das zu kurze Leben des Ermordeten. Annabel prüfte unentwegt die Menschen und die Umgebung, nichts deutete auf eine Gefahr hin. Plötzlich klopfte Tom jemand von hinten auf die Schulter. Blitzartig drehte er sich um: Matteo! Daneben grüßte Matarella, neben ihm einer der Killer, den Rossi als Steuerberater vorgestellt hatte. Mit eingegipstem Bein, orthopädischer Halskrause und zwei Krücken. Es musste der Mitfahrer sein, der bei dem Attentat auf den Range Rover in der Nähe von Palombaio verletzt wurde. Der verunglückte Fahrer war nicht zu sehen.

Der Priester zog seine Zeremonie in die Länge. Bei der einen und anderen Predigtpassage vernahmen sie genuschelt das Wort »Mafia«, worauf ein paar Trauergäste im hinteren Pulk grummelten. Vermutlich äußerte der Gottesmann einen Verdacht, wer womöglich hinter dem Mord stecken könnte. Eine mutige Haltung in einer Gegend, in der man nicht ungestraft die Ehrenwerte Gesellschaft diskreditiert. Nach Segen und Choral ließen die Sargträger die Holzkiste an breiten Schleifen in die Grube gleiten. Die Trauernden verneigten sich vor dem Grab, streuten Erde und Blumen auf den Sarg und defilierten an Witwe, Töchtern und Rossi vorbei, kondolierten den Frauen mit Wangenküssen und verloren sich auf den Friedhofswegen.

»War's das?«, richtete Tom sich an Annabel.

»Wir sind noch nicht aus dem Schneider, sei wachsam.«

Matteo legte seine Hand auf Toms Schulter.

»Sie kommen doch mit zum Leichenschmaus? Dann setzen wir uns an einen Tisch und können reden.«

»Gerne, die Zeit haben wir. Aber sagen Sie, Herr Matteo, fühlen Sie sich unter diesen Verbrechern eigentlich wohl? Meine Vorstellungskraft reicht dafür nicht aus. Oder Sie haben mich getäuscht.«

»Solange mich Rossi braucht, stößt mir nichts zu. Wenn mein Job erledigt ist, könnte sich der Wind drehen.«

»Ich verstehe, Sie kennen sich aus. Das haben Sie schon bei meinem Einstellungsgespräch bei *Luigi Ferra* demonstriert. Immerhin können Sie die Codes der Mafia entziffern, ›sono stanco‹, ich erinnere mich. Diese Fähigkeit dürfte Ihnen ein Stück Sicherheit verschaffen.«

»Zum Überleben ist es zu wenig.«

»War der ominöse Anrufer Rossi, der Sie bei *Luigi Ferra* mit Drohungen erpresst hatte?«

»Nein, wie mir später klar wurde, konnte es nur de Luca gewesen sein.«

»Wie ist Ihnen das klargeworden?«

»Ich habe ihn, als er bei *Avantguide* einmal auftauchte, an der Stimme erkannt.«

Rinaldo ging plötzlich dazwischen und packte Tom am Arm.

»Ich bringe Sie jetzt in ein Restaurant, wo sich die Trauergäste treffen. Mein Fahrzeug steht vor dem Friedhofseingang.«

»Kann Signor Matteo mitfahren?«

Die Frage irritierte den Aufpasser, aber ablehnen konnte er nicht. Beim Einsteigen in Rinaldos Fahrzeug sah Tom, wie der Sarg, den die vier Träger auf einer Lafette zum Ausgang gerollt hatten, in einen Leichenwagen gehievt wurde.

44

Wohin die Fahrt ging, wussten sie nicht. Nach gut zwanzig Minuten stoppte Rinaldo vor dem Restaurant *Trattoria di Mare,* dessen mächtige Terrasse ins Meer hinausragte. Wellen schlugen an die bemoosten Steinquader, die unterhalb der Terrasse die Restaurantmauer schützten. Einige Trauergäste hielten sich bereits am Prosecco fest. Die Terrasse war eingerahmt von breiten Betonbrüstungen mit Blumenkästen, die mit Zitronenbäumchen und Bergamotten bepflanzt waren. Eidechsen huschten von einer Ecke in die andere, Möwen kreisten über der Beerdigungsgesellschaft und pickten, wenn sie niemand verscheuchte, Oliven aus Schälchen an den Stehtischen. Tom und Annabel gesellten sich zu den laut parlierenden Gästen, deren Lachen nichts mehr von Trauer verriet.

»Kommen Sie«, befahl Rossi, »ich stelle Ihnen einige interessante Leute vor.« Annabel wich nicht von Toms Seite.

Den Reigen eröffnete er mit dem Bürgermeister von Catanzaro, der nur Italienisch sprach. Mit einem Abgeordneten und einem Diplomaten konnte er auf Englisch ein paar Höflichkeitsfloskeln austauschen. Die anderen gaben sich als »Imprenditore« aus, als Unternehmer. Vertreten waren auch der Präsident der *Camera Nazionale della Moda Italiana* und die Geschäftsführer lokaler und überregionaler Modemessen. In einem Rollstuhl saß einsam ein alter, grauhaariger Mann, den Tom auf dem Friedhof nicht gesehen hatte. Matteo lehnte an der Terrassenbrüstung und beobachtete die Szene aus der Distanz.

Tom konnte nicht feststellen, ob diese Prominenz aus echter Trauer oder aus Pflichtgefühl gekommen war. Ein Kellner wirbelte mit einem Tablett Prosecco-Gläser durch die Menge und pries das Getränk an. Tom lehnte ab, er wollte zunächst der Witwe kondolieren. Bedächtig schritt er auf sie zu, sie lüftete ihren Schleier. Die Frau durfte um die 50 sein, vielleicht auch etwas älter und hatte milde, gütige Gesichtszüge. Den schwarzen Schal, der bei der Beerdigung die weiße Bluse bedeckte, hatte sie abgenommen. Tom bekundete sein Beileid, »sincere condoglianze«, und wollte sie fragen, ob sie einen Verdacht hegte, wer ihren Mann auf dem Gewissen haben könnte. Da sie weder Deutsch noch Englisch sprach, winkte er

Matteo herbei. Die Witwe bestätigte immerhin, dass sie einen Verdacht hätte, ihn aber nicht aussprechen werde. »Troppo pericoloso«, fügte sie hinzu, »zu gefährlich«.

Auf dem Weg ins Restaurant beobachtete Tom, wie Rossi den alten Mann im Rollstuhl ins Lokal schob und an seinem Tisch platzierte. Die Witwe und ihre Töchter dirigierte er ebenfalls neben sich. Tom, Annabel und Matteo verzichteten auf den Meerblick und nahmen am Ausgang des Restaurants Platz. Zu ihnen gesellte sich, sehr zum Missfallen von Tom, auch Rinaldo, der mit seinem gebrochenen Deutsch in der Lage war, die Gespräche verfolgen zu können.

»Wer ist der alte Mann im Rollstuhl?«, wandte sich Tom an Matteo, der aber nur mit den Schultern zuckte. Es sei der »Padrone«, stopfte der Aufpasser die Wissenslücke. »Padrone von was?«, insistierte Tom.

»Oh, Padrone von vielem, Weingüter, Tomatenplantagen, Fischtrawler und ein paar Unternehmen.«

»Auch *Exercise Interest*?« Rinaldo zögerte, bestätigte dann aber Toms Vermutung mit einem geflüsterten »si«. Es reichte, der Alte musste Rossis Oberboss sein. Der Pate!

Die Kellner servierten Brotkörbe, Terrinen mit Fischsuppe und Wein in Karaffen. Unauffällig schoss Tom mit seinem Smartphone Fotos von den Gästen an den Tischen, ganz nebenbei auch von dem Alten. Rinaldo mahnte, das Fotografieren zu lassen, es könnte die Gefühle der Trauernden verletzen. Tom gehorchte, er hatte die Beute im Kasten.

»Wann kommen Sie nach Mailand?«, wollte Matteo wissen.

»Ich habe auf Ihrer Website gelesen, dass Sie das Modelabel *Bella Schmieder* erworben haben«, konterte Tom. »Da müssen Sie sich doch sicher einmal in Bayreuth sehen lassen.«

»Schon, aber Mailand ist interessanter und die Küche der Restaurants besser.«

»Keine Frage, trotzdem Bayreuth zuerst.«

»Wenn's unbedingt sein muss«, gab sich Matteo geschlagen.

Als Rinaldo sich kurz entschuldigte und das Restaurant verließ, drückte Matteo unauffällig Tom einen Stick in die Hand, der sofort verstand und ihn in seinem Jackett verschwinden ließ. Ihre Blicke kreuzten sich, sie sagten nichts. Annabel griff in Toms Tasche und nahm den Stick an sich. »Du hast mir doch erlaubt, Bonbons aus deiner Tasche zu fischen«.

Inzwischen war Rinaldo wieder zurück am Tisch. Nachdem die Espressi getrunken waren, empfahl sich Tom. Als er am Pissoir gedankenversunken sein Geschäft verrichtete, erwischte ihn plötzlich von hinten ein Schlag mit einem harten Gegenstand. Total benommen und unfähig zu reagieren, sackte er auf den Fliesenboden. Gesehen hatte er nichts mehr, vor seinen Augen war alles schwarz. Gerade noch spürte er, dass der Schläger seine Jackentaschen filzte, da platzte Annabel herein und sah ihre Ahnung bestätigt. Der Schläger sprang auf, stürmte in Richtung Tür und versuchte, Annabel, die sich ihm in den Weg stellte, an die Wand zu drücken. Doch sie legte ihn mit einem Schulterwurf auf den Rücken und drückte ihm ihre Pistole an die Stirn. Ein zweiter Typ stürmte herein und ging mit einem Baseballschläger auf Annabel los, hielt jedoch erschrocken inne, als sie auf ihn anlegte. Der Schläger zu ihren Füßen nutzte die Gelegenheit und trat in ihre Kniekehlen, dass sie wegknickte. Als der Angreifer zum gezielten Schlag ausholte, kickte sie ihm ins Gemächt. Sein Schrei schreckte zwei Männer vor der Toilette auf, die im Türrahmen zurückhielten, als Annabel ihre Waffe auf sie richtete. Sie hoben ihre Hände und riefen »non sparare«, nicht schießen!

»Raus!«, brüllte sie. Hals über Kopf flüchteten die Neugierigen. Die Schläger wollten folgen, zuckten aber zurück, als Annabel auf sie zielte. Tom lag noch immer mit offenem Hosenladen am Boden. Seine Beine gehorchten ihm nicht.

Plötzlich wurde die Tür aufgerissen und Rossi stand in der Toilette. Beim Anblick von Opfer und Annabel mit Pistole erbleichte er. Rinaldo, der ihm gefolgt war, befahl er, die beiden Schläger dingfest zu machen, sie würden ihrer gerechten Strafe nicht entgehen. Annabel steckte ihre Waffe ins Halfter und beugte sich zu Tom herunter. Rossi half, ihn auf die Beine zu stellen. Er taumelte und sackte zusammen. Immer wieder. Inzwischen war der Wirt eingetroffen, der mit seiner Entrüstung nicht hinterm Berg hielt und anregte, Tom auf ein Sofa im Hinterzimmer zu legen.

Der Wirt rief den Arzt, der nach zehn Minuten eintraf und Tom untersuchte. Er zitterte am ganzen Körper und war noch immer benommen. Vor allem hatte er fürchterliche Schmerzen. Außer einer großen, blutenden Beule am Hinterkopf konnte der Mediziner nichts feststellen, er müsse dringend geröntgt werden.

Im Hospital mahnte Annabel den Bereitschaftsarzt, die Röntgenaufnahmen zügig zu veranlassen, in spätestens eineinhalb Stunden müssten sie zum Flughafen nach Lamezia Terme. Tom wurde im Rollstuhl vor den Schirm gesetzt. Der Befund: mittelschwere Gehirnerschütterung, kein Schädelbruch! Besser, er bliebe die Nacht im Krankenhaus, meinte der Arzt. Doch Annabel bestand auf dem Rückflug. Der Hausarzt des Wirts fuhr sie zurück in die Trattoria.

Rossi stürmte auf Tom zu, der mit seinem rechten Arm über Annabels Schulter Halt fand.

»Schrecklich, was Ihnen widerfahren ist. Wie geht es Ihnen?«

»Es geht, ich habe eine Gehirnerschütterung«, lallte er, »Gott sei Dank nichts Schlimmeres. Was wollten Ihre Schläger von mir?«

»Wieso meine Schläger? Das war ein versuchter Raubüberfall, die Typen kennen wir nicht.«

»Das waren Ihre Leute, wie sonst kämen sie in die Geschlossene Gesellschaft?«

»Da kann sich jeder durch die Hintertür reinschleichen, das Haus ist nicht bewacht.«

»Sie durchsuchten meine Taschen, als ich auf den Fliesen lag. Mit dem Kleingeld in meinem Portemonnaie wären sie nicht weitgekommen. Möglicherweise interessierte sie mein Handy. Etwas anderes hatte ich nicht bei mir.«

»Lassen Sie das Spekulieren, wir werden es herausbekommen. Kommen Sie herein, Sie haben das Dessert noch nicht gekostet, das beste Tiramisu Kalabriens.«

Dessert? Als ob ihm im Zustand eingeschränkter Kontrollfähigkeit danach wäre.

»Danke, ich brauche nur eine Tasse Pfefferminztee.« Eine Bemerkung zu Rossis durchsichtiger Scheinheiligkeit schenkte er sich.

Annabel stützte Tom auf dem Gang zum Tisch, ein Kellner hatte die Teebestellung aufgenommen. Der Alte im Rollstuhl saß noch da, wo er schon vorher gesessen hatte, und schaute mit versteinerter Miene zu Tom und Annabel. Geredet hatte er die ganze Zeit nicht. Auch mit Rossi sprach er nicht.

Erst jetzt fielen Tom die Gemälde an den Wänden auf. Es waren nicht die üblichen Kitschmotive, die man für gewöhnlich in italienischen Restaurants findet, sondern expressionistische Kunstwerke, mit Drähten gesichert, die an der Decke aus dem Lokal führten. Eine Tür, aus der niemand herauskam und niemand hineinging, weckte seine Neugier, weshalb er Annabel losschickte. Gerade als sie den Türgriff drücken wollte, schubste sie Rinaldo mit der Bemerkung zur Seite, dass dies Privaträume des Wirts seien. Annabel ließ sich nicht abhalten, brachte ihn mit einem kurzen Hüftschwung aus dem Gleichgewicht und öffnete die Tür: ein abgedunkelter Raum, mehrere Plastiken und auf Staffeleien gereiht gerahmte Bilder, ebenfalls alarmgesichert. Bei einem Bild erkannte sie den Künstler: Vincent van Gogh!

Rossi kam gesprungen, als er Rinaldo am Boden liegen sah.

»Er ist gestürzt, ich wollte ihm gerade aufhelfen«, spielte Annabel den Unschuldsengel. Auf die vage Ausrede ging er nicht ein, sondern zog die Tür zu.

»Das ist eine private Sammlung«, gab er Annabel in scharfem Ton zu verstehen. »Die Tür müsste eigentlich zugesperrt sein.«

»Ach, mischen Sie auch im internationalen Kunsthandel mit?«, foppte sie ihn.

Rossi ließ den Wirt rufen und befahl, die Tür sofort abzuschließen. Sein Blick drückte massive Verärgerung aus, die der Wirt verstand. Die Entschuldigung nahm Rossi nicht zur Kenntnis. Der Alte im Rollstuhl beobachtete die Szene und verzog keine Miene. Als sich Rossi wieder zu ihm setzte, würdigte er ihn keines Blickes.

Rinaldo kam an Toms Tisch und mahnte: »Wir sollten jetzt aufbrechen, es könnte sonst knapp werden.«

»Wir nehmen ein Taxi«, gab Annabel zurück.

»Auf ein Taxi können Sie nicht warten, es braucht eine halbe Stunde vom Bahnhof Catanzaro bis hierher. Dann erwischen Sie den Flieger nicht mehr.«

Tom nickte zustimmend, Annabel widersprach nicht. Rossi wünschte einen guten Flug und konnte sich seine Standartdrohung nicht verkneifen: »Wir sehen uns wieder.«

Rinaldo drückte aufs Gas, von Catanzaro Lido nach Lamezia Terme waren es 20 Minuten mehr als bei der Herfahrt zum Ristorante in die Innenstadt, fast eine Stunde also bis zum Flughafen. Es könnte knapp werden. Aber Rinaldo fuhr wie ein Besessener. Beim Aussteigen aus dem Fahrzeug, einem alten Fiat Ulysse, warnte er Annabel: »Vergessen Sie, was Sie hinter der Türe gesehen haben. Es ist das geheime Lager eines prominenten Kunsthändlers, der Wirt hat es ihm vermietet. Im Restaurant sind die Kunstschätze vor Diebstahl sicher, weil ständig Publikumsverkehr ist.«

Als Annabel beim Check-in ihre Tasche aufgeben wollte, standen plötzlich zwei Carabinieri neben ihr und forderten sie auf, mitzukommen. Tom wollte ihnen folgen, aber die Uniformierten wehrten ab. Die Bitte Annabels, er hätte eine Gehirnerschütterung und dürfe nicht ohne Aufsicht bleiben, ignorierten die Beamten. Tom rief noch hinterher, sich zu beeilen, sie würden sonst die Maschine verpassen. Keine Reaktion, die Beamten schienen sich für ihren Rückflug nicht zu interessieren.

Kaum war Annabel aus seinem Blickfeld verschwunden, traten zwei Hünen in abgewetzten Anzügen auf ihn zu und verlangten sein Smartphone. Er weigerte sich, wollte wegrennen, aber einer hielt ihn fest und drehte seinen Arm auf den Rücken, während der andere die Jacken- und Hosentaschen durchwühlte und fündig wurde. Tom schrie vor Schmerzen, Fluggäste schauten sich nach ihm um, aber das kümmerte die Angreifer nicht. Mit dem Mobiltelefon verließen sie fluchtartig das Flughafengebäude. Tom sah noch, wie sie in einer Alfa Giulietta davonbrausten. »Scheiße«, fluchte er. Warum sie es auf sein Handy abgesehen hatten, konnte er sich nicht erklären. Aber es musste offensichtlich das Handy sein, auf Geld waren sie nicht aus.

Nach knapp zehn Minuten kam Annabel zurück.

»Sie haben mich durchsucht und natürlich sofort meine Pistole entdeckt. Ich habe Polizeiausweis und die Dienstmarke gezückt und erklärt, die Tasche mit der Waffe aufzugeben, sonst könnte ich den Security-Check nicht überstehen. Das schien sie überzeugt zu haben. Personal- und Polizeiausweis haben sie kopiert, die Waffe fotografiert. Dann ließen sie mich laufen. Rossis Leute müssen ihnen einen Tipp gegeben haben.«

»Die vermutete Pistole dürfte kaum der Grund gewesen sein, weshalb sie dich abgeführt haben. Sie mussten dich von mir trennen, das war ein abgekartetes Spiel! Während deiner

Abwesenheit haben mir nämlich zwei Typen mein Handy abgenommen. Ich konnte mich nicht wehren, sie kugelten mir fast den Arm aus. Die Diebe und die Polizisten steckten unter einer Decke. Aber warum haben sie es auf mein Handy abgesehen?«

»Du hast den Alten abgelichtet! Ein Foto des Paten in deinen Händen mussten sie verhindern, Rossi hat die Polizisten geschmiert. Gott sei Dank habe ich Matteos Stick. Sonst wäre der vermutlich auch weg und Matteo womöglich in Gefahr.«

Auf den letzten Drücker erreichten sie den Abflugschalter und mussten mit einem eigens angeforderten Bus zum Flugzeug gefahren werden. Eine Stewardess wartete an der Gangway und führte sie zu ihren Sitzplätzen.

»Das war eine gespenstische Show, die da aufgeführt wurde«, nahm Annabel den Gesprächsfaden auf. »Die Witwe, die einen Verdacht hat, aber nicht sprechen will, der Stick von Matteo, der Überfall auf der Toilette, der vergebliche Versuch, mich am Eintritt in den Raum mit den Kunstschätzen zu hindern, das vielsagende Schweigen des Alten im Rollstuhl und zu allem Übel auch noch der handgreifliche Raub deines Handys. Der Erkenntnisgewinn dieser Reise dürfte für dich beachtlich sein.«

»Der Alte ist der Pate, da bin ich mir sicher. Paten reden nicht. Sie geben ihre Anweisungen mit Handzeichen, Kopfbewegungen und Augenaufschlägen.«

»Dem Alten hat nicht gefallen, was er gesehen hat. Ich kann nur nicht abschätzen, wer jetzt in Gefahr ist«, grübelte Annabel.

»Wenn du an Rossi als nächstes Opfer denkst, müssten wir wissen, wie eng er zum Alten steht. Geredet hat er jedenfalls nicht mit ihm.«

»Das spricht für eine Gefährdung. Immerhin hat der Alte mitbekommen, dass wir jetzt das Versteck der Kunstwerke kennen. Wenn du mich fragst, die dealen mit gestohlenen Gemälden, dafür gibt es einen blühenden Schwarzmarkt. Ein echter van Gogh dürfte weltweit kaum noch außerhalb eines Museums zu finden sein. Das Foto von dem Alten, der damit offenbar zu tun hat, haben sie dir erfolgreich entrissen.«

»Das Geschäftsportfolio von *Exercise Interest* scheint sich über eine satte Bandbreite zu erstrecken: missbräuchliche Verwendung von EU-Geldern, Waffenhandel, Plutoniumtransfers und jetzt auch noch Hehlerei mit Kunstwerken. Das Modegeplänkel scheint nur Fassade für ihre schmutzigen Geschäfte und kriminellen Machenschaften zu sein.«

»Ich frage mich noch immer, warum dich Rossi zur Beisetzung von de Luca eingeladen hat? Was hatte er davon? Er hat doch viel zu viel, wenn auch ungewollt, preisgegeben. Ging es bei dem Anschlag auf der Toilette nur um dein Handy oder solltest du beiseitegeschafft werden? Vielleicht entführt, um Köpenick noch gefügig zu machen?«

»Du hast den Plan durchkreuzt, das hatte er nicht einkalkuliert.«

»Das kann nur heißen, du bist noch nicht aus dem Schussfeld.«

»Diese düstere Ahnung beunruhigt mich auch. Und noch etwas treibt mich um: Was hat es mit dem Sarg auf sich, der aus dem Friedhof heraus hinter dem Rücken der Trauernden in einem Leichenwagen verschwunden ist? Särge werden doch normalerweise in Friedhöfe gebracht und nicht von ihnen weggeschafft.«

Mit 20-minütiger Verspätung landete die Maschine in München. Es war neun Uhr, um elf müssten sie bei normalem Verkehr zu Hause sein. Auf dem Weg zum Parkhaus erklärte Annabel, dass sie fahren werde. Sein Zustand verböte es, sich ans Lenkrad zu setzen. Außerdem sollte er gleich morgen Früh ein Krankenhaus aufsuchen und sich den Befund bestätigen lassen. Man wisse ja nie, wer sich in Catanzaro wem verpflichtet fühlte. Die Galvani werde sie informieren. Tom widersprach nicht, er war müde.

Zehn nach elf begleitete Annabel ihn in die Wohnung. Tom dankte und wünschte eine gute Nacht. Am liebsten hätte er sie umarmt. Morgen werde er sein Fahrzeug bei ihr abholen. Jessie schlief bereits, sie hatte von seiner Rückkehr nichts mitbekommen. Er schaute noch zu den Kindern hinein, die ebenfalls schliefen, schlich in sein Arbeitszimmer, schluckte eine Schmerztablette und legte sich aufs Bett. Die Zeitung auf seinem Schreibtisch rührte er nicht an.

45

Als Tom um neun noch nicht aus seinem Zimmer war, weckte ihn Jessie.

»Sorry, ich bin mal wieder verprügelt worden.«

»Ich fass es nicht, ist es schlimm? Hast du Schmerzen? Furchtbar! Was hast du bloß für einen verdammt blöden Job?«

»Ich widerspreche dir nicht. Sobald ich geduscht bin, mache ich mich auf den Weg ins Krankenhaus. Ich muss mich röntgen lassen.«

»Ich fahre dich.«

»Das kommt mir entgegen. Du kannst mich in der Notaufnahme absetzen.«

»Ich warte, bis ich den Befund kenne.«

»Wenn es derselbe ist wie im Hospital in Kalabrien, habe ich eine Gehirnerschütterung. Aber ich kann mich heute nicht ins Bett legen. Nach dem Krankenhaus hole ich den Mercedes von der Kommissarin, fahre zur Staatsanwaltschaft und berichte hinterher Köpenick.«

»Dein Eigensinn nervt! Und du merkst es noch nicht einmal.«

Tom antwortete nicht und verzog sich ins Bad. Er genoss das angenehm warme Brausewasser, rieb sich mit einem Massagehandtuch trocken, zog seine beige-blaue Kombination an und ließ sich von Jessie chauffieren. Schon nach wenigen Minuten in der Notaufnahme protokollierte ein Arzt seine Verletzung, führte ihn in den Röntgenraum und bestätigte den Befund: mittelschwere Gehirnerschütterung. Dringende Bettruhe sei angeraten, er dürfe auf keinen Fall Autofahren. Eine Krankenschwester cremte die Wunde am Kopf, der Arzt verabreichte ihm noch Tabletten mit der Mahnung, wiederzukommen, wenn die Schmerzen nicht nachlassen sollten.

Vor der Notaufnahme klingelte er mit Jessies Handy bei Annabel durch. Obwohl ihn noch immer heftige Kopfschmerzen plagten, bestand er darauf, die nachfolgenden Termine ohne Jessies Begleitung wahrzunehmen. Ihren Protest ignorierte er.

»Du hast überlebt!«, stieß Giulia aus und streckte ihm die Arme entgegen. »Was für ein Glück! Ich freue mich, habe mir große Sorgen gemacht. Erzähle!«

Tom berichtete detailliert über die skurrile Zeremonie, über Rossi, Rinaldo, die Witwe, Matteo und den Alten im Rollstuhl. Über den Überfall auf der Herrentoilette, Annabels entschlossenes Eingreifen, die Röntgenuntersuchung im Krankenhaus, den Fund vermutlich gestohlener Kunstwerke und den gewaltsamen Diebstahl seines Handys.

»Mein Gott, das klingt ja alles schrecklich. Aber dass es kein Sonntagsspaziergang werden würde, war dir von vornherein klar. Hast du Schmerzen?«

»Es ist ein Gefühl, als ob die Schädeldecke platzen würde.«

»Eure Entdeckung der Gemälde könnte Rossi und seiner Bande gefährlich werden.«

»Inwiefern?«

»Im Netz schaue ich mir mit Annabel sämtliche Werke van Goghs an. Wenn sie das Bild wiedererkennt, kann ich in der Datei gestohlener Gemälde suchen lassen. Sollte es ein Treffer sein, alarmiere ich die italienischen Strafverfolgungsbehörden. Dann ist Rossi im Fokus der Polizei.«

»Die Plutoniumsache ist doch viel brisanter.«

»Keine Frage, aber da beißen die italienischen Ermittlungsbehörden auf Granit, vermutlich weil der Geheimdienst seine Finger mit im Spiel hat. Hehlerei mit gestohlenen Gemälden ist ermittlungstechnisch einfacher zu rekonstruieren.«

»Sollten wir Rossi zu Fall bringen, wären wir dann auf der sicheren Seite?«

»Nicht zwingend, aus dem Untergrund kann er auch Anweisungen geben. So arbeiten viele Mafiosi.«

»Verstehe, die Gewehrläufe sind also weiterhin auf mich gerichtet.«

»Mindestens so lange, wie er lebt. Du hast ihn vorgeführt, hast ihn lächerlich aussehen lassen. Das verzeiht er dir nie!«

»Sie haben jetzt alle meine gespeicherten Daten, die Telefonnummern und Adressen.«

»Solange sie dein Passwort nicht kennen, kommen sie da nicht ran, jedenfalls nicht so einfach. Aber dafür interessieren sie sich auch nicht. Sie wollten nur das Foto des Alten sicherstellen.«

»Dein Wort in Gottes Ohr.«

»Fahr nach Hause und lege dich ins Bett. Heute ist Freitag, wenn du bis Dienstag wieder einigermaßen hergestellt bist, koche ich für dich. Dienstag habe ich frei.«

Die Kühnert lächelte und präsentierte sich in bester Laune.

»Gibt's was Erfreuliches? Sie sind so aufgedreht«, versuchte Tom seine Neugierde zu stillen.

»Das wird Ihnen Herr Köpenick sagen«, wich sie aus und öffnete die Tür zum Chefbüro.

»Herr Schwertfeger, Sie sind heil zurück, dem Allmächtigen sei Dank. Hatten Sie mit Ihren Recherchen bei der Beerdigung Erfolg?«

»Das Ergebnis dürfte Sie überraschen. Ich habe den Paten kennengelernt, und weil ich ihn fotografierte, haben sie mir einen Baseballschläger über den Kopf gezogen und mein Handy abgenommen. Aber das Wichtigste: Die Jungs sind im Kunsthandel unterwegs, vermutlich als Hehler gestohlener Gemälde und Skulpturen. Jedenfalls hat sich Rossi ziemlich aufgeregt, als wir das Versteck entdeckt hatten.« Dann spulte Tom die ganze Arie seiner Erlebnisse herunter, wie er sie zuvor schon Giulia vorgetragen hatte.

»Haben Sie Schmerzen?«

»Ganz gewaltige, ich habe eine Gehirnerschütterung. Muss mich übers Wochenende auskurieren.«

»Das tut mir leid. Aber sagen Sie, warum könnte es für uns von Interesse sein, dass diese Gauner auch mit gestohlenen Kunstwerken dealen?«

»Wenn der van Gogh, den wir entdeckt haben, in einer Fahndungsdatei vermerkt ist, kann die deutsche Staatsanwaltschaft die italienischen Ermittlungsbehörden einschalten. Dann wird's eng für Rossi. Bisher konnte man ihm ja nichts nachweisen, jetzt dürfte es einfacher werden.«

»Verstehe.«

»Ach ja, Matteo war auch bei der Beerdigung. Er hat mir einen Stick in die Hand gedrückt, den schaue ich mir gleich mal an.«

»Gute Arbeit! Wenn Sie jetzt im Krankenhaus in Kalabrien liegen müssten, würde ich mir Vorwürfe machen.«

»Warum? Sie haben mir doch abgeraten. Ich habe mich eigenmächtig über Sie hinweggesetzt.«

»Schon gut, Sie scheinen das Glück gepachtet zu haben. Ich habe auch eine Neuigkeit.«

»Und?«

»Steinmaier, der Chef der Sparkasse hat mich aufgesucht. Er hat mir das Aktienpaket, das ich als Pfand für den Kredit hinterlegen musste, zurückgegeben. Die inzwischen gute Geschäftsentwicklung von *Luigi Ferra* hätte ihn überzeugt, schwadronierte er. Normalerweise verzichten Banken nicht auf Sicherheiten. Hatten etwa Sie in diesem Fall auch die Finger im Spiel?«

»Ich habe ihn lediglich darauf hingewiesen, dass er sich mit *Exercise Interest* die Finger verbrennt.«

»Das hat er Ihnen abgenommen?«

»Na ja, ich musste ihm schon den Kopf waschen. Der Typ steht etwas neben der harten Wirklichkeit.«

In seinem Büro steckte Tom den Stick von Matteo in den PC. Als Erstes erschien eine Liste von Namen, die bei *Exercise Interest* beteiligt waren beziehungsweise verantwortlich zeichneten: Francesco Pulia, Bauwesen; Romano Zucchero, Verteidigungsgüter; Benito Salveroni, Handel, und Giovanni Rossi, Mode. Der Gesamtumsatz von *Exercise Interest* war mit zwei Milliarden Euro beziffert, wobei allein die Hälfte auf das Baugeschäft entfiel. Ausgewiesen im »Infocamere« wurden lediglich die Geschäftsfelder Bau und Mode. Die »Geschäftsführer« seien dem »Padrone« berichtspflichtig. Sein Name war nicht genannt.

Auf einer weiteren Liste waren Geschäftsverbindungen mit dem Vermerk »unvollständige Angaben« gelistet. Darunter fanden sich weitere Baufirmen als Subunternehmer, die Modebeteiligungen, kleinere Schneidereibetriebe, das Militär sowie der italienische Auslandsgeheimdienst *AISE*. Beim »Dipartimento«-Handel stand als nichtssagender Geschäftszweck »mit Gütern aller Art«. Dann der Hinweis, der Tom elektrisierte: »Waffengeschäfte mit Polizei und Militär werden offiziell abgewickelt, mit zivilen Kunden weitgehend getarnt und falsch deklariert. Transportmittel sind Lebensmittellastwagen, Krankenwagen oder Leichenwagen.«

»Leichenwagen«, das war der Schalter, der Licht für die Szene auf dem Friedhof anknipste: In dem Sarg, der auf einer Lafette aus dem Cimitero gerollt wurde, könnten Waffen gewesen sein. Eine in Mafia-Kreisen durchaus übliche Transportlösung. Am Dienstag würde er Giulia den Stick übergeben.

46

Zu Hause verzichtete er aufs Abendbrot, nahm eine Schmerztablette und legte sich ins Bett. Gegen Mitternacht wachte er auf, starrte für ein paar Minuten an die Decke und kroch schließlich aus den Federn. Der Mond stand kreisrund am Nachthimmel und schickte sein Licht ins Zimmer. Tom schaute den Wolken nach, wie sie an den Sternbildern vorbeizogen. Er hatte das Bild aus *Homo Faber* vor sich: »Ich sehe den Mond, klarer als je, eine errechenbare Masse, die um unseren Planeten kreist, eine Sache der Gravitation.« Nein, Romantisches konnte Tom so wenig an ihm entdecken wie Max Frisch. Noch nicht einmal ein »Erlebnis« drängte sich ihm auf, wenn man von der kosmischen Katastrophe absah, die den Mond werden ließ. Astrophysiker gehen davon aus, dass er entstand, als ein riesiger Meteorit auf die Erde prallte und ein Teil seiner Masse in den Orbit geschleudert wurde, wo er sich im Laufe von Millionen Jahren zu einer Kugel formte, die in der Umlaufbahn der Erde hängenblieb. Eine »errechenbare Masse«, mehr nicht. Selbst das Licht, mit dem der Himmelskörper sein Zimmer erleuchtete, stammte nicht von ihm. Der Mond reflektiert lediglich die Strahlen der Sonne.

Er setzte sich an den Schreibtisch und klappte seinen Laptop auf. Eine Nachricht von Köpenick: »Kommen Sie morgen Abend ins Opernhaus, meine Mutter erwartet Sie im Foyer. Aufgeführt wird *Turandot* von Giacomo Puccini. Ich wünsche einen vergnüglichen Abend.«

Auch das noch, in die Oper mit der übellaunigen Alten! Dabei waren Opern überhaupt nicht sein Ding und *Turandot* schon gar nicht. Dem persischen Märchen mit der unnahbaren Prinzessin konnte er nichts abgewinnen. Wer sie zur Frau begehrte, musste drei Rätsel lösen. Bei Versagen wartete der Tod durch das Schwert. Albern! *Nabucco* von Giuseppe Verdi wäre ihm lieber. Da könnte er den Gefangenenchor der Hebräer mitsingen: »Va, pensiero, sull'ali dorate …« Flieg, Gedanke auf goldenen Schwingen.

Tom schickte Matteo eine SMS:

»Wann sind Sie in Bayreuth?«

Eine Antwort erwartete er erst am nächsten Morgen, aber Matteo war offensichtlich noch wach:

»Kommen Sie zum Lunch nach Mailand in die *Bottega Emilia*«, forderte er ihn auf.

»Ist das nicht zu riskant? Da könnte Rossi auftauchen«, gab Tom zu bedenken.

»Rossi hängt zurzeit in Catanzaro fest.«

»Was heißt das?«

»Nicht am Telefon.«

»Okay, übernächste Woche. Den Tag nenne ich kurzfristig.«

Er tippte auf den Button *Anzeiger online* und suchte nach Alissa Didier. Ein Dreispalter über einen mutmaßlichen Mord an einem russischen Clanmitglied in Berlin. Alissa spekulierte, dass es um Einflusssphären rivalisierender Banden ging. Es waren Mutmaßungen der Polizei, belegen konnte sie die Einschätzung nicht und die Ermittlungsbehörde hielt sich bedeckt. Nichts

Aufregendes. Vielleicht sollte er sich mit ihr treffen, er könnte sie für seine Arbeit noch brauchen und für Tipps wäre sie dankbar. Vielleicht sollte er auch Mark Overbeck aufsuchen, den Chef des Wirtschaftsressorts. Eine Turn-around-Geschichte über *Luigi Ferra* wäre an der Zeit. Aber dafür müsste er erst mit Köpenick sprechen. Er legte sich wieder ins Bett, schlafen konnte er nicht mehr, obwohl die Schmerzen nachgelassen hatten.

Beim Frühstück eröffnete ihm Jessie, dass sie am Montag ihren Job in Berlin antreten werde. Bedenken über die neue Herausforderung hätte sie nicht. Er müsste halt eine ungewohnte Rolle einüben, erinnerte sie ihn an seine Pflichten, aber sie hätte keine Zweifel, dass er es schaffen würde. Tom beruhigte sie, sie solle sich keine Gedanken machen. Lediglich am Dienstag hätte er einen Abendtermin, aber die Kinder seien es gewohnt, auch allein rechtzeitig ins Bett zu gehen. Ach ja, heute Abend müsste er mit Köpenicks Mutter in die Oper, zu *Turandot*.

20 Minuten vor acht betrat Tom das Foyer des Schauspielhauses. Köpenicks Mutter war bereits da, hielt ein Glas Sekt in der Hand und bot sich an, ihm ebenfalls ein Glas zu holen. Sie trug eine auffallend rote Spitzentunika, reichlich bestickt und mit Fransen an Ärmeln und Saum. Die aus Goldfäden geflochtene Halskette und die brillantbesetzte Armbanduhr waren ihm noch aus der ersten Begegnung in Erinnerung.

»Ich freue mich, dass Sie meine Einladung angenommen haben, es wird bestimmt ein erhebender und nachhaltiger Kunstgenuss«, stimmte sie ihn auf den Abend ein.

»Wenn Sie gestatten, werde ich mir ein Urteil nach der Aufführung erlauben.«

Dass er von Opern nicht viel verstand und von *Turandot,* die er vor ewigen Zeiten einmal gesehen hatte, schon gar nichts, verschwieg er.

»Selbstverständlich, ich bin gespannt auf Ihre Kritik«, beschied ihm die alte Dame.

»Sagen Sie, verehrte Frau Köpenick, was ist der Anlass für Ihre großzügige Einladung?«

»Na hören Sie, *Luigi Ferra* ist überm Berg und Sie haben uns unter Einsatz Ihres Lebens einen gefährlichen Angreifer vom Hals gehalten. Es ist vor allem Ihr Verdienst, dass *Luigi Ferra* ein Familienunternehmen bleibt. Ist das etwa kein Grund?«

»*Luigi Ferra* ist vermutlich gerettet, aber ich bin noch in der Schusslinie, weil ich einen der Bosse von *Exercise Interest* vorgeführt habe.«

»Ach, Sie wissen sich schon zu helfen, da bin ich inzwischen überzeugt. Im Übrigen sagte mir mein Sohn, dass Sie mit Theodorakis Sirtaki übten, weil Sie mit Ihrer Familie einen Urlaub auf Kreta planten. Der Urlaub geht auf meine Kosten. Wählen Sie ein Luxushotel und übergeben Sie Frau Kühnert Rechnungen und Belege der Reise.«

»Sie überraschen mich, eine sehr freundliche Geste. Ich habe nur meinen Job gemacht.«

»Stapeln Sie nicht tief, Sie wissen selbst am besten, was Sie für uns auf sich genommen haben.«

Sie saßen Mitte der Reihe sieben, die besten Plätze mit guter Sicht auf die Bühne. Frau Köpenick beanspruchte die gemeinsame Armlehne, die korpulente Dame zur Linken ebenfalls. Er war gezwungen, seine Arme in den Schoß zu legen und die Knie anzuziehen. Der Fußraum war für seine Verhältnisse zu knapp. Eine Qual! Und dann noch das Gekreische der Darsteller. Zweieinhalb Stunden sollte das Stück dauern, drei Akte lang Sopranarien über die alberne Geschichte einer Prinzessin, die ihre Verehrer, sollten sie ihr nicht klug genug sein, über die Klinge springen ließ.

Nach der Aufführung bestand Frau Köpenick auf Toms Urteil.

»Wollen Sie eine ehrliche oder eine diplomatische Antwort?«

»Eine ehrliche, Sie brauchen mir nicht zu schmeicheln.«

»Ich kann nicht behaupten, dass mich das Stück berührt hätte. Aber das trifft auf die meisten Opern zu, die Geschichten sind aus meiner laienhaften Sicht völlig unglaubwürdig und arg weit hergeholt: Hier ist es die eiskalte Prinzessin, das Volk, das nach Hinrichtungen giert und die Sklavin Liù, die noch mit dem Dolch in der Brust singt. Aber so ist eben Opernliteratur, ich habe moderne Literatur studiert.«

»Ihre Meinung über Opern teile ich nicht.«

»Verstehe ich Sie richtig, das Stück hat Ihnen gefallen?«

»Ganz und gar nicht, auch wenn ich Puccini schätze. Aber Sie scheinen von Opern wenig Ahnung zu haben.«

»Da widerspreche ich nicht. Was *Turandot* betrifft, haben wir aber offensichtlich dieselbe Meinung«, säuselte er.

47

Am Montag verabschiedete sich Jessie in aller Herrgottsfrühe, um mit der Bahn nach Berlin zu fahren. Tom rührte den Kindern das Frühstücksmüsli, schickte sie in die Schule und Giulia eine SMS: »Ich bin wieder auf dem Dampfer, kann dich morgen Abend besuchen.«

Giulia simste sofort zurück: »Halb acht wäre passend.«

Tom genoss die Vorfreude. Auch wenn er sich nichts versprach, ein Dinner mit Giulia hatte immer etwas Sinnliches und verschaffte ihm jedes Mal verwertbare Erkenntnisse. Er verließ das Haus, um Lebensmittel einzukaufen. Im Weingeschäft an der Ecke nahm er noch eine Flasche *Taittinger* für Giulia mit.

Zu Hause setzte er eine kräftige Fleischbrühe an, Grundlage seines beliebten Kartoffelsalats, den er aus Bamberger

Hörnchen hobelte. Knetete feingehackte Schalotten und eine Knoblauchzehe in die Fleischküchle, schnibbelte Tomaten mundgerecht und schmeckte sie mit Balsamico, Salz und Pfeffer ab, gab drei Esslöffel kaltgepresstes Olivenöl und eine Handvoll Basilikum dazu.

Als er die Küche aufgeräumt hatte, fühlte er plötzlich eine ungewohnte Leere. Er war es nicht gewohnt, ohne Arbeit zu sein und ging gelangweilt im Wohnzimmer auf und ab. Aus dem Regal griff er sich *Das Parfüm*, die grausame Geschichte des Pariser Mörders Jean-Baptiste Grenouille. Er hatte das Buch, in dem Gerüche die tragende Rolle spielen, schon vor Jahren gelesen, konnte sich aber an Patrick Süskinds Roman noch immer ergötzen.

Die Kinder zeigten ihm ihre Hausaufgaben, die sie perfekt erledigt hatten. Seine Kontrolle sei überflüssig, erklärte Lara, sie sei nur der Mutter geschuldet.

Zum Lohn spazierte er mit ihnen ins nächste Eiscafé. Lara bevorzugte exotische Sorten wie *Stracciatella* und *Amarena,* Vincent verlangte nach *Spaghettieis*. Tom zeigte sich großzügig. Aber dann hatte Lara doch Fragen:

»Warum arbeitet Mama jetzt außer Haus und du zu Hause?«

»Wie du weißt, hat Mama jetzt einen Job in Berlin und ich habe meine Verpflichtungen soweit erledigt, dass ich nicht mehr jeden Tag ins Büro muss. Das passt gerade sehr gut.«

»Aber sag, warum arbeitest du in einer Modefirma? Du bist doch Reporter«, insistierte sie.

»Meine Arbeit bei *Luigi Ferra* ist so ähnlich wie mein Reporterjob. Ich musste einen Fall lösen und das ist mir gelungen. Der Unterschied besteht nur darin, dass ich nicht darüber schreiben muss.«

»Und was für ein Fall war das?«

»Ein Mafioso wollte *Luigi Ferra* mit kriminellen Methoden übernehmen, aber das habe ich vereitelt.«

»Dann bist du jetzt arbeitslos?«, hakte Lara nach.

»Noch ist nicht alles erledigt, weshalb ich noch beschäftigt bin.«

»Aber wenn du arbeitslos bist, wird es uns schlechter gehen.«

»Macht euch da mal keine Sorgen, ich werde nicht arbeitslos«, beruhigte er die Kinder. Wohl wissend, dass es eine kühne Behauptung war.

Einige Minuten vor halb acht klingelte er in der Hindelangstraße 149 bei »G.G.«, Giulia entsperrte den Aufzug und bat ihn nach oben. Leger gekleidet stand sie vor ihm, als sich die Aufzugtür öffnete: langes, schwarzes, schwingendes Kleid mit gelben Tupfen, passend dazu gelbe Sandaletten. Das Haar trug sie offen, die Lippen waren mit rotem Stift minimal nachgezogen.

»Komm rein, du kannst den Wein öffnen. Ich bin gleich fertig.«

Er folgte ihr in die Küche, stellte den *Taittinger* auf den Tisch und bedankte sich für die Einladung. Giulia lächelte, drückte ihm einen *Antinori Tignanello* und den Korkenzieher in die Hand. Jahrgang 2016 entnahm er dem Etikett.

»Ein verdammt teurer Wein, den du auffährst«, entfuhr es ihm.

»Dem Gast angemessen«, gab sie lächelnd zurück. »Gieße ihn behutsam in den Dekanter und stelle ihn auf den Esstisch. Er braucht noch Luft.«

Weiße Leinentischdecke, weiße Stoffservietten, ausladende Rotweingläser und eine rote Rose in einer schlanken Vase. Giulia brachte den *Taittinger* aus der Küche und bat, auch den Champagner zu öffnen.

»Ich komme gleich mit der Minestrone, heute gibt's Toskanisches nach Hausfrauenart.«

Tom schnupperte an der Terrine, ein angenehmer Duft! Er bewunderte die feingeschnittenen Zutaten, die zwischen den goldenen Fettaugen der Bouillon schwammen.

Sie hob das Champagnerglas.

»Trinken wir auf dein zweites Leben, du hast viel gewagt. Ich weiß, wovon ich rede.«

Als die Teller geleert waren, schenkte sie Champagner nach und plauderte über die Raffinessen der toskanischen Küche, über den Charme einfacher Zubereitung und die Vielfalt regionaler Spezialitäten. Überhaupt, die italienischen Regionen, sie hätten im Bewusstsein der Menschen eine tiefere Bedeutung als bei den Deutschen. Das sei historisch zu erklären, Italien sei ja erst seit gut 150 Jahren ein Staatengebilde. Auch die Rivalitäten untereinander seien ausgeprägter. Noch immer rümpften die Toskaner ihre Nase über die Umbrier, obwohl sie sich sehr ähnlich seien.

Tom hörte ihr aufmerksam zu, in der Heimat ihrer Eltern kannte sie sich aus.

»Du kannst den Roten einschenken, ich bin gleich wieder da.«

Giulia kam und servierte dünn filetierte Fleischscheiben auf einem Silbertablett.

»Schweinerücken mit gehacktem Rosmarin und Knoblauch, in Olivenöl zwei Stunden geschmort. In der Toskana nennt man dieses Gericht *Arista al forno*.«

Als sie das Mahl beendet hatten, fragte sie, was es Neues in seinem Job gäbe.

»Ich musste vorgestern Abend mit der alten Dame Köpenick in die Oper, zu *Turandot*. Sehr anstrengend, aber ich hab's überstanden.«

»Puccini ist doch klasse, ich liebe seine Musik.«

»Verdi wäre mir lieber gewesen. Aber eigentlich endet mein Musikverstand bei den Beatles.«

Sie lachte herzhaft und leerte ihr Glas in einem Zug.

»Dann hat sie mir angeboten, meinen nächsten Familienurlaub in Griechenland zu bezahlen. Dabei kann ich gar nicht reisen, weil meine Lebensgefährtin inzwischen einen Job in Berlin angenommen hat und so schnell keinen Urlaub bekommt.«

Giulia nahm das Tablett mit den Resten des Bratens vom Tisch und schickte Tom ins Wohnzimmer. Nachdem sie das Geschirr in der Spülmaschine verstaut hatte, zog sie ihre Sandaletten aus und machte es sich, die Beine angewinkelt, auf dem Sofa bequem. Tom setzte sich zu ihr, hielt brav Abstand.

»Mir ist in Ferrara eine Vierzimmerwohnung in der Altstadt angeboten worden. Ich überlege, sie zu kaufen.«

»Was willst du in Ferrara, dein Leben spielt sich doch hier ab?«

»Na ja, irgendwann komme ich ins Rentenalter und Italien liegt mir schon familiär sehr nah. Die Altstadt von Ferrara wäre im Alter ideal. Kunst- und Kulturstätten quasi vor der Haustür. Und die Wohnung wäre ein Schnäppchen.«

»Verrätst du mir, was sie kostet?«

»400.000 Euro für 120 Quadratmeter.«

»Du bist immer für eine Überraschung gut.«

»Ferrara ist eine alte Universitätsstadt, eine der wenigen Städte Italiens nichtrömischer Gründung. Sie ist das kulturelle Zentrum der Emilia-Romagna mit Renaissancebauwerken wie dem *Palazzo dei Diamanti*. Die historische Altstadt aus dem frühen Mittelalter wurde von der Unesco zum Kulturerbe anerkannt.« Und als ob die Aufzählung nicht genug wäre, fügte sie hinzu: »Zu den Stränden der Adriaküste sind es nur 50 Kilometer. Das hat doch was.«

»Du kennst dich verdammt gut aus, Chapeau! Wann gedenkst du, deinen Job an den Nagel zu hängen?«

»Vielleicht in fünf Jahren, dann bin ich 55 und kann vorzeitig in den Ruhestand. Fraglich, ob mir später nochmal so ein Schnäppchen im Herzen der Stadt angeboten wird.«

»Was soll aus mir werden, wenn du nicht mehr hier bist?«

»Du kannst mich jederzeit besuchen. Eine Stunde Flugzeit nach Bologna, ich hole dich ab.«

Tom rutschte näher an sie ran und säuselte ihr ins Ohr: »Ich komm' dich besuchen, verlass' dich drauf.«

Giulia umarmte und küsste ihn, sie wurde zunehmend stürmischer. Dabei schob sie sich dichter an ihn ran, bis sie buchstäblich über ihm lag. Tom fühlte sich trunken vor Glück, entzündet von ihrer Glut. Plötzlich erhob sie sich, nahm ihn an die Hand und zerrte ihn ins Schlafzimmer.

48

Mailand sonnte sich in den schönsten Farben. Den Weg von der Stazione Garibaldi zur *Bottega Emilia*, den Tom vom Treffen mit Rossi kannte, bummelte er, sein Jackett hatte er lässig über die Schulter geworfen. Pünktlich um zwölf betrat er das Restaurant. Matteo saß bereits an einem Tisch und winkte ihn herbei. Mit seinem dunkelblauen Zweireiher, den goldenen Knöpfen und den Perlmuttmanschettenknöpfen hätte er als Schifffahrtskapitän durchgehen können. Die Begrüßung war herzlich, obwohl Tom von einem latenten Misstrauen beherrscht war. Zu viel erschien ihm an Matteo widersprüchlich, auch rätselhaft.

»Was ist mit Rossi? Sie wollten übers Telefon nicht darüber reden«, ging Tom sofort in die Offensive.

»Es scheint, als ob er in Ungnade gefallen ist. Die Polizei hat Benito Salveroni, zuständig bei *Exercise Interest* für Handelsangelegenheiten, wegen Verdachts auf Kunstraub und Hehlerei festgenommen. Nur wenige Tage nachdem Ihre Kollegin die Gemälde beim Leichenschmaus in dem Nobelrestaurant entdeckt hatte.«

»Dann ist doch Rossi aus dem Schneider?«

»Ganz und gar nicht. Der Padrone wirft ihm vor, die Entdeckung nicht verhindert zu haben.«

Sie bestellten Steinbutt mit Salat und vorneweg eine kleine Portion Spaghetti mit Steinpilzen. Weißwein, den leichten *Soave,* den Matteo mit den Worten anpries: »Von dem können Sie eine Flasche leeren und merken immer noch nichts.«

»Verstehe, die Verhaftung Salveronis hat den Laden aufgescheucht.«

»Salveroni hat einen der besten Anwälte Italiens engagiert, der bekannt dafür ist, Mafia-Mitglieder erfolgreich zu verteidigen. Er verlangt das Doppelte des üblichen Honorars.«

»Ein lohnendes Geschäft.«

»In der Tat. Außerdem ist es für Anwälte nicht strafbar, wenn sie kontaminiertes Geld für ihre Dienstleistung nehmen.«

»Wie das?«

»Ganz einfach, Juristen formulieren die Gesetze. Und dabei achten sie peinlichst genau darauf, dass ihre Zunft ungeschoren davonkommt.«

»Unglaublich.«

»Jedenfalls will ihn sein Anwalt mit der Behauptung rausboxen, er, Salveroni, hätte mit den Bildern nichts am Hut. Das ist die Verteidigungsstrategie, die mir bekannt ist.«

»Klar, man wird es ihm nachweisen müssen.«

»Kommt er damit durch, wird es allerdings eng für den Restaurantbesitzer. Entweder geht der für Salveroni in den Knast, was ich für sehr unwahrscheinlich halte, oder er belastet Salveroni. Dann muss auch der beste Anwalt zum probaten Mittel der Bestechung greifen.«

»Keine verlockende Perspektive, weder für Salveroni noch für den Wirt. Was passiert jetzt mit Rossi?«

»Das Problem liegt doch auf der Hand: *Exercise Interest* ist zwangsläufig in den Fokus der Ermittlungsbehörden geraten, was das Geschäftsmodell belastet. Die sogenannten Geschäftsführer haben sich als unbescholtene Business-Leute getarnt und sogar mit der Regierung Geschäfte gemacht. Das wird künftig nicht mehr so einfach möglich sein. Vielleicht übersteht das Modegeschäft die Sache unbeschadet, aber Rossi ist angeschlagen. Und den Alten zum Gegner zu haben, dürfte nicht lebensverlängernd sein.«

Tom war von der Erzählung angetan, Matteo kokettierte mit exzellenten Informationen.

»Ich kann es immer noch nicht fassen, dass Sie in diesem Laden gelandet sind«, zeigte er sich verwundert. »Sie mussten doch mit Blindheit geschlagen sein!«

»Kann schon sein, ich hätte genauer hinschauen sollen. Aber im Vertrauen: Ich bin auf dem Absprung.«

»Haben Sie Rossi erzählt, was Sebastian Köpenick mit *Luigi Ferra* vorhat?«

»Nicht Rossi, Matarella. Aber der hat keine Ahnung von unserem Geschäft.«

»Köpenick hat seinen Laden inzwischen gedreht, der Aktienkurs steigt.«

»Respekt, ich habe ihm das nicht zugetraut. Sein entscheidender Coup war, die Familie aus dem operativen Geschäft herauszuhalten. Das hat er mit einer Brutalität durchgezogen, die bewundernswert ist.«

»Warum wollten Sie sich mit mir nicht in Bayreuth treffen?«

»Vergessen Sie *Bella Schmieder*, das Unternehmen ist ein Sanierungsfall. Rossi hat die Firma aus der Konkursmasse erworben, weil ihm *Luigi Ferra* durch die Lappen gegangen ist. Aber das war ein kapitaler Fehler, der Alte wird es bald merken.«

»Wo haben Sie Ihre Angel ausgeworfen?«

»Das sage ich Ihnen, wenn die Tinte unter dem Vertrag trocken ist. Es ist eine erstklassige Adresse.«

Tom insistierte nicht weiter und fragte Matteo nach seinen geschäftlichen Erwartungen: »Wie läuft's bei *Avantguide*?«

»Ganz ordentlich, Schnitte und Farben sind nach dem Geschmack junger Frauen und preislich liegen wir bei *Luigi Ferra*.«

»Wo lassen Sie die Kleider fertigen?«

»In Bangladesch, von den Kosten her unschlagbar. Köpenick hat das nicht begriffen. Er glaubt, mit günstigem Stoffeinkauf ist er auf der sicheren Seite. Entscheidend sind aber die Lohnkosten und die sind in Griechenland und der Türkei zu hoch.«

»Mir nötigt Köpenicks Haltung Respekt ab.«

»Das sei Ihnen unbenommen. Aber das kalte Herz des Kapitalismus schlägt nicht für Sozialromantik.«

»Was ist mit Ihrem Kollegen, der mich in der Bar vom *Stadtgarten-Hotel* angesprochen hat? Wie heißt der nochmal?«

»Francesco Alfonso.«

»Weiß er von Ihrem geplanten Absprung?«

»Natürlich nicht. Man darf in dem Haus niemandem trauen.«

»Wie wird er reagieren, wenn er von Ihrer Kündigung erfährt?«

»Er wird sich Hoffnungen machen, die Chancen dafür stehen nicht schlecht. Alle strategischen Entscheidungen sind gefallen und die Firma brummt. Da passt durchaus ein CFO an der Spitze, der nur noch die Zahlen kontrolliert.«

»Und *Bella Schmieder* abwickelt?«

»Das wird heikel, Rossi glaubt ja, eine Perle an Land gezogen zu haben. Am besten wäre es, Alfonso fände einen Käufer. Aber viel Geld ist da nicht zu holen.«

»Dass Ihnen nach der Kündigung etwas zustoßen könnte, davor haben Sie keine Angst?«

»Gewissheiten gibt es nicht. Aber ich sitze nicht an den Schalthebeln von *Exercise Interest*. Da stiege man nicht so einfach aus.«

»Bevor ich gehen muss: Verraten Sie mir, warum Sie mich sprechen wollten? Von unserer Unterhaltung nehme bisher nur ich etwas mit.«

»Sie haben mir vertraut, als Sie mein Angebot angenommen haben, und ich habe Sie enttäuscht, was nicht meine Absicht war. Den Angriff auf *Luigi Ferra* haben Sie erfolgreich abgewehrt, Respekt! Ich will den Kontakt mit Ihnen aufrechterhalten, Sie künftig an meiner Seite wissen.«

»Sie glauben doch nicht im Ernst, dass ich für Sie arbeiten werde?«

»Warum nicht? Von irgendeiner Arbeit werden Sie ja leben müssen.«

»Köpenick will mich nicht gehen lassen. Meine Situation bei *Luigi Ferra* ist inzwischen ziemlich komfortabel. Und sollte sich das eines Tages ändern, habe ich immer noch eine Option beim *Anzeiger*.«

»Sie haben sich schon einmal überzeugen lassen. Für gute Arbeit wird gutes Geld gezahlt. Und auf der Wiese, auf der Sie weiden, kann Ihnen keiner das Gras streitig machen.«

»Schminken Sie sich das ab, Herr Matteo. Mode ist nicht meine Welt.«

»Als Designer will ich Sie nicht engagieren. Aus meiner Erfahrung weiß ich, dass viele Modefirmen von der Mafia unterwandert sind. Es sind ideale Waschanlagen für Schwarzgeld. Diesen Sumpf auszutrocknen, dafür brauche ich Sie.«

Tom zuckte. Hatte nicht auch Theodorakis von der Unterwanderung vieler Modeunternehmen durch die Mafia gesprochen?

»Trifft das auch auf das Unternehmen zu, bei dem Sie anheuern wollen?«

»Die Wahrscheinlichkeit ist hoch.«

»Wo hat die Firma ihren Sitz?«

»In Ferrara.«

49

Jessie hatte sich inzwischen an ihren Job in Berlin gewöhnt, er füllte sie aus und machte ihr Freude, auch weil ihre Arbeit geschätzt wurde. Wenn sie donnerstagabends nach Hause kam, hatte sie gute Laune. Mit ihrem Gehalt war sie zufrieden, vor allem sah sie für sich wieder eine Perspektive. Sie meinte sogar, inzwischen auch ohne sein Geld über die Runden kommen zu können. An ihrem Verhalten spürte er, dass es ihr eigentlich um etwas anderes ging: um Augenhöhe! Sie war jetzt nicht mehr nur im Nebenerwerb für einen klammen Verlag tätig, sie fühlte sich ihm ebenbürtig.

Letzten Donnerstag erreichte ihn allerdings eine SMS mit einer überraschenden Nachricht: »Ich komme am Wochenende nicht nach Hause, der Verlag feiert ein Fest. Sorry! Du wirst mit den Kindern schon klarkommen. Gruß, Jessie.«

Was sollte denn dieser Mist? Plötzlich beschlich ihn das dumpfe Gefühl, von ihr ausgetrickst zu werden. Er allein für die Kinder zuständig? Das war so nicht vereinbart! Aktuell bei *Luigi Ferra* konnte er seine Erziehungspflichten gut managen: morgens schaute er im Büro vorbei, nachmittags recherchierte er von zu Hause und kümmerte sich um die Kinder. Wenn Köpenick etwas wissen wollte oder eine Neuigkeit hatte, rief er an. Der Job war wie geschaffen für einen Hausmann. Aber er mochte die Rolle nicht. Verlogen simste er zurück: »Kein Problem. Wünsche viel Spaß beim Verlagsfest.«

Tom duschte ausgiebig. Unterwäsche hatte er am Abend zuvor noch in die Waschmaschine gesteckt. Aus dem Stapel Hemden wählte er ein hellblaues und bügelte es. Es sollte zur Glencheck-Jacke passen, die ihm Theodorakis geschneidert hatte. Er machte was her, wie er beim Blick in den Spiegel feststellte, obwohl er mit dem Glencheck-Muster noch immer fremdelte.

Die Tür zu Köpenick stand offen.

»Meine Mutter will die Kosten für Ihren Familienurlaub übernehmen, hat sie mir gesagt. Wo soll's denn hingehen? Nach Kreta hatten Sie schon mal angedeutet.«

»Ich werde nicht verreisen können, meine Lebenspartnerin hat seit einigen Wochen einen neuen Job in Berlin und bekommt jetzt keinen Urlaub. Ich werde mit den Kindern Ausflüge unternehmen, ins Freibad gehen und Vergnügungsparks besuchen. Finanziell hält sich dieses Unterhaltungsprogramm im Rahmen.«

»Das war auch eine Schnapsidee, ich werde es ihr ausreden. Aber Sie wissen ja, sie kann sehr bockig sein. Überbleibsel einer Generation, als man mit Mode noch reich und prominent werden konnte.«

»Wie läuft denn das Geschäft?«

»Besser als gedacht. Wir könnten schon für dieses Jahr eine Dividende ausschütten, aber ich habe mich entschieden, den Mitarbeitern neben dem Weihnachtsgeld einen Bonus zu zahlen. 20 Prozent eines Monatsgehalts! Für Sie und die anderen leitenden Angestellten das Doppelte. Dividende gibt es nächstes Jahr wieder, schon damit die Vorzugsaktionäre kein Stimmrecht erhalten.«

»Woher der Sinneswandel? Großzügigkeit stand bisher nicht auf Ihrer Agenda.«

»Auch Schneider und Näherinnen muss man gelegentlich hinterm Ohr kraulen und bei Laune halten. Sonst brummt der Laden nicht.«

»Das ehrt Sie. Und welche Rolle haben Sie mir künftig zugedacht?«

»Da fällt mir schon etwas ein. Noch brauche ich Sie an der Front, falls Rossi einen neuen Versuch starten sollte.«

»Diese Gefahr sehe ich nicht mehr. *Exercise Interest* ist durch den Wind, nachdem der Kunsthehler Salveroni verhaftet wurde.

Daran ist Rossi nicht ganz unschuldig. Er ist in Ungnade gefallen, weil meine Kollegin beim Leichenschmaus die geklauten Gemälde entdeckt hatte, was er hätte verhindern müssen. Die Festnahme Salveronis ist auf einen Hinweis der hiesigen Staatsanwaltschaft an die italienischen Behörden zurückzuführen.«

»Ich prophezeie Ihnen: Die Gangster ziehen sich jetzt zurück und planen den Rollback. Mafiosi geben sich nicht so leicht geschlagen, das habe ich Ihnen schon mal gesagt.«

In seinem Büro stellte sich Tom vor die *Sitzende Marguerite* und flehte sie wie eine Heilige an: Was soll ich nur tun? Köpenick will mich nicht ziehen lassen, obwohl ich irgendwann für ihn nutzlos sein werde. Soll ich hinschmeißen und zum *Anzeiger* zurückgehen? Noch sitzt Meyerhöfer auf dem Chefsessel, nächstes Jahr ist die Chance möglicherweise vertan. Zu allem Überfluss will mich Matteo nach Ferrara abwerben. Ausgerechnet Ferrara, wo sich Giulia eine Wohnung zulegen will. Wie soll ich in Ferrara arbeiten, wenn Jessie sich mehr und mehr in Berlin einnistet?

Die *Sitzende Marguerite* gab ihm kein Zeichen. Sie lächelte ungerührt, so wie Modigliani sie erschaffen hatte. Die Entscheidung musste er wohl oder übel allein treffen.

Er packte seine Sachen und fuhr nach Hause. Die Kinder würden bald von der Schule kommen und hätten Hunger. War das seine neue Rolle? Kochen, waschen, bügeln, Hausaufgaben betreuen und hinterher Eis essen gehen? Am liebsten würde er Jessie ein Ultimatum stellen. Ein gedanklicher Ausrutscher, Ausfluss himmelschreienden Egoismus'. Er schämte sich. Überhaupt: Mit welchem Recht dürfte er Jessie den Job streitig machen? Sie könnte den Spieß umdrehen. Er fühlte sich schlecht, sein Kopf hämmerte. 47 und keine Perspektive. Wäre er doch beim *Anzeiger* geblieben.

Er kochte Spaghetti und rührte das angebratene Hackfleisch in die Tomatensoße. Spaghetti Bolognese, eines ihrer Leibgerichte!

Sie schätzten die Nudelspeise mindestens so sehr wie seinen Kartoffelsalat. Als sie sich zu ihren Hausaufgaben verdrückten, bügelte er die restlichen Hemden. Wie bin ich nur in diese verdammte Situation geraten, fragte er sich. Als Reporter bei Waffendeals der Mafia mit den Taliban am Tisch, Lieferwege für Heroin von Afghanistan nach Deutschland enttarnt und stillgelegt, als Vertrauter Köpenicks den Mafioso Rossi an die Wand gespielt und *Luigi Ferra* vor ihrer Unterwanderung bewahrt. In jede Schlangengrube war er gestiegen, die sich vor ihm aufgetan hatte. Zuletzt bei der Bestattung von de Luca. Was hieß schon Schlangengrube? Es waren Schützengräben, in die Granaten einschlugen. Und jetzt: Bügeln!

Die Kinder wählten im Eiscafé ihre Lieblingssorten: *Stracciatella* und *Spaghettieis,* er bestellte einen doppelten Espresso. Als die Kellnerin servierte, klingelte das Handy.

»Ich habe die Wohnung in Ferrara gekauft. Nächste Woche fliege ich hin, messe die Zimmer aus und überlege mir die Möblierung. Kannst mitkommen, dein Rat wäre mir willkommen.«

»Wenn es ein Tagesausflug wird, bin ich dabei. Mehrtägig geht leider nicht.«

»Wir fliegen morgens nach Bologna, mieten uns ein Auto und sind abends wieder zu Hause. Der Rückflug ist um sechs. Übernachten können wir in der Wohnung nicht, sie ist leer, weder Bett noch Tisch sind drin. Aber ein gutes Restaurant liegt in der Nähe.«

»Wann fliegst du?«

»Donnerstag.«

»Gib mir die Flugdaten durch, ich bin dabei.

Vincent wollte nun endlich mal mit dem Power-Mercedes auf die Autobahn, was ihm Tom schon vor langer Zeit versprochen hatte. Lara musste hinten Platz nehmen. Tom quälte sich durch die Stadt, Freitag, Feierabendverkehr. Auf der A 8 war's nicht wesentlich besser. Mehr als 80 war nicht drin. Vincent zeigte sich enttäuscht. Tom versprach für Sonntagvormittag einen weiteren Versuch.

Die Kinder waren schon im Bett, als ihn das Smartphone aufschreckte. Die Nummer war unterdrückt.

»Hier Matteo, störe ich?«

»Keineswegs, ich sitze auf dem Sofa und lese eine Chronik über die *Guinness*-Brauerei in Dublin, total spannend.«

»Haben Sie wenigstens ein Glas *Guinness* vor sich?«

»Leider nein, aber morgen werde ich mir ein paar Flaschen zulegen, die Lektüre regt an. Was verschafft mir zu später Stunde die Ehre?«

»Ich wollte Sie nur in Kenntnis setzen, dass ich nächste Woche meinen neuen Job bei *Alfa Fashion* in Ferrara antreten werde.«

»Wie sind Sie denn so schnell aus Ihrem Vertrag rausgekommen?«

»Ich habe Alfonso als meinen Nachfolger vorgeschlagen und Matarella davon überzeugen können, dass ich bei Weiterbeschäftigung nur noch Kosten verursache. Da *Avantguide* gut läuft, hat er sich darauf eingelassen. Sonst hätte ich meinen Vertrag erfüllen müssen. Die schnelle Klärung ist mir lieber. Ich muss hier raus.«

»Gratuliere, das haben Sie exzellent gemacht.«

»Ach ja, Matarella meinte ganz beiläufig, dass sie *Alfa Fashion* auch auf dem Radarschirm hätten. Das heißt nicht mehr und nicht weniger, dass es ohne Sie nicht geht.«

»Kommen Sie in fünf Jahren wieder auf mich zu, da könnte Ferrara für mich interessant werden.«

»Das geht auf keinen Fall, *Exercise Interest* hat einen Plan. Und wenn die etwas wollen, holen sie es sich. Außer ein gewisser Schwertfeger verhindert das. Ihre Meisterprüfung haben Sie bei *Luigi Ferra* abgelegt.«

»Es ehrt mich, verehrter Herr Matteo. Aber jetzt geht es beim besten Willen nicht. Haben Sie bitte Verständnis.«

»Fühlen Sie sich eingeladen. Ein kurzer Hinweis, wann Sie kommen können, und ich rolle Ihnen in Ferrara den roten Teppich aus.«

»Ich melde mich.«

Tom legte sein *Guinness*-Buch aus der Hand und suchte im Netz nach Informationen über *Alfa Fashion*: modische Damenkleider, das Übliche. 800 Beschäftigte, für ein Modeunternehmen durchaus beachtlich. Gesellschaftsform S.p.A., Società per azioni, eine Aktiengesellschaft! Bei Tom blinkten die Warnlampen: ideal für einen Einstieg mit Schwarzgeld über die Börse! Die Masche von *Exercise Interest*.

50

Der Trip mit Giulia erwies sich anfangs als etwas hektisch: Hinflug nach Bologna, eine knappe Stunde bis Ferrara, Parkplatzsuche in der Altstadt. Aber kaum hatten sie die Wohnung in der Via Voltapaletto betreten, wandelte sich Toms Stressgefühl in Staunen: Decken aus Florentiner Stuck, Holzpaneelen in Wohn- und Esszimmer, Carrara-Marmor in Bad, Diele und Küche. Balkon mit Blick auf die dreigliedrige, reichverzierte Fassade der Kathedrale *San Giorgio* und auf Gassen mit zahlreichen Nobelboutiquen und Restaurants. Giulia maß die Räume, Tom assistierte mit Block und Stift. Keine Frage, sie hatte eine stilvolle Behausung gefunden, die Wohnung hatte Charme.

»Sobald ich mein Domizil eingerichtet habe, kommst du mich besuchen. Es werden aber noch ein paar Wochen ins Land gehen.«

»Ganz sicher werde ich auf der Matte stehen und garantiert nicht nur für einen Tag.«

»Darauf bestehe ich«, gab sie forsch zurück.

Gegen zwei waren sie mit Ausmessen und Parlieren über alle möglichen Einrichtungsvarianten fertig. Antike Möbel oder moderne? Schlafzimmer modern, Küche im High-End-Design und Geräte auf dem neuesten technischen Stand, da waren sie sich schnell einig. Vitrinen und Schränke in Wohnzimmer, Esszimmer und Diele dagegen antik. Eine stimmungsvolle Ausstattung, gaben sie sich überzeugt. Sie flanierten ins *Ristorante Toscana*, ein kulinarischer Edelschuppen. Giulia kannte sich aus, die Stadt war ihr nicht fremd. Zwei Stunden verbrachten sie bei Pasta und Wein, dann ging's zum Flughafen.

Jessie war bereits da, als Tom nach Hause kam. Sie machte einen entspannten Eindruck und unterhielt sich angeregt mit Lara und Vincent. Als die Kinder zu Bett gingen, öffnete sie einen *Pinot Noir* und schwärmte von ihrer Arbeit, den angenehmen Kolleginnen und Kollegen, und dass der Chef ihre Kompetenz und die Gründlichkeit ihrer Arbeit schätzte. Inzwischen hatte sie schon das zweite Monatsgehalt auf dem Konto und konnte vor Stolz kaum laufen. Tom tat, als ob er sich freuen würde und erzählte, wie er die Zeit mit den Kindern verbracht hatte. Ganz nebenbei ließ sie den Hinweis fallen, dass sie nächstes Wochenende wieder in Berlin sein müsste, eine Klausurtagung des Verlags stünde an.

Bei *Luigi Ferra* ging alles seinen gewohnten Gang. Frau Kühnert kokettierte, was sie gern tat, mit ihrem Outfit, kochte Kaffee und reichte ihm die Modezeitschrift *Elle*.

»Nehmen Sie die mit, ein super Artikel über Köpenick und unsere neue Kollektion. Sie wird nächste Woche auf den *Düsseldorf Fashion Days* gezeigt, eine Fachbesuchermesse. Herr Köpenick wäre Ihnen sehr verbunden, wenn Sie sich auf dem Stand sehen lassen würden. Eine Ausstellerkarte ist reserviert.«

»Sie reden, als ob ich eine Wahl hätte.«

»Na ja, Herr Köpenick wäre schon irritiert, wenn Sie nicht nach Düsseldorf kämen.«

Tom nahm die Zeitschrift und blätterte sie in seinem Büro durch. Eine Personality-Story über Köpenick mit Hochglanzfotos vom Unternehmens-Chef im Design-Studio. Ausgefallene Kleider, von Models mit den bekannt kalten Mienen präsentiert. Sein leidiges Problem war nur: Woran sollte er erkennen, dass die Kollektionen ein Kassenschlager werden könnten?

Mit der *Elle* unterm Arm suchte er Theodorakis in seinem Atelier auf. Wieder mitten im Raum eine halbnackte Frau in den Vierzigern, die blitzartig ihre Blöße mit einem Tuch bedeckte.

»Tom, was verschafft mir das Vergnügen? Brauchst du neue Anzüge?«, frotzelte er.

»Sorry Kyriako, dass ich so hereinplatze, aber ich hätte eine Frage, die nur du mir beantworten kannst.«

Er legte die Zeitschrift auf den Schneidetisch und zeigte auf die Fotos mit der neuen Kollektion.

»Woran erkennt man, dass diese Kleider beim Publikum ankommen werden?«

»Das erkennt man nicht zwingend, unser Business besteht aus Versuch und Irrtum. Kollektionen setzt man auch schon mal in den Sand. Aber die neue Linie müsste ein Erfolg werden. Entscheidend ist neben dem Design der Beliebtheitswert des Labels, die Penetration über soziale Medien sowie Artikel wie dieser in *Elle*, an denen sich Modeblogger mit ihren Kommentaren orientieren. Modemacher bestimmen, was Frauen kleidet. Sie haben Macht über das Aussehen und definieren den Geschmack, an den sich modebewusste Frauen halten. Meistens jedenfalls.«

»Das sagte auch Fabia Piras vom *Central Saint Martins* in London, ich habe es in einem Interview gelesen.«

»Langsam wirst du doch noch Modeexperte«, spöttelte er.

51

Tom war es nicht gewohnt, dass jemand an seiner Wohnungstür klopfte, den er nicht erwartete. Wenn es an der Haustüre klingelte, war es in der Regel ein Paketbote, der eine Sendung für Mitbewohner in den Flur stellte. Das Klopfen wurde lauter und heftiger und plötzlich vernahm er einen Ruf: »Machen Sie auf, Polizei.«

An der Tür stand ein uniformierter Beamter, der sich sofort in die Wohnung drängte. Sein Kollege blieb draußen.

»Wir müssen Sie aufs Revier mitnehmen, Sie werden des versuchten Totschlags verdächtigt.«

Der Polizist versuchte, weiter in die Wohnung einzudringen, aber Tom blieb stehen. Obwohl er sich nicht als Held fühlte, hasste er es, wenn ihm jemand auf die Pelle rückte. Noch mehr, wenn es eine Amtsperson war, bei der er unterstellte, dass sie ihre Autorität willkürlich einsetzte.

»Zeigen Sie mir Ihren Ausweis! Da könnte jeder daherkommen und sich mit einer geliehenen Uniform wichtigmachen.«

Der Uniformierte zückte seine Dienstmarke, aber Tom gab sich nicht zufrieden: »Den Ausweis bitte.«

Auch damit tat er ihm den Gefallen.

»Sie sprechen in Rätseln. Wo sollte ich versucht haben, jemanden totzuschlagen?«

»In Italien. Kommen Sie mit, ohne Schwierigkeiten zu machen!«

»Bin ich jetzt verhaftet?«

»Nein, zunächst werden Sie verhört. Ob Sie in Haft kommen, muss ein Richter entscheiden.«

»Das geht auf keinen Fall, meine Kinder kommen demnächst von der Schule und ihre Mutter ist nicht da.«

»Sollten Sie inhaftiert werden, können Sie noch immer Ihre Frau anrufen. Sie wird, nach aller Erfahrung mit Müttern, nach Hause kommen und sich um die Kinder kümmern.«

»Was ist, wenn ich nicht mitkomme?«

»Dann müssen wir leider Gewalt anwenden. Tun Sie sich das nicht an, es wäre zwecklos.«

Tom griff nach seinem Jackett und ließ die Wohnungstür ins Schloss fallen. Auf der Straße wartete ein Polizeifahrzeug mit Blaulicht. Die Gardinen in den Nachbarhäusern waren zur Seite gezogen, neugierige Blicke verfolgten seine Festnahme.

Im Kommissariat wurde er in ein Vernehmungszimmer geführt. Zwei Stühle, ein Tisch, kein Fenster. Die beiden Polizisten blieben im Raum, bis ein Zivilbeamter eintrat und auf dem gegenüberstehenden Stuhl Platz nahm.

»Ich lese Ihnen vor, Herr Schwertfeger, was gegen Sie vorgebracht wird: Sie werden beschuldigt, nach einer Beerdigung in Catanzaro auf der Toilette eines Restaurants einen Mann mit einem Baseballschläger erheblich verletzt zu haben. Das Opfer erlitt einen Schädelbruch. Als ein Unbeteiligter dem Verwundeten helfen wollte, hätte Ihre Partnerin eine Pistole gezückt und dem Helfer gedroht. Das ist die Aussage eines Zeugen, die wir nach Mitteilung der italienischen Behörden überprüfen sollen. Also, was haben Sie zu Ihrer Verteidigung vorzubringen?«

Tom schaute den Polizisten entgeistert an und schüttelte seinen Kopf. Alles hätte er erwartet, nur nicht, dass er vom Opfer zum Täter mutieren würde.

»Wie bewerten Sie die Aussage des Zeugen? Ist das schon ein Beweis?«

»Es ist die Aussage eines Zeugen, der Sie belastet.«

»Wenn ich widerspreche, steht Aussage gegen Aussage.«

»Ich muss Sie hoffentlich nicht darauf hinweisen, dass Sie bei der Wahrheit bleiben müssen. Alles andere würde zu einer Strafverschärfung führen.«

»Sie tun ja so, als ob ich überführt wäre. Der Aufklärung würden Sie dienen, wenn Sie ergebnisoffen recherchieren würden.«

»Sie müssen mich nicht belehren, wie ich vorzugehen habe. Wenn Sie aus der Sache heil herauskommen wollen, müssen Sie eine überprüfbare Version bieten.«

»Das wäre ja noch schöner! Sie wollen mir die Beweislast aufs Auge drücken?«

»Also nochmals, Herr Schwertfeger, was haben Sie zu Ihrer Verteidigung vorzubringen?«

»Ich werde mich nicht verteidigen!«

Der Beamte war verunsichert, zog die Augenbrauen hoch und langte sich mit der Hand an die Stirn. Tom wirkte keineswegs eingeschüchtert, er sah auch keinen Grund dafür und gab sich ziemlich nassforsch, was normalerweise nicht seine Art war.

»Dann müssen wir Sie inhaftieren. Überlegen Sie es sich gut, was Sie sagen.«

»Ich habe Ihnen doch unmissverständlich zu verstehen gegeben, dass ich nichts sage. Dabei bleibt es.«

Der Vernehmungsbeamte stand auf, schritt das Vernehmungszimmer von einer Wand zur anderen ab und drohte dann mit gereizter Stimme: »Sie unterschätzen, was für Sie auf dem Spiel steht. Wenn Sie nicht reden, werden Sie einsitzen, bis der Fall geklärt ist. Wollen Sie Ihren Anwalt anrufen?«

»Ich brauche keinen Anwalt und ich werde mich nicht verteidigen. Das sagte ich Ihnen bereits, wiederhole mich aber gerne.«

Der Staatsdiener spürte seine Hilflosigkeit. Er atmete tief durch und blies die Luft aus den zusammengepressten Lippen. Dann brüllte er Tom an: »Sie nehmen mich wohl nicht ernst! Aber da ziehen Sie bei mir den Kürzeren. Seien Sie auf der Hut, sie sind alles andere als in einer komfortablen Situation.«

»Sagt Ihnen der Name Annabel Seeger etwas?«

»Die Kollegin vom zweiten Kommissariat?«

»Darf ich Sie bitten, Frau Seeger zu rufen, damit sie dem Verhör beiwohnt?«

»Sie werden immer dreister, ich halt' das nicht aus.«

»Ich bestehe darauf, dass Sie Frau Seeger zum Verhör zitieren.«

»Sind bei Ihnen ein paar Schrauben locker? Sie können doch nicht bestimmen, wer bei der Vernehmung mit am Tisch sitzen soll. Ich muss Sie hoffentlich nicht auf Ihren Geisteszustand untersuchen lassen.«

»Es gibt gute Gründe, Frau Seeger herbei zu bitten, das werden Sie sofort verstehen, wenn sie da ist.«

Wieder blies der Polizist in Zivil die Luft durch die Lippen und schüttelte den Kopf. Er fand keinen Weg, Tom zur Räson zu bringen.

»Okay, ich werde die Kollegin Seeger anrufen, damit Sie Ihren Frieden haben. So kommen wir ja nicht weiter.«

Der Zivilbeamte verließ das Vernehmungszimmer und bat die beiden Uniformierten herein. Es dauerte etwa zehn Minuten, bis er zurückkam.

»Entschuldigen Sie, ich weiß Bescheid. Sie können gehen. Aber nur so nebenbei: Wieso fährt eine deutsche Polizistin mit Ihnen auf die Beerdigung eines Mafioso nach Kalabrien?«

»Gute Frage, aber das müssen Sie selber herausfinden. Wie Sie sich denken können, konnte ich die Anordnung nicht treffen.«

52

In aller Herrgottsfrühe fuhr er mit seinem Dienst-Mercedes nach Düsseldorf, um neun öffnete die Messe ihre Tore. Am Stand von *Luigi Ferra* wurden noch Teppiche gesaugt, Bilder aufgehängt und Stehtische platziert. Frauen legten weiße Leinendecken auf die Tischplatten und schmückten sie mit Sträußchen. Köpenick war schon da, sauste von einer Ecke in die andere, checkte die schmale Küche und die engen Sitzungszimmer. Theodorakis und seine Leute hievten Puppen mit der neuen Kollektion auf ein Podest. Langsam füllte sich der Stand mit Fachbesuchern, sie konnten wählen zwischen Kaffee oder Champagner.

»Schön, dass Sie gekommen sind, Herr Schwertfeger«, begrüßte ihn Köpenick hastig. »Studieren Sie die neuen Kleider, die Stoffe und Schnitte und beobachten Sie die Leute. Achten Sie auf ihre Reaktionen und schildern Sie mir hinterher Ihre Eindrücke.«

»Warum ist Ihnen ausgerechnet meine unmaßgebliche Meinung wichtig?«

»Wichtig ist nicht nur die Einschätzung von Fachleuten, sondern auch von Laien, denn das sind die Kunden. Und Sie sind der Prototyp eines Laien.«

»Bei Damenkleidern fühle ich mich überfordert.«

»Sie werden doch noch beurteilen können, was Ihnen gefällt und was nicht?«, reagierte er ärgerlich.

Tom bestellte Kaffee und Croissant, gefrühstückt hatte er noch nicht. Die Besucher bestaunten die ausgestellte Ware und kommentierten überwiegend positiv. Es überraschte ihn nicht, gewöhnliches Messegehabe. Bis zur Heimfahrt könnte das Treiben ziemlich langweilig werden.

Es war um die Mittagszeit, die ersten Gäste holten sich an der Theke Gulaschsuppe und Brötchen. Da, er konnte es kaum glauben, aber er war es: Rossi! Wie er in den Messegängen von Stand zu Stand schlenderte, sich Notizen machte, Presseinformationen einsammelte und mit dem einen und anderen Klamottenvertreter redete.

Tom verließ seinen Tisch und verfolgte Rossi in ausreichendem Abstand. Er war nicht allein, zwei hochgewachsene, kräftige Männer mit Sonnenbrille begleiteten ihn. Tom überlegte krampfhaft, wie er ihn stellen könnte.

Gut 20 Minuten war er ihm auf den Fersen, als sich endlich eine Gelegenheit zum Zugriff bot. In einem Messebistro gönnte sich Rossi einen Espresso, er stand allein an einem Stehtisch. Von den

Bodyguards ging einer Richtung Toilette, der andere zur Tafel mit den Snacks. Das war sein Moment, Tom näherte sich von hinten.

»Sie sind ganz schön mutig, Signor Rossi«, überfiel er ihn mit kräftiger Stimme.

»Herr Schwertfeger, was für ein Vergnügen, Sie zu treffen«, schleimte er.

»Sie haben wohl gedacht, dass Sie auf der Messe niemand erkennt. Mit mir haben Sie nicht gerechnet?«

»Sie täuschen sich, ich rechne immer und überall mit allem.«

»Welches Modeunternehmen haben Sie ins Visier genommen?«

»Die Auswahl ist groß und den meisten geht´s schlecht. Viele suchen Investoren und sind dankbar, wenn einer einsteigt.«

»Spielen Sie nicht den Wohltäter. Sie unterwandern Firmen, um sie zu übernehmen. Klappt halt nicht immer, wie man an *Luigi Ferra* sieht.«

»Warten Sie's ab.«

»Nur Firmen in existenzieller Not greifen nach Ihrem Schwarzgeld. Also, wen haben Sie sich ausgeguckt?«

»Das werde ich Ihnen garantiert nicht unter die Nase reiben.«

»Ihr Finanzanwalt Matarella hat, absichtlich oder nicht, einmal *Alfa Fashion* genannt.«

Rossi grinste: »Sie meinen das Haus, zu dem Matteo gewechselt hat?«

»Ist er etwa nicht mehr in Ihren Diensten?«

Rossi machte ein Gesicht wie eine Sphinx, für die Antwort nahm er sich Zeit.

»Was heißt das schon: nicht mehr in meinen Diensten? Unsere Welt ist klein, da ist man sich immer zu Diensten.«

»Und wer Ihnen nicht zu Diensten ist, dem gehen Sie ans Leder?«

»Ach, Herr Schwertfeger, lassen Sie das. Sie verlaufen sich. Sie glauben an Verschwörungstheorien.«

»Warum musste de Luca sterben?«

»Ich sagte doch, Sie verlaufen sich. Geben Sie auf.«

»Was ist mit Salveroni? Ist er noch im Knast?«

»Nicht mehr lange, in ein paar Tagen wird dieses Versehen der Staatsanwaltschaft korrigiert sein.«

»Der Padrone ist überzeugt, dass Sie Mitschuld an seiner Verhaftung tragen.«

»Der Padrone redet nicht. Also kann er das auch nicht gesagt haben.«

»Er ist der Pate! Ich kann sein Schweigen deuten. Seine Gesichtszüge drücken aus, wie porös der Kitt zwischen Ihnen und ihm ist.«

Wieder lächelte Rossi vielsagend. Nach kurzer Denkpause verabschiedete er sich mit Worten, die Tom von ihm schon gehört hatte: »Wir sehen uns.«

Raschen Schrittes erreichte Tom wieder den *Luigi Ferra*-Stand, wo ihn Köpenick erwartete.

»Wo treiben Sie sich herum? Sie sollten doch unsere Besucher beobachten.«

»Rossi ist hier, ich habe ihn gestellt. Er war ›not amused‹.«

»Wieso traut er sich hierher? Er könnte doch erkannt werden.«

»Außer mir kennt ihn vermutlich niemand und mit mir hat er nicht gerechnet. Es war eine glückliche Fügung, dass Sie mich auf die Messe bestellt haben.«

»Was könnte Rossi hier suchen?«

»Was wohl? Er schaut sich um, welche Modefirma in sein Reich passen könnte. Ich habe gesehen, wie er sich Notizen machte.«

Noch während des Gesprächs mit Köpenick erhielt Tom eine SMS von Rossi:

»Kommen Sie heute Abend ins Hotel Metropol. Ich erwarte Sie um sechs Uhr.«

Tom zeigte Köpenick die Nachricht, der ziemlich aufgeregt reagierte: »Fahren Sie sofort nach Hause, Sie sind in Gefahr.«

»In Gefahr bin ich immer. Ich kümmere mich jetzt um Ihre Standbesucher.« Mit leicht spöttischem Unterton fügte er hinzu: »Wie Sie es mir aufgetragen haben.«

53

Wieder gingen Tage ins Land. Die Kinder unterstützten ihn in seiner Hausmannsrolle, bereiteten die Mahlzeiten zu, wenn er nicht zu Hause war, und schlüpften abends rechtzeitig in die Federn. Jedenfalls versicherten sie ihm, spätestens um neun im Bett zu sein, auch wenn sie nicht sofort das Licht ausknipsten, sondern sich noch anderweitig beschäftigten: Vincent flüchtete sich in seine *PlayStation 5* und zog sich das Rennvideospiel *Gran Turismo* 7 rein, Lara vertiefte sich in *Momo* von Michael Ende, der seltsamen Geschichte von den Zeitdieben und von dem Kind, das den Menschen die gestohlene Zeit zurückbrachte.

Vincent mochte Autorennen, die Formel-1-Sieger konnte er im Schlaf aufsagen: Michael Schuhmacher, Ayrton Senna, Niki Lauda, Sebastian Vettel, Nico Rosberg, Lewis Hamilton, Max Verstappen. Die Namen merkte er sich leichter als Mathe-Formeln. Dass *Gran Turismo* 7 nicht nur von den Renn-Veranstaltern FIA und NASCAR beeinflusst war, sondern auch vom *Goodwood Festival of Speed* des Earl of March in England, war ihm geläufig, er kokettierte sogar damit. Der hochmotorisierte Mercedes seines Vaters, mit dem er am liebsten über den Nürburgring geprescht wäre, hatte es ihm angetan. Tom rätselte, was den Jungen bewog, sich für Autorennen zu begeistern. Er selbst hatte ihm dafür nie eine Projektionsfläche geliefert, er war ein Cruiser. War es Ablenkung des Jungen? Vielleicht eine Flucht vor dem Alten? Vielleicht litt er unter der Arbeitswut des Vaters?

Laras Lektüre gab ihm eher Hinweise, dass er in ihren Augen kein guter Vater war. Die Zeit, die sie gerne mit ihm verbracht hätte, er ihr aber nicht gewährte, war für sie gestohlene Zeit. Mit ihm ins Eiscafé oder ins Kino, das konnte es nicht sein. Sie wollte mit ihm etwas unternehmen, wollte auf einen Reiterhof, wofür er auch keine Antenne hatte. Sie wirkte manchmal traurig, was ihn beunruhigte. In ihrer Muttersatzrolle im Haushalt fand sie sich gut zurecht, mimte eine erwachsene Person. Gab sich oft altklug, hatte Verantwortung, die ihrem jugendlichen Alter nicht gerecht wurde. Tom spürte es körperlich: Ihre Mutter, die sich die längste Zeit in Berlin aufhielt, konnte er nicht ersetzen. Dafür war er zu sehr mit seinem Job verheiratet. Das schmerzte ihn. Nicht wegen seiner Arbeit, wohl aber wegen der Kinder.

Giulia hatte keine brauchbare Idee, wie er sich vor Rossi schützen könnte. Unabhängig davon würde er allerdings gerne wieder mit ihr essen gehen. Er war sich unsicher, ob er die Initiative ergreifen sollte. In zwei Wochen wollte sie ihm die neu eingerichtete Wohnung in Ferrara vorführen. Vielleicht musste er einfach so lange warten.

Im Büro tat er sich schwer, die Zeit zu überbrücken. Auf dem Schreibtisch stapelten sich Bücher, die er von zu Hause mitgebracht hatte, wenn ihm die Zeit zu lang werden sollte. *Nullnummer* von Umberto Eco hatte er angefangen. Die Geschichte spielte in Mailand, der Plot im Zeitungsgewerbe. Für den Commendatore Vimercate sollte der Journalist Colonna eine Zeitung lancieren, die schmutzige Gerüchte über die gute Gesellschaft verbreitet.

Die Aktie von *Luigi Ferra* übersprang inzwischen das einstige Zwischenhoch von 53. Dass der überraschende Höhenflug nur dem geschäftlichen Erfolg geschuldet sein sollte, konnte sich Tom nicht vorstellen. Es musste ein Interessent im Markt sein, ein potenter Käufer. Nachvollziehbar, das Unternehmen war wieder gefragt. Bei Überschreiten von drei Prozent der Stimmrechte am Unternehmen wären Käufer meldepflichtig, nicht aber Käufer von stimmrechtslosen Vorzugsaktien wie bei *Luigi Ferra*. Vielleicht kauften mehrere Interessenten an der Börse zu. Vielleicht hatte Rossi Strohmänner angesetzt? Wie sollte er sie identifizieren? Tom musste sich eingestehen, dass er ohne fachliche Unterstützung nicht weiterkommen würde. Aber auf einen gewagten Versuch wollte er es dann doch ankommen lassen. Er wählte die Nummer von Rossi.

Bevor er zu Wort kommen konnte, überfiel ihn der Italiener:

»Warum sind Sie nicht ins *Metropol* gekommen? Wir hätten über alles reden können.«

»Ich bin gewarnt, ich muss mich von Ihren Schlägern nicht zerlegen lassen.«

»Niemand hätte Ihnen ein Haar gekrümmt. Warum sind Sie nur so misstrauisch?«

»Hören Sie auf, Signor Rossi, ich habe meine Erfahrungen gemacht. Mein Anruf hat einen anderen Grund: Ziehen Sie Ihre Strohmänner vom Börsenparkett ab, es macht keinen Sinn.«

»*Luigi Ferra* haben Sie mir vermasselt. Ich konzentriere mich auf andere Unternehmen. Auf der Messe habe ich ein paar Perlen observiert.«

»Perlen wie *Bella Schmieder*? Den Laden können Sie abwickeln.«

»Sie sind ziemlich vorlaut, *Bella Schmieder* wird nicht abgewickelt.«

»Verstehe. Als Waschmaschine für Ihre illegalen Profite aus den Waffengeschäften taugt die Pleitefirma allemal.«

»Ach, Herr Schwertfeger, warum sind Sie nur so einfältig?«

»Ich habe sichere Erkenntnisse, dass Investoren bei *Luigi Ferra* einsteigen und zuverlässige Hinweise, dass Sie dahinterstecken. Normalerweise würden Investoren nur dann Vorzugsaktien erwerben, wenn sie Stimmrechte erwarten dürften. Aber der Zug ist bei *Luigi Ferra* abgefahren.«

»Vielleicht sollten Sie sich bessere Informanten suchen. Ich sagte Ihnen bereits auf der Messe, dass Sie sich verlaufen.«

»Ich mag mich vielleicht verlaufen, aber Sie haben sich schon mal verrannt. Sobald ich einen Ihrer Strohmänner identifiziert habe, werden Sie Ihr Déjà-vu erleben.«

»Wie wollen Sie den identifizieren? Sie halten sich wohl für den lieben Gott.«

»Sie haben mich schon mal unterschätzt. Für ein zweites Mal sollten Sie gewarnt sein. Es war mir ein Vergnügen. Sie hören wieder von mir.«

Tom legte auf und rieb sich die Hände. Rossi war auf den Trick mit den Strohmännern hereingefallen.

Am nächsten Tag stieg der Kurs auf 58. Tom holte sich von der Börse die Information, wie viele Transfers von *Luigi Ferra*-Aktien am Tag zuvor erfolgt seien. Es waren ein paar handelsübliche Käufe und drei kleinere Pakete. Wenig, aber eindeutig.

Er rief bei Waldemar Richter von der *Ahorn-Bank* an, ob er herausfinden könne, wem die drei Pakete zuzuordnen seien. Richter machte ihm kaum Hoffnung, er werde es aber über seine informellen Kanäle versuchen. Zwei Stunden später meldete er sich zurück und nannte drei Namen: *Artemius Development Corporation* mit Sitz auf Jersey, *Sandonyx Enterprise* in Panama und *Ikarus Corporation* in Amsterdam.

»Können Sie mir erklären, warum sich halbseidene Gesellschaften bei *Luigi Ferra* mit Vorzugsaktien eindecken? Mit diesen Papieren können sie doch nur Kursgewinne realisieren und Dividenden einstreichen.«

»Sie agieren vermutlich als Strohfirmen, die für einen Auftraggeber kaufen. Eine andere Erklärung habe ich nicht.

Artemius hält nach heutigem Stand insgesamt 5.000 *Luigi Ferra*-Aktien, also weniger als ein Prozent, *Sandonyx* 15.000 Aktien, zweieinhalb Prozent, und *Ikarus* 10.000 Aktien, rund eineinhalb Prozent. *Exercise Interest* hält noch immer zwölf Prozent.«

»Könnte man herausbekommen, wer dahintersteckt?«

»Nur wenn sie es selbst kommunizieren würden, aber das werden sie nicht tun. Immerhin haben wir bei Ihrem Besuch in der Bank dem Stammdatenregister entnehmen können, dass ein Kolumbianer Zugriff auf das *Ikarus*-Konto bei der *Royal Bank of Canada* hat. Sehr wahrscheinlich ein Drogendealer.«

Die Namen der Käufer hatte er sich notiert. Er klingelte bei Frau Kühnert und bat um einen Termin bei Herrn Köpenick.

»Sie sind im Büro, prima. Herr Köpenick wollte Sie auch sprechen. Kommen Sie.«

Die Sekretärin öffnete ihm die Tür ins Chefrefugium. Nach einem Espresso hatte sie wegen der Dringlichkeit des Termins nicht gefragt.

»Ich wollte Sie schon anrufen, hatte Sie nicht im Haus erwartet. Haben Sie unseren Aktienkurs verfolgt? Das ist doch der totale Hammer, die Aktie geht ab wie eine Rakete.«

Er reichte Köpenick seine Notizen.

»Diese drei Gesellschaften kauften kleinere Aktienpakete Ihres Unternehmens, ziemlich windige Adressen. *Sandonyx* hält inzwischen zweieinhalb Prozent.«

»Das ist ja abenteuerlich. Woher haben Sie diese Information?«

»Das kann ich Ihnen beim besten Willen nicht verraten, mein Informant wäre sonst enttarnt. Bitte verstehen Sie das.«

»Was haben die für ein Interesse an *Luigi Ferra*?«

»Vielleicht wollen sie nur spekulieren und schielen auf Kursgewinne, aber dann wären auch andere eingestiegen. Meine Vermutung ist, dass es Strohfirmen sind, die für einen anderen kaufen. Aber Sinn machen die Käufe nur, wenn Sie zweimal die

Dividende ausfallen lassen würden. Dann würden ihnen die Stimmrechte automatisch zufallen. Ich werde Rossi mit den Namen konfrontieren, vielleicht fällt er darauf rein.«

»Hat der nicht die Lust an uns verloren?«

»Er kann die Niederlage nicht verkraften, seine Ehre ist beschmutzt.«

»Was wollen die Käufer mit den Aktien anfangen, wenn es ihnen nicht um Gewinnmitnahmen geht?«

»Ihre Anwälte könnten Ihnen auf der Aktionärsversammlung Stress machen. Machen Sie sich eine Liste, mit welchen Vorwürfen man Sie behelligen könnte. Wissen Sie beispielsweise um die Arbeitsbedingungen ihrer Schneidereien in Griechenland und der Türkei?«

In seinem Büro schickte Tom eine SMS an Rossi. Er tippte lediglich die drei Firmennamen und setzte einen Gruß darunter.

54

Tom war noch zu Hause, als ihn Giulia am Telefon erreichte.

»Ich reise am Samstag nach Ferrara, nächste Woche könntest du mich besuchen. An welchem Tag würde es dir passen?«

»Sind die Möbel schon geliefert?«

»Es müsste alles fertig sein, ich habe sie mit Montage bestellt. Einen Plan, wo welches Möbel platziert werden soll, habe ich mitgeliefert. Am Wochenende kontrolliere ich die Einrichtung, und wenn es nicht passen sollte, schickt die Firma am Montag einen Monteur.«

»Ich bin platt, du legst ja ein atemberaubendes Tempo vor. Dann könnte ich am Donnerstag nächster Woche vorbeischauen.«

»Aber nicht nur für einen Tag.«

»Versprochen.«

Im Netz suchte Tom passende Flüge und simste Matteo seine Ankunftszeit: »Donnerstag nächste Woche, Ankunft viertel vor elf in Bologna mit *Lufthansa*. Wo soll ich hinkommen?«

Schneller als erwartet meldete sich Matteo zurück: »Kommen Sie mit dem Taxi in die Zentrale von *Alfa Fashion*, Via Modena. Ich erwarte Sie gegen halb zwölf.«

Im Büro studierte er die Kursentwicklung, *Luigi Ferra* stand inzwischen auf 60. Er konnte es kaum glauben, Rossi mischte offensichtlich mit. Seit er ihm die Namen der Aktienkäufer durchgegeben hatte war Funkstille.

Er blätterte den *Anzeiger* durch, als ihn sein Smartphone unterbrach. Alissa war dran.

»In Kalabrien ist den Carabinieri ein Mafia-Boss ins Netz gegangen, läuft grad über den Ticker. Sein Name ist Raffaele Carraciola, er sei im Rollstuhl festgenommen worden. Sagt dir der Name was?«

»Der Name sagt mir nichts. Aber viele Mafiosi, die im Rollstuhl sitzen, dürfte es nicht geben. Was meint denn deine Vertraute in Italien?«

»Ich erreiche sie gerade nicht, bleibe aber dran.«

»Halt' mich auf dem Laufenden. Ich schau', was ich in Erfahrung bringen kann.«

Tom irritierte die Nachricht. Sollte es etwa der Alte sein, dem er beim Leichenschmaus in Catanzaro begegnet war? Der die ganze Zeit nur geschwiegen hatte? Dessen Mimik nur Argwohn verriet? Er brauchte Klarheit. Aber nur einer könnte ihm helfen: Rossi! Inzwischen hatte für Tom die Kommunikation mit dem Italiener Spielcharakter.

»Wer ist Raffaele Carraciola?«, simste er. Rossi antwortete frech mit einer Gegenfrage: »Wieso sollte ich das wissen?«

Im Netz suchte er nach Raffaele Carraciola, aber außer der Tickermeldung entdeckte er nicht viel. Eine kurze, nichtssagende

Vita, mehr nicht. Den Medien schien er nicht bekannt zu sein. Und beim Leichenschmaus war der Name des Alten nicht gefallen.

Am nächsten Tag hatte Alissa lediglich die Tickermeldung im Blatt, sie hatte ihre Zuträgerin nicht erreicht.

Die Aktie war anderntags nur leicht auf 61 gestiegen. Aber sie war in einem Umfeld gestiegen, in dem andere Werte Federn ließen. Offensichtlich wurde weiter zugekauft. Was hatte Rossi mit *Luigi Ferra* noch vor? Einverleiben konnte er sich den Laden nicht mehr, der Zug hatte den Bahnhof verlassen und längst Fahrt aufgenommen. Sollte er Köpenick über die Festnahme von Raffaele Carraciola informieren? Er schenkte sich die Mühe, beim jetzigen Kenntnisstand hätte Köpenick nichts davon.

Tom fuhr nach Hause, die Kinder würden bald von der Schule kommen. Unterwegs kaufte er Schnitzel, Feldsalat und Tomaten und bereitete das Mittagessen zu. Am liebsten hätten sie als Beilage Kartoffelsalat, aber auf die aufwendige Zubereitung hatte er keine Lust.

Als sich die Kinder nach dem Essen an die Hausaufgaben machten, legte er sich aufs Ohr. Normalerweise spürte er kein Verlangen nach einem Mittagsschlaf, aber heute sendete sein Körper eindeutige Signale. War es seine neue Rolle als Hausmann, mit der er haderte? Oder *Luigi Ferra*, wo er eigentlich seine Aufgabe als beendet sah?

Nach einem kurzen Nickerchen spazierte er mit den Kindern zur Eisdiele, ein tägliches Ritual, dem sie aber alles andere als abgeneigt waren. Sie lobten ihn sogar für seine Großzügigkeit und versprachen, ihm immer zur Hand zu gehen. Er berichtete ihnen, dass er nächste Woche ab Donnerstag für ein paar Tage nach Italien müsste, aber übers Wochenende sei ja ihre Mutter bei ihnen.

Gegen sechs traf Jessie ein. Herzliche Umarmung der Kinder, ein kühl-distanzierter Gruß für ihn. Melancholie erfasste ihn. Er ließ sich nichts anmerken.

»Ich brate dir ein Schnitzel, habe noch eins übrig vom Mittag. Feldsalat und Tomaten gibt's auch und im Kühlschrank steht ein Riesling. Für die Kinder gibt's Wurst und Käse, Schnitzel hatten sie schon.«

Er machte sich in der Küche zu schaffen, während Jessie mit Lara und Vincent scherzte und sie nach ihren Erlebnissen und Schulleistungen ausfragte. Als er den Tisch deckte, verzichtete er auf ein Gedeck und verdrückte sich mit einem Bier in sein Arbeitszimmer. Gesprächsbedarf mit Jessie verspürte er nicht.

In seiner freiwilligen Zurückgezogenheit konnte er ungestört sein, Jessie und die Kinder ließen ihn in Ruhe. Für seine Lebensgefährtin war es ein gewohntes Ritual, nur die Kinder wollten sich mit seiner Verweigerungshaltung nicht so recht abfinden und fragten bisweilen, warum er so viel zu arbeiten hätte. Aber er hatte jedes Mal eine passende Ausrede – er sei halt nicht als Postbote oder Pförtner beschäftigt und hätte keine normalen Arbeitszeiten. Tom mochte die Kinder, hatte aber ein eher distanziertes Verhältnis zu ihnen. Eine Haltung, die er über die Jahre aus egoistischen Motiven entwickelt hatte.

In seinem Arbeitszimmer stapelten sich Zeitungen und Zeitschriften am Boden, ausgedruckte Manuskripte und Recherchenotizen auf dem Schreibtisch. Im Regal stand eine halbvolle Whiskyflasche, ein *Laphroaig* aus den Torfgegenden der südlichsten Insel der Inneren Hebriden, den er wegen seines rauchigen Geschmacks schätzte, sich aber nur selten gönnte. Jessie ermahnte ihn hin und wieder, endlich mal aufzuräumen. Aber in seinem Chaos fühlte er sich wohl.

Ins Bett wollte er nicht, obwohl er sich schlapp fühlte. Die Müdigkeit vom Nachmittag hielt an, machte ihn phlegmatisch. Draußen war es hell, es dämmerte noch nicht einmal. Auf seinem Schreibtischstuhl lehnte er sich nach hinten, die Beine gestreckt. In der *Guinness*-Chronik mochte er nicht weiterlesen, obwohl er von der Geschichte und den Episoden der legendären Brauerei mit ihrem bitter-süßen Bier fasziniert war: Dass die schwarze Farbe des Getränks von einem speziell gerösteten Malz herrührt und die cremige Schaumkrone erst durch Beimischung von Stickstoff und Kohlensäure entsteht. Dass sie bei ihrem 200. Jubiläum 150.000 geprägte *Guinness*-Flaschen mit einem Zertifikat vom »Büro von König Neptun« aus 38 gecharterten Schiffen als Flaschenpost in den Atlantik kippten. Dass jeder britische Soldat im Zweiten Weltkrieg in Frankreich zu Weihnachten *Guinness* erhielt. Interessant, keine Frage, aber es war ihm nicht danach.

In seinem wirren Zustand blätterte er in Robert Gernhardts *Es gibt kein richtiges Leben im valschen*. Den Buchtitel hatte Gernhardt von Theodor W. Adorno entlehnt, nur dass der Urheber in seiner *Minima Moralia* »falsch« korrekt geschrieben hatte. Ein grandioser Titel, wie auf ihn gemünzt! »Es gibt Tage, da ist bereits beim Frühstück alles zu spät«, las er im Vorspann eines Kapitels. Wie oft hatte er diese niederschmetternde Erfahrung schon selbst gemacht?

Bevor er sich schlafen legte, schaute er noch in seinen Laptop. Alissa hatte ihm eine Nachricht geschickt:

»Ich habe meine Informantin erreicht, Raffaele Carraciola sei in seinem Haus in Catanzaro festgenommen worden. 20 schwerbewaffnete Carabinieri hätten ihn und seine beiden Leibwächter abgeführt. Inmitten eines Konvois von Polizeiautos sei er in einem gepanzerten Gefängnistransporter nach Rom gebracht worden. Das hilft mir nicht weiter. Ich muss wissen, wer Carraciola ist, wie mächtig er war? Kannst du was beisteuern?«

Tom antworte nur kurz: »Ich melde mich.«

55

Unmittelbar nach dem Frühstück fuhr er in die Firma. Die Sekretärin in tailliertem, hellblauem Rock und einer Leinenbluse mit buntem Hawaiimuster wieder extravagant gekleidet, brühte Kaffee auf. Köpenick war nicht da, »auf Dienstreise«, sagte sie. Sie gab sich wortkarg, jedenfalls war das sein Eindruck, aber er hatte auch nicht das Bedürfnis, viel zu reden. Mit dem Kaffeebecher verschwand er in seinem Büro.

Alissa hatte nach der Tickermeldung von gestern nichts Neues im Blatt. Tom war gerne geneigt, ihr unter die Arme zu greifen. Willig veröffentlichte sie, was er in der Zeitung lesen wollte. Aber er war auch selbst brennend daran interessiert, ob der Festgenommene im Rollstuhl der Alte von der Beerdigung gewesen war. Wenn überhaupt, dann könnte Giulia Licht ins Dunkel bringen.

»Du hast bestimmt wieder Aufklärungsbedarf«, gab sie sich am Hörer interessiert.

»Ja, habe ich, sorry.«

»Wenn es nicht allzu aufwendig ist. Du weißt, ich reise morgen nach Ferrara und werde die ganze nächste Woche dort bleiben.«

»Weiß ich, aber versuch es einfach. In Catanzaro haben die Carabinieri einen Mafia-Boss im Rollstuhl abgeführt und nach Rom gebracht. Er heißt Raffaele Carraciola, seine Festnahme stand gestern in der Zeitung. Das Stichwort ›Rollstuhl‹ machte mich hellhörig. Ich sollte einfach wissen, ob es sich um den Alten aus der Trattoria handelt, der bei de Lucas Leichenschmaus die Seeger und mich fixiert hat.«

»Verstanden, ich rufe dich zurück. Und vergiss' nicht unser Date am Donnerstag in Ferrara.«

»Ich kann's kaum erwarten. Im Übrigen, du musst mich in Bologna nicht abholen. Ich fahre mit dem Taxi zu *Alfa Fashion* und treffe dort Matteo. Hinterher komme ich zu dir in die Via Voltapaletto.«

»Pass auf dich auf, ich kann diesen Matteo nicht einschätzen.«

Die Zeit wollte nicht vergehen, den *Anzeiger* hatte er schon zwei Mal durchgeblättert. Aber auch bei Wiederholung der Lektüre entdeckte er nichts, was ihn interessiert hätte. Warum hatte er nicht die *FAZ* oder die *ZEIT* dabei? Oder die *NZZ*? Das Züricher Blatt brachte in letzter Zeit öfter exzellent recherchierte Artikel über die Mafia.

Überraschend trat Frau Kühnert ein und fragte, ob sie ihm noch einen Wunsch erfüllen könne. Tom verlangte nach Wasser, den Kaffee hatte er inzwischen getrunken. Frau Kühnert kam mit einer Flasche *Apollinaris* und einem Glas zurück und fragte, ob sie sich setzen dürfe, sie hätte nicht viel zu tun. Tom widersprach nicht.

»Ich bin ja so froh, dass Herr Köpenick die Firma wieder zum Laufen gebracht hat. Meine Angst vor einem Jobverlust hat sich verflüchtigt«, gestand sie.

»Ihre Angst war unbegründet, Herr Köpenick kommt ohne Sie nicht aus. Ich habe das längst registriert.«

»Wenn Sie meinen? Ihre Einschätzung freut mich.«

»Ihr Job ist sicher, aber was ist mit meinem? Mein Auftrag ist erledigt, ich werde zunehmend nutzloser für Herrn Köpenick.«

»Das sieht der Chef nicht so. Er sagte mir, dass er Sie auch künftig an seiner Seite haben will.«

»Das ist sehr freundlich von ihm. Aber welche Rolle hat er mir zugedacht?«

»Na ja, die, für die Sie engagiert worden sind.«

Tom lachte und schaute zur *Sitzenden Marguerite*. Die aber blieb stumm.

»Matteo will mich ködern. Ich könnte sofort bei *Alfa Fashion* anfangen«, verriet er.

»Matteo? Der soll die Finger von Ihnen lassen. Herr Köpenick wird Sie nicht ziehen lassen.«

»Wenn Sie sich da sicher sind, werde ich Matteo wohl einen Korb geben müssen.«

»Geben Sie ihm einen Korb. Ich würde es bedauern, wenn Sie nicht mehr bei uns wären.«

»Das klingt nach einer Liebeserklärung. Oder täusche ich mich?«

Frau Kühnert lief rot an und senkte ihren Blick. Kurz nur, dann hatte sie sich wieder gefangen.

»Auch wenn es mir nicht zusteht, ich habe Sie schätzen gelernt.«

»Sie schmeicheln mir.«

»Ich würde mich freuen, wenn wir uns duzten. Wir begegnen uns ja beinahe täglich.«

Tom schluckte. Und überlegte.

»Würde es Herrn Köpenick irritieren?«

»Keinesfalls. Hier im Haus duzen sich die meisten.«

»Einverstanden, ich bin Tom.«

»Und ich Angelika.«

Sie erhob sich, drückte ihm einen Kuss auf die Wange mit der Bemerkung »das gehört sich so« und verschwand ins Sekretariat.

Tom musste erst wieder zu sich finden, er fühlte sich gebauchpinselt. Warum nicht? Sie war eine sympathische Person. Dann störte das Handy seine ausufernden Phantasien.

»Also, Raffaele Carraciola ist tatsächlich der Alte von der Beerdigungsfeier in Catanzaro«, berichtete Giulia. »Er zählt zum Spitzenpersonal der 'Ndrangheta und herrscht über eine Fischfangflotte, über Gemüseplantagen und jetzt halte dich fest: auch über *Exercise Interest*. Na, was sagst du?«

»Ich bin überwältigt und könnte dir augenblicklich die Füße küssen.«

»Am Donnerstag, ich werde dein Angebot einklagen, aber bitte nicht nur die Füße.«

Bevor er Alissa die Neuigkeit verriet, schickte er Rossi eine SMS:

»Carraciola ist Ihr Boss! Von nun an erhalten Sie Ihre Anweisungen aus dem Knast in Rom. Gruß, Schwertfeger.«

Tom klatschte sich auf die Schenkel, diese Genugtuung streichelte seine Seele. Schnell noch der Anruf bei Alissa, bis Redaktionsschluss war nicht mehr viel Zeit.

»Hast du Papier und Stift?«

»Liegt parat.«

»Carraciola ist einer der Bosse der 'Ndrangheta. Er befiehlt über mehrere Unternehmen, darunter auch *Exercise Interest*, eine Firma mit Ablegern in der Mode- und Bauwirtschaft, für die der erschossene Mafioso Ricardo de Luca tätig war. Über den Mord hattest du berichtet. *Exercise Interest* handelt auch mit Waffen, legal für die italienische Polizei und das Militär, illegal für ausländische Clans der organisierten Kriminalität. Was genau zu Carraciolas Festnahme geführt hat, weiß ich noch nicht, kriege es aber heraus. Zufrieden?«

»Ich küsse dich.«

»Ein Kuss reicht nicht! Mindestens ein *Rioja Gran Reserva* sollte herausspringen.«

»Gerne auch zwei.«

56

Am Donnerstag in der Frühe packte er Kulturbeutel und frische Wäsche in seine Reisetasche, brachte die Kinder zur Schule und fuhr zum Flughafen. Die *Lufthansa*-Boeing 737 landete pünktlich um viertel vor elf in Bologna. Er nahm sich ein Taxi, kurz vor zwölf erreichte er die Via Modena. Matteo stand bereits vor der zweiflügeligen Glastür der *Alfa Fashion*-Zentrale: »Sollen wir gleich in ein Restaurant fahren oder wollen Sie sich zunächst die Kollektionen anschauen?« Er war offensichtlich in Erwartung eines längeren Besuchs.

»Ich habe nicht viel Zeit, treffe mich nachher noch mit jemandem. Ihre Kollektionen heben wir uns für einen anderen Tag auf und die Einladung zum Lunch muss ich leider auch ausschlagen. Bei mir steht heute noch eine üppige Mahlzeit auf dem Programm.«

»Schade, ich habe den ganzen Tag für Sie freigeschaufelt. Aber dann sollten Sie bald wiederkommen.«

»Ich werde in nächster Zeit hin und wieder in Ferrara zu tun haben, da bieten sich Gelegenheiten.«

Matteo führte Tom durch das prächtige Foyer zum Aufzug. Überall hingen Fotos von schlanken Models, zum Teil sehr gewagte Schnitte und Farben: lange Kleider mit seitlichem Schlitz bis zur Hüfte, rückenfreie Variationen mit Ausschnitt bis zum Gesäßansatz, knappe Röcke und transparente Blusen. Das Muster kannte er von *Luigi Ferra*. Im vierten Stock öffnete Matteo eine Tür, orderte bei der Sekretärin Espresso und wies Tom in seinem Büro einen Ledersessel zu. Es war ein überdimensionierter Raum, etwa hundert Quadratmeter groß und dekoriert mit alten Stichen italienischer Städte. Ein schwerer, reich ornamentierter Schreibtisch aus alter Eiche vor der Fensterwand war das Einzige, was nach Arbeit aussah. Köpenicks Chefzimmer war nicht einmal halb so groß.

»Nochmals herzlich willkommen! Ich freue mich, dass Sie es doch sehr flott einrichten konnten«, setzte Matteo die Unterhaltung fort.

»Das war Zufall. Ich sagte schon, dass ich meine Zusage wegen eines anderen Termins zügig wahrmachen konnte.«

»Ist Ihr anschließender Termin geschäftlicher oder privater Natur, wenn ich fragen darf?«

»Rein privat. So was soll es auch geben.«

»Natürlich. Dann kommen wir gleich zur Sache. Wie ich Ihnen schon am Telefon verriet, will ich Sie gerne zu *Alfa*

Fashion holen. Eher früher als später. Es steht hier dasselbe an wie bei *Luigi Ferra*. Der Unterschied ist nur, bei uns gibt es keine Vorzugsaktien, nur Stammaktien, die an der Börse gehandelt werden. Ein Übernahmeversuch ist also einfacher. Und *Exercise Interest* hält inzwischen 15 Prozent.«

»Der Rest wird frei gehandelt?«

»Nur etwa ein Viertel. Die Gründerfamilie ist noch mit 22 Prozent beteiligt, sie hat keine Sperrminorität, und die übrigen 38 Prozent teilen sich die Hausbank und ein internationaler Investor.«

»Wo liegt das Problem? Das ist doch eine komfortable Situation. Von den Eigentümern hat keiner allein die Macht, Ihnen gefährlich werden zu können.«

»Einer allein nicht. Aber die Bank will ihren Anteil verkaufen und ich bin überzeugt, dass *Exercise Interest* zuschlagen wird. Sie hielten dann 33 Prozent.«

»Noch immer kann ich kein Problem erkennen.«

»Die *Exercise*-Leute sind aggressiv, sie wollen den Laden beherrschen. Nach allem, was ich höre, bearbeiten sie den Investor. Sollte der verkaufen, hätten sie 53 Prozent. Dann könnten sie zwar nicht durchregieren, aber den Aufsichtsrat nach ihrem Gusto besetzen und über dieses Gremium die Politik bestimmen. Das wäre dann weniger komfortabel.«

»Zugegeben, aber das ist nichts Außergewöhnliches. Solche Eigentümerstrukturen finden sich bei vielen Unternehmen.«

»Sicher, aber in meinem Fall läge die Mehrheit dann bei einem Unternehmen, das dem Einfluss der Mafia unterliegt. Und das gefällt mir ganz und gar nicht.«

»Verstehe. Wie sieht Ihre Strategie aus, dies zu verhindern?«

»Ich habe keine. Sie müssten sie entwickeln.«

Tom legte die Stirn in Falten und schüttelte mit dem Kopf, was Matteo Gelegenheit gab, ihn nach einem Prosecco zu fragen. Er war sofort dabei, spürte plötzlich, dass er das prickelnde Aufputschmittel für seinen Kreislauf brauchte. Über die Gegensprechanlage gab Matteo die Order durch.

»Signor Matteo, Sie überschätzen mich. Ich bin Reporter, sonst nichts, und studiert habe ich Literaturwissenschaften. Erteilen Sie der Investmentbank *Goldman Sachs* den Auftrag, eine Strategie auszuarbeiten, alles andere hat keinen Sinn.«

»Daran habe ich auch schon gedacht. Aber das kostet einige Millionen, um nicht zu sagen viele Millionen. Ohne Zustimmung des Aufsichtsrates geht das nicht. Ich bin fürs operative Geschäft zuständig, nicht für die Schaffung einer Eigentümerstruktur, die mir passt.«

Die Sekretärin brachte den Prosecco und schenkte den Herrschaften ein.

»Ganz ehrlich, ich wüsste nicht, wie ich Ihnen in dieser Sache dienlich sein könnte. Auch wenn Ihr Ansinnen nachvollziehbar ist, erscheint es mir aussichtslos. Bei *Luigi Ferra* war meine Ausgangssituation eine andere: Die Stammaktien lagen zu 100 Prozent in Händen der Familie. An der Börse gehandelt wurden nur die Vorzugsaktien, deren Besitzer nichts zu sagen haben.«

»Das ist mir sehr wohl bewusst«, entgegnete Matteo und schenkte Prosecco nach, »aber ich bin wild entschlossen, die Mafia aus dem Laden rauszuhalten, schon aus schlichtem Überlebenswillen. Wenn ich Sie einstelle, muss ich niemand fragen. Und für die Überweisungen an *Goldman Sachs* könnte ich viele Schwertfegers beschäftigen.«

»Im Grunde haben Sie nur eine Chance ...« Tom legte eine Pause ein, bevor er ihm eine Lösung präsentierte: »*Exercise Interest* muss in der italienischen Öffentlichkeit diskreditiert werden. Aber das können nicht Sie machen, sonst überleben Sie das nicht. Das muss ein Unbeteiligter tun, jemand der mit *Alfa Fashion* und den Aktionären nichts am Hut hat. Sie dürfen damit nicht in Verbindung gebracht werden.«

»Sehen Sie, Herr Schwertfeger, genau dafür brauche ich Sie.«

»Nicht so hastig, Signor Matteo. Bis zu meinem nächsten Besuch mache ich mir Gedanken. Dann nehme ich mir Zeit und inspiziere auch Ihre Kollektionen, aber erwarten Sie keine Expertisen. Sorry, ich bin in Eile. Würden Sie mir freundlicherweise ein Taxi in die Via Voltapaletto rufen?«

»Warten Sie nicht allzu lange bis zum nächsten Besuch, ich lasse Sie nicht mehr aus den Augen. Bei *Luigi Ferra* dürften Sie schon bald arbeitslos sein. Dann werden Sie einen attraktiven Job mit anständiger Bezahlung zu schätzen wissen.«

Matteo begleitete ihn vors Haus. Als das Taxi ankam, umarmte er ihn und gab ihm noch eine Entscheidungshilfe mit auf den Weg: »Ferrara ist eine traumhafte Stadt mit exzellenten Restaurants und einem quirligen Nachtleben. Sie würden einen Umzug nicht bereuen.«

Die Fahrt in die Via Voltapaletto dauerte keine 20 Minuten. Bei »G.G.« drückte er die Klingel, über die Sprechanlage vernahm er ein »Hallo«, dem er ein »Ich bin da« entgegensetzte. Mit einem Summton öffnete sich die mächtige, mit einem goldenen Handreifen verzierte Holztür. Er nahm den Aufzug in den vierten Stock, das wusste er noch von der letzten Visite.

Giulia empfing ihn freundlich lächelnd an der Wohnungstür, sie hatte sich herausgeputzt: Marinière mit waagerechtem Ausschnitt in navy-weiß-blauem Streifendesign, wie sie auch Brigitte Bardot getragen hatte, dazu eine enge, figurbetonte Hose in marineblau. Sie nahm ihn an die Hand. Bevor er sich umsehen konnte, drückte sie ihn in der Diele mit dem Rücken an die Wand und küsste ihn leidenschaftlich. Er genoss es, schon allein, weil sie die Initiative ergriffen hatte.

Sie führte ihn durch die Wohnung, ein ausladender Esstisch aus Mahagoni, gepolsterte Stühle, im Wohnzimmer antiquarische Vitrinen und Schränke, eine chamoisfarbene Lederchaiselongue, Bücherregale, ein Paul Klee, *Barcas en reposo*, wie er unter dem Bild lesen konnte und mit »ruhende Schiffe« übersetzte. Das Schlafzimmer mit King-Size-Bett und darüber das berühmte Gemälde *Zwei Frauen in Tahiti* von Paul Gauguin, ein astreiner Kunstdruck.

»Ich bin beeindruckt«, fasste sich Tom, »von der stilvollen Einrichtung, aber mehr noch von deinem exzellenten Geschmack.«

»Übertreib' nicht. Aber ich freue mich natürlich über dein Urteil. Komm, wir gehen ins Restaurant, es ist schon zwei Uhr. Hinterher fahren wir ans Meer und genießen in einem Strandcafé Erfrischungen.«

Händchenhaltend schlenderten sie ins *Ristorante Toscana*. An einer langen Tafel am Ende des Raumes saßen zwölf Männer in dunklem Businessdress. Ein graubärtiger, untersetzter Typ residierte an einem Ende der Tafel, am anderen Ende eine junge Frau, die verschlossen und verschüchtert wirkte. Es waren die einzigen Gäste, Tischanordnung und finstere Mienen erweckten den Anschein einer geschlossenen Gesellschaft, die Wichtiges zu besprechen hatte. Giulia fragte einen Kellner, ob sie Platz nehmen könnten. Der richtete seinen Blick zu dem Alten. Erst als der nickte, wies er ihnen einen Tisch am Ausgang zu.

Von einem Menü sahen sie ab, wollten wegen der ungastlichen Atmosphäre nicht zu lange bleiben, bestellten lediglich Spaghetti mit Meeresfrüchten und den *Scaia Bianco*, den sie beim letzten Besuch bereits getestet hatten. Der Alte wies mit einer Handbewegung auf einen der Männer, der sich erhob und wieder setzte, dann etwas unverständlich murmelte. Handzeichen des Alten zum nächsten in der Reihe, wieder Aufstehen und Setzen, wieder leises Gemurmel. Das Ritual endete erst, als alle Männer ihre Show abgezogen hatten. Nach jedem Wortbeitrag nickte die junge Frau in Richtung des Redners.

Die Spaghetti wurden serviert, der Wein eingeschenkt. An der langen Tafel unterhielten sich die Männer mit gedämpfter Stimme. Plötzlich öffnete sich die Tür zur Küche und vier Kellner trugen Silbertabletts mit gegrillten Fischen und gedünstetem Gemüse, Schüsseln mit Nudeln und Salaten herein und stellten sie auf dem langen Tisch ab. Ciabatta kauend, überbrückte der eine und andere die Zeit, bis das Mahl serviert war.

Giulia bezahlte, die Rechnung war mit 55 Euro überschaubar. Auf der Straße schauten sie sich in die Augen.

»Was war denn das für eine Aufführung?«, platzte es aus Tom heraus.

»Was wohl? Mafiosi beim Lunch, vermutlich die Camorra aus Neapel. Die 'Ndrangheta tagt nur im Süden, wo sie sich unbehelligt weiß.«

»Welche Rolle spielte die junge Frau? Die Männer verneigten sich regelrecht vor ihr.«

»Wenn mich meine Phantasie nicht betrügt, kann es nur eine Tochter des Alten am anderen Kopfende sein. Vermutlich wird sie heute in die Ehrenwerte Gesellschaft eingeführt.«

Tom schüttelte ungläubig den Kopf.

»Warum tagen die ausgerechnet in Ferrara?«

»Hier sind sie weit weg vom Schuss, im wahrsten Sinne des Wortes.«

Für Tom war das Gesehene ein surreales Schauspiel wie im Kinofilm *Der Pate* mit Marlon Brando in der Hauptrolle. Inzwischen hatten sie den Platz erreicht, an dem Giulia ihren Mietwagen geparkt hatte, einen putzigen Fiat 500. Auf der RA 8 fuhren sie über Porto Garibaldi an die Spiaggia Lido di Spina, eine knappe Stunde Fahrzeit. Strand, soweit das Auge reichte. Barfuß schlurften sie im feinen, weißen Sand. In einem mit Brettern zusammengenagelten, provisorischen Strandrestaurant fanden sie noch einen freien Platz. Der Holzverhau war nach drei Seiten hin zum Meer offen, Planen schützten vor der Sonne. Die Gäste speisten Nudelgerichte oder gegrillte Fische, genossen Weißwein, Aperol Spritz, Eiskaffee oder Prosecco mit Orangensaft. Der Blick übers kristallklare Meer war atemberaubend, Tom konnte sich nicht sattsehen.

»In der Gegend willst du dich also einmal niederlassen? Ich beneide dich. Ferrara und um die Ecke ein toller Strand, was will man mehr?«

»Das dauert noch, bis ich hier Wurzeln schlagen kann. Aber bis dahin werde ich öfter hier Entspannung suchen. Du bist immer willkommen.«

»Darf ich neugierig sein? Nie habe ich bei dir etwas von Verwandten oder Freunden gehört. Du scheinst nur dir zu gehören?«

»Deine Aufmerksamkeit gefällt mir. Wie du weißt, wurde mein Vater von der Mafia ermordet. Meine Mutter lebt inzwischen auch nicht mehr und Geschwister habe ich keine. Freunde habe ich nicht, lediglich gute Bekannte. Und liiert war ich zuletzt mit Waldemar Richter. Aber der hat mich, wie ich dir gestanden habe, gegen eine Jüngere ausgetauscht.«

»Wie kann man dich nur sitzen lassen? Du siehst aus wie 30, hast eine tolle Figur und schönes, langes Haar.«

Sie drückte ihm einen Kuss auf die Lippen und stellte ihrerseits Fragen.

»Privat weiß ich von dir nur, dass du zwei Kinder hast und dass es in deiner Beziehung kriselt. Sonst wären wir uns kaum so nahegekommen.«

»Ich bewundere deine Beobachtungsgabe«, antwortete er leicht spöttisch.

»In Zustandsbeschreibungen mag ich gut sein, das gestehe ich sogar zu. Aber nicht in Zukunftsdeutung.«

»Wie meinst du das?«

»Na ja, mich würde einfach deine weitere Lebensplanung interessieren?«

»Mich auch, aber ich habe keine. Ich weiß noch nicht einmal, wie lange ich Köpenick noch von Nutzen bin. Matteo will mich nach Ferrara locken, was mich allein wegen dir reizen würde. Aber der will mich kurzfristig engagieren, nicht erst in fünf Jahren, wenn du dich hier niederlässt.«

»Das ist in der Tat ein komplexes Problem. Ich würde dir gerne helfen, aber das geht nicht. Es wäre eine unzulässige Beeinflussung einer Entscheidung, die nur dir zusteht.«

Tom schwieg.

57

Eine Strategie zu entwerfen, um *Exercise Interest* öffentlich zu diskreditieren, dafür wäre Ex-Kollege Adrian Hohenstein mit der Kompetenz seiner PR-Agentur besser geeignet als er, ihn könnte er bei Matteo ins Spiel bringen. Hohenstein brauchte Aufträge, mit *Luigi Ferra* hatte es nicht geklappt. Aber hatte Matteos Plan, *Exercise Interest* von *Alfa Fashion* fernzuhalten, überhaupt den Hauch einer Chance? Rossis Leute brauchten nur die Bank und den Investor zu gewinnen, dann würden sie die Modefirma kontrollieren. 25 Prozent der Aktien würden frei gehandelt, auch an der Börse könnten sie also ihren Anteil weiter erhöhen.

Dass die italienischen Mafia-Organisationen jährlich 100 bis 150 Milliarden Euro umsetzten, belegten Zahlen der *Direzione Investigativa Antimafia*, der italienischen Anti-Mafia-Behörde. Deshalb irritierte Tom die Information der Katholischen Universität in Mailand, die den Umsatz lediglich auf rund zehn Milliarden Euro taxierte. Der Unterschied erklärte sich aus dem Umstand, dass die Katholische Universität lediglich die illegalen

Geschäfte berücksichtigt hatte, die Anti-Mafia-Behörde dagegen auch die legalen Einkünfte der Mafia.

Für Roberto Saviano, der in seinem Buch *Gomorrha* die Machenschaften der Mafia aufgedeckt hatte, lag auf der Hand, dass die illegalen Einkünfte allein den Einfluss der Mafia nicht annähernd beschrieben: »In ihren Territorien gehören sehr viele Unternehmen zu ihrem Netzwerk und dazu die Arbeiter, die in diesen Unternehmen beschäftigt sind«, sagte er einmal dem *Zeit*-Chefredakteur Givoanni di Lorenzo. Würde man die Mitgliederzahl der Clans nach der Zahl ihrer Killer bestimmen, bestünde ihre Gesamtzahl aus lediglich zwei Dutzend Leuten.

Schon deshalb neigte Tom eher zu der Zählweise der Anti-Mafia-Behörde. Die Mafiosi bei *Exercise Interest* unterwanderten Unternehmen nicht allein, um schmutziges Geld zu waschen. Sie nutzten diese Geschäftserweiterungen auch, um ihren Einfluss in Wirtschaft, Politik und Gesellschaft auszubauen und die Beschäftigten subtil zu infiltrieren. Matteo müsste das wissen. Wehrte er sich dagegen, dürfte sein Leben »keinen Pfifferling mehr wert sein«, wie er ihm bereits bei seinem Anwerbeversuch für *Luigi Ferra* gestanden hatte.

Aus dem *Zeit*-Interview mit Roberto Saviano hatte er auch erfahren, dass die 'Ndrangheta, anders als die Camorra, eine von Familienstrukturen geprägte, extrem geschlossene Organisation war. Sie sei »adlig«, achtete auf Abstammung: »Da kommst du nur rein, wenn 'Ndrangheta-Blut in deinen Adern fließt.« Aufgenommen werde man jedenfalls nicht allein wegen erbrachter »Leistungen«, man sollte schon dazugehören. Bei Aufnahmeritualen müsste der Rekrut in einigen Fällen sogar einen Mord begehen, um zu beweisen, dass er kein Spitzel sei. Auch die klischeehafte Hinwendung zur katholischen Kirche gehöre dazu: »Der ganze Kodex ist von Religion durchsetzt: Christus, die Muttergottes, die Heiligen. Es gibt keinen frommeren Menschen als einen Mafioso.« In einigen Gegenden sei es üblich, sich zu bekreuzigen, bevor man das Heroin in Briefchen packt. Killer beteten zur Muttergottes, sobald sie einen Menschen umgelegt hätten. Von einem tiefgläubigen Mafia-Boss sei eine Begründung für das schizophrene Verhalten überliefert: »Jesus hat gepredigt, man solle auch die andere Wange hinhalten, aber was danach geschieht, sagte er nicht.«

Tom war sich sicher, niemals bei Matteo anzuheuern, selbst wenn Giulia schon morgen ihren Wohnort nach Ferrara verlegen würde. Die Gefahr wäre zu groß, Matteo spielte mit dem Feuer. Wenn es Rossi tatsächlich auf *Alfa Fashion* abgesehen haben sollte, würde eine Abwehrschlacht blutig enden. Die einzige Chance zu überleben hätte Matteo nur, wenn er sich Rossi fügen würde. Seit seinem Antritt bei *Avantguide* war er Gefangener von *Exercise Interest*, sein Wechsel zu *Alfa Fashion* hatte daran nichts geändert. Indirekt hatte es Rossi Tom gegenüber auf der Messe in Düsseldorf bestätigt, als er ihn nach Matteo fragte: »Was heißt das schon: nicht mehr in meinen Diensten? Unsere Welt ist klein, da ist man sich immer zu Diensten.«

Ein Anruf von Alissa unterbrach seine Gedanken. Sie hatte von ihrer Zuträgerin eine neue Information:

»Raffaele Carraciola wird der Prozess gemacht, das zuständige römische Gericht hat es bestätigt. Angeklagt ist er wegen Anstiftung zum Mord an Ricardo de Luca und wegen Hehlerei mit Kunstwerken. Nicht wegen undurchsichtigen Waffenhandels, wie du mir sagtest.«

»Dafür gibt's einen Grund. Carraciolas Unternehmen *Exercise Interest* arbeitet bei Waffengeschäften mit der italienischen Regierung und dem italienischen Auslandsgeheimdienst *AISE* zusammen. Deshalb wird die Staatsanwaltschaft von einer Anklage wegen illegalen Waffenhandels Abstand genommen haben. Eine andere Erklärung habe ich nicht.«

»Was steckt hinter dem Anklagepunkt Hehlerei mit Kunstwerken?«

»Benito Salveroni, einer der Geschäftsführer von *Exercise Interest*, handelte mit gestohlenen Gemälden alter Künstler. Von einem van Gogh, vermutlich aus einem Museum geklaut, weiß ich. Er wurde festgenommen und sitzt im Knast von Catanzaro. Vielleicht hatte er Carraciola belastet. Dann kann die Staatsanwaltschaft gar nicht anders, als ihn wegen Anstiftung zur Hehlerei anzuklagen.«

»Unglaublich. Woher weißt du das?«

»Ich bitte dich. Wenn du die Info verwerten willst, musst du mir einfach vertrauen. Viel interessanter ist aber, dass Carraciola hinter dem Mord an de Luca stecken soll. Entweder hat de Luca den ’Ndrangheta-Kodex missachtet oder sein Tod sollte eine Warnung für andere Mitglieder der Organisation sein.«

»Mein Kompliment, du bist ja richtig gut drauf. Du wirst das alles morgen in der Zeitung lesen. Übrigens, Meyerhöfer weiß nicht, dass wir in Kontakt sind. Er glaubt inzwischen, dass ich mich zur Mafia-Expertin gemausert hätte.«

»Keine Bange, ich halte dicht.«

Tom musste Matteo unbedingt wieder sprechen. Eine Strategie zur Abwehr von *Exercise Interest* würde er ihm schon deshalb nicht liefern, weil es sinnlos sei, gefährlich noch dazu. Wann wollte Giulia wieder in Ferrara sein?

»Steht die Via Voltapaletto mal wieder auf deiner Agenda?«, fragte er sie hintersinnig.

»Du kannst es wohl nicht erwarten. Musst du Matteo treffen?«

»Ja, ich reise aber nur, wenn du vor Ort bist. Alles andere wäre Zeitverschwendung.«

Giulia lachte laut ins Telefon. Tom bildete sich ein, dass sie weiteren Schäferstündchen nicht abgeneigt wäre.

»Wie dringend ist der Termin?«

»Je früher, umso besser.«

»Kommendes Wochenende geht's nicht, das wären nur noch drei Tage. Aber das Wochenende drauf könnte ich einrichten«, signalisierte Giulia.

58

Jessie hatte sich wieder entschuldigt, am Wochenende sei Programmsitzung des Verlags. Ein wichtiger Termin, die Herbstvorschau stehe vor dem Druck. Tom war sich sicher, dass es eine Ausrede war. Zu oft hatte sie versichert, nur vier Tage weg zu sein, und hatte dann doch das Wochenende in Berlin verbracht. Es musste ein Kerl dahinterstecken, eine andere Erklärung ließ seine Phantasie nicht zu. Er neidete es ihr nicht, war auch nicht eifersüchtig. Was ihn störte war, dass er sich nicht nur unter der Woche, sondern auch jedes zweite Wochenende um die Kinder kümmern musste. Auch den Kindern gefiel nicht, dass die Mutter so lange weg war, aber sie wurden zunehmend selbstständiger. Vor allem Lara nahm inzwischen so etwas wie eine Ersatzrolle für die Mutter ein. Tom konnte durchaus mal eine Nacht nicht zu Hause sein, sie organisierten Schule und Haushalt allein.

Die *Luigi Ferra*-Aktie hatte an der Börse wieder nachgegeben, fiel in nur vier Tagen von ihrem Höchstwert unter Köpenicks Führung von 68 Punkten auf 58. Köpenick konnte sich die Entwicklung nicht erklären, das Geschäft lief zunehmend besser, die Ertragslage hatte sich stabilisiert und das Polster der Rücklagen schwoll erfreulich an. Tom rief Waldemar Richter von der *Ahorn-Bank* an, ob er eine Erklärung für den Kurssturz habe. Der Kursrückgang hätte mit dem Geschäftsverlauf nicht notwendigerweise etwas zu tun, klärte er ihn auf. Vermutlich hätten Rossis Strohmänner einfach Kursgewinne an der Börse mitgenommen.

Angelika Kühnert bereitete ihm den Espresso zu, schenkte ihm ein Lächeln und sprach ihn mit Vornamen an. Erst dann fiel ihm wieder ein, dass sie sich duzten. Bevor ihn Köpenick hereinrief, bedankte er sich noch mit einem plumpen Kompliment über ihr Aussehen.

»Am Telefon sagten Sie mir, der Aktiensturz sei auf Gewinnmitnahmen zurückzuführen. Was meinen Sie, hat Rossi die Lust verloren?«, überfiel er Tom, ohne einen Gruß vorauszuschicken.

»Die einzig schlüssige Erklärung sind Gewinnmitnahmen. Ob Rossi die Lust an *Luigi Ferra* verloren hat, kann ich nicht einschätzen. Er hält nach wie vor zwölf Prozent der Vorzugsaktien, ein stattliches Paket, aber ohne jeden Einfluss auf das Betriebsgeschehen. Ohne Not wird er dieses Paket auch nicht verkaufen, es reicht ihm, wenn er damit angeben kann. Das ist Fassade. Aus welchem Grund sollte er sich sonst bei der *Gucci*-Muttergesellschaft *Kering* und bei *Ferragamo* mit weniger als zwei Prozent eingekauft haben? Sicher mit schmutzigem Geld, das auf dem Kurszettel sauber wird und ihn als Modeinvestor ausweist.«

»Wie können wir den Stinkstiefel rausekeln?«

»Vergessen Sie das, als Vorzugsaktionär ist er harmlos. Er wollte ja Stammaktien von Ihnen und setzte darauf, dass er bei zweimaligem Dividendenausfall Stimmrechte erhält.«

»Mir wäre es lieber, er wäre nicht in meinem Dunstkreis.«

»Dann müssen Sie ihm ein Angebot machen. Aber zwölf Prozent kosten beim aktuellen Kurs dreieinhalb Millionen. Selbst wenn Sie den Betrag übrig hätten, wäre es sinnvoller, das Geld ins Geschäft zu investieren.«

»Da kann ich Ihnen nicht widersprechen.«

Alissa hatte einen reißerischen Dreispalter über Carraciolas Anklage im Blatt, angefüttert mit Informationen über *Exercise Interest*. Auch den Waffenhandel thematisierte sie, obwohl Carraciola deswegen nicht angeklagt war. Aber sie spekulierte, dass dieser Anklagepunkt wohl entfallen sei, weil die italienische Regierung und der italienische Auslandsgeheimdienst bei Waffendeals mit im Boot von *Exercise Interest* säßen. Von ihrer Informantin hatte sie den Hinweis, dass Carraciola bis ans Lebensende hinter Gitter verbringen müsste. Eine Begnadigung wegen Hinfälligkeit und hohen Alters wäre allenfalls unter Auflage eines strikten Hausarrests denkbar. Darauf würden seine Anwälte hinarbeiten.

Die Informantin hatte Carraciola als warmherzigen Menschen beschrieben, der sich ums Wohl der Ärmsten von Catanzaro bemüht hätte. Sie hätte mit Leuten seiner Umgebung gesprochen, wie sie Alissa verriet. Nicht überraschend, Carraciolas Landsleute wagten aus schierem Selbsterhaltungstrieb nichts Schlechtes über den Mafia-Boss zu verbreiten. Alissa spekulierte über das Motiv des Alten, Ricardo de Luca ermorden zu lassen: Es hätte sich um eine Warnung an andere Clanmitglieder gehandelt. Dass sich die Angesprochenen jetzt sicher fühlen könnten, stellte sie in Abrede. Carraciola werde auch aus dem Gefängnis heraus oder im Hausarrest seine Befehle erteilen.

»Respektable Geschichte«, empfand Tom nach der Lektüre und schickte ihr das Lob gleich übers Telefon.

»Deine Einschätzung freut mich, die Substanz des Artikels stammt ja von dir. Ich wundere mich nur, woher du diese Informationen hast, wer deine Quellen sind. Du musst in der Szene gut vernetzt sein.«

»Unterstelle mir bloß nicht, dass ich dazugehöre.«

»Wo denkst du hin? Je mehr ich mich mit der Mafia beschäftige, umso mehr bin ich der Überzeugung, dass du zum *Anzeiger* zurückkommen solltest.«

»Was versprichst du dir davon? Du hast dir doch ausreichend Kompetenz für den Job angeeignet. Meyerhöfer hat dir das auch bestätigt.«

»Die Kompetenz beruht auf unserem Kontakt. Meine italienische Freundin liefert nur Bruchstücke, aber deine Informationen enthalten als Beifang auch die Logik der Verbrechen.«

»Ich glaube, außerhalb der Redaktion bin ich dir von größerem Nutzen.«

»Heißt das, du kommst nicht mehr zurück?«

»Ich weiß nicht, aber dann müsste ich mich bald entscheiden. In drei Monaten ist das Jahr um und Meyerhöfer im Ruhestand.«

Mein Gott, Alissa Didier, stöhnte Tom. Sollte er sich das tatsächlich antun und in der Redaktion ins Hamsterrad treten? Fürs halbe Gehalt? Dabei war er doch nur aus Übermut in den Modeladen gestolpert, Matteos Werben erlegen, der noch dazu an Toms erstem Arbeitstag gefeuert wurde. Jetzt warb Matteo wieder um ihn, eine seltsame Duplizität der Ereignisse. Köpenick hatte ihn inzwischen ins Herz geschlossen. Seine Recherchen, die Analysen und Bewertungen schätzte er offensichtlich. Dass er ihm hin und wieder brisante Informationen über Rossi und *Exercise Interest* liefern konnte, gefiel ihm. Nur, wie lange konnte das noch gut gehen?

Für den nächsten Tag hatte ihn Köpenick ins Büro beordert, er hätte eine wichtige Botschaft für ihn. Tom ahnte das Unvermeidliche, das Ende seiner Karriere bei *Luigi Ferra*. Was anderes konnte er sich nicht vorstellen, seinen Job hatte er erledigt.

Kaum hatte er das Vorzimmer betreten, sprang Angelika auf und öffnete ihm die Tür zu Köpenicks Büro.

»Bringen Sie Herrn Schwertfeger einen Espresso, mir Wasser und schließen Sie die Tür«, befahl er zur Überraschung Toms. Der Espresso war eine Geste, die er von ihm nicht gewohnt war. Köpenick spielte eine belanglose Platte, fragte nach Toms Befinden, nach seinen Kindern und bedauerte, dass er wegen der beruflichen Herausforderung seiner Lebensgefährtin den Urlaub in Griechenland nicht antreten konnte. Angelika servierte die Getränke und verschwand umgehend wieder im Vorzimmer.

»Also, Herr Schwertfeger, ich habe mir in den letzten Wochen Gedanken gemacht.«

Tom hatte sich seelisch auf den Tag der Wahrheit eingestellt, es sollte ihn nichts überraschen.

»Meine Einsicht hat sich verfestigt, ich will Sie behalten.«

Tom stutzte. Gab er sich gerade noch überzeugt, mit Selbstbewusstsein seine Demission hinzunehmen, so beherrschte ihn plötzlich das Gefühl, Köpenick völlig unvorbereitet gegenüber zu sitzen.

»Sie haben mich in der Auseinandersetzung mit Rossi gut beraten, Sie haben exzellent verhandelt und mehrfach Ihr Leben für die Existenz unseres Unternehmens aufs Spiel gesetzt. Ich werde Ihren Einsatz anständig honorieren.«

Tom fiel noch immer nichts ein, was er sagen könnte. Gedankenversunken hörte er zu.

»Fangen wir mit dem an, was Ihnen vielleicht nicht viel bedeutet: Wann immer Sie den Wunsch nach Abwechslung verspüren, wird Ihnen Theodorakis ein neues Outfit schneidern.«

»Danke, sehr großzügig Herr Köpenick. Ich werde das Angebot nicht strapazieren.«

Tom hatte sich einigermaßen gefangen, seine Miene hellte sich auf.

»Das dachte ich mir, ein Kleiderdeputat von einer Modefirma, bei der Sie beschäftigt sind, ist schließlich nichts Aufregendes. Jedenfalls nichts, was einen vom Stuhl reißt. Das dürfte bei meiner zweiten Offerte anders aussehen.«

»Sie spannen mich auf die Folter.«

»Das ist nicht meine Absicht, im Gegenteil. Ich habe veranlasst, dass Ihre Anwartschaft auf die Betriebsrente nicht erst nach zehn Jahren Firmenzugehörigkeit beginnt, sondern bereits nach fünf Jahren. Das bedeutet beim aktuellen Stand Ihrer Betriebszugehörigkeit, dass Sie in vier Jahren Ihren Rentenanspruch erworben haben, und zwar mit 30 Prozent Ihres Gehalts. Für jedes weitere Jahr Ihrer Firmenzugehörigkeit erhalten Sie einen Prozentpunkt mehr, bis Sie Ihren Dienst quittieren. Wenn Sie uns also noch 14 Jahre die Stange halten, erhalten Sie 40 Prozent. Das ist doch ein komfortables Angebot.«

»Ich bin platt. Woher rührt Ihre Großzügigkeit?«

»Sie sind mein Berater und sollen es auch künftig sein.«

»In vier Jahren bin ich 51, mit welchem Alter bin ich rentenberechtigt?«

»Mit 55. Aber die nächsten vier Jahre müssen Sie mindestens dabei sein, um in den Genuss der Zahlungen zu kommen.«

»Was sagt Ihre verehrte Frau Mutter dazu?«

»Uneingeschränkt ja, sie weiß Ihre Arbeit zu würdigen. Vermutlich müssen Sie mit ihr künftig öfter in die Oper gehen.«

»Das wird mir ein Vergnügen sein.«

»Verstellen Sie sich nicht, für mich ist der Opernbesuch auch eine Herausforderung. Also schlagen Sie ein.«

Tom überlegte nur kurz und reichte ihm die Hand. Es sollte der Deal seines Lebens sein. Die geplante Rückkehr zum *Anzeiger* war per Handschlag erledigt.

59

Matteo ließ Tom in Bologna am Flughafen von einem Fahrer abholen, der ihn zu *Alfa Fashion* brachte und gleich ins Chefzimmer führte. Matteo saß am Schreibtisch, erhob sich aber sofort, als Tom das Büro betrat.

»Fühlen Sie sich willkommen, lieber Herr Schwertfeger. Wie es in Italien üblich ist, werden wir zunächst fürstlich speisen, wenn Sie einverstanden sind.«

Tom widersprach nicht, das Essen war vereinbart. Mit dem Aufzug fuhren beide nach unten, wo der Fahrer wartete und ihnen den Wagenschlag der Mercedes-Limousine öffnete.

»In die *Osteria La Compagnia*, bitte«, wies er den Chauffeur an.

»Sie werden Ferrara noch schätzen lernen, es ist eine der schönsten Städte Italiens, glauben Sie mir«, setzte er die Unterhaltung fort. Dass Tom die mittelalterliche Stadt längst wegen einer Frau für sich eingenommen hatte, verschwieg er.

»Ich empfehle Ihnen als Vorspeise hausgemachte Tagliatelle mit Trüffel aus den benachbarten Marken und hinterher gegrillten Wolfsbarsch mit Salat. Dazu genießen wir einen weißen *Antinori*. Einverstanden?«

»Was könnte ich gegen diese kulinarische Empfehlung einwenden? Da läuft einem das Wasser schon beim Zuhören im Mund zusammen.«

Der Kellner stellte eine Flasche *Pellegrino* und den Brotkorb auf den Tisch und nahm die Bestellung auf. Matteo schwärmte von den Baudenkmälern und der nahen Küste. Den Strand kannte Tom bereits, auch ein paar historische Bauten. Renaissancevillen und prächtige Kirchen standen bei Giulia auf dem Programm.

Als der Kellner den *Antinori* eingeschenkt hatte, kam Matteo sofort auf den Punkt, der ihn brennend interessierte:

»Wie weit sind Sie mit Ihrer Entscheidungsfindung?«

»Ich muss Sie enttäuschen, Signor Matteo. Letzte Woche habe ich bei Köpenick für weitere vier Jahre unterschrieben.«

»Was soll das denn? Bei *Luigi Ferra* haben Sie doch nichts mehr zu tun.«

»Das ist auch mein Eindruck, aber Köpenick sieht das anders. Er machte mir ein Angebot, das ich nicht ausschlagen konnte.«

»Die Sache mit einem unwiderstehlichen Angebot kann ich ja verstehen, aber welchen Mehrwert wollen Sie ihm künftig bringen?«

»Meine Ratschläge für die Erhaltung der Selbstständigkeit der Firma findet er hilfreich. Ich werde auch künftig die Rolle des persönlichen Beraters einnehmen. Er will mich einfach an seiner Seite wissen.«

Die Nudeln wurden serviert, der Duft der Trüffel stieg in ihre Nasen. Matteo wirkte nachdenklich.

»Das können Sie mir nicht antun, ich habe auf Sie gesetzt. *Exercise Interest* hat inzwischen das Aktienpaket von der Bank gekauft und sie werden weiter kaufen. Eines Tages werde ich in ihrer Hand sein.«

»Das waren Sie doch schon mal, damals bei *Avantguide*.«

»Ich habe die Firma nicht verlassen, um bald darauf wieder in deren Fangnetz zu zappeln.«

»Wenn Ihnen das nicht behagt, werden Sie wohl oder übel auch *Alfa Fashion* wieder verlassen müssen. Oder …«

Tom legte eine Pause ein.

»Oder?«

»Oder Sie arrangieren sich mit Rossi.«

Matteo legte die Gabel aus der Hand.

»Wo denken Sie hin? Das wäre doch Harakiri mit Ansage. Ich bin nicht lebensmüde. Halten Sie mir diese Verbrecher vom Leib.«

»Ich sehe dafür nicht die geringste Chance. *Exercise Interest* erwirbt völlig legal ein Unternehmen, wenn auch mit an Sicherheit grenzender Wahrscheinlichkeit mit schmutzigem Geld. Aber den Nachweis müssen Sie erst mal erbringen. Lebensverlängernd dürfte dieses Bemühen kaum sein.«

»Sie verderben mir den Appetit.«

»Machen Sie sich nichts vor, Sie stehen mit dem Rücken zur Wand. Die Spielregeln definieren die Herrschaften von *Exercise*

Interest mit ihren gewaltigen Finanzreserven. Wer ausreichend Mittel hat, kann sich jede Firma leisten. So funktioniert nun mal der Kapitalismus, ich habe ihn nicht erfunden.«

»Aber Sie könnten die Nebenwirkungen mildern.«

»Dass Raffaele Carraciola, Sie wissen, der Alte im Rollstuhl auf de Lucas Beerdigung, festgenommen wurde, ist Ihnen bekannt? Vermutlich hat ihn Benito Salveroni bei einem Verhör verpfiffen.«

»Die Verhaftung Carraciolas war in den Zeitungen zu lesen. Ihre Spekulation mit Salveroni hätte eine Logik.«

»Wenn die Kommandostruktur bei *Exercise Interest* allein auf Carraciola zugeschnitten war, müsste der Laden inzwischen geschwächt sein. Es sei denn, Rossi ist an Carraciolas Stelle getreten, er ist der Principale. Und solange der Sie braucht, stößt Ihnen nichts zu. Das war jedenfalls schon mal Ihre Einschätzung, die Sie mir gegenüber geäußert haben.«

»Ich weiß, solange ich nach seiner Pfeife tanze, passiert mir nichts. Aber das will ich nicht. *Alfa Fashion* habe ich mir ausgesucht, weil mir die Aktionärsstruktur freie Hand ließ. Wenn Rossi das ändert, ist meine Situation eine andere.«

»Das kann ich nachvollziehen, ich bräuchte den Kerl auch nicht als Oberkommandierenden. Ein letzter Vorschlag zur Güte: Ich werde künftig öfter in Ferrara sein. Wenn Sie wollen, können wir uns gerne treffen.«

»Sie sind immer willkommen.«

»Vielleicht siedle ich in ein paar Jahren nach Ferrara um. Wenn Sie dann noch auf Ihrem Stuhl sitzen, können wir über alles Weitere reden. Bestellen Sie mir bitte ein Taxi in die Via Voltapaletto.«

»Mein Fahrer bringt Sie hin. Ich gehe zu Fuß, muss meinen Kopf in den Wind halten.«

Als sie vor das Lokal traten, kamen zwei hochgewachsene, elegant gekleidete Männer auf sie zu.

»Signor Schwertfeger?«

»Mit wem habe ich das Vergnügen?«

»Signor Rossi will Sie heute Abend sprechen. Wo dürfen wir Sie abholen?«

Tom blieb die Spucke weg, Rossi will ihn sprechen! Da steckte bestimmt eine Teufelei dahinter. Aber er blieb ruhig und gefasst. Irritiert war er nur über die guten Sprachkenntnisse des Fragestellers.

»Ich würde lieber das Taxi nehmen. Wo soll ich hinkommen?«

»Das geht nicht, es ist ein konspiratives Treffen an einem unbekannten Ort.«

»Da weiß ich doch jetzt schon, was mich erwartet.«

»Wir können Sie nicht zwingen. Wenn Sie dem Treffen fernbleiben, entgeht Ihnen ein Hochamt, das Sie nicht vergessen werden.«

Tom überlegte, zog die Pause in die Länge und blies die Luft aus den Mundwinkeln. Dass er verunsichert war und Angst spürte, ließ er sich nicht anmerken. Er zögerte.

»Wo haben Sie die deutsche Sprache erlernt?«

»Wir arbeiteten viele Jahre beim *Daimler* in Sindelfingen am Band. Da lernt man schnell, sich mit den Kollegen in ihrer Landessprache zu unterhalten.«

Wieder kurze Pause, ein paar Sekunden nur.

»Ich werde am Tor vor der *Cattedrale San Giorgio* auf Sie warten. Wann wollen Sie mich abholen?«

»19 Uhr.«

Matteo hatte die ganze Zeit nichts gesagt. Als die Männer weg waren, meinte er lakonisch: »Abgeholt werden, Rossi begegnen, konspiratives Treffen. Sie lieben es wohl, mit einem Bein im Grab zu stehen.«

60

Giulia war bei der Begrüßung ziemlich überdreht, tänzelte durch die Zimmer und zeigte sich in bester Laune.

»Setz Dich, ich habe den Prosecco schon geöffnet. Wie war's bei Matteo?«

Tom erzählte von dem Gespräch, auch dass er ihm endgültig einen Korb gegeben habe. In fünf Jahren, falls er den Chefposten bei *Alfa Fashion* noch bekleiden würde, möge er wieder auf ihn zukommen. Giulia grinste über Toms lancierte Aussicht, möglicherweise nach Ferrara überzusiedeln.

»Mit dem Abendessen wird's nichts, um sieben holen mich zwei Männer vor der *Cattedrale* zu einem konspirativen Treffen mit Rossi ab.«

»Du hast wohl jegliches Gespür für Gefahren verloren. Rossi wird dir nicht den Hof machen, er hat noch eine Rechnung offen.«

»Wenn ich mich drücke, entginge mir ein Hochamt, das ich in meinem Leben nicht vergessen würde, sagten die Männer.«

»Das Hochamt besteht darin, dich krankenhausreif zu schlagen, wenn nicht Schlimmeres.«

»So weit war ich auch schon, habe aber einen Plan, der deine Mitwirkung verlangt.«

»Du hast sie doch nicht alle.«

»Das mag sein, aber jetzt will ich's wissen. Du besitzt sicher eine Kamera mit Teleobjektiv?«

»Soll ich etwa das Hochamt mit dir als Prügelknaben in der Hauptrolle fotografieren?«

»Nein, nicht mich. Aus sicherer Entfernung lichtest du die Typen ab, die mich abholen. Ich bitte sie, auszusteigen und erkläre ihnen, nur dann mitzufahren, wenn ich sie nach Waffen durchsucht habe. Das gibt dir ausreichend Zeit, sie aufs Korn zu nehmen.

Wenn sie Knarren bei sich haben, steige ich nicht ein. Wenn nicht, folgst du uns in sicherem Abstand mit deinem Wagen.«

»Und wenn sie dich zusammenschlagen, soll ich dazwischengehen?«

»Das wäre zu gefährlich, aber du könntest sofort die Polizei rufen. Wir sind in Ferrara, nicht in Apulien oder Kalabrien.«

»Bis die Polizei kommt, liegst du blutüberströmt am Boden und die Schläger sind in alle Winde verstreut.«

»Hast du die Nummern von Polizei und Notarzt gespeichert?«

»Selbstverständlich, aber ich halte nichts von deinem gefährlichen Ehrgeiz. Die Nummer geht schief, ich sage es dir.«

»Damit muss ich rechnen, aber ich muss wissen, ob Rossi nach Carraciolas Festnahme zum Oberhäuptling aufgestiegen ist. Wenn nicht, wer es an seiner Stelle geschafft hat.«

»Du glaubst, das bindet der dir auf die Nase? Sei nicht naiv.«

»Kann ich mit dir rechnen oder nicht?«

»Was bleibt mir übrig, ich nehme Verbandskasten und Schmerztabletten mit. Wenn du im Staub liegst, krieche ich aus dem Versteck, um dich zu verarzten. Hoffentlich wird es nicht so schlimm. Aber ich rechne mit dem Schlimmsten.«

Um halb sieben nahmen Tom und Giulia den Lift nach unten, holten den Fiat und fuhren in Richtung *Cattedrale*. Sie sprachen nicht viel, jeder spürte die Anspannung des anderen. Kurz vor dem Platz des Gotteshauses stieg Tom aus, Giulia fuhr auf die gegenüberliegende Seite und stellte den Wagen im Parkverbot ab. Es war die günstigste Stelle, von der aus sie fotografieren konnte. Pünktlich um sieben preschte ein grauer Audi-SUV vor den Kircheneingang. Tom schaute durchs Wagenfenster: Es waren dieselben Männer, die ihn am Nachmittag vor der Trattoria angesprochen hatten. Tom bat sie auszusteigen, sollten sie Waffen tragen, würde er nicht mitfahren, sagte er ihnen. Beide krochen aus dem Wagen, zogen ihre

Jacketts aus und drehten ihm den Rücken zu. Sie hatten keine Pistolen bei sich, was Tom aber nicht wirklich beruhigte. Er nahm Platz auf dem Rücksitz der Fahrerseite und drehte sich nach hinten: Giulia folgte ihnen.

»Verraten Sie mir, wohin wir fahren?«, fragte Tom, als sie gerade in die Via Bologna einbogen.

»Zu einem aufgelassenen Steinbruch außerhalb der Stadt.«

»Meinen Sie das ernst? Dann lassen Sie mich besser aussteigen.«

»Seien Sie unbesorgt, der Steinbruch ist nur Kulisse.«

»Kulisse! Vor der mir eine Abreibung verpasst wird. Warum habe ich mich nur auf dieses Abenteuer eingelassen?«

»Es ist kein Abenteuer, wir sprachen von einem Hochamt. Die katholische Kirche würde vor Neid erblassen.«

Tom traten Schweißperlen auf die Stirn, er atmete tief ein und aus und richtete seinen Blick nach hinten. Giulia war noch hinter ihnen, wechselte trotz des Verkehrsstroms von einer Spur auf die andere und achtete darauf, nicht als Verfolger aufzufallen.

»Wie lange dauert es bis zum Ort meiner Abreibung?«

»Eine halbe Stunde. Seien Sie unbesorgt.«

Tom machte sich Vorwürfe, wie konnte er nur so dämlich sein und bei den beiden Gangstern einsteigen? Er rutschte in die Mitte der Sitzbank, streckte sein rechtes Bein über die Kardanwelle, um einen freien Blick auf die Ausfallstraße zu bekommen. Es half ihm nicht viel: heruntergekommene Wohnblöcke zwischen gelben und roten Tankstellen, schmucke Autohäuser und unaufgeräumte Vorplätze von Kleingewerbetreibenden. Das bekannte Durcheinander einer Stadt, die an der Peripherie jeden Charme verloren hatte. Sollte er die Wagentür öffnen und einfach hinausspringen? Den Gedanken verwarf er, der Verkehr war zu dicht.

Etwa zehn Kilometer hinter der unwirtlichen Urbanität bog der Fahrer auf einen Schotterweg, eine riesige Staubwolke hinter sich herziehend. Ob Giulia noch hinter ihnen war, konnte er nicht sehen. Spätestens auf dem unbefestigten Weg musste sie den Abstand vergrößern. Immerhin bot der Blick nach vorn klare Sicht: Olivenbäume, Reben, Tomatenplantagen und Paprikafelder. Eine gepflegte Kulturlandschaft, die ihm keinen Trost spendete. Von Minute zu Minute steigerte sich sein Unbehagen, mit seinem Taschentuch wischte er sich den Angstschweiß aus Gesicht und Nacken.

Wie aus dem Nichts tauchte plötzlich ein provisorischer Bauzaun vor ihnen auf. Der Fahrer bremste abrupt und stellte den Motor ab. Sein Kollege machte sich am Drahtgeflecht zu schaffen und öffnete einen Teil des Zaunes.

»Kommen Sie, Herr Schwertfeger, schlüpfen Sie durch die Zaunlücke und gehen Sie die 50 Meter bis zur Kante des Steinbruchs, dort finden Sie einen Trampelpfad, der Sie nach unten führt. Rossi wartet dort auf Sie. Aber passen Sie auf, der Weg ist gefährlich.«

»Und Sie? Kommen sie etwa nicht mit in den Steinbruch?«

»Wir warten hier auf Sie.«

»Vermutlich vergebens.«

»Sie kommen zurück, da sind wir uns sicher. Es sei denn, Sie wollen zwischen all dem Geröll übernachten.«

Tom verstand nicht, sein Puls raste. Er inspizierte die Landschaft, die grasbewachsenen Wiesenwege, überwucherte Pfade, den Schotterweg, auf dem sie gekommen waren. Von Giulia keine Spur. Dann fasste er sich ein Herz und schritt auf die Zaunlücke zu. Als er schließlich an der Kante des Steinbruchs angelangt war, klingelte sein Handy. Mit aufgeregter Stimme meldete sich Giulia: »Die beiden Typen sind weggefahren! Ich hatte mich mit meinem Fahrzeug hinter einer Kuppe versteckt, sie haben mich nicht gesehen. Bin gleich da.«

Tom schaute auf den weitläufigen, plattgewalzten Boden der Geröllhalde. Die Ausfahrt für Lastwagen führte hinter dem

Steinbruch steil nach oben bis zur Höhe des Zauns, der das Riesenloch begrenzte. Am Horizont blinkte in der Sonne etwas Metallenes, möglicherweise das Dach eines Lieferwagens. Plötzlich, er musste zweimal hinschauen, sah er ein bewegungsloses Etwas, einen Menschen! Der Körper lag in der hinteren Ecke vor einer Wand aus Geröll. Niemand sonst war zu sehen. Er nahm all seinen Mut zusammen, kletterte den steinigen Steilhang hinunter und ging auf das leblose Wesen zu. Beim Anblick wurde ihm heiß, glühend heiß. Fassungslos stand er vor einer blutüberströmten Leiche, die mit dem Gesicht im Staub lag. Er berührte den Körper, keine Regung, drehte das Gesicht zur Seite und erschrak bis ins Mark: Rossi! Erschossen! Abgeknallt wie Vieh. Ein knappes Dutzend Einschüsse, die das Jackett zerfetzt und blutende Wunden freigelegt hatten, die Augen starr. Die Hinrichtung konnte nicht lange her sein, der Körper war noch warm.

Tom faltete seine schweißnassen Hände zu einem stillen Gebet, eine Gefühlsreaktion, nur für ein paar Augenblicke. Als er sich aufraffte und ein paar Schritte rückwärtsging, knallte aus einem versteckten Lautsprecher Verdis Gefangenenchor »Va, pensiero, sull'ali dorate …«, Flieg', Gedanke, auf goldenen Schwingen … Pervers, was trieben sie bloß mit ihm? Eine Inszenierung schlimmer als Folter. Die Hänge des Steinbruchs verstärkten die Akustik wie in der Freiluftarena von Verona. Er fühlte sich beobachtet, sah aber niemanden. Todesangst schlich sich in jede seiner Poren. Er war allein – allein mit einer Leiche! Begleitet vom Chor der Verdi-Oper *Nabucco*. Seine Kehle brannte, er sammelte Speichel, schluckte und rannte davon. Keuchend kletterte er hoch zur Steinbruchkante, stolperte durchs Geröll und drängte sich durch den Bauzaun. Er rang nach Atem, Giulia erwartete ihn.

»Da unten liegt Rossi …, tot, erschossen … er ist es, ohne jeden Zweifel … sein Gesicht, seine Augen, seine Haare … an jeder Falte zu erkennen«, stotterte Tom.

Giulia musste sich am Fiat abstützen, ihre Hände zitterten: »Furchtbar, schrecklich, nicht zu glauben! Aber dir ist Gott sei Dank nichts passiert, das ist das Wichtigste«, stöhnte sie und nahm ihn in den Arm. Ihre Wange kühlte Toms heiß-nasses Gesicht. Sein rasendes Herz spürte sie an ihrem Busen. Wie ein nasser Sack hing er an ihr, total erschöpft. Sie setzten sich auf die Motorhaube.

»Wo sind die beiden Typen, die mich hierher gebracht haben? Warum sind sie weg?«

»Vielleicht wollten sie dich in den Mordfall verwickeln? Dass dich die beiden hierher gefahren haben, glaubt dir niemand. Ein überzeugendes Alibi hast du nicht.«

Tom schaute entsetzt zum Steinbruch. »Was bin ich naiv, ich mach' mir Vorwürfe.«

»Wir müssen die Polizei informieren, sonst stehst du mit einem Bein im Gefängnis. Aber vorher will ich mir ein Bild machen.«

Gemeinsam kletterten sie den steinigen Weg auf die gefurchte Ebene hinab, auf der Kipplaster beim Abtransport von Steinen Spuren hinterlassen hatten, und blickten ratlos ins stille Rund: Rossis Leiche war verschwunden! Sie rannten an die Stelle, wo Tom den leblosen Körper identifiziert hatte. Nichts, als hätte sich die Leiche in Luft aufgelöst. Ein Abdruck im Staub schaffte immerhin Gewissheit, dass ein Körper an der Fundstelle gelegen haben musste. Giulia suchte im Radius von ungefähr zehn Metern den Tatort ab und fand auf Anhieb zwei Munitionshülsen, die sie mit Kennerblick untersuchte: »Kaliber acht, aus einem Maschinengewehr.« Die Hülsen steckte sie in die Tasche ihres Hosenanzugs, frische Bremsspuren am Tatort fotografierte sie. Die Killer mussten so lange auf der Anhöhe gewartet haben, bis Tom den Tatort fluchtartig verlassen hatte.

»Komm, wir fahren ins Polizeipräsidium«, sagte Giulia. »Unser Problem ist nur: Wir melden eine Leiche, von Kugeln durchsiebt, die du identifizieren konntest. Aber du hast keine Zeugen und es existiert keine Leiche. Das soll uns erst mal einer abnehmen.«

Es war neun Uhr, als sie das Präsidium erreichten. Sie berichteten den Carabinieri von dem Fund im Steinbruch und dass die Leiche bei der zweiten Inspektion verschwunden war. Ein Polizist nahm ihre Personalien auf, Giulia zeigte den Dienstausweis und übersetzte ihren Beruf mit »Accusatore«, worauf der Uniformierte Haltung annahm. Als Adresse nannten sie neben ihren Heimatanschriften auch die Via Voltapaletto in Ferrara. Den Namen des Toten gab Tom zu Protokoll: Giovanni Rossi, wohnhaft in Catanzaro, Geschäftsführer von *Exercise Interest*.

Nachdem sie eine genaue Ortsbeschreibung ausgestellt hatten, schickte der Carabiniere zwei Polizisten los, den Tatort zu besichtigen. Tom und Giulia sollten im Flur auf der Besucherbank warten, bis sie wieder zurück seien. Tom stand der kalte Schweiß noch immer auf der Stirn, Giulia strich ihm zur Beruhigung durchs Haar. Sie redeten nicht viel, bis Tom meinte, dass es ihn hochgradig interessieren würde, aus welchem Grund Rossi in Ungnade gefallen war. Und warum ihm die Herren der Ehrenwerten Gesellschaft in einem »Hochamt« mit dem Gefangenenchor die Leiche präsentierten.

Als die Inspekteure vom Tatort zurück waren, wurden Tom und Giulia wieder hereingebeten.

»Es sieht nach einer Mafia-Abrechnung aus, wenn Ihre Darstellung stimmen sollte«, sagte der Polizist, der hinter dem Schreibtisch saß. Die Inspekteure haben Blutspuren, Reifenabdrücke und im Sand Umrisse entdeckt, die auf einen Körper hindeuten. Aber sagen Sie, woher wussten Sie, dass in dem Steinbruch eine Leiche lag?«

Tom erzählte in allen Einzelheiten, wie sich die Ereignisse zugetragen hatten. Giulia übersetzte, so gut es ging, und berichtete, wie sie den Mafiosi gefolgt sei und den Ort des Geschehens inspiziert hatte.

»Das soll ich Ihnen glauben? Was Sie erzählen, klingt doch ziemlich abenteuerlich.«

»Wir haben keine andere Version«, antwortete Giulia. »Es ist die Wahrheit, unsere Phantasie reicht nicht aus, so etwas zu erfinden.«

Der Carabiniere schüttelte sein Haupt und murmelte mehrmals »incredibile«. Er hatte Zweifel und zeigte sie auch.

Giulia bat um eine E-Mail-Adresse des Polizeipräsidiums, dann könnte sie Fotos von den Typen schicken, die Tom an der *Cattedrale* abgeholt hätten. Die Munitionshülsen legte sie dem Kommissar auf den Tisch.

»Sie können gehen, aber halten Sie sich zur Verfügung«, ordnete der Carabiniere an, was Giulia nicht akzeptieren konnte.

»Hören Sie, wir fliegen am Montag von Bologna aus wieder zurück, bei mir stehen staatsanwaltliche Termine an, bei Signore Schwertfeger Geschäftstermine. Sie können uns elektronisch oder telefonisch erreichen und mich auch über den Dienstweg. Wir können hier nicht ausharren, bis Sie den Fall gelöst haben.«

Der Uniformierte zeigte sich einsichtig, widerwillig zwar, und entließ die beiden, nachdem er ihre Personalausweise und Giulias Dienstausweis kopiert hatte.

61

In der Wohnung öffnete Giulia einen kräftigen apulischen *Primitivo* und bat Tom an den Tisch. Auf ein Abendessen, das sie anbot, verzichtete er. Der Appetit war ihm vergangen. Köpenick schickte er auf die Schnelle noch eine SMS: »Rossi tot, erschossen. Habe seine Leiche gesehen. Mehr sobald ich in der Firma bin.«

»Kannst du mir erklären, was diese Aufführung sollte?«, fragte Tom. Er quälte sich mit Antworten, hatte so etwas Bizarres bisher weder gelesen noch gehört. Es war wie in einem schlechten Western. Der Steinbruch, das Geröll, die Leiche im Staub.

»Sicher bin ich mir nicht, aber ich versuche, eine Logik dahinter zu entdecken. Klar dürfte sein, Rossi war in Ungnade gefallen, weshalb auch immer. Das Urteil kann nur Raffaele Carraciola gefällt haben. Einen Kassiber aus dem Gefängnis zu schmuggeln, ist kein Problem, das Codewort können seine Getreuen dechiffrieren. Oftmals sind es religiöse Begriffe, die keinen Verdacht erregen.«

»Aber Rossi war doch eine Stütze in Carraciolas Netz. Der Alte muss eine Armada von potenziellen Nachfolgern in Reserve halten. Für Rossi, für de Luca und für Salveroni, der im Knast sitzt.«

»Die hat er auch, junge, gierige Leute, die an die Schalthebel drängen.«

»Hast du eine Vorstellung, warum Rossi auf der Exekutionsliste stand?«

»Mein Gott, Blößen und Fehler hat er sich einige erlaubt: *Luigi Ferra* nicht wie gefordert geliefert, das Gemäldeversteck verraten, Angriffe auf deine Person aus Dilettantismus vereitelt. Gründe findet man viele. Aber vermutlich hat er eine vom Boss gezogene Grenze überschritten, was das Todesurteil ausgelöst haben könnte. Ein Grund ist oftmals, wenn Geld, das der Organisation zusteht, in die eigene Tasche gesteckt wird.«

»Warum haben sie mir die Leiche auf dem Präsentierteller gereicht? Wenn es eine Auseinandersetzung innerhalb der Mafia war, was hat das mit mir zu tun?«

»Sehr wahrscheinlich war es auch eine Botschaft an dich. Vielleicht, dass sich jetzt andere aus der Organisation an *Luigi Ferra* zu schaffen machen.«

»*Luigi Ferra* ist auf dem Trip, den Rossi für die Eroberung wählte, nicht mehr in Gefahr. Die Familie sitzt fest im Sattel, verkauft keine Stammaktien und der Börsenkurs hat sich stabilisiert.«

»Möglich, aber Wege gibt es immer. Mafiosi sind kreativ.«

»Mir erschließt sich noch nicht, warum sie mich mit der Nase auf die Leiche gestoßen haben.«

»Ich kann nur spekulieren. Eine Variante könnte auch sein, dass du nicht mehr in ihrem Umfeld wühlen sollst. Ein Hinweis also darauf, deine Recherchen einzustellen.«

»Solange nicht geklärt ist, ob sie von *Luigi Ferra* die Finger lassen, werden sie mich nicht los.«

»Eine dritte Möglichkeit habe ich schon angedeutet, es ist die widerwärtigste: dich als den Mörder von Rossi aussehen lassen. Allem Anschein nach glaubt das ja auch der Carabiniere auf der Polizeistation. Aus der Nummer bist du noch nicht raus.«

»Na ja, das müssten sie beweisen. Eine solche Konstruktion dürfte schwierig werden.«

»Sie wäre aber darstellbar. Dazu braucht es nur einen übereifrigen Staatsanwalt.«

»Wer waren die beiden Typen, die ehemaligen *Daimler*-Malocher, die mich zum Tatort brachten? Warum waren sie nicht bewaffnet?«

»Es können eigentlich nur Carraciolas Killer gewesen sein, die engsten, denen er vertraut. Du müsstest sie bei der Beerdigung von de Luca gesehen haben, spätestens beim Leichenschmaus in der Trattoria. Dass sie keine Pistolen trugen, war Kalkül. Dann wäre die Wahrscheinlichkeit hoch gewesen, dass du nicht zu ihnen ins Auto steigst. Das wussten sie und Angst brauchten sie vor dir nicht zu haben. Auch ihr feiner Dress war bewusst gewählt, nichts sollte auf ihre wahre Profession hinweisen. Das haben sie perfekt inszeniert.«

»Kriegst du Carraciolas Codewort heraus?«

»Wenn die Polizei den Kassiber findet, stehen die Chancen gut. Aber vermutlich wurde er sofort vernichtet.«

Inzwischen war es Mitternacht.

»Ich mache uns noch Rührei, mir knurrt der Magen«, bestimmte Giulia.

»Fein, kann ich helfen? Inzwischen habe ich Appetit.«

»Du kannst noch eine Flasche öffnen, wir wollen doch das Rührei nicht trocken runterwürgen.«

Tom war inzwischen leicht beschwipst, was seine Stimmung hob. Vom *Primitivo* hatte er sich bereits mehrere Gläser gegönnt. Giulia gab Speck in die Pfanne, rührte Eier dazu und schnitt Tomaten und Zwiebeln für den Salat. Der Tisch musste nicht gedeckt werden, Giulia kratzte die Eier-Speck-Speise noch in der Küche aus der Pfanne, die Teller balancierte sie mit einer Stange Weißbrot unterm Arm ins Esszimmer. Ein einfaches Gericht, aber Tom war zufrieden. Als sie auch die zweite Flasche geleert hatten, erfasste sie eine angenehm wohlig-heitere Stimmung, die die Ereignisse des Tages verdrängten.

62

Jessie war wieder in Berlin, als er aus Ferrara zurückkam; die Kinder in der Schule. Ein Blick in den Kühlschrank mahnte ihn, Lebensmittel einzukaufen. Ins Büro wollte er erst am nächsten Tag. Köpenick hatte ihm zwar auf seine SMS geantwortet, dass er es nicht erwarten könne, bis er ihm die Geschichte vom Mord an Rossi erzählen würde, aber Tom hatte es nicht eilig. Der Schock über die grausame Inszenierung im Steinbruch steckte ihm noch in den Knochen, gemildert nur durch zwei schöne Tage mit Giulia am Strand und den Nächten in ihrer Wohnung.

Die Polizeimeldung über Rossis Tod hatte es noch nicht in die Zeitungen geschafft, lief aber bereits online. Ihr Inhalt war dürftig: Hochrangiger Mafia-Boss wahrscheinlich ermordet, die Polizei habe nur einen Zeugen, ginge von einer Auseinandersetzung innerhalb der 'Ndrangheta aus. Von der Leiche fehle jede Spur.

Alissa hatte sich gemeldet, als er noch im Flieger saß und das Smartphone auf Flugmodus gestellt hatte. Er blätterte den *Anzeiger* durch, viel Politik, Wirtschaft und Kultur, das meiste von Nachrichtenagenturen. Auch völlig überflüssige Geschichten: Madonna in einem Restaurant in Los Angeles gegen Kellner ausfällig geworden; Udo Lindenbergs Porsche aus der Tiefgarage des Hotels *Atlantic* gestohlen; Brian Adams' Harley versteigert. Nichts aus der Feder Alissas. Tom drückte die gespeicherte Nummer.

»Du hast angerufen als ich gerade im Flugzeug war. Was hast du auf dem Herzen?«

»Kannst du etwas Licht in das Dunkel der Onlinemeldung über den ermordeten Mafioso bringen? Meine Informantin ist ahnungslos und ich sollte mal wieder etwas Überraschendes im Blatt haben.«

»Ich bemühe mich, was willst du wissen?«

»Wer war der Ermordete? Spielte er in den Kreisen des organisierten Verbrechens eine tragende Rolle? Bin für jeden Hinweis dankbar.«

»Der Ermordete ist ein gewisser Giovanni Rossi, Geschäftsführer von *Exercise Interest* in Catanzaro. Du weißt, der Laden, der mit Waffen dealt und gestohlene Kunstwerke verhökert. Du hast darüber schon geschrieben, zuletzt als Carabinieri seinen Oberboss Raffaele Carraciola abgeführt haben. Rossi war eine zentrale Figur im Spinnennetz der 'Ndrangheta.«

»Na, das ist doch schon mal was, endlich Substanz. Eine Leiche fehlt und trotzdem setzt die Polizei die Mordversion in die Welt. Da stimmt doch etwas nicht?«

»Bei der Polizei hat sich ein Zeuge gemeldet, der Rossi erschossen in einem Steinbruch bei Ferrara gefunden und identifiziert hat. Als Carabinieri die Leiche inspizieren wollten, war sie weg.«

»Gibt es Informationen über die Glaubwürdigkeit des Zeugen?«

»Der Zeuge dürfte glaubwürdig sein, sonst hätte die Polizei den Mord nicht gemeldet.«

»Du bist dir deiner Sache ziemlich sicher?«

»Bin ich, komme gerade aus Ferrara und habe die Neuigkeiten aus erster Hand.«

»Ich glaube es nicht! Recherchierst du immer noch im Milieu?«

»Du kennst mich, wenn ich Hinweise bekomme, gehe ich ihnen nach. Das lässt sich wohl nicht mehr abstellen.«

»Ich weiß, einmal Reporter, immer Reporter. Aber sag', ohne Leiche kann doch die Polizei nicht viel ausrichten?«

»Der Zeuge hatte den Ermordeten erkannt und den Ermittlern den Namen genannt, was allein schon für eine hohe Glaubwürdigkeit der Aussage spricht. Die Polizei dürfte jetzt bei *Exercise Interest* Nachforschungen anstellen, vermutlich wird sie auch Raffaele Carraciola befragen, der in Rom hinter Gittern sitzt. Wenn die Killer die Leiche nicht einbetoniert haben, bestehen große Chancen, sie zu finden.«

»Hast du eine Idee, wer hinter dem Mord stecken könnte? Und was Rossi angehängt worden ist?«

»Die Polizei spricht von einer Auseinandersetzung innerhalb der 'Ndrangheta, die Version klingt glaubwürdig. Mehr weiß ich auch nicht.«

»Wenn ich spekuliere, welche Richtung wäre die überzeugendste?«

»Rossi hat sich einige Schnitzer erlaubt, die aber kaum das Todesurteil ausgelöst haben dürften. Man vermutet, dass er Gelder der Organisation veruntreut hat, was in der 'Ndrangheta mit ihrer Familienloyalität tödlich endet.«

»Du liest das alles morgen im Blatt.«

Gerade als er sich auf den Weg zum Einkaufen machen wollte, rief Matteo an.

»Herr Schwertfeger, das ist der Tag des Herrn. Rossi erschossen, kaltblütig hingerichtet. Die Polizei gab den Namen nur auf Anfrage preis, sie hätte lediglich einen Zeugen. Wenn mein Puzzle richtig gesteckt ist, können nur Sie der Zeuge sein. Rossi wünschte Sie zu sprechen, sagten die beiden Herren vor der *Osteria La Compagnia*, die Sie abholen wollten.«

»Sie haben Ihr Puzzle fehlerfrei zusammengesteckt, ich bin der Zeuge.«

»Dachte ich mir, aber wo ist die Leiche?«

»Als ich später mit einer Kollegin den Tatort inspizieren wollte, war die Leiche verschwunden. Reifenspuren im Staub des Steinbruchs deuteten darauf hin, dass Rossi weggebracht wurde. Wir haben auch Munitionshülsen gefunden, die wir den Carabinieri übergaben.«

»Ich bin fassungslos. Dabei dachte ich, Rossi will Sie von seinen Schergen verprügeln lassen.«

»Das dachte ich auch, bis ich ihn identifiziert hatte. Er war es, keine Zweifel. Sie hätten ihn auch sofort erkannt.«

»Was heißt das jetzt für mich und *Alfa Fashion*?«

»Warten Sie die nächsten Tage ab, bei *Exercise Interest* muss jetzt einiges neu justiert werden. Die Posten für Rossi, de Luca und Salveroni sind vakant, potenzielle Nachfolger stünden bereits in den Startlöchern. Man warte nur auf den Segen von Raffaele Carraciola.«

»Sie tun gerade so, als ob Sie da mitmischten.«

»Ihre Meinung geht in die falsche Richtung, ich bin noch in der Gefahrenzone.«

»Sie glauben gar nicht, wie wertvoll Ihre Informationen für mich sind. Wann sind Sie wieder in Ferrara?«

»Ich bin heute erst nach Hause gekommen, es wird ein paar

Wochen dauern. Dann stelle ich Ihnen für meine Hinweise eine Rechnung aus.«

63

Angelika hatte bei ihrem Outfit auf schwarz gesetzt: enganliegende Lederhose, Lederjacke und pechfarbiges T-Shirt. Als sie ihm die Tasse Espresso reichte, verriet er ihr, dass er die nächsten Jahre bei *Luigi Ferra* bleiben werde.

»Ich weiß schon Tom, Herr Köpenick hat es mir gesagt«, antwortete sie. Als er sie »Tom« sagen hörte, wurde ihm die frischgewonnene Nähe zu ihr wieder bewusst.

»Natürlich nur wegen dir«, flötete er.

»Das kannst du dem Hausmeister erzählen, ich freue mich trotz deiner Scheinheiligkeit.«

Als er die Tasse an der Vitrine abgestellt hatte, öffnete sie ihm die Tür zum Chef.

»Herr Schwertfeger, was für eine Erleichterung, Sie unversehrt zu sehen. Dem Himmel sei Dank. Aber sagen Sie, was machen Sie bloß für Sachen? Sie hätten die Leiche von Rossi gesehen, simsten Sie. Wie kommen Sie dazu?«

Tom berichtete alle Details, nur den Besuch bei Matteo erwähnte er nicht.

»Wie kommen Sie nach Ferrara? War das eine Dienstreise?«

»Geplant war die Reise privat. Besuch bei einer Kollegin.«

»Ich habe es registriert, bei Ihnen sind alle Reisen dienstlich. Überall finden Sie etwas, das wichtig für uns sein könnte.«

»Ich bezahle die Reise aus meiner Tasche.«

»Auf keinen Fall, übergeben Sie die Belege Frau Kühnert. Hatten Sie schon Ihren Espresso?«

»Frau Kühnert war so aufmerksam, danke.«

»Was könnte Rossis Tod für uns bedeuten? Die Konsequenzen kann ich nicht abschätzen.«

Tom erinnerte sich, dass ihm Matteo dieselbe Frage gestellt hatte.

»Für eine belastbare Einschätzung dürfte es noch zu früh sein, die Polizei muss zunächst *Exercise Interest* durchschütteln. Die Ergebnisse der Durchsuchung und der Verhöre müssen wir abwarten.«

»Verstehe, aber so wie ich Sie kenne, haben Sie eine Vermutung.«

»Eine Möglichkeit könnte das Signal sein, dass sie künftig die Finger von *Luigi Ferra* lassen. Warum hätten sie mir sonst die Leiche präsentiert?«

»Das wäre immerhin eine gute Botschaft.«

»Sicher, es könnte aber auch ein Wink für mich sein, ab sofort nicht mehr in ihrem Revier zu wildern. Die Präsentation der Leiche wäre dann als Warnung zu verstehen. Aber, wie gesagt, wir müssen die Recherchen der Polizei abwarten. Gehen Sie davon aus, dass ich einiges herausbekommen werde.«

»Da hege ich nicht die geringsten Zweifel.«

»Ich werde jedenfalls erst ruhen, wenn ich weiß, warum Rossi sterben musste und wie die neue Führungsriege bei *Exercise Interest* aussieht. Wer sind die Neuen an den Schalthebeln der Macht und was haben sie vor? Erst dann können wir alles Weitere einschätzen. Vielleicht muss ich dazu wieder nach Ferrara, vielleicht auch nach Catanzaro. Das wird nicht einfach werden, die Polizei verdächtigt auch mich des Mordes an Rossi. Sie hat allerdings keine brauchbaren Beweise, weiß nur, dass ich bei der Leiche war.«

»Ich fass' es nicht, mein Gott! Okay, reisen Sie, so oft Sie es für richtig halten. Aber nur unter einer Bedingung: Kommen Sie unbeschadet zurück.«

Tom füllte gerade den Kühlschrank mit eingekauften Lebensmitteln auf, als Meyerhöfer anrief.

»Ich hoffe, es geht Ihnen gut. Ich will eigentlich nur wissen, ob Sie sich entschieden haben. Kommen Sie wieder in die Redaktion zurück? Mein Nachfolger hat inzwischen unterschrieben, er fängt im Januar an. Ihm habe ich auch von Ihnen berichtet, er würde sich glücklich schätzen, Sie an Bord zu haben.«

»Sorry, Herr Meyerhöfer, tut mir leid, aber ich werde nicht zum *Anzeiger* zurückkehren. Ich habe mir inzwischen bei *Luigi Ferra* ein Standing erarbeitet, das mir einen Freiraum ermöglicht, wie ich ihn noch nie in meinem Berufsleben kannte. Das kommt mir schon deshalb entgegen, weil meine Lebensgefährtin seit ein paar Monaten in Berlin arbeitet und ich die Verantwortung für die Kinder übernommen habe. Bitte verstehen Sie.«

Dass er in Wahrheit nur des Geldes und der üppigen Rente wegen bei Köpenick eingeschlagen hatte, unterschlug er Meyerhöfer. Es sollte ihn auch nichts angehen.

»Ach, Herr Schwertfeger, das können Sie meinem Nachfolger nicht antun. Er rechnet fest damit, dass Sie ab Januar wieder an Bord sind.«

»Sehen Sie es ein, es geht nicht, ich habe mich entschieden. Aber sagen Sie doch selbst, Alissa Didier macht einen guten Job. Ich lese regelmäßig ihre Beiträge und kann nur den Hut ziehen.«

»Ja, die Kollegin hat sich gemacht, sie ist in ihre Rolle hineingewachsen und bringt auch tatsächlich Neues. Morgen wird sie im Vermischten den Aufmacher stellen, wieder ein Mafia-Mord. Und was sie da herausgefunden hat, verdient jeden Respekt. Die Konkurrenz wird es uns neiden.«

»Den Beitrag werde ich mit Interesse lesen. Wenn Sie meine Meinung dazu wissen wollen, rufen Sie mich an.«

Fürs Abendessen war's noch zu früh, die Kinder hatten ihre Hausaufgaben gemacht und drängten in die Eisdiele. Er bräuchte nicht mitzukommen, sie träfen Schulfreunde. Tom kam ihre wachsende Selbstständigkeit entgegen, gerade jetzt. Bei *Osiander* hatte er sich mit Reiselektüre eingedeckt: Emilia Romagna, Bologna, Ferrara. Auch mit einer *Michelin*-Straßenkarte seiner neuen Sehnsuchtsregion.

»Spätestens um fünf seid ihr zu Hause. Ich koche Tortellini mit Pesto.«

»Super«, bestätigten sie die Wahl und stürmten feixend die Treppen hinunter.

Als Erstes blätterte er die *Literarische Einladung* des Wagenbach-Verlags durch, ein Reiseführer mit höchst originellen und authentischen Texten von Pier Paolo Pasolini, Federico Fellini, Giorgio Manganelli, die ihn umgehend nach Bologna und die Emilia Romagna entführten. Der Beitrag von Luigi Malerba mit dem Titel *Eine wahre Geschichte* zog ihn mitten hinein in die Region, die ein Füllhorn für Kulinariker und Kulturfreunde zu sein schien. Nicht zuletzt sein bewährtes Rezept für Spaghetti Bolognese stammte aus dieser Gegend. Mit der Lektüre versuchte er sein bescheidenes Wissen über Städte, Sehenswürdigkeiten und die Menschen der Gegend aufzubessern, um mit Giulia auf Augenhöhe zu sein. Wahrscheinlich ein illusorisches Unterfangen, aber schon der Versuch belohnte ihn mit interessanten Einblicken.

Als die Kinder zurück waren, hatte er noch nicht gekocht. Sie murrten nicht, Lara ging ihm zur Hand, Vincent deckte den Tisch. Die Tortellini waren nach knapp zehn Minuten im kochenden Wasser »al dente«, die Pestosoße köchelte im Topf. Er füllte die Teller und servierte die Gerichte. Lara und Vincent waren hungrig, verdrückten im Handumdrehen die Teigwaren.

»Wo warst du übers Wochenende?«, wollte Lara nach Verzehr der letzten Tortellini wissen.

»Ich war in Ferrara in Italien, bin mit dem Flieger nach Bologna und wurde dann vom Fahrer eines Modeunternehmens abgeholt. Mit dem Chef der Firma hatte ich einiges zu besprechen.«

»Auch am Samstag und Sonntag?«, insistierte sie mit kritischem Unterton.

»Nein, da habe ich eine Kollegin getroffen, die mir wertvolle Informationen liefert.«

Richtig überzeugt zeigte sie sich nicht, aber immerhin akzeptierte sie seine Begründung.

Am nächsten Morgen holte er sich den *Süddeutschen Anzeiger* aus dem Briefkasten, geradezu gierig zog er sich Alissas Bericht über den Mord an Rossi rein. Er hatte nicht das Geringste auszusetzen, sie brachte alles, auch seine Spekulationen. Den Beitrag reicherte sie mit Informationen älterer Geschichten an, die er ihr ebenfalls gesteckt hatte. Bei Meyerhöfer würde er sie in höchsten Tönen loben, schon aus egoistischen Motiven. Die unverfänglichste Form von Journalistenbestechung sind exklusive Informationen.

64

Die Tage waren zäh, das immer gleiche Ritual. Hausarbeit, Einkaufen, Büro, Zeitung lesen und Neuigkeiten aus der Mafia-Szene sortieren. Angelika kochte Kaffee, kleidete sich täglich in anderen Farben und Schnitten, machte ihm freundliche Augen und erzählte bisweilen von ihrer halbwüchsigen Tochter. Giulia war im Stress, machte sich rar, er wollte nicht stören. Der Aktienkurs von *Luigi Ferra* hatte sich um die 50 eingependelt, offensichtlich wurde nicht weiter zugekauft. Köpenick zeigte sich über den mäßig oszillierenden Kursverlauf zufrieden, weil er keine Gefahr für das Unternehmen darstellte. Wichtiger war ihm ohnehin, dass sein Laden brummte. Er hatte das Modeunternehmen mit Geschick und Chuzpe aus der Krise geführt.

Das Handy schreckte ihn aus den trübsinnigen Gedanken, zu seiner Überraschung war es Giulia.

»Am Wochenende muss ich nach Ferrara, bist du dabei?«

»Das Wochenende drauf wäre mir lieber, Jessie bleibt mal wieder in Berlin.«

»Die hat doch dort einen Lover sitzen, jede Wette.«

»Davon bin ich auch überzeugt, jedes zweite Wochenende Klausur, das glaubt, wer will.«

»Na ja, du solltest es ihr nicht neiden. Beruht schließlich auf Gegenseitigkeit«, spottete sie.

»Ich neide es ihr nicht, sie wirbelt halt meine Pläne ständig durcheinander.«

»Macht nichts, ich verschiebe die Reise, also am Wochenende drauf. Triffst du Matteo?«

»Die Zeit nimmt er sich, wenn ich in Ferrara bin.«

»Ich habe es gespeichert: nächste Woche Freitagabend.«

»Weißt du von deinen italienischen Kollegen etwas Neues?«

»Nur so viel, dass sie noch immer *Exercise Interest* umdrehen. Ich will sie nicht drängen.«

»Sei umarmt, ich freu' mich auf dich in der Emilia Romagna.«

Tom legte auf und wählte sofort Matteos Nummer.

»Nächste Woche Freitag bin ich in Ferrara, passt es Ihnen?«

»Wenn nicht, mache ich es passend. Bringen Sie Ihre Rechnung mit. Darf ich Sie zum Lunch einladen?«

»Gerne auf ein kleines Gericht, bei mir steht noch ein Abendessen an.«

»Ich lasse Sie am Flughafen in Bologna abholen, den Fahrer kennen Sie inzwischen.«

Die Rechnung, mein Gott, über welchen Betrag? Welche Summe ist zu viel, welche zu wenig? Er hatte keine Ahnung, er musste in seinem Leben nie Rechnungen schreiben, wusste noch nicht einmal, welche Angaben bei einer Rechnungsstellung notwendig waren.

»Hast du eine Musterrechnung? Ich sollte wissen, auf was ich achten muss«, fragte er Angelika.

»Keine Musterrechnung, nur echte Rechnungen. Notwendig sind deine Steuernummer und das zuständige Finanzamt, natürlich auch eine genaue Beschreibung, für was die Rechnung ausgestellt wird, das Leistungsdatum und der Ausweis über die Mehrwertsteuer. Und deine Bankverbindung.«

Sie reichte ihm eine Rechnung, die an ein inländisches Modehaus gerichtet war.

»Hast du vielleicht auch eine Rechnung an einen italienischen Adressaten?«

»Selbstverständlich.« Sie scrollte im Archiv ihres PC und druckte die Vorlage aus.

»Auf einer Rechnung nach Italien musst du deine Steuernummer nicht angeben, wohl aber deine Umsatzsteueridentifikationsnummer und die des Empfängers.«

»Auch das noch, jetzt wird's kompliziert.«

»Wenn du weitere Fragen hast, komm einfach auf mich zu. Ich helfe dir gerne.«

Sie setzte wieder ihr bübisches Lächeln auf und vertiefte sich in ihre Arbeit.

Im Grunde seines Herzens war Tom die Rechnungsstellung peinlich, aber Matteo hatte ja beteuert, dass seine Informationen für ihn »sehr wertvoll« seien.

Überraschend war Alissa in der Leitung. »Was soll ich sagen, die Geschichte über die ermordete Mafia-Größe Rossi schlägt Wellen. Meyerhöfer fand in der großen Konferenz nur freundliche Worte, weil die Konkurrenz nichts hatte.«

»Du wolltest mir doch einen *Rioja* zukommen lassen?«

»Zwei Flaschen, ich hab's nicht vergessen. Hast du morgen Zeit, dann lade ich dich auf einen Drink in die *Mausefalle* ein. Margit, die frühere Wirtin vom *Grünen Eck*, hat das Lokal gepachtet. Ich war schon dort, es überzeugt mit einem herben Charme.«

»Wann würde es dir passen?«

»Ein Uhr, bevor hier der Stress wieder losgeht.«

Mausefalle, das klang nach Liebesnest, auf Anhieb jedenfalls nicht nach Bierkneipe, rätselte Tom. Wollte ihn Margit nicht anrufen, wenn sie das neue Restaurant eröffnet hätte?

Alissa war pünktlich, überreichte ihm in einem Geschenkkarton den *Rioja* und bedankte sich mit einem Wangenküsschen. Margit drückte ihn an sich und freute sich über seinen Besuch. Sie bestellten Bier und Fleischküchle, mehr gab Margits Küche nicht her.

»Wichtig wäre mir, wenn du mir hin und wieder etwas stecken würdest. Ich wüsste nicht, wie ich sonst auf meinem Platz in der Redaktion überleben sollte«, kam Alissa zur Sache.

»Was ich tun kann, mach ich. Ich bin halt, wie in unserem Gewerbe üblich, auf Zuträger angewiesen.«

»Ohne dich schaffe ich es nicht.«

»Ich hab' noch was in der Pipeline, in den nächsten Tagen oder Wochen weiß ich mehr.«

Anderntags rief Giulia an, als er noch mit dem Abwasch zugange war.

»Es gibt eine Wasserstandsmeldung aus Kalabrien: Die Carabinieri haben zwei Männer festgenommen, die des Mordes an Rossi verdächtigt werden. Wenn sie am Weiterleben interessiert sind, werden sie ihren Auftraggeber nicht verraten. Gefängnisse sind keine Wellness-Hotels, aber die Zeit im Knast ist überschaubar.«

»Eine Verbindungslinie der mutmaßlichen Mörder zu Carraciola müssten pfiffige Ermittler doch ziehen können?

Irgendwer muss den Kassiber herausgeschmuggelt haben? Besuchten sie ihn im Gefängnis? Und naheliegend: Telefonkontakte und SMS speichert jedes Handy, Experten bringen auch gelöschte Verbindungen zum Vorschein.«

»Keine Frage, diese Fleißarbeit steht auf der Tagesordnung. Da kommt noch etwas ans Tageslicht.«

»Hast du die Namen der Festgenommenen?«

»Emilio Galluzzi, 28 Jahre, und Beppino Camillo, 30 Jahre. Beide vorbestraft wegen Körperverletzung.«

»Hat die Polizei eine Pressemeldung über die Festnahme verschickt?«

»Danach habe ich nicht gefragt, erschienen ist bisher nichts. Vielleicht morgen.«

»Das ist doch schon mal was, danke.«

»Steckst du diese Info wieder deiner Freundin vom *Anzeiger*?«

»Werde nicht komisch, Freundin ist zu viel. Ich brauche sie, verstehe das.«

»Klar verstehe ich das. Übrigens: Die Bilder der beschlagnahmten Gemäldesammlung waren alle geklaut, das hat eine Spezialeinheit der Polizei festgestellt. Ein Millionenfund, sie sollen den rechtmäßigen Besitzern, meistens Museen, zurückgegeben werden.

»Ich habe was, du wirst entzückt sein«, raunte er Alissa ins Telefon.

»Du rettest mich, ich hole nur noch was zum Schreiben.«

»Die italienische Polizei hat in Catanzaro die mutmaßlichen Mörder von Giovanni Rossi festgenommen. Die Ermittlungen dauern an, die Polizei fahndet nach Verbindungen der Killer zu 'Ndrangheta-Boss Raffaele Carraciola, der in Rom einsitzt. Soweit die News. Ergänze den Text noch mit Details aus deiner Geschichte über den Mord an Rossi, dann hast du wieder einen Aufmacher.« Die Namen der Festgenommenen nannte er erst nach Nachfrage von Alissa.

»Mein Gott, ich kann dir nur vertrauen, ich habe keine zweite Quelle. Aber bisher hast du immer richtig gelegen. Du musst Kontakte in die höchsten Justizstellen Italiens haben.«

»Du darfst mir vertrauen. Die Polizei hat übrigens die Verhaftung noch nicht gemeldet. Sollte sie die Pressemitteilung erst morgen über den Ticker jagen, wärst du mit deiner Exklusivgeschichte im *Anzeiger* die Größte in der Zunft.«

65

Tom nahm den ersten Flieger nach Bologna, Giulia hatte die Reise schon am Tag zuvor angetreten. Matteos Fahrer stand in der Ankunftshalle und erwartete ihn. Nach einer halben Stunde Autofahrt erreichten sie die Hauptverwaltung von *Alfa Fashion*. Matteo, der unterwegs vom Fahrer über die Ankunftszeit informiert worden war, stieg zu und nannte das Ziel: *Osteria La Compagnia*.

Der Weg in die Altstadt war kurz, sie waren die ersten Gäste. Tom wählte einen kleinen Vorspeisenteller und eine halbe Portion Farfalle mit Scampi. Matteo wollte nicht aus der Reihe tanzen und verzichtete ebenfalls auf ein opulentes Mahl.

»Hat sich nach der Ermordung Rossis an Ihrer Aktionärsstruktur etwas verändert?«, eröffnete Tom den dienstlichen Teil des Gesprächs.

»Nein, da wird sich auch nicht mehr viel bewegen. Der Investor hat die Verhandlungen mit *Exercise Interest* abgebrochen, als er die Nachricht von Rossis Tod erfahren hatte. Es hat sich in der Branche herumgesprochen, dass die Finanzholding in Catanzaro ein gut getarnter Zweig der 'Ndrangheta ist, im Stillen Wirtschaftsunternehmen unterwandert und in unsaubere Geschäfte verwickelt ist. Da will sich keiner die Finger schmutzig machen.«

»Sie haben es sicher schon vernommen, die mutmaßlichen Mörder von Rossi sind festgenommen worden. Stand es auch in der Presse?«

»Nicht groß, noch nicht einmal Namen wurden genannt.«

»Sie heißen Emilio Galluzzi und Beppino Camillo, vorbestraft wegen Körperverletzung.«

»Woher wissen Sie die Namen?«

»Dazu erwarten Sie nicht im Ernst eine Antwort. Meine Quellen sind mein Kapital.«

»Verstehe. Aber auffallend ist schon, was Sie wissen. Und wie schnell! Na ja, ich hatte schon meine Gründe, Sie engagieren zu wollen.«

»Das dürfte sich erledigt haben, inzwischen brauchen Sie mich nicht mehr.«

»Sollte das tatsächlich der Fall sein, wüsste ich Sie anderweitig zu beschäftigen. Sie meinten schließlich, in vier Jahren könne ich Sie wieder darauf ansprechen. Das Angebot steht.«

»Warten wir die Entwicklung ab, Mafiosi haben ein gigantisches Netzwerk und etwas Neues fällt ihnen auch immer ein.«

»Mit Ihrer Einschätzung dürften Sie nicht daneben liegen, hilfreich wäre es für mich nicht.«

Sie genossen die hausgemachten Farfalle, Matteo wollte eine zweite Flasche *Scaia Bianco* bestellen, aber Tom bat um Verständnis. Auf ihn wartete das Dinner mit Giulia.

»Haben Sie Ihre Rechnung dabei?«, fragte Matteo.

»Nein, ich brauche Ihre Steuer-ID-Nummer, eine Vorschrift der Finanzbehörden.«

Matteo zückte seine Brieftasche und schrieb die Nummer auf einen Zettel.

»Beim nächsten Besuch erscheinen Sie mit Rechnung, ich bestehe darauf.«

»Was für einen Betrag kann ich einsetzen? 500?«

»Verkaufen Sie sich nicht unter Wert, für 500 dürften Sie noch nicht einmal aus dem Bett steigen. 5.000! Keine Widerrede, Beratungsfirmen verlangen mehr.«

»Sie wollen mich gefügig halten, vielleicht kommen wir in ein paar Jahren doch noch zusammen. Ferrara jedenfalls könnte mich reizen. Bestellen Sie mir ein Taxi in die Via Voltapaletto.«

Klingeln bei »G.G.«, Lift in den vierten Stock. Für Tom inzwischen gewohnte Übung. Giulia stand, die Arme ausgebreitet, im Türrahmen, drückte ihn an sich. Sie versteckte ihre Zuneigung nicht mehr. Seine eheähnliche Gemeinschaft mit Jessie akzeptierte sie, wenn auch schweren Herzens. Dass er Verantwortung für die Kinder zeigte, nötigte ihr Respekt ab. Sie schätzte seine Haltung.

»Komm', wir fahren gleich an den Strand, flanieren barfuß im Sand und genehmigen uns in der Strandbar einen Aperol Spritz, vielleicht auch zwei.«

Sie hatte sich mit einem knielangen, blumenbunt verzierten weißen Kleid strandfein gemacht. Ein Outfit, das ihren Wunsch nach Sonne und Meer ausdrückte.

»Unterm Kleid trage ich einen tollen Bikini, den zeige ich dir erst, wenn wir ins Wasser springen.«

»Was heißt wir? Ich habe keine Badehose dabei.«

»Davon bin ich ausgegangen. Ich habe vorgesorgt.«

Sie zog die Schublade der Kommode auf und holte zwei blaue Badehosen verschiedener Größen heraus.

»Die pack ich zu den Handtüchern in die Strandtasche, eine wird dir schon passen.«

Die Strecke über Porto Garibaldi an den Spiaggia Lido di Spina kannte Tom inzwischen. Er sollte sie noch öfter fahren.

Am Strand legte Giulia die Handtücher aus, zog sich graziös das Kleid über den Kopf und zeigte sich in einem neckischen rotweiß gestreiften Bikini. Sie wartete Toms Kommentar gar nicht erst ab, sondern rannte direkt ins Meer. Er griff sich die erstbeste Badehose, lief hinterher, stürzte sich in die Wellen und ließ das Wasser nach allen Seiten spritzen. Giulia rief ihm zu, einen schnelleren Gang einzulegen. Mit ausgebreiteten Armen signalisierte sie ihm, dass sie seine Nähe suchte. Als Tom nicht schnell genug aufholte, machte sie kehrt und schwamm ihm entgegen, schlang ihre Arme um seinen Nacken und küsste ihn. Sie war aufgedreht wie ein Kind vor der Bescherung. Tom, der mit Urlaub und Freizeit noch nie etwas anzufangen wusste, fand mehr und mehr Gefallen an den Wasserspielen der übermütigen Nixe.

In der Strandbar bestellten sie Aperol Spritz und schauten aufs blaue, ruhige Meer.

»Ist das nicht herrlich?«, schwärmte Giulia, »allein der weite Horizont, die Unendlichkeit. Für Coco Chanel waren eingeengte Ausblicke unerträglich, sie war überzeugt, dass niemand mit einem engen Horizont leben könne.«

»Ist sie dir ein Vorbild?«

»In jeder Hinsicht, sie war inspiriert vom frischen Wind der See.«

»Ich muss zugeben, Wasser, Sonne und Sand wiegen die Seele. Der nahtlose Übergang vom Meer in den Himmel am Horizont, man kann es nicht erklären, man muss es fühlen.«

Die Zeit verging wie im Flug, sie redeten kaum noch, hielten sich an den Händen und schauten übers Meer. Tom zog sich die salzhaltige Luft in die Nase, er liebte das atmende Geräusch der Wellen, das er körperlich spürte.

»Wir fahren zurück, direkt ins *Ristorante Toscana*, ich habe mächtigen Hunger«, regte Giulia an. Ihre Stimme klang ernst.

Sie zog sich ihr Strandkleid über, den Bikini hatten Sonne und Wind längst getrocknet.

Im *Toscana* wies ihnen der Kellner einen Platz am Fenster mit Blick auf die Altstadt zu, stellte Brot, Wasser, Olivenöl und Balsamico auf den Tisch und reichte ihnen die Speisekarten.

Giulia griff sofort nach dem Ciabatta, brach es, tunkte es in Olivenöl und biss herzhaft hinein.

»Sorry, das Meer macht hungrig, greif' zu.« Sie schob ihm den Korb hin.

»Vielleicht merkst du es mir an, ich bin total glücklich«, sagte sie, als sie die Karte aufschlug.

»Ich auch, du tust mir gut. Und in deine neue Heimat könnte ich mich glatt verlieben.«

»Tu dir keinen Zwang an, es gibt kaum schönere Plätze auf der Welt. Nach welchem Wein wäre es dir? Nach dem *Scaia Bianco* aus Venetien oder dem *Grillo* aus Sizilien?«

»Die Wahl fällt mir schwer, alles feine Tröpfchen.«

»Dann nehmen wir den *Grillo*, der ist unvergleichlich im Geschmack, hat eine sehr eigene Note und wenig Alkohol. Eine Flasche wird uns nicht reichen.«

»Du legst ja mächtig vor. Weißt du auch, was wir essen?«

»Fraglich, ob dir das zusagt: *Trippa alla fiorentina*, also Kutteln nach Florentiner Art, eine Köstlichkeit, aber nicht jedermanns Geschmack. Probiere einfach.«

»Ich lass' es drauf ankommen.«

»Als Zwischengericht eine kleine Portion Spaghetti mit Steinpilzen und zum Hauptgang gedünsteten Branzino mit Tomaten, Basilikum und Salbei. Ein Gedicht, sage ich dir.«

»Du bist Feinschmecker, ich schließe mich an, auch wenn es mir ziemlich üppig erscheint.«

»Das ist nicht viel, es sind kleine Portionen. Vielleicht schaffen wir sogar noch ein Dessert.«

Giulia gab die Bestellung auf, der Kellner ließ sie den *Grillo* testen. Sie reichte Tom das Glas, der ebenfalls probieren sollte.

»Ein erfrischend herrlicher Tropfen, richtig temperiert und mit einem leichten Aprikosenhintergrund. Eine Flasche dürfte kaum reichen, da könntest du richtig liegen.«

Der Kellner servierte die Kutteln in einer heißen Steinschale. Die würzige, mit Knoblauch dezent verfeinerte Tomatensoße duftete verführerisch. Giulia schärfte mit Pfeffer nach und erwartete Toms Reaktion nach seinem ersten Löffel.

»Gar nicht so übel«, meinte er.

»Was heißt hier, gar nicht so übel? Das ist eine Delikatesse! Gewöhn' dich erst mal daran, dann wirst du nie mehr davon lassen.«

»Du überraschst mich, die Kutteln sind klasse. Rossi hatte sie in der Mailänder *Bottega Emilia* ebenfalls bestellt. Bei mir ist es der erste Versuch.«

Als die Steinschalen abgeräumt waren, setzte Giulia ein ernstes Gesicht auf.

»Lass' uns kurz dienstlich werden, ich hab' was.«

»Mach's nicht so spannend.«

»Der Mord an Ricardo de Luca war ein Versehen, die Kugeln sollten Rossi gelten.«

»Sag' das nochmal, ich glaube es nicht. Und warum berichtest du mir davon erst beim Abendessen?«

»Ich wollte dich mit dieser Geschichte am Strand nicht behelligen, du hättest den ganzen Nachmittag gegrübelt. Unsere heitere Stimmung wäre im Gespräch über das Dickicht der Mafia erstickt.«

Tom schüttelte den Kopf, de Lucas Mord ein Versehen? Und Giulia hielt dieses Wissen vor ihm einen halben Tag zurück. Wartete bis zur Suppe.

»Wie sind die Ermittler auf diese Version gestoßen?«

»Galluzzi und Camillo haben ihre Killerkollegen, die de Luca umlegten, verpfiffen. Vielleicht waren sie Rivalen, wahrscheinlicher ist, sie wollten sich aus der Schusslinie nehmen. Sie bestritten, die Schüsse auf Rossi abgegeben zu haben und lenkten den Verdacht auf die Killer de Lucas, die inzwischen festgenommen worden sind. Mit der Version der versehentlichen Ermordung de Lucas lieferten sie der Polizei ein halbwegs belastbares Alibi.«

»Sind Galluzzi und Camillo damit aus dem Schneider?«

»Die Polizei hält sie für Rossis Mörder. Die Munitionshülsen, die wir im Steinbruch gefunden haben, passten in ihre Maschinengewehre. Es waren Gewehre des deutschen Herstellers *Sig Sauer*. Die Waffen seien bei der Hausdurchsuchung sichergestellt worden.«

»Die Munitionshülsen könnten doch auch auf de Lucas Mörder schließen lassen? Dann würde der Entlastungsversuch von Galluzzi und Camillo ins Leere laufen.«

»Diese Waffe hat die Polizei nicht gefunden.«

»Könnte de Luca nicht mit derselben Waffe erschossen worden sein wie Rossi?«

»Die Munitionshülsen an de Lucas Tatort hatten ein kleineres Kaliber, vermutlich feuerten sie deshalb fast doppelt so viel Schuss ab wie bei Rossi.«

»Warum glauben die Ermittler der Version von Galluzzi und Camillo, dass de Luca versehentlich erschossen wurde?«

»Für de Lucas Mord fanden sie kein Motiv, für Rossis Exekution sehr wohl.«

Als die Spaghetti serviert wurden, leerte Tom sein Glas in einem Zug und bestellte einen Grappa.

»Den brauche ich jetzt: Nervennahrung«, begründete er die Order. Giulia bestellte eine weitere Flasche *Grillo*, obwohl die erste noch mit einem Rest, der für zwei Gläser reichte, im Kühler steckte.

»Weiß man, ob einer von den Verhafteten Carraciola im Knast besucht hatte, um den Mordauftrag entgegenzunehmen?«

»Nicht genau, es muss einer von den vielen gewesen sein, die zu ihm durften. Darunter Matarella, de Lucas Witwe, Familienangehörige von Carraciola und ein paar weitere, deren Namen ich mir notiert habe.«

Giulia kramte in ihrer Tasche und holte ihr Notizbuch heraus.

»Die Herren heißen Mastrossi, Osso und Tenossi, die Namen sagen mir nichts.«

»Mastrossi und Ossi stellte uns Rossi im Gästehaus von *Exercise Interest* als Steuerberater vor, es waren aber Bodyguards. Annabel meinte sogar Killer. Umberto Tenossi war der Koch.«

»Die Namen hast du also schon mal gehört, einer von ihnen muss den Kassiber herausgeschmuggelt haben. Die Polizei tippt auf Tenossi, er erschien ihr unverfänglich. Bei seinem Besuch im Gefängnis habe er Würste und geschmortes Gemüse mitgebracht.«

»Sind die vier mutmaßlichen Mörder im Knast?«

»Klar, es werden ihnen schließlich zwei Morde zur Last gelegt.«

»Wurde der Kassiber gefunden?«

»Ja, bei Camillo.«

»Und wie lautete das Codewort?«

Giulia ließ sich mit der Antwort Zeit, nahm einen Schluck, erst dann rückte sie mit der Sprache heraus:

»Ferragosto.«

»Feiertag?«

»Ferragosto wird am 15. August gefeiert, an Mariä Himmelfahrt.«

»Mariä Himmelfahrt, was für eine phantasievolle falsche Fährte. Für welchen Mafia-Film wurde dieses Drehbuch geschrieben? Francis Ford Coppola hätte seine wahre Freude an diesem Stoff gehabt.«

»Ferragosto ist der höchste Feiertag in Italien. Es soll noch Gläubige geben, die tatsächlich an die leibliche Auferstehung Mariens glauben. Moderne Priester werden nicht konkret, sie predigen an dem Feiertag die Unverwechselbarkeit des Menschen auch nach dem Tod«, klärte sie ihn auf.

Der filetierte Branzino wurde in einer flachen Terrine gereicht, zartes weißes Fleisch, das sie sich teilten. Die Portionen waren nicht sehr groß.

Nach dem Abendmahl bezahlte Giulia. Händchenhaltend spazierten sie in die Via Voltapaletto, den Fiat ließen sie stehen.

»Öffne den *Dom Pérignon*«, forderte sie Tom auf. »Den gönnen wir uns jetzt.« Ihre Ernsthaftigkeit vom *Ristorante Toscana* hatte sie abgelegt.

»Matteo hat sein Angebot erneuert, wann immer ich will, könne ich bei ihm anfangen. Selbst wenn es noch vier, fünf Jahre dauern sollte. Dann wäre Ferrara meine neue Wirkungsstätte.«

»Die Entscheidung kann ich dir nicht abnehmen, das wäre vor dem Hintergrund deiner familiären Verhältnisse auch unpassend. Aber wenn es so kommt, wäre es für mich unerwartetes Glück. Das ist dir sicher nicht entgangen.«

Sie stießen an, Giulia auf die gemeinsame Zukunft, die Tom halbherzig bestätigte.

Tom murmelte: »Mariä Himmelfahrt!« Das Codewort ging ihm nicht mehr aus dem Kopf.

66

Es war nach Mitternacht, als Toms Handy klingelte und ihn und Giulia unsanft weckte. Schlaftrunken griff er nach dem bellenden Gerät auf dem Nachttisch.

»Entschuldigen Sie die Störung zu so später Stunde, aber es ist dringend«, hechelte Köpenick.

»Schon gut, Sie können mich jederzeit anrufen, das ist die Geschäftsgrundlage. Was gibt es?« Tom stellte auf laut, damit Giulia mithören konnte.

»Ein gewisser Emilio Coconcelli hat gerade angerufen, mitten in der Nacht. Ich lag schon im Bett, habe noch nicht geschlafen, weil ich spät nach Hause gekommen bin. Er wolle Kontakt mit mir aufnehmen, *Exercise Interest* sei nach wie vor an *Luigi Ferra* interessiert. Meine Frage, ob er der Nachfolger von Giovanni

Rossi sei, bejahte er. Ich sagte ihm in aller Deutlichkeit, dass er uns in Ruhe lassen solle, wir würden nicht verkaufen, schon gar nicht an einen Verbrecherladen wie *Exercise Interest*.«

»Und? Hat er aufgelegt?«

»Natürlich nicht. Er hat gebeten, dass mein Unterhändler Schwertfeger, der mit Rossi in Verbindung stand, zurückrufen soll. Seine Nummer schicke ich Ihnen per SMS.«

»Sie wollen tatsächlich, dass ich ihn zurückrufe?«

»Kriegen Sie raus, mit welch perfiden Mitteln er uns in die Ecke drängen will. Ich sage Ihnen, die haben ihre Abscheulichkeiten noch nicht ausgereizt.«

»Okay, morgen telefoniere ich mit ihm. Wie war nochmal sein Name?«

»Emilio Coconcelli, er sprach ordentlich Deutsch. Und entschuldigen Sie nochmals die nächtliche Störung.«

Tom schaute zu Giulia, sie hatte die Nachttischlampe angeknipst und sich im Bett aufgerichtet.

»Die geben nicht auf«, kommentierte sie. »Carraciola hetzt Köpenick den nächsten Angreifer an den Hals. Coconcelli hat keine Wahl, er muss liefern. Die Mittel dürften ihm ziemlich egal sein.«

Es war Samstag, Giulia hatte Ciabatta, Tomaten und Mortadella eingekauft, Tom Kaffee aufgesetzt, Eier gekocht und den Tisch gedeckt. Die Morgensonne schickte lindes Licht durch die Fenster, der Himmel gefiel sich in wolkenlosem Blau. Beste Voraussetzungen für einen entspannten Tag am Strand.

Giulia schnitt Brot und servierte Tomaten und Wurst. Die Melone, aufgeschnitten in einer Schale, reichte sie zur Erdbeerkonfitüre. Den *Corriere della Sera* hatte sie vom Einkauf mitgebracht, sie konnte den Sinngehalt der Beiträge mit ihren Italienischkenntnissen entschlüsseln und las Tom vor: Italien muss für seine Staatsanleihen niedrigere Zinsen bezahlen, Putin reklamiert die Krim als urrussisches Gebiet, Ronaldo wechselt zu Manchester United. Nichts Außergewöhnliches, auf *Spiegel online* hatte er das Wesentliche des Weltgeschehens bereits mitbekommen.

»Wenn du dich mit diesem Coconcelli triffst, bin ich dabei. Ich fixier' ihn aus dem Blickwinkel einer Staatsanwältin, vielleicht fällt mir etwas auf, das dir helfen könnte.«

»Danke für deine Bereitschaft. Ich habe mich beim Kaffeekochen schon gequält, wie ich dich bitten könnte, ohne dass du dich verpflichtet fühlst.«

»Allein solltest du ihm auf keinen Fall gegenübertreten. Er wird auch in Begleitung kommen.«

»Und wenn es ungemütlich wird?«

»Das Risiko kennen wir. Selbst wenn sie uns ungeschoren davonkommen lassen, eine Wellnesskur wird das Treffen nicht.«

Tom küsste sie und wählte die Nummer, die ihm Köpenick noch in der Nacht übermittelt hatte.

»Pronto.«

»Spreche ich mit Signor Coconcelli?«

»Si.«

»Mein Name ist Tom Schwertfeger, Sie wünschten mich zu sprechen.«

»Signor Schwertfeger, danke dass Sie zurückrufen. Wir müssen uns treffen, es geht um *Luigi Ferra*.«

»Ich wüsste nicht, was es da noch zu besprechen gäbe. Das Spiel ist aus, Sie verschwenden Ihre Zeit.«

»Auch wenn es den Anschein hat, aber das Spiel ist noch nicht aus. Wir haben viele Ideen und eine unbegrenzte Phantasie.«

»Das hat Giovanni Rossi auch geglaubt. Als er seine Niederlage akzeptieren musste, ließ ihn der Pate über die Klinge springen. Das könnte Ihnen auch so ergehen, es wäre ein klassisches Déjà-vu.«

»Machen Sie sich um mich keine Sorgen. Ich bin es gewohnt, zu gewinnen. Also wann und wo finden wir zusammen?«

»Ich treffe mich mit Ihnen, allein, um das nächste Opfer von Carraciola kennenzulernen. Machen Sie Ihr Testament, ich weiß, wovon ich spreche. Die Hinrichtungen von Ricardo de Luca und Giovanni Rossi sollten Ihnen zu denken geben.«

»Lassen Sie es, Herr Schwertfeger. Ihre Sorgen um mein Wohlbefinden in allen Ehren, aber meine Rolle ist nicht vergleichbar mit der Rolle der genannten Herren. Nochmals: Wann und wo?«

»Morgen 14 Uhr in der Abflughalle des Flughafens Bologna. Gegenüber vom *Lufthansa*-Check-in-Schalter ist ein Bistro. Ich werde meine Assistentin mitbringen.«

»Wieso ausgerechnet Bologna? Sie könnten doch auch nach Bari ins *Apulia* kommen, das Hotel kennen Sie schon und es liegt nicht fern von Catanzaro.«

»Ich bin zurzeit in Bologna und nach dem Treffen fliege ich nach Deutschland. Wir haben maximal eine Stunde.«

»Verstehe, also morgen, Sonntag, am Flughafen Bologna.«

Giulia, die das Gespräch mitgehört hatte, machte ihm Komplimente.

»Ich schätze, du hast ihn mindestens zum Nachdenken gebracht: Nächstes Opfer von Carraciola! Oder er spielt tatsächlich eine andere Partitur. Wir werden es herausfinden. Komm, wir fahren an den Strand, es ist herrliches Badewetter.«

Am nächsten Tag hatten sie wieder ausgedehnt gefrühstückt. Hinterher räumte Giulia ab und putzte Herd und Küche. Tom recherchierte im Netz, suchte nach Emilio Coconcelli, fand aber nicht den Hauch eines Hinweises und schon gar kein Foto. Um eins fuhren sie mit dem Mietwagen nach Bologna zum Flughafen *Guglielmo Marconi*. Giulia hatte ein geschäftsmäßiges Outfit gewählt: dunkelgrauer Hosenanzug, weiße Bluse. In die Jackentasche hatte sie eine kleine Sprühdose mit Reizgas gesteckt. Pünktlich um zwei waren sie am Treffpunkt. Ein paar

Fluggäste, die sich Espresso oder Cappuccino gönnten, der eine und andere auch *Salami Panino* oder *Cornetto*. Sie wählten einen Tisch in einer ruhigeren Ecke des Bistros und richteten ihre Blicke in verschiedene Richtungen, aus denen Coconcelli kommen könnte. Es war schon zehn Minuten über der Zeit, als plötzlich Rossis Wirtschaftsanwalt Matarella vor ihnen stand und sie höflich aufforderte, mitzukommen. Man hätte einen kleinen Raum im Flughafenrestaurant reserviert, da wäre man ungestört.

Tom und Giulia folgten ihm halb widerwillig, halb neugierig. Sie hatten auch keine Wahl, wollten Sie den Termin nicht platzen lassen. Auf Ledersesseln vor dem reservierten Raum fläzten sich zwei Männer, die unschwer als Leibwächter zu erkennen waren. Als sie das Dreiergespann kommen sahen, sprangen sie auf und öffneten die Tür. Matarella ließ Tom und Giulia den Vortritt.

»Schön, dass es so zügig geklappt hat«, freute sich ein drahtiger Mann, Mitte 30, im Businessdress. »Wir haben miteinander telefoniert, ich bin Emilio Coconcelli. Signor Francesco Matarella kennen Sie ja bereits.«

Tom stellte sich und Giulia vor, Giulia als seine Assistentin, nannte sie Signora Bertagnoli. Coconcelli bot ihnen Plätze an und schenkte Mineralwasser ein.

»Kommen wir gleich zur Sache, Sie bringen ja nicht viel Zeit mit. Wie ich Ihnen am Telefon bereits gesagt habe, sind wir nach wie vor an *Luigi Ferra* interessiert. Das heißt, wir geben nicht auf, bis wir am Ziel sind«, eröffnete Coconcelli das Gespräch.

»Das können Sie vergessen, die Familie verkauft nicht. Punkt.«

»*Luigi Ferra* ist auf einem guten Trip. Wenn das Unternehmen weiter expandiert, wird es zusätzliches Kapital brauchen. Banken werden nicht mitziehen, das Modegeschäft ist ihnen zu unsicher und *Luigi Ferra* ist schon mehrmals auffällig geworden. Spätestens dann sind wir wieder im Spiel.«

»Sie überschätzen sich wie Ihr Vorgänger Rossi. Irgendwann sollten Sie aus den Erfahrungen lernen.«

»Rossis Strategie ging nicht auf, das haben wir sehr wohl gelernt. Wir werden anders vorgehen.«

»Jetzt bin ich aber gespannt.«

»Rossi wollte sich das Unternehmen möglichst billig schnappen. Als das nicht funktionierte, setzte er darauf, dass seine stimmrechtslosen Vorzugsaktien nach zweimaligem Dividendenausfall Stimmrecht erhalten, dann hätte er sich in den Aufsichtsrat wählen lassen. Als der Plan nicht aufging, weil *Luigi Ferra* wieder profitabel wirtschaftete, war er sogar bereit, das Zehnfache des Aktienkurses als Kaufpreis zu akzeptieren. Aber das haben Sie mit Ihrem Hinweis auf die fehlende Bereitschaft der Aufsichtsbehörden verhindert.«

»Die Geschichte kenne ich. Wie wollen Sie vorgehen?«

»Wir stehen als Kreditgeber bereit, liegen unter den marktüblichen Zinsen, verlangen keine Sicherheiten und gehen voll ins Risiko. Und wenn Herr Köpenick die Zinsen nicht mehr bezahlen will oder kann, wandeln wir den Kredit gerne in Stammaktien um.«

»Für gewöhnlich verlangt die 'Ndrangheta doch Wucherzinsen, um die Kreditnehmer, wenn sie nicht mehr zahlen können, gefügig zu machen. Jetzt ändern Sie Ihre Strategie.«

»Sie irren, wir sind nicht die 'Ndrangheta.«

»Nein, nur das zivile Aushängeschild, habe verstanden.«

»Lassen Sie Ihre Spekulationen, sie führen zu nichts.«

»Warum zum Teufel liegt Ihnen so viel an Köpenicks Modeladen, von der Sorte gibt's doch Hunderte?«

»Im Portfolio von *Exercise Interest* wird *Luigi Ferra* als firmeneigenes Unternehmen geführt. Wir haben zwar nur Vorzugsaktien, aber gefühlt gehört uns die Firma.«

»Wie bitte?« Tom konnte seine Überraschung nicht verbergen.

»Der Großonkel von Carraciola war Schneider und hat mit Bruno Keck, dem Großvater von Köpenick, vor etwa 60 Jahren das Unternehmen gegründet. Als die Anfangsschwierigkeiten überwunden waren und die Firma gutes Geld verdiente, ekelte Keck den Großonkel raus und führte das Unternehmen allein.«

»Selbst wenn es so gewesen wäre, einen Anspruch auf die Firma können Sie damit kaum begründen.«

»Rechtlich nicht, wohl aber moralisch. Und der Presse böten wir überdies interessanten Stoff zu den Ursprüngen von *Luigi Ferra*.«

Tom schüttelte den Kopf. Ausgerechnet *Exercise Interest*, ein Unternehmen der kalabrischen 'Ndrangheta, spielt auf der Moralklaviatur ein Rührstück, macht sich zum Philanthropen. Nicht zum Aushalten.

»Spätestens in zwei Jahren brauchen Sie frisches Kapital und dann kommen Sie an uns nicht vorbei. Wir sind nicht an Rendite und Dividenden interessiert …«

»…sondern an einer Geldwaschmaschine«, fiel ihm Tom ins Wort.

»Unsinn! Wir haben eine emotionale Bindung zu dem Modeunternehmen von Carraciolas Großonkel. Verklickern Sie das Herrn Köpenick.«

»Wie hieß der Großonkel von Carraciola?«

»Luigi Ferra.«

67

Tom hörte die Nachricht auf der Fahrt in die Firma im Radio: der Aktienkurs von *Luigi Ferra* ist um 20 Prozent auf 40 Punkte abgestürzt. Über den Grund musste er nicht lange grübeln: *Exercise Interest* hatte, wie von Coconcelli indirekt bestätigt, die Strategie geändert, weshalb Rossis Strohfirmen *Artemis, Sandonyx* und *Ikarus* ihre *Luigi Ferra*-Pakete auf den Markt warfen und den Kursverfall auslösten.

Bevor ihn die Kühnert mit Kaffee bewirten konnte, rief ihn Köpenick zu sich.

»Haben Sie mit dem Rossi-Nachfolger telefoniert? Welche Schweinereien hat er sich ausgedacht?«

»Ich habe nicht nur mit ihm telefoniert, ich habe ihn getroffen.«

»Wie das? Am Sonntag? So kurzfristig?«

»Ich war in Ferrara, privat, und habe ihn, wenn er es schon dringend hätte, für Sonntag zum Flughafen Bologna gebeten. Lieber hätte er mich in Bari im Hotel *Apulia* getroffen, weil es nicht weit von Catanzaro sei. Darauf konnte ich mich nicht einlassen, ich wollte nach Hause. Nach kurzem Zögern willigte er ein.«

»Und?«

»Coconcelli beobachtet aufmerksam die Entwicklung von *Luigi Ferra*. Spätestens in zwei Jahren bräuchten Sie für die Finanzierung Ihres Expansionskurses zusätzliches Kapital, dann kämen Sie nicht mehr an ihm vorbei. Von den Banken hätten Sie nichts zu erwarten.«

»Ganz verkehrt liegt er nicht, um eine Kapitalerhöhung werden wir kaum herumkommen. Aber diese Verbrecher brauchen wir dafür nicht. Garantiert nicht!«

»Rossi sei gescheitert, weil er sich die Firma möglichst billig unter den Nagel reißen wollte. Er, Coconcelli, hingegen sei bereit, Ihren Forderungen nachzukommen. Geld bekämen sie billig und Sicherheiten müssten Sie nicht stellen.«

»Warum um alles in der Welt sind diese Gangster so penetrant unterwegs? Was reizt sie ausgerechnet an unserer Firma?«

»Sie wissen sicher, wer der Namensgeber Ihres Unternehmens ist?«

»Klar, mein Großvater beschäftigte einen italienischen Schneider namens Luigi Ferra, der für kleines Geld seinen Namen verscherbelte. Was hat das mit dem gesteigerten Interesse der Mafia an unserer Firma zu tun?«

»Luigi Ferra sei der Großonkel von Carraciola gewesen, dem Paten der 'Ndrangheta, der in Rom im Knast sitzt. *Exercise Interest* hätte er angewiesen, *Luigi Ferra* in sein Reich zurückzuholen. Es bestünde eine emotionale Bindung, die er faktisch besiegeln wolle.«

»Sie wollen mir einen Bären aufbinden, Grimms Märchen sind glaubwürdiger.«

»Nicht ich! Wenn, dann Coconcelli.«

»Wie will er vorgehen?«

»Coconcelli denkt langfristig. Sobald Sie zusätzliches Kapital bräuchten, werde er Ihnen ein Angebot unterbreiten, das Sie nicht ignorieren könnten.«

»Halten Sie mir diese Leute vom Hals! Das wird Ihre vornehmste Aufgabe für die nächsten Jahre sein! Eine Aufgabe, die Sie lösen müssen.«

»Das wird einzig und allein von Ihnen abhängen. Seine Strategie geht nur auf, wenn Sie sich mit ihm ins Bett legen.«

»Das werde ich garantiert nicht tun. Nicht heute und nicht morgen.«

Tom spürte einen Stich im Herz. Schmerzhaft wurde ihm bewusst, dass er sich aus seinem goldenen Käfig allein nicht mehr befreien konnte. Er war Gefangener. Mit Freigang für gelegentliche Ausflüge nach Ferrara. Das Einzige, was ihn von Verdis Gefangenen unterschied.

Flieg', Gedanke, auf goldenen Schwingen …

68

Tom traf sich das eine und andere Mal mit Coconcelli in Bari, Carraciolas Gesandter rief immer wieder an, wenn er Gesprächsbedarf hatte. Vermutlich wollte er Tom aber einfach nur weichklopfen. Er war immer höflich und drohte nie, vergaß aber auch nie den Hinweis, dass die Familie auf Dauer keine Wahl hätte.

Im Hotel *Apulia* wurde Tom inzwischen als »special guest« geführt, bisweilen blieb er sogar ein paar Tage länger und flanierte in der Altstadt, besichtigte die *Basilica San Nicola*, den *Palazzo Mincuzzi* und die prächtigen Renaissancebauten. Eines Tages steckte ihm Giulia, dass Coconcelli ein Tarnname sei, in Wahrheit hieße er Carraciola. Er sei der leibliche Sohn des 'Ndrangheta-Paten!

Tom war perplex, damit hatte er nicht gerechnet. Schnell realisierte er aber, dass Mafiosi in aller Regel ihre wahre Identität verschleierten.

Als er Coconcelli damit konfrontierte, blieb dieser erstaunlich gelassen, wies ihn aber darauf hin, dass ihm die Beweise für diese »abstruse Behauptung« fehlten. Und bis sich die italienische Staatsanwaltschaft zu einem Vaterschaftstest durchringen würde, flösse viel Wasser den Tiber hinunter. Tom genügte Giulias Hinweis, größere Gewissheit brauchte er nicht. Es reichte, dass er wusste, warum Coconcelli so sicher und scheinbar ungefährdet auftrat.

Beim letzten Gespräch mit Coconcelli in Bari beschied ihm Tom, dass er sich erst wieder melden würde, wenn Köpenick Verhandlungsbedarf hätte. Alles andere würde keinen Sinn ergeben. Coconcelli war einverstanden, gab ihm aber zu verstehen, dass er sich nicht davon abhalten lasse, ihn hin und wieder anzurufen.

Tom nahm den Flieger nach Bologna, er wollte noch ein paar Tage mit Giulia verbringen. Mit dem Taxi fuhr er nach Ferrara in die Via Voltapaletto. Er klingelte, die Sprechanlage blieb stumm, die Haustür war nur angelehnt. Als er in den Lift stieg, sah er, wie ein muskelbepackter Athlet in Jeans und weißem T-Shirt mit dem Schriftzug *Ronaldo* die Treppen herunterrannte und zur Straße hin verschwand. Giulia lehnte mit schmerzverzerrtem Gesicht am Türrahmen.

»Du bist meine Rettung. Als es läutete, dachte ich, du stündest vor der Tür. Ich öffnete, da packte mich dieser Kerl und schob mich gewaltsam in die Wohnung zurück. Er würgte mich und warf mich zu Boden. Dann hast Gott sei Dank du dich bemerkbar gemacht. Er ließ augenblicklich von mir ab und rannte aus der Wohnung.«

»Was wollte der Kerl? Geld? Schmuck?«

»Nichts von alledem, er wollte mich einschüchtern. Ich solle aufhören, in Carraciolas Umfeld zu wühlen. Mehr nicht, dann war er weg.«

»Woher weiß Carraciola von deinem kurzen Draht zur italienischen Staatsanwaltschaft? Oder Coconcelli? Vielleicht hätte ich ihm seine wahre Identität doch nicht offenbaren sollen?«

»Im Polizeiapparat oder bei der Staatsanwaltschaft muss ein Maulwurf sitzen. Anders kann ich es mir nicht erklären.«

»Dann weiß Coconcelli also, dass du die Quelle bist, die mich informiert hat?«

»Schlimmer ist, dass seine Schergen wissen, wo ich in Ferrara wohne. Das kann heiter werden.«

»Du musst die Wohnung aufgeben.«

»Auf keinen Fall, ich beuge mich den Verbrechern nicht. Das habe ich mir geschworen, als sie meinen Vater umgebracht haben.«

»Aber du kannst da nicht bleiben, es ist zu gefährlich.«

»Sag Coconcelli, dass ich ihn auffliegen lasse, wenn er von mir nicht ablässt.«

»Wenn du die brisante Info von der Staatsanwaltschaft hast, dann weiß man dort von seiner wahren Identität?«

»Die unternehmen nichts, solange er sich persönlich nichts zuschulden kommen lässt.«

»Und wie willst du ihn auffliegen lassen?«

»Mit einem internationalen Haftbefehl wegen Anstiftung eines Mordversuchs, der Schläger nannte schließlich den Grund für seinen Überfall. An einem Haftbefehl kann Cocncelli definitiv nicht interessiert sein, sonst kann er seine Biedermeierrolle nicht mehr spielen.«

Tom drückte auf seinem Smartphone die Nummer von Coconcelli. Wie erwartet, stritt er jede Verbindung zu dem Schläger ab. Tom erhöhte den Druck, Frau Galvani sei Oberstaatsanwältin in Deutschland. Stoße ihr etwas zu, wäre der internationale Haftbefehl gegen ihn das Mindeste, was er erwarten dürfe. Diplomatische Verwicklungen zwischen Berlin und Rom könnten das Ende von *Exercise Interest* bedeuten. *Luigi Ferra* müsste er sich dann endgültig abschminken.

Die Argumentation verunsicherte Coconcelli. Er antwortete kurz, aber überzeugend: »Frau Galvani geschieht nichts! Sie haben mein Wort.« Und bestätigte mit dieser Aussage ungewollt, dass er doch mit dem Schläger in Verbindung stand. Bevor sich Tom verabschieden konnte, legte er nach: »Überzeugen Sie Herrn Köpenick von unseren gutgemeinten Absichten.«

Sie setzten sich an den Küchentisch, Giulia schenkte Mineralwasser ein. Ihre Stirn legte sie in Falten.

»Meine Sicherheit wird mir jetzt von der Mafia garantiert, ich könnte aus dem Fenster springen.«

»Das kann man niemandem erzählen! Es ist zu absurd, eine Groteske! Und ich soll Köpenick dazu bringen, seinen Laden an diese Verbrecher zu verhökern.«

»Wie lange kannst du hierbleiben?« fragte Giulia überraschend.

Tom war irritiert. Was sollte die Frage? Natürlich würde er schon bald wieder zurück müssen. Aber er wollte Giulia in der kritischen Situation nicht sitzenlassen: »Solange du glaubst, dass ich dir nützlich sein könnte.«

»Dann gehen wir in den nächsten Tagen zum Notar. Ich überschreibe dir die Wohnung und melde mich in Ferrara ab.«

»Und was soll ich mit der Wohnung? Das ist doch eine Schnapsidee. Verkauf' sie und bleib' in Deutschland.«

»Du vermietest mir die Wohnung zu einem symbolischen Betrag. Der Mietvertrag wird auf Sophia Conte ausgestellt, mit diesem Namen melde ich mich hier an.«

»Weißt du, was du tust?«

»Klar, ich habe keine Erben. Mit dieser Konstruktion kann ich mich auch in Zukunft, ohne mich zu verbiegen, in der Emilia Romagna aufhalten.«

Tom verschlug es die Sprache, er fand keine Worte. Die Frau war ihm himmelhoch überlegen.

»Bist du dabei?«, legte sie fordernd nach.

Bevor er reagieren konnte, nahm sie ihm die Antwort ab: »Komm', wir gehen ins *Toscana*, den Eigentümerwechsel feiern.«

Tom ließ es geschehen, es war zu viel, was ihm widerfuhr. Als der Kellner den Wein einschenkte, strich sie ihm durch seinen Wuschelkopf: »Es gibt mehr Dinge zwischen Himmel und Erde, als eure Schulweisheit sich träumen lässt.«

»Hamlet, 1. Akt, 5. Szene«, der Literaturwissenschaftler Tom Schwertfeger kannte die Shakespeare-Stelle genau. »Ein Totschlagzitat! Du willst mir damit sagen, dass meine Phantasie an deine nicht heranreicht.«

»Quatsch! Was soll das? Wenn Argumente fehlen, hilft nur ein passender Spruch.«

Sie waren inzwischen leicht beschwipst, der Prosecco in Giulias Wohnung und jetzt noch der Wein. Die Stimmung schwankte zwischen Trübsinn und Heiterkeit. Tom hatte seine innere Balance noch nicht wiedergefunden, er fügte sich seinem melancholischen Gemütszustand.

»Du wirst noch lange mit Coconcelli zu tun haben, er gibt nicht auf. Dein Job bei *Luigi Ferra* dürfte auf Jahre gesichert sein, wenn Köpenick nicht tatsächlich vor der 'Ndrangheta in die Knie gehen sollte. Eine bessere Arbeitsplatzgarantie kannst du nicht erhalten.«

»Ich werde mich meinem Schicksal fügen.«

Ihre Aufmunterung verfehlte allerdings die Wirkung auf Tom nicht. Erst recht nicht, als sie noch hinterherschob: »Ferrara wird künftig zu deinem Pflichtprogramm gehören, du musst hier schließlich nach dem Rechten sehen.«

Der Kellner servierte das Fischgericht. Giulia verlangte nach einer zweiten Flasche Wein. Vom Alkohol benebelt, verstieg sie sich zu der kühnen These, mit ihrer Schenkung an Tom einen Mafioso ausgetrickst zu haben. Sie bedankte sich bei ihm, was ihn irritierte. Müsste nicht er sich bei ihr bedanken?

Am nächsten Tag bestätigte sie nach acht Stunden Ausnüchterungsschlaf ihre Entscheidung vom Vortag. Sie fuhren zum Notar, Giulia hatte zügig einen Termin bekommen. Sie war bester Laune. Und Tom, inzwischen ebenfalls nüchtern, ließ sich anstecken. Von Ferrara aus sei es nicht einmal halb so weit nach Bari wie von einer süddeutschen Stadt, versuchte sie ihm den Deal noch schmackhafter zu machen, als er ohnehin schon war. Zumindest auf den ersten Blick.

Als sie das Notariatsgebäude verließen, rannte ein kleiner Junge auf sie zu und steckte Tom kommentarlos ein dickes, wattiertes Briefkuvert in die Hand. So überraschend der Pimpf gekommen war, so schnell war er wieder weg. Tom öffnete das Kuvert und erschrak: eine Patrone.

»Kaliber acht«, sagte Giulia mit Kennerblick, »du bist im Fadenkreuz.«

Tom schluckte und meinte nach kurzer Pause:

»Dich beschützt die Mafia und mir trachtet sie nach dem Leben. Das ist doch ein Witz!«

»Keine Panik, das ist eine Drohung, mehr nicht. Coconcelli braucht dich lebend, er will schließlich was von dir.«

»Und wie soll ich liefern, wenn Köpenick nicht mitmacht?«

»Die Zeit ist Coconcellis Genosse. Irgendwann schnappt die Falle zu und sie haben die Beute. Du musst es Coconcelli dann nur noch als Ergebnis deiner Mühe verkaufen.«

»Dann wäre ich für alle Zeiten auf der sicheren Seite?«

Giulia schwieg und senkte ihren Kopf. Dann schaute sie ihm in die Augen, als wollte sie ihm sagen, dass er in seinem Job nie sicher sein kann.

Aber sie sagte es nicht.

Autor

Anton Hunger, 1948 in Cham/Bayern geboren, studierte VWL, Politik und Soziologie an den Universitäten Tübingen und Regensburg, absolvierte auch eine Lehre als Schriftsetzer und arbeitete fast zwei Jahrzehnte als Journalist bei der *Stuttgarter Zeitung* und als stellvertretender Chefredakteur beim Münchner *Industriemagazin*. Von 1992 an war er 17 Jahre Kommunikationschef bei *Porsche* in Stuttgart. Ausgezeichnet wurde er mit mehreren Journalistenpreisen und als PR-Manager des Jahres.

Bei Klöpfer & Meyer erschien 2013 sein vieldiskutiertes Medien-Fachbuch *Blattkritik*, 2014 das Geschichtenbrevier *Nah am Wasser* und 2017 sein Reporter-Roman *Der Pakt mit dem Teufel*. Der Mafia-Roman *Die Ikonen des Kobiaschwili*, von Literaturprofessor Mario Andreotti als »mit großer erzählerischer Kraft geschriebener Polit-Thriller« rezensiert, erschien 2019 bei Klöpfer, Narr. Seine hintergründige *Gebrauchsanweisung für Schwaben* bei Piper (2007 und 2016) wurde ein Bestseller, nicht nur in Baden-Württemberg. Anton Hunger lebt und arbeitet als Autor und Publizist am Starnberger See.

Dank

Der Autor dankt zahlreichen Informanten, die er aus Gründen des Quellenschutzes nicht nennen kann. Darunter ein Vertrauter des Bundesnachrichtendienstes BND, ein OK-Kommissar, verschiedene Gastro-Italiener, Investment-Banker sowie Journalisten-Kolleginnen und -Kollegen, die in der Mafia-Szene und im Finanzbusiness recherchieren.

Ganz besonders dankt der Autor dem Verleger Matthias Slunitschek, der sich nicht davon abbringen ließ, den Roman zu veröffentlichen.

Großer Dank gebührt auch Uschi Entenmann von *Zeitenspiegel Reportagen* und Buchautor Rainer Wochele, die das Manuskript gründlich gelesen und mir wertvolle Hinweise gegeben haben.

Die Deutsche Nationalbibliothek verzeichnet diese Publikation in der Deutschen Nationalbibliografie; detaillierte bibliografische Daten sind im Internet über http://dnb.ddb.de abrufbar.

Hunger, Anton
Mord à la Mode
Kriminalroman
ISBN 978-3-948696-37-5

Lektorat: Erdmann Wingert, Zeitenspiegel Reportagen, Weinstadt
Korrektorat: Jana Vatnika, Schwerin
Umschlaggestaltung: Svenja Kruse, Hamburg
Umschlagmotiv: Régis Domergue/plainpicture GmbH, Hamburg
Satz und Gestaltung: Molino Verlag GmbH, Leonberg
Druck und Bindung: Finidr s.r.o./CZ